谨以此书献给左岸和他的《尘法》

无罪之城

愚石 著

山东文艺出版社

图书在版编目（CIP）数据

无罪之城 / 愚石著 . -- 济南 : 山东文艺出版社，
2025. 4. -- ISBN 978-7-5329-7352-1

Ⅰ . I247.5

中国国家版本馆 CIP 数据核字第 2025Z3N207 号

无罪之城

WUZUI ZHI CHENG

愚　石　著

主管单位　山东出版传媒股份有限公司
出版发行　山东文艺出版社
社　　址　山东省济南市英雄山路 189 号
邮　　编　250002
网　　址　www.sdwypress.com

读者服务　0531-82098776（总编室）
　　　　　　0531-82098775（市场营销部）
电子邮箱　sdwy@sd.press.com.cn

印　　刷　山东临沂新华印刷物流集团有限责任公司
开　　本　710 毫米 × 1000 毫米　1/16
印　　张　21
字　　数　270 千
版　　次　2025 年 4 月第 1 版
印　　次　2025 年 4 月第 1 次印刷
书　　号　978-7-5329-7352-1
定　　价　59.00 元

目　录

引　子

1. 城市主题词：乾为天，坤为地。

左岸是一条岸。

左岸不是一条岸。

每次投稿前，左岸都要在稿子的最上端，写上这两句话。

左岸在把他的《尘法》投给某编辑部之后，破天荒地收到了编辑退回的稿子，连同字字如金的意见："这会是一部旷世杰作，好好雕琢一番，说不定会成为中国的《百年孤独》或者《午夜之子》，我相信这部长篇小说具备这样的潜质。一部《尘法》，记录下一座城市繁华背后的沉沦，揭批俗世之人以洪荒蛮力所掩饰的道貌岸然和冠冕堂皇的罪恶，描摹出这个潜流奔腾的巨变时代肝肠寸断的表情。在一些关键的地方，须做如下修改：写到宗教的时候，你应该这样写……写到官场的时候，你应该这样写……写到性爱的时候，你应该这样写……还有一些你永远不能触碰的禁忌，比如……"

读到编辑如此情真意切的建议，左岸扔掉了手中的拐杖，兴奋地脱掉上衣，用一条半腿翻跟斗。结果并不美好：左岸的头摔破了，流出一大摊血。即便如此，左岸依然抑制不住发自内心的兴奋。他用拐杖敲着墙，对着闻讯而来的梅边渡大呼："呼儿将出换美酒，与尔同销万古愁。快快快，快去给我买酒。"五十多岁的梅边渡一溜小跑，到门口小商店买了最好的酒，外带花生米和猪头肉。左岸一边大呼过瘾，一边把一杯高度白酒，大口灌进喉咙。喉结抖动，如音乐停止后，依然颤抖的丝弦。

左岸没有告诉梅边渡，他为什么如此兴奋。梅边渡许多年前就认定，左岸会成为一名伟大的作家。在这一点上，梅边渡与编辑有着同样的慧眼。

梅边渡告诉左岸，他早就洞悉了一切。依他对世界和宇宙的通灵关系，再加上厚厚的稿子上，摆放得显眼夸张、姿态诱人且骄傲的那封信，信封上的签章也似乎成了万古不变的佐证。"我说过的，你会成为一名伟大的作家。"

"哈哈，哈哈，梅二，你是我的贵人、恩人。你说过的一切，我都记得。"左岸把手中的拐杖转来转去，像一束渐次盛开的花。

恰逢暮春，傍晚时分。梅边渡看着略带温暖的阳光照在左岸的脸上、头发上，他通体闪着金光。梅边渡以为，此刻的左岸就像玉皇大帝身边的侍者，不知于何时偷渡到人间。梅边渡暗暗一惊，接着他就听到院子外面有人喊："梅二，算命。"

"福之所倚，祸之所伏，左岸。"梅边渡说完这句话，匆匆走出院子。

"这会是一部旷世杰作，好好雕琢一番，说不定会成为中国的《百年孤独》或者《午夜之子》，我相信这部长篇小说具备这样的潜质。一部《尘法》，记录下一座城市繁华背后的沉沦，揭批俗世之人以洪荒蛮力所掩饰的道貌岸然和冠冕堂皇的罪恶，描摹出这个潜流奔腾的巨变时代肝肠寸断的表情。在一些关键的地方，须做如下修改：写到宗教的时候，你应该这样写……写到官场的时候，你应该这样写……写到性爱的时候，你应该这样写……还有一些你永远不能触碰的禁忌，比如……"左岸高举酒杯，踉跄着脚步，一边大声背诵着编辑的修改建议，一边把酒洒在脸上或者胸前。花生米和花生米身上脱掉的皮，像醉酒的舞者，撒落一地。"一堆破碎的偶像，忍受着太阳的鞭打，枯死的树没有遮阴。艾略特，我向你致敬！你是我精神荒原的魂灵导师，就像梅二。"

左岸感觉到疼痛的瞬间，已经变成了飘飞在半空中的魂灵。左岸的魂灵看着自己的身体变成焦黑，如同一块木炭。他看到《尘法》的草稿一页页飘起，扑进火里，如一心赴死的飞蛾。他看到草稿上的字，一笔一画被火烧焦，拆解，把所有的恩怨情仇，都分割成毫无知觉的干柴。他看到地面上斜躺着的自己，额头流出的血，慢慢渗进大地。他看到熊熊大火不停地燃烧，房顶被烧得啪啪响，然后倒塌下去。他看到消防队员把水浇到火心中间，火星四散开，如瞬间即逝的萤火虫的灵魂。消防员用了三个多小时，才扑灭了火。他看到公安局刑侦大队的人，来回搬弄自己的尸体，在小本子上乱七八糟地写，然后得出权威结论：醉酒之后抽烟引发火灾，属正常的火灾事故。左岸一遍遍问自己：我抽烟吗？我会抽烟吗？

左岸想哭，可他并不知道，魂灵是不能哭的。他身边站着许多魂灵，一个个都面无表情，对他和这场火灾没有表现出任何激动或者不安。身处虚空，左岸成了"左岸虚"。左岸虚看到宿荣，哭着跪在院子里："你这个不让人省心的东西。呜——姐没有好好疼你，你还不到十八岁，你是在锯姐姐的心啊。呜呜——呜呜——"还有赵新城，左岸不太喜欢这个故作深沉的家伙。在静默许久之后，赵新城长出一口气，临走说出一句话："一棵树连鸟窝都还没搭起来，就被连根拔起。好人不长寿，老天爷不长眼哪。"那个喜欢看热闹的车乔路，满脸笑意："这可省大麻烦了，拆迁不用再做工作了，还替政府省下一大笔钱。啧啧，人算不如天算啊。"对这样一个畜生，左岸虚只能咬牙切齿。当他准备诅咒车乔路几句的时候，发现自己的眼角冰凉。

左岸虚看到，所有人当中，哭得最凶的当数梅二。他嘴里念叨着："我告诉过你，福之所倚，祸之所伏，你就是不听我的。呜呜——呜呜——"左岸虚希望梅边渡能为自己的死，做一场热烈而隆重的法事，或者写一篇情真意切的悼文，像某种会议上庄严神圣的闭幕词，每一个句读都能配得上自己平凡而心怀热望的一生。左岸虚想，一个伟大的魂灵是不是也该有自己的职责和使命。如果有，自己一定竭尽全力，像永乐城所有清正廉洁的官员和快乐向善的普通百姓一样，为了他人的幸福，毫无保留地献出自己的生命，随时随地。

在半空中飞翔着的左岸虚，此刻，有一个最深切、最真实的渴望，他热盼那个穿着透明薄纱的女孩，能来到他的废墟之前，为他的死洒上一两滴眼泪。

当然，那个女孩没有出现。一直没有出现。多少年后也没有出现。左岸虚为此心怀不满。

左岸虚难过的事还有很多。比如，他一直没有寻找到父母的影子，父母也没有来找他。他不知道人死之后，是不是缘分断绝，再无见面的机会与可能。当然，最让左岸虚难过的，莫过于被大火烧成灰烬的《尘法》了。即使变成了魂灵，左岸虚依然记得编辑给出的修改意见。左岸虚想哭，可魂灵是掉不出泪的。左岸虚想，如果魂灵能够掉泪，那天底下一定会成为汪洋了。左岸虚做出痛哭的姿势，努力让自己感受心疼和绝望，期盼着泪水能像春雨一样，滴出三五滴，可每一次都是无功而返。左岸虚抓住身边一个看热闹的魂灵问："你感觉不到疼痛吗？能体会到冷热吗？知道什么是怜悯吗？"看热闹的魂灵面无表情地摇头。左岸虚暗下决心，如果有一点点可能，他就向城隍爷争取争取，努力做一个懂得疼痛和冷暖、有慈悲心的魂灵。要会笑，会哭。最最重要的，是要有眼泪。

　　等所有的烟尘散尽，左岸家的整个院子，完全变成了废墟。那棵曾经覆满整座院子的老槐树，变成了黑色木炭，几根粗大的树枝痛苦而艰难地伸展开去，像正在受刑的魔鬼的四肢。看热闹的人开始传言，院子里有吓人的脚步声，嗒嗒嗒地跑来跑去。小小的院子里，挤满了受过冤屈的魂灵。此时，左岸虚才真正清静下来。他想从沉埋的废墟里，找到自己的小说草稿。左岸虚没有想到的是，他轻飘飘的魂灵，面对人世间的一草一木，根本无计可施，他连拿起一张纸的力气都没有。

　　左岸虚不再做任何无用功。他开始坐在覆满阳光的青苔之上，看着远处的飞鸟，回想小说的每个章节。他最先想到的，是小说的结尾：

　　　　我和我的《尘法》，像一座被魔法统治了千年的城市，自己被自己禁锢，找不到重生的路。
　　　　但我坚信，我无罪。
　　　　这座城市，同样无罪。

第一章

城堡上的常春藤

2. 城市主题词：裴县长的重要指示。

永乐城春秋时期被称为咏乐城。当地某位自称历史学家的人研究后给出了咏乐改成永乐的理由：曾经有一位姓裴的哑巴做过县令，他对一切"口"字偏旁的文字充满敌意，便大笔一挥，改县名为永乐。哑巴能做县令吗？有人问那位历史学家。那人答：历史就是历史，历史不可深究。那么，真相呢？人们再问。那人答：真相掩藏在一切假象中间。

三年前，裴县长到任后，另一位历史学家发表专门的研究文章，力证永乐县是裴姓的发源地。更有逢迎之徒，说永乐就是裴姓人的封地，县长的祖上改名立县。更改县名是一切野心家的聪明之举，不费一兵一卒、一枪一弹，便将皇帝老儿打下的江山，改成了自己喜欢的模样。这样的野心，你敢说没有？那人补充道。

县长姓裴，名波。裴县长刚刚到任，就有人笑着说："这名字，有意思。"

永乐县人习惯把裴姓的"裴"念 pí，与"皮"字同音；把宿姓

的"宿"念 sū，与"苏"字同音；把郝姓的"郝"念 hè，与
"贺"字同音。

裴县长与司机老郝，被戏称为"一车拉了两个姓错姓的人"。

念错姓，有人说从春秋时期就已经开始，并以此印证：永乐城
即使有这样那样的错误，也都是有历史渊源、有文化底蕴的。第五
十四代衍圣公孔思晦曾在永乐城做教谕，他教的学生世世代代流传
下来的东西，还能有错？

司机老郝刚刚把车停稳，就有人急切地拉开车门。裴县长右脚
落地，接着便是整个细细高高的身子，弓蛇一样从车里钻出来。

给裴县长开车门的，是住建局拆迁办主任车乔路。他挺着百十
斤的肚子，脊柱在身后弯成了一把刀，小步跑向裴县长的车门，双
脚如一只肥鸭的足蹼啪啪地拍在地上，更像是日本相扑运动员用上
吃奶的劲儿，对着心仪的歌妓跳芭蕾，姿势和表情都像。

车相渚是分管城建的副县长，也是县城重点建设项目的副总指
挥。知道裴县长要来，车相渚早早地站在竖立得很高的工程效果图
前，手里一刻不停地旋转着激光笔。按照计划安排，今天车相渚要
给总指挥裴县长详细汇报项目拆迁补偿以及规划建设的整体推进
情况。

对车相渚担任文化历史街区建设工程的总指挥，坊间有许多不
同的声音，说他是一个唯利是图的小人，必然让文化蒙羞，他会成
为永乐文化的历史罪人。有几位义愤填膺的义士名人，吵吵来吵吵
去，要发起一个"讨伐车相渚"的文化运动。后来有人质疑："在
永乐城的伟大历史进程中，车相渚不过是一个跳梁小丑，他能被记
入历史吗？这样的讨伐运动，恰恰会让历史记住他。这不是帮了倒
忙吗？"之后，所谓的文化讨伐，渐渐变成一则笑谈。"屁，他就是
屁，躲还来不及，非招惹他干吗？"时任文化局局长说。

"叔，您喝水。"车乔路递给县长裴波一瓶矿泉水，被县长用手

背挡住。老郝从抱着的公文包里拿出双层保温杯，递到裴县长手里。

车乔路上下打量着老郝，心想，平时看起来那么敦厚老实的一个人，此刻竟比站在旁边的裴县长，还显得虚伪和势利。老郝那份殷勤，让车乔路感觉像被老树上掉下的蜇拉毛子，瞬间蜇了成千上万口，全身所有神经都疼了起来。

车乔路总说，老郝和裴县长站在一块，每个人都觉得老郝器宇轩昂，像个县长。真正的县长裴波，倒像是营养不良的秘书，两眼熬成了黑眼圈。车乔路第一次见到裴县长的时候，偷偷捂着嘴笑，转过身便给裴县长取了个外号——皮皮虾。外号从他嘴里传播出去的时候，他言之凿凿地说，他是听梅二说的。车乔路竖起大拇指，再三赞叹梅二取名的本事：一般一般，全国第三，第一空缺，第二升天，只剩一个，天下第三。

即使车乔路把裴县长称为皮皮虾，他仍然依仗自己的亲叔车相渚与裴县长同为县政府领导，公开称呼裴县长为叔。对这样的称谓，裴县长没有答应过，也没有明确表示过反对。这让车乔路在大大小小的场合四处显摆："俺裴叔说啦，这事就得这样。""俺裴叔说过，有好多内里的隐情，你们不懂。"有人反问："你说的那个你裴叔，是不是你张嘴闭嘴一直喊的皮皮虾？"车乔路不再说话，摸着满肚子的油，拍拍肚皮，嘿嘿两声："我叔有时也这么叫。"

"你那个叫相渚的叔？"有人问。

车乔路回掉一句："狗嘴里吐不出象牙来。"

"猪嘴里行？"

车乔路不再说话。

车乔路所说的相渚叔，前几年被当地的一名女散文家，细密真实地写进一篇小说。小说在《永乐文学》发表后，众多读者像好奇心爆棚的探宝者，努力寻找生活中的原型。其实，文字表述中那些虚假厚道掩饰下的奸诈和小聪明，再加上满脸的自以为是，不用太费周折，一看便知道是谁。女作者对有些事件的描述，非常直白真实，甚至违背了小说的虚拟化原则。比如说老家在许家桥，却不姓许，原因是其真实身份是老百姓口中所称的"带犊子"，有的地方叫拖油瓶。还有更直观的描述，比如写他看到女人时瞳孔迅速变大，然后再慢慢聚焦，放出闪电一样的光，待火焰渐渐熄灭，两层眼皮开始缓缓聚拢，最后合成一条线，满脸堆笑，坏心思全部隐在笑容背后。再加上另一个明显的特征，便是又尖又小的屁股，在见到女人时两侧会同时出现生理反应，先左后右，有节奏地收紧，然后又一下子弹出去。

至于那名女作家与车相渚有什么过节，好多人猜来猜去。其实男女之间的事，还用猜吗？

人群最后，站着赵新城。裴县长认识赵新城，便招呼他到前面来："来，赵设计，说说你的看法。这些设计，你看看有哪些值得点赞的？"

赵新城从稀稀拉拉的几个人中间穿过，走到裴县长跟前："报告县长，这些都不是咱自己设计的，我实在不敢造次，最好让设计单位给您汇报一下，他们一定能提炼出一大堆的全国第一。"

"你也要多问几个为什么。我知道，这是你的专长。"裴县长拍拍赵新城的肩膀，脸上笑意满盈。

"要多问几个为什么"，这是赵新城的口头禅。难道裴县长也知道了？赵新城还是从同学的聚会酒桌上，听最铁的同学向他提起："你知道人家设计单位说你什么？那个赵设计，总是要多问几个为什么。里面的内涵丰富着呢：既要问是谁的工程，还探听业主的背景，更不能不考虑设计费的额度。至于给他本人的辛苦费，自然是不能少的。"听完同学的话，赵新城当场摔碎了手中的酒杯，离席而去，自那以后再也不参加同学聚会。赵新城的怒气被同学们传得七邪八怪，没几个人知道真相。多问几个为什么的工作习惯，赵新城仍然像一日三餐一样坚持，嘴上虽然说在努力控制和改正，但有时话到嘴边，不得不说。

那么裴县长嘴里的"多问几个为什么"，应该是无意之词，纯属偶然的翻车事故。想到这里，赵新城心里有些释然。在他斜睨车乔路的时候，赵新城看到他嘴唇外翻，嘴角几乎撇到后脑勺上。赵新城想起了驴的嘴，咀嚼着勒链的黑驴的嘴，猛地喷出白沫之后，接着是一声向天的吼叫。驴也有情绪？驴会哭吗？驴的发财之道是什么？想到这些，赵新城笑了。

裴县长听完车相渚的现场汇报，便在众人的簇拥下，来到指挥部的会议室。

裴县长环顾着会议室墙上挂满的各种展板，从总体设计到单体建筑，似乎每一张图都充满了美感。这些图又让裴县长心怀疑虑，他不知道什么人能在什么时候，可以坚决地把图中的每一种色彩、每一栋建筑，一一落地，让它们真正成为一座城。永乐城，多好的名字，成功之城，成就之城，可成天下美事，更能成天下奇迹。裴县长畅想着，如果这一天能够早一点到来，自己在永乐城的事业就能早一日辉煌，仕途也便能早一日腾飞。三年了，自己来永乐城已经三年了。年富力强，更应该是在官场大展宏图的时候，永乐城文化历史街区项目从谋划到正式立项建设，自己是强有力的倡导者。在县委书记那里，自己甚至拍着胸脯，要立军令状。无意间拍到胸前大日如来的翡翠挂件，裴县长暗暗多了些底气——我是有神灵保护的人。想到这里的时候，裴县长的脸上露出别人不易察觉的笑。

裴县长的笑，被左岸虚远远地看到了。左岸虚在半空中，看到裴县长的笑像他右手边水杯中的波纹，只荡了那么一点点，便消失在茶色中间。左岸虚惊奇地发现，整个会议室的人，大都穿了白色的上衣，纯洁的、毫无罪恶感的白。裴县长的上衣白得像被过滤千万遍的雪，让人误以为他有洁癖。车相渚的上衣还留着前一夜某个女人的香水味，在布丝中间倦懒地蠕动着，白色却是毋庸置疑的。至于车乔路，左岸虚知道他的穿衣习惯——喜欢花色耀眼的衣服——黄的黑的红的绿的底色，胸前是另一种强烈对比的颜色，挤在身前的某一处，像魔鬼刚刚饿醒或者被激怒的样子。至于那些浓烈怪诞的颜色堆积而成的图案，则大多与骷髅和刀枪相关。

在县里初步拟定这座老城改造项目的时候，取什么名字，不取什么名字，三教九流的人莫衷一是。有人主张叫城隍庙历史街区，有人主张叫城隍庙片区，有人主张叫城隍古城，也有人说应该叫周孔至城。几派的人员和势力相互争执、诋毁，让设计文本一改再改。改到所有人都不知道应该叫什么的时候，"永乐城"这个名字突然从一个人的嘴里冒出来，县领导猛一拍桌子："对，就叫永乐城。简直是神来之笔，千古绝唱，绝妙无比。""千古绝唱"似乎击醒了在座的每一个人。大家都鼓起掌来，如同手掌不是自己的一般卖命。赵新城鼓掌的动作缓慢而欠缺力度，旁边的车相渚捅了一下他的胳膊："你，有什么意见？"那一刻，赵新城红了脸，嗫嚅着："赞成，八千万个赞成。"

"为什么是八千万呢？"

"八千里路云和月。"赵新城刚刚从手机上看到的这句话，从手机信息框里缓缓溜走。手机又一次振动，赵新城眼睛一瞥，又一个新词条像泥鳅一样滑过："无罪之城"。如果以这个名字命名这座城市，又会有什么奇特、荒诞、怪异、刺激、令人无法抗拒的惊人效果呢？想到这些，赵新城笑了。那笑，又迅速被他掩进嘴角，塞进厚厚的夹绒口袋里。

裴县长说："苦难是人生的磨刀石。昨天看书的时候，我读到了这句话。挺好，也贴合今天的会议主题。我们召开这次会议，一是探讨如何做好守底线的工作。我们要从左岸事件中，吸取教训。二是关于永乐城建设的困难和问题，如何寻找一个最佳的解决方案。

我们先讨论一下左岸事件。大家说一说，这样一起死人事件——我没说成安全事故——暴露出我们各个单位、各个部门什么问题？应该承担什么责任？"

民政局局长率先发言："左岸是我们一直关注的残疾人，享受着政府救济。近几年来，我们一直把他当作重点关心、关怀、关照的对象，逢年过节，都要派几个工作人员，走一走，看一看，嘘寒问暖，雪中送炭。现在看来，在走访过程中，我们对他的安全提示、安全关照，并没有完全到位。对贫困弱势群体，应当讲，我们注重了关键的点，没有注意平时的面，工作中存在疏忽之处。我们会以此为鉴，举一反三，对县城里的贫困救助对象，进行拉网式的排查，主动变阵，变坏事为好事，变被动为主动，以实际行动暖民心，顺民意，把党和政府的温暖，送到每一个贫弱者手中。"

左岸虚在会议桌上方飞来飞去，几乎要被民政局局长的话，感动得落泪了。左岸虚努力想看清民政局局长的名讳，等他靠近一点才发现，名牌上写的就是民政局三个字。

住建局局长郑江湖清了清嗓子，接着民政局局长的话继续说："民政局的领导主动担责，值得我们住建局学习。说实话，这几年，县里的重点工程、建设项目，一个接着一个，城市面貌有了翻天覆地的变化。可有些城中村、一些破产企业的房子，实事求是地讲，我们忽略了。安全隐患没有及时排查，安全督导更是没有横到边，纵到底，完全到位。作为建筑安全的主管部门，我们住建局也应该承担起相应的责任。全国的脱贫攻坚，解决了农村老百姓'两不愁三保障'的问题，可城市里仍然生活着一大批困难群众，住在漏雨进风的旧房子里。这些人曾经是企业的技术骨干、支柱力量。企业破产了，他们失去了所有的保障。县城里最烂的房子，就是这些破产企业工人的。作为责任部门的负责人，我感觉着实不应该。住建局将痛定思痛，知耻后勇，痛改官僚主义、形式主义的不良风气，切实解决好低收入群众的急难愁盼问题。"

左岸虚虚挨着裴县长的座位坐下。他想从县长的角度，更好地观察这些耗尽一生终能得偿一见的官员。裴县长似乎感觉到了什么，下意识地拍了一下肩膀，几乎要拍到左岸虚。

安监局局长发言的时候，有些生气和激动："这是一起严重的安全责任事故，不单纯是一起死人事件。办事处的同志，要切实承担起责任，主动做好与市安监部门的汇报对接工作，要做好情况分析和问题说明，不能让市里追责打板子。咱丑话说在前头，如果因为这一起事故，市里对我县亮黄牌，我们一定要给有关责任人一个说法。我也要提醒一下，当前形势下，还要做好舆情分析和信息管控，不能让事故成为故事，绝不能让与事故相关的任何报道，发表在各级各类新闻媒体上。对自媒体也要严管，管严，不能撒风漏气。要像一切都没有发生过一样，保证一切都像一部世界名著的名字一样——太阳照常升起。"

你还知道世界名著？左岸虚想，太阳一定会照常升起。

……

裴县长听完各个部门的分析汇报，开始做总结："刚才同志们的发言都不错，主动揽责，没有推诿扯皮，这种态度是做好善后工作最重要的前提。希望各单位都能够按照刚才的表态，做好各自的工作，主动跟进，积极化解，确保不出任何问题。这个议题先这样，有什么风吹草动，各部门要及时汇报给安监部门，共同商议处理意见。对了，还有一件非常重要的事情。办事处的同志要尽快安排人员，以百米冲刺的速度，在火烧过的房子废墟周围，搭起一座建筑围挡。色调要仔细选择，做到不显山不露水，更不能引起老百姓的反感。对周围的几户人家，要派得力的干部，做好说服解释工作，一定要盯紧靠实。下面咱们继续研究永乐城文化历史街区项目的建设问题。"

　　左岸虚似乎有些失望。他觉得还应该有更重要的事件需要商定，比如他的家产如何补偿，是不是应该给他一个烈士的名号，他被烧掉的小说是不是应该找一个作家为他续写，如此等等。左岸虚真正关心的这一切，没有一个局长提到。至于其他人的表态，话虽然说得真诚，可真诚之后便是空洞。左岸虚极度悲伤，没有心情再听这种无聊且无关痛痒的会议，生气地踩了裴县长的头皮一脚，飞出会议室。

　　裴县长看到车相渚迅速扶正几乎要歪在桌子上的水杯，扭过头继续讲话："我曾经到过欧洲的几个国家。我最感兴趣的，是那些古老的城堡。每一块石头都写满沧桑，每一棵常春藤都万年不朽。我曾经这样想过，原始而朴素的城堡，有多少浪漫不为外人所知，又有多少诗意未被作家们盛赞和歌颂。作为县长，我不是矫情，也不是书生意气，我只是想借鉴西方的文明，学习他们先进的理念，建造一座理想之城，浪漫之城，诗意之城，美轮美奂的特色之城。所以，我们要弄清楚，汉高祖置县的时候，永乐城的每条街道都叫什么名字。文物修复讲求修旧如旧，我们也要以千年不变的名字、万古永存的姿态，向汉高祖致敬献礼。汉高祖姓什么？姓刘。对，姓刘。要动员全县刘姓的干部职工捐款，以实际行动向刘氏始祖的分封之地，做出力所能及的贡献。光力所能及还不行，还要倾尽全力，贡献所有的聪明才智和人财物力。当然，有些学历史的同志，曾经费尽九牛二虎之力，极力论证永乐城是裴姓的发源地。不管这种说法正确与否，我们都得负起历史责任，经得起历史检验。永乐城的百姓，我一直以为是普天下最好的百姓，敬畏圣贤，心向礼乐。永乐城的每一个人，从百姓到干部，都想让城市变得更美。有部电影叫《天下无贼》，永乐城则满城无奸，都是好人、善人。所以，关于永乐城文化历史街区的建设，我有这么几句话，希望每个同志都能记住：设计要成为千年工程，文化要体现永乐风骨，拆迁要顾虑民心所向，建设要瞄准世界一流。这是总的原则，请同志们切记。"

车相渚点上一支烟。

车相渚有个习惯，别人给他让烟时，他会非常高兴地接下第一支烟。如果在场的其他人接了第一支，他绝对不接第二支。在拒绝别人第二支烟的同时，他会拿出自己的烟点上，丝毫不在意敬烟人的诧异和不安。

裴县长环视一下整个会场，继续讲："关于民心向背问题，我这里多讲几句。最近，我读了省妇联机关刊物上的长篇报道，讲我们车县长常年资助贫困学生上学的事迹。与大老板、有钱人大把大把地把钱捐到庙里的功德箱相比，车县长的善心义举难能可贵。也希望我们其他的领导干部，多做让利于民的善举，少为与民争利的恶行。"

被裴县长点名表扬，车相渚脸上现出红润和激动。他清清嗓子，配合着手势的高低错落开讲："说实话，我的事被媒体报道，并不是我的本意。做好事不留名，是这么多年来，我一直坚持的原则。这次被记者发现，实属意外。有位诗人曾经说过，为什么我的眼里常含泪水，因为我对这土地爱得深沉。我从内心深处，见不得我们的百姓生活在贫穷和疾病之中，更不想有人在脱贫攻坚的康庄大道上，上不起学，看不起病。永乐是历史文化积淀丰厚的千年古县，这里民风淳朴，民心向善。永乐县城是一座英雄的城市，城市里的每一个人，都秉承着坚毅、敢当、实干、创新的时代精神，我所做的点点滴滴，都是希望这座城市变得更美，我以我血荐轩辕。今天，我不想多讲我的事，刚才只是肺腑之言，聊表寸心。裴县长刚才的讲话感人至深，高屋建瓴，既有高度和深度，又有可操作性，是我们今后做好工作的纲领。作为分管这块工作的副总指挥，我一定和大家一起，按照裴县长的伟大指示，战斗在一线，吃住在工地，把这项千年工程，不折不扣地建设好。今天裴县长重点讲了两个问题，一个是左岸的火灾事故。我们一定要分两面看，这既是坏事，也是好事。坏事是损失了一条人命，好事是减轻了拆迁的同志做工作的压力。我听说他就是钉子户之一。不管怎样，我们都要以万全之思，做好应对之策。排在永乐城文化历史街区建设项目第一位的，当前最急迫的任务，还是拆迁。我听街道办事处的同志讲，钉子户还有不少。那个叫宿荣的，据说是油盐不进，谁都做不进工作去。今天当着裴县长的面，我给大家提个要求，对这种极个别的人，拆迁办和街道办事处的同志，要有非常之法，以非常手段，做非常之事。我听说她有不少风流故事，也知道她的户口并不在永乐街道。为什么她能成为钉子户？她有成为钉子户的资格吗？要分析透原因，找到立竿见影的方子，釜底抽薪，像战场上的狙击手，不管离多远，都要一枪毙命。"

左岸虚听到一枪毙命的时候，正在窗口徘徊。他扭过头，看见车相渚的脸膛紧绷着的赤红色皮肉下面，一股黑色的血液迅速聚集、膨胀，几乎要堵住他的整根血管。

"车乔路，你有这个信心吗？"车相渚突然点起了名。这让车乔路有些意外，他脸上迅速堆起微笑，心中暗想，在裴县长面前嘛，自己的亲叔，一定会让自己露脸的。

"请县长放心，我车乔路最大的本事，就是拆桥挖路。拆迁办，敢拆敢办，刀山火海，初心不变。"车乔路拍着胸脯说。

"我听说你的本事不小，身怀绝技。"裴县长笑起来。

会议室里的人哄堂大笑，大家似乎都明白，裴县长话里话外，应有所指。

车乔路有特殊技能，他的口技是绝活，飞禽啁啾，走兽嘶吼，猪狗牛羊带着各类情绪的低语或鸣叫，他都学得惟妙惟肖。为此，车乔路夸口，自己能听得懂所有的人言兽语。偶有局里县里的领导好友小聚，不少人让他去陪客倒酒。酒足饭饱之后，口技成了必备的表演项目。

车乔路满脸通红："雕虫小技，不足挂齿，不足挂齿。"

"我听说住建局人才济济。赵新城赵科长，我听别人讲，是同济大学毕业的，这个我还真没想到。小县城里的大凤凰，专业院校里的专业人才，一定要用好。学有所长，长就要有所用。住建局再配班子的时候，要考虑把赵科长这样的专业人才，放到最合适的位置上。"

裴县长的声音不大，却敲痛了几个人的心。

3. 城市主题词：熟悉是越来越陌生的过程。

赵新城的远房表姑与宿荣的姑姑，曾经是村里要好的小姐妹，一起上学，一同下地。这让宿荣与赵新城，多了一层类表亲的关系。自从知道这层关系之后，两人开始以表姐表弟相称。赵新城开玩笑说："我们是异父异母、失散多年的亲姐弟。"

没有任何血缘的类表亲。赵新城咧开嘴笑，他感觉这种似是而非的关系，衍生出各种各样似是而非的人和事，如同整个城市中弥散着的似是而非的味道。

似是而非之城。这个绝妙的称谓让赵新城瞬间动摇起来。赵新城开始怀疑自己所有的设计和创造，于现在和将来，于这座城市以及生活在这座城市里的人，到底有多少价值和意义。茶杯斟满了水，茶杯之于水是有价值的。水滋润了喉咙，水之于生命是有价值的。而自己的生命之于这座城市，到底有多少价值？赵新城想起宿荣，想起她洗得发白的衣服，棉线稀疏几乎露出肌肤的颜色。自己所谓的价值，之于宿荣，又是什么？

宿荣敲门。

宿荣推开赵新城暗灰色的办公室门。

"来了？"赵新城仍然看着墙上的图，"上午，县长在会上说，要建设一座城市，常春藤从石头缝里蓬勃而出。依我看，我们伟大的裴县长，是一位具有历史眼光和浪漫主义情怀的好县长。呵呵，呵呵。"

"你说好，就是好了。"宿荣站在赵新城身后，两只手互相抱着。

"每个城市有每个城市的气息，有不一样的底蕴和格调。县长说的，未必正确。左岸曾经写过这样一段话：我曾经沉迷于这座城市里早早升起的炊烟，呆呆地看着满怀缱绻和留恋的燕子归巢，曲折巷子里老旧的古砖断石，青苔长满墙角，蜘蛛游走于飞檐，偶尔传来的三两声长短不同的小曲儿，抑或是季节深处悦耳动听的蟋蟀鸣叫……我喜欢左岸的文字，这种人间烟火的味道，才是永乐这座城市的气息。"赵新城掏出口袋里的银质酒瓶，喝了一大口。银质酒瓶已经用了好多年了，一块黑，一块灰。

"嗯，也只有左岸能说出这样的话。"宿荣附和道。

"左岸啊，可惜了。"

赵新城低头，看瓶颈处被牙齿啃咬的或深或浅的印痕，继续说："你看，这是永乐城改造完成之后的效果图。县长喜欢，你也一定喜欢。多漂亮啊，完全的复古风格。砖缝瓦缝水泥缝，每一个细节都体现出巧夺天工的精致。这些星罗棋布的大小建筑，符合建筑设计的顶级理念，古朴厚重，精美无瑕。既渗透传统的周易阴阳，又契合当代人的生活节奏，简直太完美了。在里面生活居住的人，一定会感觉自己是生活在皇家宫殿，或者是天庭仙台。什么是神仙？能过上这种生活就是神仙。对了，刚才我仔细看了看，你现在居住的那几间房，会被设计成小巧玲珑的敞开式木制小楼，江南气象，江北风骨，奇石流水，竹风荡漾。人在景中，景晃人眼。一个字，妙。"

"建得再好，对普通老百姓来说，只是画了一个饼。那个饼还要用绳子拴上，挂得高高的。城市拆啦建啦，就是给城市整容。城市在当官人的眼里变丑了，变老了，破屋烂墙的，长了痔疮，就要割掉，再长出新肉。对老百姓来说，破屋值万贯，没有什么旧不旧，俺们这些三等五等、九等十等的下等人，城市建得越好，越没有资格住在城市里。"

宿荣故意把声音压低。可她说的每一个字，都像一条鞭子，抽在赵新城的脊背上。

"万事都有可能，不要那么悲观。找我有什么事？"赵新城听到宿荣带有自谑的话，知道她心里有气。他努力掩饰自己的尴尬，趔趔趄趄着坐到椅子上，嘴里的酒气有些重："刚才在指挥部开会，我就猜到了，你可能会来。"

"你总是先知先觉。我给你带来了凤爪，前几天从抖音上看到的，下了单。我尝了一袋，口味还挺好。"宿荣从背包里拿出两个精美的塑料袋，放在赵新城的办公桌上。

赵新城最初认识宿荣，是在她开拉面馆的时候。拉面馆的名字很特别，"情深深雨蒙蒙"，一看便知道出自琼瑶的小说。在赵新城看来，宿荣拉面的水平一般，可她蒸的大馅牛肉包子堪称永乐一绝，皮薄肉多口味好。还有她自己腌制的凤爪，比街面上任何一家的猪蹄、牛蹄、羊蹄都好，半软不硬，半硬不软，香辣适宜，一入口便让整个人都酥了。

宿荣开拉面馆，应该是赵新城结婚三年之后的事。所谓三年的磨合，并没有让赵新城的婚姻出现幸福的征兆，与妻子之间的情感沟壑，却是越来越深。妻子是某位县领导的妻外甥女，先是给领导当保姆，后来办理了农转非，安排了工作之后，便托人说媒，千方百计要嫁给赵新城。当时的县领导恰好在规划建设部门当一把手，赵新城很自然地被系统内的人当成攀附权贵之徒。说实话，如果不是县领导从老家托人撮合，几十趟地跑，来来回回不厌其烦地给父母做工作，赵新城眼皮都不会眨一下。老母亲一颠一颠地几十里路走来，苦口婆心，老父亲更是来了一句："你可以不识抬举，你老爹抹不开这个面子，不认这门亲，你也别认我这个爹。"赵新城老实了，听任妻子那边调剂房子，置办家具，一分钱没花就结了婚。这样赤条条地娶媳妇，也成了日后夫妻矛盾的说辞之一。妻子一句"穷鬼，你给家置办了啥？针头线脑，还是一双袜子、一把扫帚？"赵新城再无一个回词。

结婚之后的生活，用赵新城自己的话说，只是感觉床上多了一个陌生人而已。这个陌生人最大的好处是，减缓了他梦游时下床的速度。

"我们两口子，随时随地都像上满弦的公鸡，见面就想斗。天天被杀气腾腾的老婆盯着，不定哪一会儿就会被咬一口。真没劲！"喝醉了酒的赵新城，如此给宿荣诉苦。

"谁能斗过谁？"宿荣半开玩笑地问。

"吵来吵去，可能并不是为了斗过谁，只是生活的一种方式罢了。互相消耗，慢慢成了消遣。"赵新城把凤爪拿在手里，举起来看了又看，"即使演一场腥臊味十足的床戏，这娘们儿最后还得照死里拧我一把。你信不信？"

宿荣哈哈大笑，一边收拾碗筷，一边说："有人掐，总比没人掐强。"

"要不，你也掐掐我？"赵新城眯起眼。

"我们是表亲。"宿荣的脸一红，"还有个事我得给你说，上次你带来的那个朋友，贩卖邮票的那个，拿了张一百元的假钱给我。当时我没发现。现在再去找他，我怕人家不认。你说怎么办？"

"给我吧，我去找他换。这个狗东西，什么人都敢骗！"

"我就知道你行。"宿荣沉默片刻，"你帮了我大忙，谢谢啊。不过，我还得再给你提个醒，你的心气儿太高，老是想改变地球。我父亲活着的时候常说，想得高，摔得重。"

赵新城笑了笑："哪个男人不想改变世界？又有几个男人可以改

变？大多数的人，空有报国志，一腔热血，付了流水。不是有首歌吗？春水流春水流，流到天涯不到头。"

"哈哈，你真是改歌词的高手。"宿荣笑着说。

话音未落，赵新城的老婆赶到。她带来了七八个男男女女的年轻人，二话没说，三下五除二，把小店砸了个稀巴烂。赵新城的老婆扯着赵新城的领子，把他拖到大街上，劈脸扇。宿荣被几个男人两边拉着胳膊，一左一右地掌掴。女儿娇娇从睡梦中惊醒，站在那里看着妈妈被打，也不敢哭，两眼直直的，仇恨和恐惧都有。

第二天，宿荣的拉面馆关门。她带着弱小的女儿，借了一辆地排车，把锅碗瓢盆拉到稍远一些的城郊。宿荣不再开拉面馆，专心做凤爪。

这些事宿荣像看电影一样想起来的时候，赵新城正纠结着该如何安慰宿荣。

至于赵新城以后的事，宿荣觉得可以拍一部电视连续剧，或者写一部书。

那次砸店事件之后，赵新城在最短的时间内找到宿荣，包赔了她的所有损失。更重要的是，赵新城开始赌气，更加频繁地去宿荣的店里，一斤两斤地吃凤爪，或者买到凤爪之后，送给身边的同学或朋友。

赵新城更大的变化，是随身带了一个银质酒瓶，里面装满了气味呛人的烈性酒。喝过酒之后，赵新城变得举止无常，说出的话常常让人琢磨不透。赵新城对宿荣说："首先，我要声明，我不是借酒浇愁。我没有任何愁。这小小的酒瓶，带给我无穷无尽的快感。我有一个重大发现，世界上所有的设计，都源于强烈的罪恶感。一位设计大师说过，设计师追求精致与美，是为了掩饰内心的丑陋。其实，不只如此。设计环节的冲动，往往会变成平庸无奇的观感，所谓失之毫厘谬以千里，便是如此。"赵新城突然泪流满面，"我看透了所有的丑，其本质源于人性的丑。可我仍然挚爱美的设计。我想设计美的建筑，给城市里所有的罪恶，化上浓淡相宜的粉妆。"

宿荣记起，某一日，赵新城心血来潮，设计了一款雪白的上衣，布料低档而粗劣，前胸敞开到乳沟的下端。赵新城把衣服递到宿荣手上，大声地说："试试，我的处女作。简直是天才的设计。"

宿荣有些犹豫，胳膊蜷曲着，看向赵新城的目光充满疑惑。

"我只是想象着你的另一种美。你可以拒绝。"

宿荣哈哈一笑："谁怕谁啊。"

宿荣站在穿衣镜前，一遍遍地转身，向左，向右。

赵新城走近她，为她披上外衣。宿荣回过头，发现赵新城在自己的瞳孔里变得高大，手指触过自己的肩头，像一缕阳光掠过。赵新城打开门，立住，缓缓离开。宿荣长舒一口气。

宿荣记得，那是她与赵新城最暧昧的一次。没有肉体交欢，真的没有。赵新城盯着她看了几分钟之后，抹了一把脸上的泪，抓紧了门把手。也正是在那次之后，宿荣真切地感觉到，自己的身体更加纯粹而干净，至少在赵新城面前，干净得像个天使。

赵新城特别喜欢与宿荣聊天，多少年来一直如此。宿荣最大的好处是，她只听，像一位把倾听当天职的信徒，从不插嘴。在赵新城向她诉说大大小小的委屈或成就时，宿荣感觉自己就像一只听话的猫，就连冲水倒茶的时候，脚步都轻得没有任何声息。对某些问题有疑惑的时候，赵新城会问："你有什么办法？"宿荣则摇头回应。

今天赵新城问了同样的问题，宿荣同样是摇头。

"那个分管城建的副县长，姓车，你认识吧？"赵新城又问。

宿荣想起了那张黝黑的脸，黑得放光。脸也长，比一头公驴的脸还长。偶然遇到过一次，是在七色光茶社，他正在酒桌上与别人聊天。宿荣端着菜进来，接着听到了一句话："我要建设一座漂亮的城市，像女人一样婀娜多姿、风情万种。"宿荣感受最深的是他刀子一样的目光，闪电一样刺过来。宿荣躲避着那把刀，她听到了刀子落在地上的声响，比盘子里的刀叉声要响千倍。

"在七色光茶社，我见过他。"宿荣注视着略显醉意的赵新城，"他说要建设一座漂亮的城市，像女人一样婀娜多姿、风情万种。他还夸了你呢。"

"夸我？他？哈哈，别人夸我，我信。他夸我，肯定是骂我。"赵新城撕开鸡爪的包装，抓起一根，放在嘴里嚼。

"不过，他是真的夸你。他说你具有诗人气质，设计的城市建筑不落俗套。一位真正的诗人，在生活中免不了狂放，少不了女人的春风化雨。"

"啊呸，我知道他狗嘴里吐不出象牙来。不过，他是猪啊。我承认，我是一个具有浪漫主义情怀的人。周围的同事或朋友，有时称呼我为诗人。对这样一个假惺惺的称呼，我并不认可，因为我没有在任何一家国家级刊物上，发表过哪怕是一行的诗歌作品。我只是偶尔抒发一下小情小调，怎么就成了诗人呢？诗人一说，是骂人的，是疯子的代名词。我更喜欢有趣的生活，有趣的生活才有灵魂。无趣，只会让人哭。喝酒，是我最大的乐趣。"

赵新城把小酒壶里的酒一饮而尽，打了一个嗝之后，酒意迅速膨胀，说话的舌头变得沉笨："我也就是给你显摆显摆。我给你说一句有趣的悄悄话，此刻，你看到自己耳朵后面的风，是什么颜色了吗？哈哈，这句话刁蛮无理，却是我的思想精华，凝聚了我对这个世界的所有认知。梅二分析过这句话，说其中包含着时间、空间、视觉以及所有可见与未知，留给这个世界和人类所有的谜，让我们在一个立体或单面、丰满或苍白、客观存在或无端臆想的迷宫里，不自觉地沉沦或消失。梅二有时很怪，他竟能看穿我的心思。再想想我测绘笔下的城市，又何尝不是迷宫？各色人等，各种喧哗，都在自我辩白，像傻子的梦话。我承认，我受了梅二的影响，包括神经质，也像。"

宿荣看到，赵新城说这些话的时候极力隐藏自己的泪水。赵新城吸了几下鼻子，然后双手抱住头，十个手指从前往后，姿势如同用力梳理头发。

"我听不懂。"宿荣说。

"你不需要懂。我懂就行。"赵新城又喝了一口酒，"知道我是天才了吧。"

"我一直知道你是天才。"

"哈哈，可惜啦，我不是。告诉你实底吧，这句话是左岸小说中写的。左岸是不是写了一部城市小说？里面恰好就有一个城市规划者的角色。我觉得这家伙是想写我，把我当成了小说创作的原型。可惜，他还没有写完。如果能印出来，一定会很好卖。发生了火灾，能让他的书引起更大的轰动。你是不是见过他的手稿？我很好奇，他会给我安排一种什么结局？"

"你想要什么结局？"

赵新城长叹一口气："生活，唉，哪有什么结局？没有结局，才是真正的生活。"

宿荣坐在赵新城对面的沙发上，看着低头趴在桌子上迅速睡去的赵新城，心里不知是什么滋味。赵新城的酒量原本不大，可他爱喝，一喝就醉。酒醉之后，赵新城会睡在酒店里、马路上，会睡在一切能让他迅速睡去的地方。宿荣明白，虽然赵新城口口声声地说不是借酒消愁，可他醉酒的理由似乎也只有无穷无尽的愁。前几年是有名存实亡的婚姻，不思上进的儿子。现在离婚了，一个人又如同漂泊于城市街头的柳絮，没着没落的。工作上出了不少力，却因为馋酒，一次次失去了提拔晋升的机会。他常常哭着说："没人懂我。"这样的话，让任何一个听到的人，心里都是针扎似的疼。

"你知道我为什么这样吗？"赵新城经常这样问宿荣，"你知道别人为什么那样吗?"

"用梅二的话说,叫人各有命。你问我这个问题,有点难为我。"宿荣对赵新城说,"在这座小小的城市里,我看不懂任何人。当官的是不是天天想着老百姓,挣钱的靠什么挣钱,这些站在我们头顶上的人,吃什么,喝什么,做什么,我想不到。我知道一天三顿吃什么的人,只有一个梅二,还不知道他在想什么。社会上的那些人,说他像驴一样聪明,其实是想笑话他,说他傻,说他蠢。一堆一堆的乱麻中间,从来没有聪明的人。总有人想找到绳子的头,可摸来摸去,只摸到更多的结。富人和穷人,不是生活在一个天底下的。"

"那你说,我是穷人,还是富人?"赵新城的舌头早已经不打弯了,"他们说,你是我的情人。我恨死他们了。我们是兄妹,异父异母的亲兄妹。"

有人敲门。宿荣陡地起身。

敲门人没有等回应,推开一条门缝:"赵科长,局长找你。"

来人见赵新城趴在桌子上睡着了,然后又发现了宿荣,便迅速拉上门。

走廊里传来一路小跑的高跟鞋的声音。

4. 城市主题词:要用心做好群众工作。

永乐城文化历史街区项目建设指挥部,每天都要开例会,按照各自的分工,汇报头一天的工作进度和当天的计划安排。

拆迁办的车乔路,一大早去县城西巷的老豆腐店,喝下两碗刚接的豆汁后,甩着胳膊,大摇大摆地来到指挥部。车乔路感觉嘴里似乎还留有什么异物,便去路边的绿化带,折下冬青顶端最细的一枝,对着自己后面的两颗牙使劲捣。酸涩青苦的味道在嘴里泛开,刺激着车乔路呕吐起来。终于,头天晚上残留的米粒大小的胡萝卜,被他吐到手心。车乔路看了看,骂了一句,然后吧唧着嘴,掏出烟点上，使劲抽起来。

车乔路与赵新城同时进的住建局，两个人的年龄相差不到一个月，从认识第一天开始便水火不容，像结了杀父之仇的人。

车乔路看到指挥部里只有大老刘一个人在，便开始发牢骚："《三国演义》里说，既生瑜，何生亮。一个臭气熏天的住建局，竟然恬不知耻地搞矛盾对立，发动群众斗群众。屁眼大的一个单位，既有人负责规划建设，又有人负责拆迁，自己的左手扇自己的右脸。这事啊，真是可笑。"

"你们俩谁是瑜谁是亮？"

"当然他是瑜我是亮了。专业人员怎么了？一身不值钱的傲气，最后都变成了臊气。我要是住建局局长，一定先拿这样的刺儿头开刀。宿荣那个小娘们儿，是我先看上的，竟然让他霸揽去，成了异父异母的亲姐姐。这话只有傻子才信。他老婆把那个店砸了，明眼人一看就知道为啥。再就是那个质量检验所的办公楼，竟然让他说成清纯而伟大的处女作。啊呸，什么是处女作？他是处女吗？清纯，还伟大！拆了，我一点儿都不觉得可惜。还说什么那个楼角可以扒掉一小部分，做一下艺术处理，就能成为全中国最有特色的半边楼，像苹果公司的 logo（标志）。我看他才是苹果公司的老狗。我车乔路别的不拿手，毫不吹牛地说，拆桥扒路放眼全国咱都能数得上一流。半边楼，半个屁。"

"兄弟，还没醒酒？"大老刘抬了抬下巴，敲了敲桌子，提醒车乔路，"裴县长昨天讲的话，就是高粱也得酿成酒，排进下水道了。一天过去了，气儿还不顺？"

"你站着说话不腰疼，放到你身上，这气儿你能顺？我们伟大的县长大人，昨天就给组织部说了，要尽快安排考察任命。这还讲不讲组织程序，讲不讲用人原则？"车乔路的五个手指并在一起，在桌子上敲，"如果真要提拔干部，我车乔路哪一点不比他强？要是真的考察他，我就到县里上访，给市里写信，绝对不让住建局消停。大不了，我再找个人，打断他的一条狗腿。再不行，我就花钱雇个人，抱个孩子去县委大院里咋呼两嗓子。住建局提拔对象闹出个私生子的新闻，绝对会轰动小县城，比烧死左岸更轰动。"

车相渚不知何时站在了车乔路身后，他一巴掌打在了车乔路的头上："又在这里胡说八道！"

车乔路捂着头皮，嘿嘿笑着："叔，这里没外人，大老刘是我的拜把子兄弟。"

"管住嘴，干好活。拆迁问题解决好了，每个人都有提拔重用的机会。组织上如果不把你们纳入视野，我去找县委书记。"车相渚看着指挥部里的人越来越多，便坐到自己惯常坐的椅子上。

所有的部门负责人坐到位子上，打开记事本，记录车相渚当天的工作安排。车相渚把头一天裴县长提的要求，又重新讲了一遍，让大家抖擞精神，强化责任，尽快完成拆迁工作。车相渚特别强调："拆迁工作能不能做好，事关民心所向。每个人都要用心做好群众工作，动之以情，晓之以理。对一些非常之人，要有非常之法，以非常手段，做非常之事。当然，所有的非常，都必须以法律为界限，不能胡来，不能惹麻烦，出乱子。尤其是中央扫黑除恶督导组最近要进驻我们县，一定要稳之又稳，慎之又慎。"

车乔路的记录本上，写满了"非常"两个字。

按照车相渚的要求，车乔路、大老刘和办事处的建设办主任、信访办主任，组成了四人小分队，要对宿荣集中攻坚。

"非常啊，记住，非常。"车乔路把椅子使劲往后拉，椅子腿与地面摩擦的声音，像一只老鼠被猫咬住后的惨叫，"哥们儿，跟我走。"

四人小分队两个人在前边晃，两个人在后边跟着晃。来到宿荣家的时候，梅边渡已经去了他的工作室。一大早就有人来找他，说要和他商量重修城隍庙的事。

车乔路坐在宿荣家的太师椅上。这把椅子据说是梅家几代人传下来的。文庙的蓝成海曾经找人专门进行过鉴定，说是明代的红木椅子。自鉴定之后，宿荣和梅边渡都把它当宝贝一样看待，天天用毛巾细细地打磨一遍，从来不敢没轻没重地坐上去。

车乔路一屁股坐在那把椅子上，跷起二郎腿。宿荣不敢说话，如同车乔路天生就应该坐那把椅子一样。

"听说你不想搬迁？给个理由。说不出理由就别怪我们不客气了。"车乔路点上一支烟，燃烧得像蜡烛一样明亮的烟头，几乎要靠上红木椅子的扶手。

宿荣站在堂屋门口，瞪大了眼睛，看着车乔路，说话的声音被风吹得发抖："各位领导，你们都是体贴老百姓的好官，对老百姓的心声也一定很清楚。我们这些人，也像领导们一样，打心里想让这片老房子改造成新城市，不带一丝灰、一把泥。可我也有我的难处。房子的产权不是我的。俺姑临死的时候，让我替她、替俺表弟，守好这套老宅子。不瞒各位领导说，我只是一个看房人。俺姑的遗嘱明明白白地写着，房子是她留给俺表弟的遗产，俺表弟不要，我才能继承。俺表弟在哪里？他到底要不要这套房子？这些事我也不知道。按照二叔的说法，这房子还有他的一份。俺姑和梅边渡之间，打了多少年官司，领导们也一定听说过，两个人拿着菜刀互相追着砍。现在的梅边渡，态度更是死倔，放出狠话，如果我签字同意搬迁的话，他就杀了我。这些事没有捋出头绪之前，政府逼命似的让我签字，这不是要我的命吗？求求政府，再宽限几天，让我好好劝劝梅边渡，也联系一下俺表弟，尽早了结这事。请政府相信，我和领导们一样心急。"

"你和我们不一样。你怎么能和我们一样呢？我们代表政府，你代表谁？"

宿荣哑口无言，眼里充满惊恐。

宿荣转身倒水，端给车乔路的一次性纸水杯，被他一手推到地上："你别给我们使这些美人计，没用，政府的干部不吃这一套。"

宿荣身子一退，脚后跟碰到了旁边放着的暖瓶。暖瓶摔倒在地上，接着是一声"嘭"，水洒了一地。

"我……真的太没用了。"宿荣低声说。

车乔路见宿荣要去拿扫帚，便说："先不用乱捣鼓那些，咱继续谈拆迁的事。你看现在的县长，是非常体察民情民意的。这样的官，少见。虽然是上边派下来的，可人家接地气。咱再想想，这样的官，放在当下，放在人间，那也是绝品，绝品中的绝品。县长亲自调度这个项目，让我们挨家挨户做工作，这样还不行？政府也不是不体谅咱们搬迁户，给出的政策是近几年力度最大的。我干了几十年的拆迁，这政策上的事，我最有发言权。现在的政策，没有更好，只有最好。我再给你讲几句大道理。我叔曾经说过，永乐县城是一座英雄的城市，城市里的每一个人，都秉承着坚毅、敢当、实干、创新的时代精神，我所做的点点滴滴，都是希望这座城市变得更美，我以我血荐轩辕。这些话，也是我车乔路认同的，并且一直是这样做的。如果你确实有什么困难和问题，也可以给政府讲，只要不违反原则，政府还是会给解决的。"

"我的困难不大，就是找不到表弟，这个字我签不了。"宿荣带着哭腔，"还有梅……梅边渡，你们也要做他的工作。他神经有些问题，我不敢惹，惹毛了他敢杀人。"

"找不到你表弟是吧？梅边渡你也不敢惹是吧？刚才那句话怎么说？我以我血荐轩辕。我这个人做工作，讲究先礼后兵，先君子后小人。好，咱先把他们放一放，集中精力解决你的问题。首先，你不是城里人，户口也不在这个社区，强占了这套房子，我们要沿着垄沟找井，问清楚为什么。还有，这么多年了，你在城市里犯下那么多的事，寻衅滋事的罪名完全可以成立。如果你不承认自己有什么罪名，那好，你去找县城里那些头面人物，去找那些有说服力的人，证明你无罪。我要书面证明，签字画押摁手印。你干的那些不干不净的事，我都在小本本里记着呢。资本大佬吴连，这个人你认识吧？看他对你是什么样的评价。这样一个黑心大佬，说你好，说明你坏；说你坏，你就是坏。和这种人有牵扯，还是不清不白的关系，谁能说你好？男盗女娼，偷来偷去，还有王法吗？更可恨的是，他们家掏空了整个永乐城。如果你见到他，把我说的话原封不动地告诉他，我要扒了他的皮。还有，你开饭店做生意时结交的那些不三不四的人，他们是不是也能证明你清白？你们村里的大小干部，对你是不是也能有一个积极正面的评价？如果这些人都不能说你好，那可就别怪我们不客气了。用领导的话讲，我们就要用非常手段，处理非常之人。我车乔路向来说一不二。你黑道白道的，尽管放马过来。我也是一腔能坐死仁的人，到时候，别怪我心狠手辣！"车乔路在椅子上不停变换坐姿，一会儿左屁股使劲，一会儿右屁股使劲。

宿荣想起赵新城曾经给自己说起过的车乔路：一个浑身长满刺的人。他身上的刺很特别，不是山枣树上的刺，不是刺猬身上的刺，而是槐树上长大的蚰蜒毛子的刺，看似软软的，没有丝毫硬度，甚至肉眼都看不到，却扎得你浑身不知道哪里疼。

此刻的车乔路，更像一个浑身长着匕首的人，不管从哪个看得到或者看不到的地方，随随便便拔出一把，一定能刺你个血溅当场。

"我们给你七天时间，不算难为你吧。七天内，把证明拿过来。人也不需要太多，只要十个人，与你关系密切的十个人。用法律上的术语，叫重点关系人，家里人不算。这也不能算难为你吧？拿不来，我们要执行强制措施，就拿你这套房子开刀，杀鸡给猴看。"

左岸虚突然颤抖起来，他抚着宿荣的头发：我知道你无罪，一丁点儿的罪都没有。即使你有过一点儿不对，也算不上有罪。退一万步讲，即使你有罪，可这座城市是干净的。这座干净的城市，应该给你留一个吃饭睡觉的地方。我知道你已经习惯了这座城市的味道，虽然有那么一点点艰辛。你多少能明白这座城市的心事，喜欢老老少少的人们，与季节没有多少关系的穿衣打扮，这是你最最喜爱的所在。我懂。呜呜，我懂有用吗？我应该早早地告诉你，你是我小说中的主人公，是天底下最美的女人，历尽沧桑而情爱纯净。我知道你能担得起这样的名声。我需要你知道，对你，我是充满了无限真诚的，像对我死去的母亲。

宿荣眼睁睁地看着车乔路的四人组，一步一摇地走出院子。屋子里瞬间安静下来。那把被车乔路坐过的椅子，突然喊疼，宿荣的心越揪越紧，直至流下泪来。

宿荣的手机铃声响起，是赵新城发来的信息：明天有市里的领导来检查永乐城建设项目，我在给领导写汇报。我突然想起了左岸，想起他小说中写过的一段城市解说词，然后就忍不住掉泪。我有点想这个家伙了，那么自信和狂妄，爱是死，恨也是死。我真想像他那样。左岸在小说中是这样写的：无论从哪个角度讲，我都对这座城市充满了无尽无休的情感，好的坏的，深的浅的，远的近的，古老而遥远的，新鲜而具体的。我为这座城市设计了许许多多的高楼大厦，也为每一处小小的院落，做过详细的测量，像为久病的人测量体温，也像为一个心仪的女子，画过无数张惟妙惟肖的水粉画。我明白这座城市的每一处肌理，我知道她每一根血管是如何跳动的，洞晓她容易在何处堵塞，何时堵塞，为何无法可医，等等。至于生活在这座城市里的人，那是再熟悉不过的呼吸了。我与他们，有着千丝万缕的不解情缘，我爱他们，爱得疯狂，我恨他们，恨得要死。

宿荣不懂赵新城为何发来这样一段话。在拆迁四人组一顿训斥和责难之后，宿荣对赵新城的这段文字，没有任何感觉。并且，宿荣怀疑，左岸是不是真的写过这段文字。

左岸虚凑过头来，看到赵新城发给宿荣的这段话，然后大声说：

"这个家伙，又喝醉了，他是一个盗版者。我应该让他的笔尖，长出三尺长的毛。"

霉变。

霉变的季节和人生。

左岸虚拍拍宿荣的肩膀："明天，明天或许就能出太阳了。"

5. 城市主题词：楝树是树，也有开花的时候。

局长郑江湖找赵新城的那天下午，赵新城喝多了。办公室副主任毕妍敲过赵新城办公室的门之后，回来告诉局长："赵新城喝多了，更重要的是，宿荣在他办公室。"

"在干吗？"郑局长问。

毕妍笑得有些暧昧："孤男寡女，还能干吗？您是老江湖了。"

"小妮子，我是郑江湖。人在江湖，以郑为正。这话你一定要给我听好了。"

"哈哈，以郑为正，还是以正为郑，一个意思。局长平时一定特别喜欢绕口令。葱（qiōng）是葱，蒜（xuàn）是蒜……"

"哟，你还会这个啊。"郑江湖斜着身子，看着眼前打扮入时的毕妍，思绪已经跑到车相渚的脸上，想着那个油腻的家伙该是如何巧舌如簧，让眼前这个总是高昂着头走路的妙龄女子，死心塌地做他的"三儿"。有很多次，郑江湖甚至想叫她一声"三儿"，过一下嘴瘾，也试探一下她的反应。

"我的绕口令念得再好，也不敢像别人一样叫你的姓。你这姓，叫不明白是大忌讳。"郑江湖哈哈大笑，"老毕能叫得出口，你这小毕嘛，就得试量着叫。"

毕妍被郑江湖的装腔作势逗笑了："局长真坏。男人不坏，女人不爱。不过姓氏这个东西，没办法。郑局长是身正不怕影子斜，叫我啥都无所谓。"

"车县长怎么叫你？"郑局长压低了声音问。

"讨厌！"毕妍的声音扭得像麻花，"提他干吗？人家是人家，他是他嘛。"

"你的名字，啧啧，也有问题。"

"名字怎么有问题？"

"毕妍，字是好字，音不是好音。"郑局长用右手抹了一下嘴，又使劲吸了吸鼻子，笑着说，"对谁严，对谁不严，什么时候严，什么时候不严，这都是原则性的大问题。"

"局长真坏。"毕妍脸腾地红了，"不给你瞎逗了。车县长特意让我提醒局长一句，晚上请客的那个开发商，是市里的领导安排的。"

"我不去行不行？让车县长直接与他交流，更方便。县长怎么定，都无所谓，我抓好落实就行了。"郑江湖言语中竟带着商量的口吻了。

"那怎么行？我还想与局长交流一下酒量呢。上次我输了，这次要赢回来。"

"还约了谁？"

"没外人，县长让车乔路去倒酒。五六个人吧。"

"好的，我知道了。"郑江湖坐直了身子，"对了，还有件事我跟你商量一下。一个女同志，在办公室工作，迎来送往，有好处，也有弊端。你天天在局长跟前抛头露面，我怕别人说闲话，怕别人说你对我该严时不严。所以呢，我想让你去负责档案室的工作。不用干活，时间还自由。有点事啥的，也方便。"

毕妍看出局长笑容里隐藏的另一种深意："要不，你跟车县长商量一下吧，我做不了主。"

"嘿嘿，好。"郑江湖开始收拾桌上的文件。

听着毕妍高跟鞋的声音慢慢消失，郑江湖把头斜倚在老板椅的后背上。郑江湖明白，毕妍让他跟车相渚商量，明摆着是不想挪窝。

一个天天招摇于市的妙龄女子，对自己和住建局外在形象的影响，总体上是不利的。清楚的人知道是车县长的安排，不明白的人说不准会把她和自己扯上关系。把毕妍从下属的城市管护中心调到局办公室工作，也不知道那位精明的车县长，究竟是怎么想的。

至于晚上的酒局，郑江湖非常清楚，那是地道的鸿门宴。城市棚户区的改造工程，每年几十万平方米，早已成了唐僧肉。在自己到任住建局局长之前，已经听说过此事。任职这一年多来，郑江湖渐渐明白，住建局有一套规则之外的规则，大部分的城市建设项目，都会有大大小小的领导插手。这些城市工程，根据工程量大小、回报率高低、区位优劣不同、还款是不是及时等因素，形成了不同的势力范围和既定规则。在这些规则之下，自己完全可以成为一个既得利益者，也可以成为一个搅局者，或者做一个满身正气、清正无私的住建局局长。郑江湖明白，这三种选择，都不是最聪明的选择。郑江湖选择了另外的道路，做一名清醒的旁观者。

到任之初，郑江湖一遍遍回味自己提拔的前因后果。在一个县里，从公路局调到住建局任职，绝对是提拔加重用。车相渚在郑江湖调整任命之前，专门找到郑江湖，说要推荐他做住建局局长。郑江湖听到后笑了，他认为那绝对是天方夜谭。调整之后，车相渚第一个设宴为郑江湖祝贺。车相渚并没有夸大自己的功劳，而是对郑江湖说："要感谢组织，感谢书记县长。"话里话外似乎没有他丝毫的举荐之功。郑江湖哭丧着脸说："车县长，给您说实话，我确实不想到这个地方来。公路局虽然不大，可工作性质比较单纯，是我熟悉的领域，有劲儿使得开。住建局是县里权力大、头绪多的单位，我一个初中没毕业的粗人，怎么能担得起这样的重任呢？当初你给我提这个事的时候，我当成了玩笑。现在倒好，生米煮成了熟饭。这熟饭，不怎么可口啊，更何况是不是真熟了也不知道。不怕您笑话，我确实没这个本事，真怕自己干不了。"

"哪有干不了的活？你要是真干不了，就给我说，我替你想些办法、出些主意。我分管县里的城市建设，说长不长，说短也不短，八年了。一个住建局，还能有不熟悉的业务？那些科长主任的，哪个我不认识？哪个不是我提拔的？"

听到车相渚如此表达，郑江湖终于明白自己所处的位置和角色了。对一些重大工程，郑江湖让科长们直接去给车相渚汇报，再根据车相渚的意见，由分管局长签署意见，然后提报到局长办公会研究，走个集体讨论的程序。办公会上，郑江湖这样表态：尊重同志们的意见。究竟是同意还是不同意，他并不明说。对会议上自己的发言，郑江湖特意叮嘱办公室的记录人员，一个字不能改。至于分管局长或者负有直接责任的科长们，汇报某项工作的时候，要特别加一句"根据车县长的意见"，郑江湖也会叮嘱会议记录者，领导的意见一个字也不能漏。

来住建局不到一年时间，郑江湖便听到别人给自己取的绰号了，什么老泥、老狐、老江湖等等。郑江湖听了哈哈大笑："不就是老泥鳅、老狐狸吗？比老江湖的名声差不了多少。这些，我都认了。"

看着外面的天色慢慢变暗，郑江湖把手机关掉。一年多来，只要一到下班时间，郑江湖就把手机关闭。郑江湖害怕那死缠烂打的人，不仅一直拨打电话，有的还派出盯梢者，在他回家的瞬间一拥而上，要他签字，或者把大大小小的手提箱送到家里。

郑江湖通过内线电话，打到赵新城的办公室。

"喂，哪位？"赵新城口齿不清。

"我是局长。"

"噢，我也是局长，赵局长。"

"赵新城，你个傻蛋，又喝晕了？马上到我办公室来一趟。"

"我不知道你办公室的门朝哪开，你来找我吧。"

赵新城把电话挂掉。

郑江湖举着电话的手停在半空："这个狗东西！"

郑江湖直接推开赵新城办公室的门，见他正趴在桌子上睡觉，上前扭住赵新城的耳朵："现在知道门朝哪开了吧？"

赵新城被提着耳朵站起来，嘴里一边哎哟着："好汉饶命，手下留情。我还做着梦呢，别把那个小人儿吓跑了。"赵新城的眼睛没有睁开，两只手抱住郑江湖的胳膊。

郑江湖放开手，赵新城这才揉揉眼："还真是局长。嘿嘿，梦里我也梦见局长了。"

"信口开河，再说，你也是局长啊。"

"哈哈，我是毛局长，鸡毛的毛，毛局长。"

"什么毛？"

"黑猫白猫，鸡毛狗毛，反正都是毛。"赵新城点头哈腰，"局长大人，找我有何贵干？"

"请你喝酒。走，去烧烤城。"

"局长请我喝酒？太阳从西边出来啦？"

"你小子这么多废话！我有瓶老酒，三十年的荣和，喝不喝？"

"喝，谁怕谁啊？局长请我一个小科长，不犯错误。"

郑江湖的车停在一棵树下，他指了指，问赵新城："赵专家，认识这是什么树吗？"

赵新城吸吸鼻子："看不起谁呢？楝树。"

左岸虚突然出现，自言自语道："就要开花了，香得让人发疯。"

"是啊，楝树是树，也有开花的时候。裴县长亲自给我打电话，要我想尽一切办法提拔你。给我说实话，你给裴县长送了多少礼？"

"一百万。你信吗？"

"哈哈，谁信谁是孙子。你小子要是能有一百万，还不得到彩山酒厂，买十八大缸酒啊。"郑江湖拍拍赵新城的肩膀，"不过，咱兄弟俩都喝酒了，交人交心。我来局里，看重的是业务，不看吹嘘拍马屁的本事。我就是想掌握最真实的情况，不想被人害死了还不知道谁是挥砍刀的孙子。你给我说句实话，县城建设工程里边，有多大比例是你钦定的？"

赵新城把杯子往桌上一蹾，几乎要把杯子震碎。赵新城往下咽着某些东西，几分钟之后，开口说话："我赵新城的清白，天地可鉴。如果局长不信任我，可以让纪委来查我。"

"哈哈，急了吧？如果你真的有问题，我会这样问你吗？有的人向我提醒过，人家说，那是善意的提醒。哈哈，懂了吧？"

"我懂，并且我知道是谁在提醒局长。我给你讲讲某领导，是我听说的，不对真实性负责。这位领导，干乡镇长的时候告书记，当书记的时候黑镇长，当了县领导后以县长的口气告书记，四处陷害挖坑；敢和情妇的男人面对面谈判，敢从企业里拿干股。这样的角色，比局长您还江湖吧？你名江湖实不江湖，我名新城贪恋旧城。"

"你小子，哪里来的这些小道消息？这样啊，咱都是小人物，不议论县里的大领导。我可是掏心窝子对你，你要跟我说实话交实底，我们——县里的大领导、我和你，要讲究策略，做一些正本清源的大事。懂吗？"

赵新城摇摇头："不懂。局长，我喝多了，咱回吧。"

"狗东西，你比我还江湖。"郑江湖拍了拍赵新城的肩膀，"我们可以失败，但不能当逃兵。"

皎洁的月光下，赵新城抬头看身后那棵楝树，发现上面的一个鸟窝不见了，曾经搭过鸟窝的树枝，显得寂寥空洞，像被挖空了心脏。

6. 城市主题词：站在风口，总会感觉到冷的。

车相渚和毕妍醒来的时候，已经是九点多了。

前一晚上的疯狂，包括放纵狂饮的酒，声嘶力竭的歌，再就是其他的必需，让两个人精疲力尽。

"你说，那个郑江湖到底怎么想的？他吃了熊心豹子胆吗？你约的场都敢不参加。"毕妍趴在车相渚的胸口，嘴里呼出的污浊气息让车相渚把头扭向一边。墙上是一幅赤裸男女的戏水图。

"老狐狸就是老狐狸。"

车相渚推开毕妍："抓紧时间起床，中午还有市里的一个领导来。下午我得抽出点时间，去找那头聪明的驴。"

"梅二？你找他干吗？"

"有人说我今年犯太岁，凡事都得小心。我让这家伙再分析分析。找他算过的几个人，都把他吹得神乎其神。"

"老狐狸想让我去档案室的事，我该怎么回复他？"

"给他说我不同意。过一段时间，我要把你往市直部门推荐一下。"

"你不要我了？"

车相渚从身后把毕妍整个揽住，两只手顺势抓住上身："小傻瓜，我只是为了更方便。到市里，周围没几个人认识咱，要多自由有多自由。随便市里的哪个部门，都能让你的级别升得更快。再加上你那股子骚劲儿，说不定还能挂拉上说话顶事的市领导。到时候，即使我想要你，你也会把我踹到一边去。"

"哎呀，你怎么能这样说人家！我毕妍就是你一个人的姐己，贪恋你的江山，更爱你的那个。哈哈。"

陪完市里的领导，车相渚并没有去梅边渡的工作室，而是让车乔路把梅边渡叫到了指挥部。

梅边渡抱着厚厚的一部书，书皮被一张发黄的旧报纸包裹着。车相渚看到报纸上有第一颗人造卫星升空的文字，便问："你包书的那张报纸，该成文物了吧？"

梅边渡不说话，两个眼珠子一会儿黑，一会儿白，最后一动不动地盯着车相渚看。车相渚心里发毛，身上起了鸡皮疙瘩。

"请报上生辰八字。"梅边渡面无表情。

"1970年阴历三月初九，傍晚六点。"车乔路在旁边说。

"这位先生，请先回避。真相不道外人，请多多包涵。"梅边渡看着车乔路。

待车乔路一步一回头地走出指挥部，梅边渡开口说："先生的生辰八字，按照相书所记，今年恰是吉星高照之年。有华盖吉星相助，今年应有不错的事业运势。不过，受白虎凶星牵动，情绪起伏较大，容易引起口舌纷争。外室易受扰动，处理不当会引起祸端。不知先生对五行八卦可有了解？"

"了解不多，请多多指教。"

"所谓五行，即金木水火土。所谓八卦，即乾、坎、艮、震、巽、离、坤和兑。五行相克相生。五行与八卦相互对应，乾、兑为金，巽、震为木，坎为水，离为火，坤、艮为土。人之为人，离不开阴阳，逃不脱命运。命运不是虚妄之词，命与运，自出生那一刻起，便已由上天注定。大人为孩子们取名，为什么要扒扒相书，目的就是要改变命理。敢问令堂名讳？"

车相渚把他父亲的名字写在纸上，推到梅边渡眼前。梅边渡看过之后，两只手来回掐算。

"令堂的耀字与先生的渚字，略有悖逆。水与火，难以相容。再结合先生的生辰八字，推算出自先生降临之后，家事多灾，坎坷无数。直到父子分别，遥寄思虑，反而少了相克戾气，情势才略有改观。所谓此消彼长，先生今年的运程尚好，但令堂可能顽疾复发，处理不当，或有丧事来临。更重要的是，先生今年的潜疾或可外显。如不及时救治，将有不治之虞。所谓算卦，大都挑好话说，说得让人高兴。我梅边渡不一样，我要说实话。先生可信可不信，我梅边渡均不在意。"

"我信,我信。"车相渚擦着额头上的汗,端起水杯喝了一口,"今天天气有点热。"

"一直站在风口,总会感觉到冷的。"

"先生明鉴,明鉴。多问一句,先生可有破解之法?"

梅边渡沉吟许久,再次掐指计算:"如果先生确需破解,请容我七天时间,筹划一个万全之策。"

"那好,那好。"车相渚站起身,从办公桌上的公文包里拿出一个信封,"先生的辛苦费。"

梅边渡用手挡住:"我与别人不一样,只有等到情势转好,有了善果之后,我才收。"

"那样的话,好多人不就不给你了?"车相渚把钱丢进公文包,"这可是一万块呢。"

"善意善念,善行善果。身外之物,且放身外。内明之理,自有明处。"梅边渡抱起他的相书,推门而去。

车相渚想起包裹相书的旧报纸上的文字,中国第一颗人造卫星升空,是哪一年呢?车相渚打开手机查询了一下,知道发射的时间是1970年4月24日,卫星的名字叫东方红。

这个时间,是在自己出生十天之后。车相渚暗想,这是不是预示着自己就像一颗卫星,能照亮世界的天空呢?

这个念头一出现,就被左岸虚发现了。他在半空中"呀呸"了一声,便见墙角拐弯处,有一股旋风越旋越大,最后竟将指挥部的铝合金门板,哐的一声吹了下来。

"云雨不渡,老树昏鸦。"左岸虚以虚悬之力,在车相渚额头上,写下了这几个字。

7. 城市主题词:满眼都是蒲公英。

赵新城回到家的时候,已经醉得很深。他几乎是闭着眼,不知道用了多长时间，才摸到钥匙孔。

门开了，赵新城一下子扑倒在客厅的进门处。

可以先这样休息一会儿，不用管屋里是什么样子，明天又是什么样子。地板并不凉，甚至有些人世间的温暖。有泥土的味道，嘴啃泥是童年的乐趣，没什么大不了的。满嘴的土。如果在嘴里种上一棵庄稼，是不是就可以不食人间烟火了？种什么呢？玉米或者高粱，小米或者大豆？只有棉花是白色的，像太阳一样暖和。庄稼的根扎进身体，像粗细不匀的血管和神经。细腻的瓷，记忆中应该是纯白色。岁月让地板蒙尘，变得沧桑，像一颗易老的心。没有人会掉泪，哪怕有再多的心事，有再深的孤独。这个世界有谁不是这样呢？那首歌里怎么唱的？噢，"孤单的人那么多，快乐的没有几个"。我是快乐的。我坚信自己是快乐的。即便不快乐，装一装快乐又能如何？城市街头应该种上无数的蒲公英，可以开白色的花，也可以开蓝色和紫色的花。浪漫的颜色，像城里人的夜生活。如果我能够像蒲公英一样飞翔，我最想去哪里呢？嗯，还是喜欢站在城市最高的建筑之上，看满城春色，看阳光照进小城的每一扇窗户，看那些穿着七彩衣服的孩子，在街头放风筝，像童年的自己一样，开心地笑，笑声碎了一地，像泪水摔在地板上一样。看那些弓着身子，努力挪动脚步的老人，都像我早已经死去的父亲母亲。我想你们了，爹，娘，很想。想你们相互搀扶，拄着拐棍在村头等我回来。想你们一言不发烧火做饭的样子，那柴火冒出的烟，呛不呛啊？想你们渴望抚摸我头发的手，缓缓举起，又硬生生放下。想你们转过身去擦干泪水，留给我一个苦涩艰辛的背影，在夕阳下慢慢弓下去，再弓下去，最后竟然支撑不住，整个身子倒下去。爹，娘，你们一同倒下去的时候，像一座山崩塌了，你们深埋进泥土里，也带走了我的灵魂、希望和未来。爹，娘，说实话，我比你们死得更早。我知道这话有些不敬。如果非得让我再说一遍，那就是，我在你们死去的那个瞬间，就再也没有生命的气息了。别人说，没有了父母就没有了家，我是没有了父母就没有了命。我要命干啥呢？我要和你们埋在一起。那样的话，以后就能天天陪你们，听你们讲故事，我也把自己的一生，说给你们听。还有你们的孙子，当成宝贝的孙子，总是不争气，可他会好的。多少次，我带他去村头找你们，你们不在，我把他也弄丢了。

电话铃声响起。这是谁打来的电话？我这是在哪里？管他呢，天塌不下来。头疼，只想睡觉。床有些硬，腰冰得厉害，枕头怎么变成瓷的了？

电话铃声再次响起。赵新城伸出手，竟摸不到手机在什么地方。

手机又响……

赵新城放声大笑起来，他看到了墙上自己的影子，他跟跄着起身，口齿不清地指着自己的影子骂："在别人眼里，你的任何要求，都是一堆屎，然后被忽略。你要装作无动于衷的样子，自己洗衣服，做更多需要做的事。你要给自己一个理由，你需要想明白一些事情，此时此刻，必须是在此时此刻。你要面对所有人说，我有多少身体之欢，鱼水之娱。你，赵新城，这些话，只能对自己说。然后呢，对着整个世界，转身，再转身，不掉泪。"

赵新城不知道自己何时被抱上了床。呃，是我的床吗？带着霉味的、坚硬干瘪的床，比一口棺材的木板还硬。一只老鼠啃着发霉的玉米饼。玉米饼干硬，长了一寸长的毛。

"一个人喝醉酒之后，醒来最想做的事情是什么？"赵新城意识模糊，问宿荣。

"一碗小米粥，或者一块冰凉的西瓜。"宿荣回答。

"我希望有人告诉我，你还活着。"赵新城的声音渐无。

赵新城醒来的时候，发现自己的外衣已经被脱掉，骨瘦如柴的躯体完好无损地躺在床上。他发觉被子的另一端被压住了，抬头一看，是宿荣正趴在床头沉睡。

"宿荣——"赵新城叫了一声，"你怎么在这里?"

宿荣快速地起身，搓着自己的脸，说："昨晚你喝多了，就睡在进门的地板上。我打了十几遍电话，你没接。跑过来一看，就看见你头抵在地板上，没命地亲瓷砖。还好，你瘦，我能抱得动。"

赵新城感觉到头疼欲裂。

"我去给你买点稀饭吧?"

"不用了，你回去吧。我再睡一会儿，不去上班了。出门时小心点，别碰上熟人。心术不正的人，会以为你在我这里过夜了。"

"我就是在你这里过夜了，还在同一张床上。这话一点也不假。哈哈。"宿荣一边开玩笑，一边起身离开。宿荣站在卧室门口，摆手。那一瞬间，宿荣想起夜半时分赵新城的放声大哭，想起他紧紧抱着自己的样子，像个受尽委屈的孩子，想起他把手伸进自己的内衣深处，然后又骂自己不是东西。

看到赵新城再次沉沉睡去，宿荣并无睡意。她想着自己这么多年的苦守，像一条鱼等着天空的飞鸟，注定没有结局，没有未来。但她仍然劝自己，要像永乐城历朝历代的贞节烈女一样，守得明月，只待清风。

一切的是与不是，一切的接纳与抗拒，都在太阳升起之后，变成了枕边消失的一个梦境。

"昨晚，我没对你怎么样吧?"赵新城瞪大了眼，问刚要转身离开的宿荣。

"你说呢?"

宿荣的笑，让赵新城忍不住拍打自己的脸。

"对了，我得涂一下口红，借你家的镜子使使。"宿荣走进洗漱间。

宿荣一直以为，口红是女人精致妆容的灵魂。如果哪一天不涂口红，宿荣就感觉如同没穿衣服一样难受。宿荣喜欢把不同颜色的口红叠加在一起混涂，以期收到意想不到的效果。她习惯用浅色的口红打底，用细细的指尖把口红晕染开，然后再添加其他颜色的口红，深的、浅的、紫的、金的，等等。宿荣根据每天的心情，搭配不同的色调，让两片美丽的唇说出的话，如同鸟儿唱歌。她还会将残余的口红，以指尖轻揉在脸颊之上，作为淡如薄烟的腮红，使唇与腮的色彩成为互相照应的绝妙搭配。这种搭配，在宿荣的指尖，堪比任何一位工笔画家的纤细和准确，也只有对色彩敏锐的眼睛才能发觉。

十几分钟之后，宿荣摆摆手，离开。她返身抛给赵新城的飞吻，让赵新城激动不已。

电话铃声突然响起，是赵新城远在深圳的儿子打来的电话。儿子的声音低沉："我离婚了。"

"噢。"赵新城从床上一骨碌坐起来。

"我找了一份海员的工作，今天下午就出海。给你说一声。"

电话挂断了。

没有更多的说明——为何离婚，怎么离的，下一步如何打算。赵新城呆若木鸡，眼睛不知该看向何处。地板，冰冷坚硬的地板，昨晚一定是撞在地板上了。赵新城想。头疼，炸裂一样地疼。

儿子从小懂事，但脑子有些迟钝。他明白父母的境况，百倍努力地做好自己的事，尽量不让父母操心。没有考上好的大学，只上了一个职业院校，却比考上清华北大还高兴。毕业后到了深圳的一家工厂，工资连房租都付不起。一开始，儿子死活不谈恋爱，赵新城明白，是自己的婚姻状态和妻子的无理跋扈吓到了他。后来，终于遇到一个有缘的女子，结婚仪式都没办，便成了家。结婚也只有三个年头，又急匆匆地离婚了。赵新城不知该与儿子交流些什么，又该如何交流。父子关系或许仅仅是一种存在，如同某种象征。想到这里的时候，赵新城捂住了胸口，脸色煞白。赵新城使劲拍打自己的前胸，好久，才吐出一口长长的气。

赵新城给宿荣打电话，声音颤抖，泪盘旋在眼眶之中："宿荣，你给我说实话，愿不愿意跟我结婚？"

宿荣没有任何回答，挂断了电话，抱着路边的一棵树，放声大哭。

赵新城趴在床上，泪水横流。

"我知道你这么多年，清正廉洁，刚直不阿，从来不与任何一个开发商和企业家有利益往来。你装憨扮傻抱到办公室、交给局纪委的那些钱，明明知道是谁送的，可你装着喝多，说自己喝断片了。这是你的强项和聪明之处，不容易。常在河边走，你一直不湿鞋。有人骂你是废物，可你自己不能把自己当废物。无论以前有多少人对你不公，我郑江湖，想起用你做我的副手，为永乐县城的建设出把力。"赵新城想起局长郑江湖的话，"宿荣，我听说过这样一个名字，会是你的软肋和硬伤。"

"局长，我跟您说实话，我不需要提拔，谁想要提拔谁是儿子。真的，求求你了。我敬你一杯。"

灯光很暗，赵新城看不出局长眼里的失望。夜色里，所有人的失望转变成梦里的情节。

一辆疾驶而过的车，然后是猛烈踩刹车的摩擦声。车轮和大地的摩擦，注定是躲不开的悲剧。烧烤城里的喧嚣被撕成更小的碎片，刺向每一个耳膜。

8. 城市主题词：城市是享乐者的天堂。

车乔路看着大老刘在指挥部里磕头打盹，站起身离开椅子，悄悄走到外面。

阳光正好，百无聊赖的那种。车乔路伸了个懒腰，刚要将两手探向地面，身子却被挤得生疼的肚皮弹起来。车乔路揉着肚子，恰好看见宿荣一个人往家走，便悄悄跟在宿荣后面。

车乔路进门的时候，宿荣正在院子里收拾晾晒的衣服。

车乔路的眼盯着一件摇摆不定的文胸："不算花哨嘛。男人喜欢带窟窿眼子的，露点肉。你这个，太老气啦。"

宿荣迅速把长袖上衣盖在上面，满带小心地问："车主任有事吗？"

"我来看看你的无罪证明。弄到什么程度啦？"车乔路的眼神追着被遮挡起来的文胸。

"不是七天时间吗？今天才是第一天。"

"说是七天时间，领导一旦让我们加快进度呢？领导的嘴不是嘴，说什么是什么。拆迁办的工作千头万绪，我不能老惦记着你这一件事吧。"

车乔路看着宿荣进屋，也跟在后面，有些夸张地高抬腿，进了屋。

"有人告诉我，你在赵新城家里过了夜。你该不会是让他给你写无罪证明吧？"

宿荣眼睛瞪得老大："谁告诉你的？你在跟踪我？"

"跟踪你？哈哈，你太把自己当回事了。"车乔路一屁股坐在红木太师椅上，摇摆起二郎腿，"实话给你说，这个县城太小了，要想人不知，除非己莫为。别害羞，男女之间，不就那点破事吗？都是过来人，都懂。"

"车主任今天来，就为这事？"

"你们那点事，在我车乔路眼里，不值一提。我还是为你的无罪证明来的。七天时间，让那么多人证明你无罪，我知道有些不近人情。我给你指条光明大道，让你少跑路，效果好。"

"什么光明大道？"

"把你和赵新城的事写成材料交给我，可以顶证明。"

"我和赵新城什么事？"宿荣沉下脸来。

车乔路点燃一支烟，手指在烟上不停地敲打："有些话不要让人点破，说破就没意思啦。你和赵新城，从认识到现在，也得二十多年了吧？这中间就没啥事？二半吊子才信。赵新城和他老婆不和，我们全局的机关干部都知道，整个永乐城的男女老少都知道。这种事，我是见怪不怪。城市是享乐者的天堂。谁想在这座城市里弄三五个相好的，那是再容易不过的事了。咱们富源巷的那些事你又不是不知道，卷帘门一拉，卖卫生巾的躺床上了。原来开放富源巷的县领导，留下了开放的遗风。给你说这些，就是想告诉你，啥都不叫事。孤男寡女，没事才叫不正常。"

"车主任，我就想知道，你要我和赵新城的材料，想干吗？"

"想干吗？我能干吗？我就是好奇，我想满足一下自己的好奇心。说实话，前些年，我也想追你，把你弄到手。这么漂亮的女人，谁不想弄到手？一个正常男人，都会这么想。我承认我不是正人君子。正人君子都是装的。我不装，我心里想啥就说啥。我就是对你有想法，过去有，现在有，将来也会有。如果你能让我满足，我可以不要你的无罪证明，还会给你整个县城最优惠的拆迁政策。你能答应不？"

宿荣哈哈大笑："绕这么大弯子，就为这点事？"

"这么说，你答应了？"

"答应个屁！你以为我是卖身的？"

"好好好，我不让你卖身。你给我写个材料，说说你俩的事。我给你钱，就是为了满足一下我的好奇心。这样总可以吧？你开个价。"

宿荣斜着眼，看着车乔路脸上变得不可捉摸的笑，咬着牙说："我会在你规定的时间之内，给你我的无罪证明。"

车乔路站起身，手指捏得啪啪响："你可要想好了。七天时间一到，如果你交不出无罪证明，我会让你知道我车某人的手段。"

"杀人不过头点地。要是拆迁办敢强迁我的房子，我也不是好惹的，什么事都能干出来。兔子急了也会咬人。"

"你知道这叫什么吗？这叫挑衅。老子从来不吃这一套。"车乔路一把抓住宿荣的头发，将头低到离宿荣很近的地方，"信不信我现在就能干了你？"

"打人啦，打人啦，政府干部打人啦。"宿荣突然扯开嗓子喊。

梅边渡从沿街的工作室快速跑来，手里攥了把生锈的铁锨。

"怎么着，还想打我？"车乔路将宿荣一把推开，两手一上一下使劲拍着，像是要拍掉沾在手上的土。

"是车主任啊。不敢，不敢。"梅边渡嗫嚅着。

"我谅你也不敢。"

"七天，记住，七天。不，从现在开始，变成三天了，多一分钟我都不会给你留。我回去就协调公安和法院，还有执法大队，把你当作强制拆迁的钉子户，第一个开刀。"

迈出门槛的时候，车乔路被绊了一个趔趄，也激发出他另一个主意："对了，不光要你的无罪证明，给你提供证明的人，也要证明自己无罪。"

出了院子，车乔路摸出手机打给车相渚："叔，事没办成，那娘们儿不写。不过，我手里有那娘们儿从他家里出来的照片，可以抵挡一气。"

宿荣拿起手机打给赵新城："那条蛇来过，要我写写和你的事。"

"哪条蛇？什么事？"赵新城问。

"拆桥扒路的那条狗，要我写写和你之间的男女私情。"

两条无形的手机的信号线，在半空中撞在一起，不知怎的，改变了方向。

"喂，喂，喂——"四个人同时在喊。

左岸虚模仿着车乔路的声音："城市是享乐者的天堂，每一个苦难的灵魂，请跟我约会吧。"

9. 城市主题词：我要向你们致敬。

裴县长有早起锻炼的习惯，无论春秋冬夏，他都穿一身纯白的运动衣，永远一尘不染的样子。

裴县长还有一个习惯，遇到路上的环卫工人，他都要举起手，打声招呼，喊一句"辛苦了"。认识他的人，回复一句"县长辛苦"，或者行一个摆手礼。不认识他的人，时间久了，把他当成勤于锻炼的人，也渐渐熟悉起来。

一天早上，小雨来得太突然，晨练的裴县长躲进环卫处理站避雨。

"春雨贵如油，挺好的，就是辛苦你们啦。"裴县长向身边的一位老大爷打招呼，"您老多大岁数了？"

"七十挂零了。"

"怎么还干这个啊？"

"混口饭吃呗。就像人一样，城市喜怒无常，缺胳膊少腿，还经常淌眵目糊，总得有人为它擦一擦。"

"老同志说话挺有意思。孩子们都工作了吧？"

"唉，别提啦。到处都是官二代富二代，俺那几个，都是穷二代，穷出名气了。"

"穷还能出名？"

"正常情况下不能。可俺那几个，天不怕地不怕穷不怕，在俺那两间破房子里，赖吃赖喝，一个比一个赖。这当爹的当娘的，自己有一口，就得给他们留一口。"

"几个孩子啊？他们都不去工作？"

"三个。原来找过工作，现在都是破产企业的下岗工人。打个零工吧，嫌钱少。找个长期的吧，没那本事。累的嫌累，闲的说闲。天天在外面混东混西，最后啥也不是。管不了，也不惹那个闲气生。愿咋的咋的。"

"听口音您老不是本地人啊。"

"祖籍烟台，上山下乡那会儿过来的。原先合计着退休后能回老家，如今混成这个样子，觉得没脸回。"老大爷长叹一口气。

"你现在的工资多少钱？"

"退休金两千多，当这光荣的环卫工人，一个月还能给八百。"

"你以前也是破产企业的工人？"

"是啊，粮油购销公司的，做过公司的副总。哈哈，说起来，也曾经人物过。时势造英雄，此一时彼一时。不说了，好汉不提当年勇。"

裴县长不敢继续往下聊了。他知道自己常常泛滥而起的悲悯，可能会让自己意气用事。他对着身旁的老汉深鞠一躬："老叔辛苦了，我要向你们致敬。"

裴县长不顾外面的雨越下越大，转身跑开。

三五步之后，裴县长听到身后的老汉在喊："我知道你是谁，你是我们的父母官。"

裴县长愣了一下，没有回头。他感觉自己的脸上突然发烫，如同偷了人家东西。父母官的称谓更像一把尖利的刀，把他的心刺得生疼。

在与老汉闲聊的那一刻，裴县长曾经设想，如果老汉是永乐城文化历史街区的受益者，待项目建成后回迁到设计高档而风格厚重的仿古建筑群，会有怎样一种感慨。他甚至想，自己推动的这项前无古人的城市改造工程，一定会在历史的书页中，留下辉煌精彩的记录。可他恰恰忽略了，那些在城市角落里，为生存而拼死挣扎的人，他们会有怎样的苦难，他们的人生，他们子女的未来，是不是像建设施工过程中被甩扔出去的泥沙灰土，永远没有希望，并被无情地铲进垃圾箱。

裴县长想起，郑江湖任住建局局长后，第一件事便是打了报告，要给环卫工人们涨工资。"八百块钱，连馒头都吃不起。"郑江湖跟他说。"用黄金做的馒头？"裴县长记得自己的回答相当粗暴。他把报告签批给财政部门，让他们拿意见，最后不了了之。

"我要向你们致敬！"裴县长向下一个正在打扫的环卫工人喊，声音响亮而坚决。

10. 城市主题词：阳光从来不嫌弃泥泞的巷子。

傍晚时分，梅边渡回到家。他见宿荣已经把饭菜做好，便从内衣里掏出一瓶白酒。腋下的体温留在瓶子上，散发出梅边渡喜欢的肥皂味。

"喝一杯？"梅边渡举起瓶子问。

"有什么高兴事？"

梅边渡坐下，顾自把瓶盖打开，然后右手举瓶，左手拿杯，一上一下往两端拉。一条长长的酒线在半空中摇摆，像珍珠的光。

"什么酒？这么香。"

"不记得了？上次我们和左岸一起喝过。剩下的半瓶，左岸当成宝贝，非要存起来。这下可倒好，他那房子一烧，瓶子没了，酒没了，全都没了。今天这瓶，是下午一个客户送给我的，比上次那瓶还好。虽然都是荣和，这瓶可是五十年呢。还记得上次左岸怎么夸这酒的吗？他这样说：看这酒花儿——左岸说'花儿'的时候，舌头都捋不直了。左岸夸奖这酒，语气酸溜溜的：看这酒花儿，如果在放大镜下看，一定像盛开的菊花，又雅又淡，张弛有度，花瓣厚薄恰到好处，上面有细细的毛孔，毛孔张望着世界的新鲜。如此，这花儿便有了厚度，也有了诗意。这酒的香，涵盖了时间和空间，蕴藏了血脉和灵魂，将土地、阳光和水的精华气息，完美地糅合起来。这入口的感觉，无烈而绵，无厉而柔，无苦而温，无促而长，无薄而醇，无浊而净。一款酒，能做到如此美妙，便是舌尖上的明前茶，味蕾上的红烧肉，梅边渡的紫檀书。"

"怎么还有紫檀书？这话怎么讲？"

"哈哈，那是左岸忽悠我的。我最珍贵的书，都放在紫檀箱子里，别人是不能看的。他是在笑话我呢。这家伙，嘴巴损人，舌头损人，连一口黄牙也能损人。算了吧，不骂他了，让他的灵魂安息吧。"

左岸虚飞在半空中，恨得咬牙切齿。他紧紧地掐住梅边渡的耳朵，梅边渡却没有丝毫反应。

"更大的好消息是，中央扫黑除恶督导组进驻咱们县了，据说要来点大动作。下午送给我酒的那个客户，匆匆而来，急不可耐，心虚得不得了。他就是向我求个平安符。"梅边渡把酒杯端到鼻子与嘴的中间，丝毫不差的正中位置，将酒一次次嗅来嗅去。

"向你求平安符？你成神了？还是成了老天爷爷？督导组到永乐来，对我们有什么好处？"

"阳光从来不嫌弃泥泞的巷子。说不定，我们的拆迁又要放一段时间。如果有怨言的老百姓，趁机向工作组反映一些问题，有些人是要吃不了兜着走的。"

宿荣将小小的一杯酒，先是含在舌尖处，然后在整个口腔里折回，最后才咽下去。她让酒的香在喉咙处自下而上地翻转，将所有的气息再次在口腔里折回，最后从鼻孔里慢慢呼出，与上翘的嘴唇形成碰撞的角度，再次折回后，又被她轻轻吸入鼻腔。

梅边渡看到了宿荣品酒的整个过程，向她竖起大拇指。

"跟着你沾光了。这是我第一次喝这么好的酒。"

"好酒孬酒，都是喝。我在想那些涉黑的人，为吗呢？"

"唉，谁都不在别人家里过日子，谁的苦谁懂。"宿荣突然感慨道，"我们被轻贱惯了，可谁的人生不是人生？"

"有一次，左岸对我说，如果做不成作家，就当酒线师。他说他适合在大海一样的酒池中，撩起不同年份的原酒，拉出绵延不绝的酒线。那些酒线有粗有细，有浓有浅，有绵有烈，只有按合适的比例搭配，才能调出天下最好的酒。酒线是岁月的定格，也是有生命和温度的。你知道，左岸是一位伟大的作家和诗人，他的话，我当成符咒去听。"

宿荣点头称是。

梅边渡稍一停顿："我觉得，咱们裴县长比左岸的水平差远了。我听别人讲，裴县长要建设一座开满常春藤的城市。裴县长貌似具备诗人的情怀，但他的这个想法不可取，常春藤里面会隐藏数不清的蛇，蛇会吃掉鸟蛋，鸟会绝迹于这座城市。鸟没了，生命就没了。"

宿荣抬头看梅边渡，充满疑惑。对梅边渡的奇谈怪论，她不知道是不是该信。

第二章
天地间站着梅边渡

11. 城市主题词：梅家的遗嘱。

永乐城里的烟火气流得满大街都是，上下左右、东南西北地流。这些略显油腻的气息，混杂了历史的陈腐味道，白菜帮烂在胡同口的味道，修鞋摊上一双旧皮鞋散发出的恶臭，以及刚刚走出巷口的宿荣浓淡相宜的胭脂气息。

永乐城，没有人准确地知道它建于何年，何人兴建，又毁于何年，被何人所灭，又兴盛于何时。

在宿荣看来，有关永乐城的一切传说，都是被岁月淹没的泥石流沙，淹在水下或深埋土中，都没有多少差别。宿荣不问这些没用的东西，她考虑最多的，首先是自己的生活大计，还有与自己血脉相连的几个人，他们的喜怒哀乐，女儿的，母亲的，梅边渡的，左岸的。最后，还要算上可有可无的赵新城。

梅边渡是宿荣姑姑的小叔子，按亲戚关系，宿荣叫他二叔。

梅家在东关村独门独户，家世历来不明。梅家的房子包括三间正房、两间配房，在拥挤的城巷中并不显眼，低矮得像有钱人家的茅厕，惨淡的灰色和脱落的墙皮，似乎隐藏着永远无法解开的秘密，诉说着无边的落寞和忧伤。

自从梅宿氏死了之后，梅边渡成了与宿荣同室而居的男人。当然，这样的同室而居，自然是一人一间房。宿荣住在姑姑生前一直居住的东间，梅边渡住在西间。

梅宿氏曾经无数次地给宿荣讲："那个梅边渡，长了个人模样，揣了个狼心狗肺。俺公公婆婆去世之后，他欺负俺孤儿寡母，想独吞这个院子。再怎么着，俺也叫梅宿氏。俺的宝贝儿子姓梅，里里外外、上上下下淌着的，都是梅家的血。这房子怎么能让他一个人霸占了？祖上的东西，一代一代传下来的，就得人人有份。哼，咱老宿家也不是吃素的。姓宿不吃素。这个可恨的狗东西，还想拿棍子打俺。俺才不管他三七二十一，抄起菜刀，对着他就是一阵猛劈，吓得他跑到大街上。别看他个子不高，两条小腿倒腾得快着呢，吧嗒吧嗒，震得脚底板子疼。有个事特别丢人，俺追到广场正中间，才发现自己的前开襟没系好，一晃还会露出里面的肉。俺才不管呢，继续举着菜刀撵他。这个不要脸的东西，故意往男人堆里钻，弄得俺追也不是，不追也不是。几个没脸没皮的男人，抓住裆部的硬把子，对着俺晃悠。俺当时想，老娘啥家伙什儿没见过？俺狠下心，眼一闭，见谁砍谁，吓得那帮狗男人，一溜烟全跑了。哈哈，一战成名，整个永乐城里，再也没人敢招惹俺了。"

"然后呢？"

"他哪还敢有什么然后？俺直接告诉他，房子是老人留给他孙子梅善良的，你梅二可以住，但只要惹俺不高兴，就把你轰到大街上。"梅宿氏稍一停顿，"俺拿出一张纸晃给他看，说老人留下的遗嘱就是这样写的。没想到这家伙非要看，俺一把塞进嘴里，给他说，如果想看，扒光俺衣服，到俺肚子里再看。这一招，让他彻底傻眼了。"

"那……遗嘱上到底写了啥?"

"这个俺不能告诉你。"梅宿氏有些得意,"等俺死的时候再给你说。"

宿荣听到过一些关于梅家老宅院的后续发展,有些是邻居们的笑谈,有些是梅边渡亲口告诉她的。梅边渡对梅宿氏独占房子并不认同,也极不甘心,便要在堂屋的正中间,画一条分界线,让梅宿氏占东,他占西,各不相扰。梅边渡曾经用粉笔画过,被梅宿氏拿一块破布沾上水,轻轻一拖,了无痕迹。然后,梅边渡又想用凿子凿出一条线。等他借来凿子、锤子,梅宿氏便拿出菜刀,往屋子中间一站,梅边渡便又偃旗息鼓了。

"再这样干,俺就把凿子搠到你狗腔里。"

梅宿氏的目光像一把刀,梅边渡快速逃出家门。

及至后来,城乡居民开始房产登记之后,梅边渡曾经到过村里,问房子的产权所有人。村里的干部告诉他,房子早已经登记在他侄子的名下。梅边渡呆呆地回家,看到若无其事的梅宿氏,只说了一句:"我得去法院告你。"

"你敢?看俺不用刀劈死你!"梅宿氏掐出一块面团,照着梅边渡的脸甩过去,"俺管你吃管你喝,你还想告俺,没良心的龟孙子。"

等梅宿氏渐渐老到不能打骂,对梅边渡就只剩下温情和说教了:"都说老嫂比母,你是文化人,你懂。俺对你咋样,你心里清楚。俺管你吃管你喝,也不担心自己的名声,孤男寡女的睡在一个屋檐下,别人把舌头嚼烂了,俺眼睛都不眨一下。凭这些,你就得好好孝顺俺。等俺死的时候,你得和善良一起给俺摔老盆。我也会给你看那份遗嘱。"

"你不是已经吃掉了吗?"梅边渡突然疑惑起来。

"那是假的,俺做个样子给你看,让你死了心。那份真的,俺一直留着呢。等俺死的时候,一定会给你看的,放心啊,听话。"

等梅宿氏再老一些，行动不便，拉屎撒尿都需要人伺候的时候，梅宿氏想到了宿荣。她让梅边渡到老家做说客，让侄女来伺候她一阵子。宿荣听说这事的时候，正在城里四处赁房子。宿荣没有任何迟疑，搬起铺盖就住到姑姑家里。宿荣与姑姑顶头睡，没想到一睡就是八年。姑姑临死的时候，拉着宿荣的手，一句话说不出，连流泪的力气都没有。梅宿氏把一只玉鱼莲捂在宿荣的手中，指了指宿荣，又将一张发黄的纸递给宿荣，指了指梅边渡。宿荣猜测，那应该就是姑姑的公公留下的遗嘱。

姑姑火化之后，宿荣将遗嘱交给了梅边渡。那张发黄的纸，似乎散发出说不出的味道，让梅边渡一下子流出了眼泪。

"写的什么？"宿荣问。

梅边渡不答。

"到底写的什么？"宿荣又问。

梅边渡把那张纸递过来，竟然是梅宿氏给公公写的"誓不改嫁承诺书"。姑姑不会写字，字几乎是描上去的。鲜红的手印五指张开，像盛开的并蒂莲，更像一颗曾经活蹦乱跳如今已然死去的心，变得毫无生气。那些曾经清晰的指纹，变得遥远而模糊，像洗成麻花的粗布烂衣。

承诺书的具体内容，宿荣没有再看。她转身进屋，趴在姑姑的枕头上，泪流不止。

临死之前的一段时间，姑姑反复告诉宿荣，她不能就这样埋了，等儿子梅善良回来，要给她举办一场东关村人人羡慕的葬礼，那样，她也不枉做梅家媳妇一辈子。

宿荣明白，这张不是遗嘱的遗嘱，是姑姑最后的心愿，她必须尽力做好。梅宿氏死后，宿荣并没有急于把姑姑下葬，而是四处联系表弟梅善良。几年下来，宿荣始终没有表弟的下落，说是外出打工，竟如泥牛入海。姑姑常常出现在宿荣的梦境之中，提醒她不要忘记她答应过的事。宿荣从睡梦中惊醒，然后呆坐到天亮。

　　宿荣把梅宿氏的骨灰盒，从床头挪到神龛里。宿荣想着，这样也许可以得到姑姑的庇佑。姑姑家的房子在城隍庙的后面，是不会被神灵护佑的。梅边渡曾经给宿荣这样解释，她对此也深信不疑。

　　与宿荣共处一室，梅边渡很无奈。梅边渡以为，梅宿氏把房子一半的产权给了宿荣，他无权让宿荣离开。至于宿荣像梅宿氏一样，把他当家人看待，给予他生活起居的体贴和关照，梅边渡既抗拒又欣慰。

　　"你姑姑真不是什么好东西。"梅边渡的脑回路经常折转，说不定什么时候，就会对宿荣咬牙切齿地说，"她说我爹把房子留给她了，并且还有遗嘱。我要看遗嘱的时候，你姑姑竟然把遗嘱吃进肚子里，说是要永远留在心底。我不知道她是不是真傻，吃到肚子里就能永远留在心底？一定是她耍的小把戏。我又不能说别的，毕竟她是有遗嘱的，至于写的是什么，我没有办法去追究。她毕竟——是我嫂子。"

　　"她不是把遗嘱给你了吗？"

　　"遗嘱应该不止一份。"

　　"你怎么不直接说那遗嘱是假的？一个大男人，连说句真话的勇气都没有。"宿荣想起，姑姑活着的时候，总是一副得理不饶人的样子，对梅边渡说，"你不要再动什么歪心眼子，你滑溜肠子里有多少猪油狗下水，俺全知道。这遗嘱俺让老爹写了两份，另一份缝在俺的花裤衩上。人在遗嘱在。"

　　"呸呸呸，花裤衩子。"梅边渡吐出几口痰，转身离去。

　　及至梅宿氏去世，有邻居抱打不平，让梅边渡经官动府，讨回公道，把房子要回来。梅边渡吹着口哨说："哪怕祖上的房子都归她，我还是梅善良的小叔。善良总不会把我撵到大街上去吧。"梅边渡用一根茭草，挑逗着笼子里的鸟，"来，唱首神曲。"

"我大人大量。"梅边渡对着远去的好事者喊。

只是，如今的拆迁，让宿荣乱了手脚。她不知道该怎么办，不知道如何联系到表弟，也不知道拆迁协议对表弟、对自己，是好事还是坏事。宿荣问梅边渡应该怎么办，梅边渡只一句话："房产证上不是我的名字，我不管。"

"你以前不是争过房产吗？"

"此一时，彼一时。我现在修为到了，不争了。你没听别人说吗？天地间站着梅边渡，顶天立地，气宇轩昂。普天之下，莫非王土，所到之处，均可栖身。"

宿荣撇撇嘴。

"你可能不知道，我姑姑四处托人，给你找过几个对象。"

"呸，谁稀罕？！她还不是为了独吞这几间房子？给我找个女人，上门给人家当养老女婿，这不是变着法地把我撵出去？"

宿荣哼了一声："狗咬吕洞宾，不识好人心。"

梅边渡低下头去。

关于爱情，梅边渡是死了心的。常常在某一些固定的时日，比如初一、十五，晚上九点，梅边渡心血来潮的时候，会仰望天空中的日月星辰，努力寻找某些东西，比如转瞬即逝的流星，比如突然发出光亮的一片彩云。梅边渡记得，刚好十八岁那年，他清楚地看到了一对男女，如诗如画地在半空中漫步，一身素白，一身青绿，蓝宝石的光嵌在衣袖处。他们轻挽手臂，细语呢喃。梅边渡愣在那里，他知道那就是所谓的爱情。也正是从那一刻开始，梅边渡下定决心，一定要寻一位如此曼妙的女子为妻。如果世间没有，他就寻天上的。如果天上的仙女无缘下凡，那他就留待来生。梅边渡被自己突然冒出的念头感动哭了。他蹲下身子，发现自己的手指尖流出了血，慢慢在地上滴成四个字：云天之爱。

渴望云天之爱的梅边渡，从此断绝了人世间的一切爱欲，不再寻找与他的旷世奇想能够匹配的妙人儿。他对眼见的所有女人,一概持冷视或者远观的态度,不接近,不夸赞,如同看到被臭球戏弄过的蚂蚁,它们的生死不足挂齿,并且与自己没有丝毫关联。

梅边渡坚信,他的爱,在云天,在来世。

某一日,梅边渡又在云天之上,看到了那个曼妙的女子,满目哀凄,如丧考妣。梅边渡想问她为什么,只见她洒下一行泪,如风离去。梅边渡的魂魄似乎被她带走了,心脏抽丝般地疼。梅边渡暗下决心,今生或者无数次转世,他都要找到那个女子,让天下绝无仅有的爱情开始,像春天的小草一样萌芽。

12. 城市主题词:天空是一扇巨大的窗。

梅边渡是永乐县城里的标志性人物,其典型特征,就是喜欢沿着道路的中间线行走。只要道路中间分隔的白线黄线、实线虚线进入梅边渡的视野,他就像飞蛾扑火一样,把左脚和右脚,一前一后、不偏不倚地踩在中间线上。那条直直延伸到远方的线,如同梅边渡坚贞不渝的信仰,他说,那是地球的阴阳分割线。至于中间线两侧的车辆,是快是慢,是停是行,摁出震天的喇叭响,或者像痛悼亲人一样静默无声,都与梅边渡对中间线的热爱,毫无关联,更不会对他产生一丝一毫的影响。

梅边渡总是对别人讲,他是这个城市里最有学问的人,具有毋庸置疑的象征意义,是城市的文化标签。梅边渡总是把自己想要表达的东西,冠之以某些貌似真切的权威性,比如他会带上神说、上帝说、佛说、道家说,或者古人说。

有人说,梅边渡是怪胎,是妖魔鬼怪一样的怪胎,似乎越怪越能显示出他的某种神力,越能让人信服。说不定在什么时候,什么地方,梅边渡会瞬间昏倒于地,眼睛大睁,呼呼大睡。对于这种情况,梅边渡也有解释,用他自己的话说,他是神仙附体了,并且有特别重要的话，要通过他的嘴说出来，警告世人。

永乐城的人似乎都记得，梅边渡自称神仙附体，大概始于他八岁那年。迷信的人说，他是神仙的侍者下凡，来人间就是要经受苦难和折磨，然后再归于神界。这些把梅边渡神化的故事，有人相信，有人则大加批判，将其称为彻头彻尾的谎言："别人造神，我们永乐城造鬼。"说的便是梅边渡。

梅边渡还有让人更加津津乐道的举动，比如他喜欢看蚂蚁。

梅边渡喜欢买了熏衣服用的臭球，在四处奔忙的蚂蚁周围，画出一个个的圆圈，由小到大，让蚂蚁们无处可逃。或者，他用臭球的气味，将蚂蚁逼迫到水边，让它们离蚂蚁窝越来越远，最后变成无家可归的弃儿。"傻蛋，你给我记住了，找到吃的不重要，重要的是找到一条逃生的路。"那些走投无路的蚂蚁，在梅边渡看来，一定是犯了某种不可饶恕的罪过，比如合伙咬死了一只善良的虫子，比如把一朵美丽的花咬断，还顺便咬断了花的根。

臭球学名樟脑丸，梅边渡上初中时就知道。用臭球折磨蚂蚁的习惯，似乎正是从知道了它的学名之后开始的，并且从未更改。正因如此，梅边渡清楚地掌握了蚂蚁的所有规律，比如每年大约什么时候出巢，什么时候会隐遁到地表之下，像没有罪过的人一样，眯起混浊的眼睛，浮皮潦草地度过余生。

梅边渡说，世上的一切，都有罪，蚂蚁也一样。当梅边渡一次次让蚂蚁无家可归的时候，他义正词严地说："我是在让蚂蚁无私无畏地替人类赎罪。"

蚂蚁是人类的典范，它在替人类赎罪。在被梅边渡一次次地耐心引导和说服教育之后，左岸终于认同了他的观点，然后将这句话写进正在创作的小说里。

"那么，当你对一只举着虫子僵尸的蚂蚁进行围猎的时候，它会把你看成食物的掠夺者，还是命运的主宰者呢？"左岸问。

梅边渡瞪大了眼，说不出一句话。

左岸要在小说中，把梅边渡塑造成一个标新立异、独具特色、个性张扬突出的鲜明角色，似乎与现实生活中的梅边渡，有着极大的差异和不同，比堂吉诃德更有浪漫主义的情怀和悲情主义的色彩。左岸向梅边渡描述，他小说中最理想的梅边渡是什么样子，然后一脸鄙夷地看着站自己面前、略显局促的梅边渡。左岸认为，梅边渡极力挺直的脊梁，有着先天不足的媚骨，远不如自己这个患小儿麻痹症的瘸子大义凛然。

左岸还想在小说中创造一个更加重要的角色，铁汉一般的年轻人，与梅边渡唱对手戏。这个年轻人，不惧怕任何黑恶势力，敢于同一切坏人做斗争。他从不带武器，赤手空拳，独来独往，不爱金钱，也不贪恋女色。他有自己的光明顶，也有自己的武林秘籍。这个人是独一无二的，完全可以称得上当今世界年轻人的偶像。男人，真真正正的男人。不是奶油，不是小生，不是女人相的男人。

左岸把自己的想法告诉梅边渡。梅边渡皱起眉："我梅边渡难道不是英雄，不能代表正义的力量？"

"当今社会需要英雄，一个顶天立地的英雄。电视里，身边人，不男不女的太多，娘娘腔的太多，没骨气的太多，好像都得了软骨病。"左岸的话不留一点情面，"至于你，是众多混子中的一个，像神神道道的老娘们，云里雾里，没个准形。"

事实上，租赁左岸家房子、做算命先生的梅边渡，自幼聪明可爱，并且一直拥有让天下男人羡慕赞叹的俊朗外表，深得众妇人的喜爱。偏偏梅边渡像一个不近女色的圣徒，从来不对哪个女人动一点心思。左岸问："你是不是在用一生，等待一个极致而悦目的倾心女子？"梅边渡不答。

宿荣听见左岸的话，哈哈大笑："我这梅二叔吧，从小就心高气傲，谁都看不上。最后呢，变成了鸡肋似的老处男。要我说啊，这样的男人，不值得女人爱。"

"这话我信，他啊，糊涂人净做聪明事。"

左岸所说的梅边渡的聪明，有故事可讲。梅边渡有个绰号，最初叫像驴一样聪明的人，后来被简化成了聪明的驴。这个绰号的来历，永乐城里的每一个人几乎都耳熟能详。

梅边渡上初中时，生物老师讲到男女生殖器的构造一章，死活不让学生看课本，便岔开话题，说："我给同学们讲个故事。大家知道，农村那些聪明的农民大伯，是如何让驴拉磨的吗？我今天告诉大家。拉磨之前，农民大伯要给驴戴上眼罩，就是怕它走着走着，像同学们上体育课原地转圈一样，会晕倒。"

此时的梅边渡，并没有顺着老师的思路想那头转圈的驴，而是想到了它自腹部隐秘处垂下的又黑又长的阳具，与生物课本上的绘图，究竟有多大区别。

"有个年轻的瞎子，父亲让他看着一头驴拉磨。老父亲给驴戴好眼罩，将鞭子交到瞎子手上。瞎子想起一个绝招。他在驴的脖子上，挂上一个铃铛，只要铃铛一直响，就说明驴子没有偷懒。只要铃铛停下，就说明驴子停下了，他就会猛抽上几鞭子。"

梅边渡暗暗感觉到，生物老师在指桑骂槐，有贬低农民大伯和瞎子叔叔的重大嫌疑，便起身说："我知道老师是在讲故事。我在想，如果那头驴原地不动，只摇头不拉磨，铃铛同样是一直响，那不是照样磨不出面粉来吗？"

生物老师瞪大了眼，如同驴被蒙住眼之后要努力挣脱的架势："梅边渡同学，我非常负责任地告诉你，像你一样聪明的驴，还没出生呢。"

生物老师的真理性总结，诞生了梅边渡的绰号——像驴一样聪明的人——聪明的驴。这个绰号的诞生，如同一个人的降生一样，让梅边渡有了另一重身份和标志。也正是从那时起，梅边渡开始喜欢上了酒，他说叫借酒消愁。他从父亲的口袋里摸索出毛边的钱，买了一只二两的银壶，天天装满了酒，随时随地喝上一口，带些自嘲似的说："咱这叫什么？叫边喝边渡，边渡边喝。既渡浑身的愚肉，也渡丑陋的灵魂。终究，我也会坐上莲花座。"

直至有一天，梅边渡发现赵新城也有这种习惯，便说了句："一直被模仿，绝不能被超越。"梅边渡把银壶摔到地上，"我的酒瓶子，也是有骨气的。"

除了聪明的驴这个绰号之外，梅边渡还有许多绰号，比如半仙，比如假花痴，比如万人迷。这些绰号并没有给梅边渡带来耻辱，却让他自得其乐，让他在各种身份和角色里，玩起了躲猫猫。

梅边渡自己都记不清楚，他如何走上了替别人算命的道路。

高中毕业之后，没有考上任何学校的梅边渡，提了一只马扎，在巷子口看相书。有人便凑上来："哟，研究麻衣相呢。来，给我算一卦。"

梅边渡并不推辞，给任何一个让他掐算生辰八字的人，无偿送上真真假假、似是而非的学问。

再到后来，梅边渡发现来找他看相的人越来越多，便有些害怕起来，问："你相信算命吗?"

"非常信。"

"那我不能给你算。"

"为什么?"

"如果你信了，不好的卦象，我说出来，对你是造孽。你不信，当成玩笑，我无罪过。"梅边渡如此解释。

不让人相信他算卦精准的梅边渡，突然成了城市里公认的智者，在占卜看相之外，又承担起为别人取名字的重任。梅边渡装模作样地翻看各类经书，有意或无意地在某一页停下他的手指，对着其中的某一个字，看上半天，然后说："就是它了，与生辰八字绝配，幸福与光明都有。"

找梅边渡取名字的人，有的给钱，有的不给钱。那些名字，似乎成了梅边渡享受乐趣的另一片天地。那些被别人当作希望的名或字，都被梅边渡当成了自己的某种能够实现或不能实现的理想；那些人，也被梅边渡当成了与自己有一丝血缘关系的人。

"如果你这样说，那你每次起完一个名字之后，是不是都要摸一摸你的老二？"

梅边渡并不回答左岸的问题。他不动声色，坐在门口，看着从他跟前走过的男男女女，对左岸说："看见那条男狗了吗？他一直追着前面的女人跑，眼珠子都掉到鼻子尖上了。凡看见女人就动淫念的，这人心里已经与她犯奸淫了。不可救，不可活。"

梅边渡有那么多的秘密，从不轻易告诉别人。一次醉酒之后，梅边渡告诉左岸："当我给别人看相的时候，你有没有注意到，我有时一只眼白，一只眼黑，一只眼看见他好的一面，另一只眼看见他坏的一面。我再次把眼闭上睁开的时候，有时会把自己弄迷糊了。我测算出的某种结局，到底是来看相的人的一生，还是我自己的未来？对此我并不确定。天空是一扇巨大的窗，我能看得见外面，别人看不见。我的身边，聚集了通晓世界宇宙的力量，所以我能看清所有人的过去、现在和将来。这是我最大的秘密，你不能告诉任何人。"

"我要告诉你那只猫。"左岸说。

"那只猫，就是我自己。"梅边渡说完，伴着鼾声睡去。

13. 城市主题词：尘土与尘土的舞蹈，很美。

梅边渡不止一次回忆与宿荣的第一次见面。似乎无意，又似乎是一种必然。

梅边渡这样给左岸说："那时的她，留着齐耳短发，整个人精神抖擞。我张大嘴，脑子里关于漂亮的词，一个接一个地蹦出来。从头到脚，任何一个地方，都可以用漂亮形容。一双大眼睛黑白分明，眼睫毛长而密，又挺又直又尖的鼻子，配上两片不薄不厚、曲线恰到好处的嘴唇，再加上整齐得像被打磨过的雪白牙齿，大小合适、形态圆浑的胸，以及纤细柔软的腰身。漂亮之外，还有精致。她一米六多一点点的身高，九十五斤左右的体重，身上的肉不多不少，恰到好处，皮肤吹弹可破。她浑身散发出的女性气息，是最致命的诱惑。这样的妙人儿，没有一个男人可以抵挡三分之一秒。"

"你可以抵挡多长时间？"左岸开着玩笑问。

"我还没说完。第一次见她时，她穿着一件连衣裙，记住，是连衣裙啊，那个年代。白色的底子，豆粒大小的淡蓝小花，拉链是开在右胳膊下面的，裙子的下摆大约是在膝盖上面十厘米的位置，浑圆的膝盖性感得要杀人。那时，我就想，如果她蹦蹦跳跳起来，一定是只快乐的小兔子，就像从月宫里刚刚跑出来。她走近我的时候，我的呼吸几乎要停止了。说句不怕你笑话也不怕你恶心的话，那时，我就是奔着她的漂亮去吃拉面的，就是想多看她几眼。"

"梅边渡，你只不过是一头聪明绝顶的驴，也这样色情妄想？"

"怎么是色情？一个伟人说过，尘土与尘土的舞蹈，很美。我坚信，我们是这座城市里同命相连的同一类人。当然，在我看到她后来的状况之后，就不再把她当成同类了。"

"什么状况？"左岸好奇地问。

"一个身上刺了乌龟的青年，进店后走到宿荣跟前说，你知道我为什么要文这个图案吗？我是忍者，是神龟。不就是个王八吗？宿荣回答。神龟需要一只烧鸡，一坛彩山烧坊的老酒。"

"拿给他了吗？"左岸有些急切地问。他见梅边渡没有回答，接着说："我知道，所有能流传下来的，肯定有故事。以我的经验判断，越是此处省略多少字的片段，越是精彩绝伦的好故事。"

"依宿荣的脾气，怎么会拿给他呢？她伸出手说，拿钱来。那个神龟先生啪地一拍桌子：别给脸不要脸，拿钱还来你这里吃？"

"那个时候，你在干啥？没有帮她一把？"左岸问。

"我一文弱书生，哪有那个胆量？正在这时，我突然发现，宿荣拿起一只啤酒瓶子大喊：马上给我滚出去。哪承想，神龟一把将啤酒瓶子夺过去。说时迟，那时快，我发现宿荣手中多出了一件刺眼的物件，你猜是什么？哈哈，普天之下，也许只有她能有这样的智慧。她情急之下用带血的卫生巾把那家伙吓跑，这事也成了活广告，拉面馆无须交纳一分钱广告费，就成了满城人的下酒菜。宿荣的拉面馆，在县城红极一时。"

"这便是福祸相倚了。是不是更加印证了你鼓吹的理论？"左岸哈哈笑着说。

"那是当然。"梅边渡的得意神情，如同身处现场的他，做了舍身救美的英雄一般。

"正是那次，我告诉宿荣，她拉面馆的名字有问题。你听听那满墙上挂的靡靡之词：'情深深雨蒙蒙，多少楼台烟雨中。望断高楼，情有独钟，盼过春夏秋冬。不尽天涯，何处是归鸿。终归是，情深深雨蒙蒙。'这样阴气十足的词，如果是男人用，可以阴阳平衡。她一个弱女子，怎么可能兴旺发达起来？"

"那你没有给她取个更好的名字？"

"凭直觉，店名中少金缺木，没有靠山，没有金钱。所以，她需要一个带金字边的字，无论是钢是铁，都行，还要配上木。我正要告诉宿荣的时候，那个烦人的赵新城进来了。宿荣从惊魂中回过神来，身子扭了几扭，看着像是要跑到赵新城跟前，泪雨倾盆诉委屈。看到这一幕，咱识趣地躲了。哈哈，识趣地——躲了。你听清楚没有？"

左岸非要梅边渡讲这些，是有私心的。左岸觉得，宿荣可以是一部绝世小说中的好典型，典型时代的典型人物，从农村到城里的第一批打工者，以为城市里到处是宝藏，并没有发现那些充满污秽的陷阱。时代造就了这样一批人，他们也塑造了这个时代。如果以这样的逻辑分析，他们更应该被定位成这个时代的细胞，与这个时代荣辱与共，生死难分。当然，不仅仅是宿荣，包括梅边渡，都是城市中极具代表性的人物，他们的衣食住行、喜怒哀乐，在与众生无异的平凡之外，更有自己的独特性和代表性。左岸没有把自己的私心告诉梅边渡，只是表现出自己的好奇，如同生活中所有的好事者一样，仅仅是寻求谈资之外的快乐而已。

左岸曾经问过宿荣，拉面馆为何要取那样一个名字。宿荣的回答看起来云淡风轻：“全民迷琼瑶的时候，她小说中的任何一个人物，都像那个时代的少男少女，情窦初开，爱意缠绵。花非花，雾非雾，海不枯，石不烂，心有千千结，宛在水中央。现在想想，全都是酸掉牙的笑话。”

在宿荣的回答背后，左岸还想知道更多的生活细节，关于宿荣的爱情，关于她如何像一只不知方向的风筝，关于她内心深处隐藏着的更多秘密。

“你要告诉我更多的东西，就像一对男女恋爱之前，总要坦白经历过的一切。”

“我们要恋爱吗？哈哈，小屁孩，口味够重啊。我宿荣啊，知道天高地厚，不想欠下老牛吃嫩草的风流债。”

“在一位优秀的写作者眼里，你和梅边渡都是一部书。我一直想打开，却不知该如何打开。梅边渡说过一句话，尘土与尘土的舞蹈，很美。我觉得他的话，比任何一位哲学家都要深刻。”左岸稍一停顿，“要不，你跟他来一段舞蹈吧，我只想当一名观众，看看你们如何表演。”

宿荣哈哈大笑，她想象着自己与梅边渡搂腰搭肩站在舞池中央，该是怎样荒诞不经。"不搭调，不搭调。"宿荣好久才止住笑声，她扭过身晾晒衣服的样子，让左岸想起娘。

"其实，你最美的是眼睛。"左岸抬高了嗓门，对宿荣喊。

宿荣暗暗得意。

宿荣心里明白，拥有一双漂亮的眼睛，对容貌而言自然是锦上添花。正因如此，她对眼妆向来一丝不苟。宿荣喜欢大地色系的珠光眼影，感觉它会让眼睛瞬间提亮，并且永远不会出错。在所有的眼影材料中，四色眼影是宿荣的最爱，上眼很自然，不用费心搭配颜色。宿荣会先用眼影刷，蘸取眼影盘中最浅的颜色——珍珠白用来打底，铺在整个眼皮上，把眼皮变成一张干净的画布。上眼影时，把眼影刷上多余的粉末抖掉，这样会更自然。接下来便会用米棕色眼影，晕染到外眼窝，增加眼睛的阴影和层次，再用深棕色来突出和强调外眼角。眼线是不可忽视的一环，要拉得适度、柔和，使眼影更丰富和立体。如此整体看来，人便会立刻变得精神。直至最后，再用一把干净蓬松的刷子，扫一下眼睛的每一点细处，确保晕染均匀、到位，不留痕迹。

宿荣对自己的眉毛，更是不敢有丝毫马虎。大多数情况下，她会顺从天生自然的柳叶眉形，沿着眉峰勾出眉尾，再顺着毛流生长的方向，一根一根地进行填色。眉峰部分则直接用眉梳，轻轻地梳理晕染，让眉色看上去自然流畅。

相对宿荣的年龄来讲，这些化妆的技巧，有些现代和时尚，也成了宿荣见到庄富贵和水晶花必聊必炫的独门绝技。每次见面之后，宿荣都要教给她们一番。她的语气里满是骄傲，告诉她们："我这哪里是化妆？我这是在自己的脸上画春天，并且永不凋落。"

"我也这样想。哈哈——"宿荣隔了墙，对左岸喊。

突然淅淅沥沥的小雨，湿了城隍池。

"下雨了，别淋湿了你的眼。"左岸又喊。

"湿了眼有什么要紧？只要湿不了心底的春天。"宿荣笑着，学着水晶花的腔调，对自己说。

宿荣突然想起水晶花，心里陡地酸疼了几秒钟。

14. 城市主题词：江南的油纸伞,遮不住北方的烟雨。

梅宿氏去世之后，梅边渡和宿荣成了不得不同栖一个屋檐下的鸟。起初，宿荣想搬出去另外赁房子，梅边渡轻描淡写地说道："折腾来折腾去，大半辈子了，该有个落脚的地儿啦。赁别人家的房子，还不如在这儿住着。再说了，你姑姑的遗嘱里不是说了吗，这房子有你的一半。"

梅边渡想起，梅宿氏歪歪扭扭的誓不改嫁承诺书，像宋代纸张上的活字印刷体，有力而坚定，更像哪个人凝固的血迹。

"话是这样说，可我怕别人说闲话。"宿荣感觉梅边渡的话不养人，有点刀尖戳人的意思。

宿荣的心泛起被撕裂的疼。

"要是有钱，我也想买一套。钱再多点，就像大款一样，住别墅，买跑车。"宿荣补充道。

梅边渡不答话。梅边渡在想，明明知道两块钱的彩票可能让人一夜暴富，可你连两块钱的投资都舍不得往外拿，还说什么别墅？

"我们住在一处院子里，一定会有许多不方便，也免不了流言蜚语。"宿荣说。

"我和你姑姑，不方便了好多年。那些流言蜚语，我梅边渡都不怕，你怕啥？"

梅边渡的话，把宿荣逗笑了。

梅宿氏临死之前，曾经与宿荣有过一次交流。

梅宿氏的声音不大，带着商量的语气："你是不是可以为你二叔养老送终？"梅宿氏停了好久，又说："善良不知猴年马月才能回来。

我估摸着，这孩子十有八九……没个好。"话没说完，梅宿氏已是泪流满面，"这个梅二，给这个测字算命，给那个测字算命，从来不给自己的侄子求个好签，落个好命。善良可是梅家的独苗啊。"

宿荣想了好久，对梅宿氏说："我可以给梅二叔养老送终。"

"姑姑知道，这事有些难为你。可老嫂比母，这话我不说，谁说？好歹也让你有个能住的地儿。城里的房子再破，也比老家的土坯房子好，让人脸上有光。"

"你放心吧，姑姑。"宿荣点点头，"现在老家的房子早就不是土坯的啦，也是钢筋混凝土。不能再拿老眼光看农村了。"

梅宿氏去世之后的一段时间，梅边渡跟宿荣并没有太多的交流。梅边渡对所有的衣来伸手饭来张口，显得并不是多么顺理成章或者理直气壮。宿荣便笑，对梅边渡说："二叔，你浑身上下，最无辜的是你的眼神，像做了小偷，又偏偏被人逮住。"

梅边渡问："我还有其他选择吗？"

"哦，哦，我理解二叔的难处。"宿荣捂住嘴笑，"江南的油纸伞，遮不住北方的烟雨。琼瑶的小说中写过这句话。我见过二叔偷偷看琼瑶的书。"

宿荣与梅边渡有时也有矛盾。比如在梅边渡一只叫茶茶的猫死去之后，两个人面对面嘶吼起来。梅边渡看着死去的猫，咽气后仍然是死不瞑目的样子，非要给它做法事，并且执意要给它发丧送葬。宿荣的眼睛直盯着他，见他脸上颜色正常，不像是发烧说胡话的样子，就说："要做你去外面做，不能在家里做。"

"这是你的家吗？"梅边渡憋红了脸，问。

"不管是不是我家，这个院子里，绝对不允许你给猫做法事。我姑姑死的时候，你怎么没想着给她做一场法事？"

"她能和我的猫一样吗？这只猫，以前是只流浪猫。你不知道，它受过多少罪。它天生尿道狭窄，常常被尿憋得发疯，不得不做了手术。可它身体里的糖高，伤口很难愈合，每到二十天左右，就要到宠物医院通一次尿道口。通一次，就要打一次麻药。这些药物，再加上一次次的治疗，让茶茶变得敏感狂躁。如果是人，它会像神经病一样，说不定什么时候，就会杀人放火。可茶茶没有，它承受着类似于人世间的悲痛，咬着牙活着。茶茶疼得用头撞墙，也不伤害身边任何一个人。它没咬过你姑姑吧？所以，这样的爱，比人类要高尚很多。"梅边渡长叹一口气，抚着猫的头，如同它仍然活着一样，"没人知道它从哪里来，总得有人知道它往哪里去。"

"一只猫罢了，它还能往哪里去？莫非能托生成一个富家子弟？"

"这可不一定。我要亲自给它做场法事，说不定这个心愿就成了。"

宿荣抬起头："给它发丧，你哭它啥？"

梅边渡一愣，怔在那里，右手迅速落下，抚摸着自己的胡子："这是个难题。它像我的女人，是我的保护神，比所有的人类都更有灵性，它的目光是神仙赋予我的灵魂引导词。它走了，这辈子我都不会再养猫。"

"你的这只女人猫，是别人家抛弃的，你还拿来当宝贝。你前几天不是说过，东关大桥下面，还有一只瘸腿的猫吗？"

梅边渡沉默下去，看宿荣的眼神，变得有些异样。在他走出院子的时候，故意大声咳嗽了一声。

宿荣愣住，看着洗衣盆里的洗衣粉泡沫，像梦一样，一个一个地破灭。

至于后来梅边渡是不是给他心爱的猫发了丧，县城里有各种各样的传闻。有人说，梅边渡把猫带到了城郊之外的某一座山上，挑了最好的风水宝地，为猫下了葬。有人说，梅边渡为他的猫披麻戴孝，哭得像一个真正的孝子。也有人说，梅边渡在子时到来之后，赤身裸体，为他的猫超度，让它尽快转世为人，并且相互约定，下辈子要么做夫妻，要么做兄弟。至于传闻哪个是真哪个是假，没有人做深入的研究和分析。据宿荣的判断，梅边渡肯定是为他的猫做了超度的，至于是不是走了发丧的流程，并不重要。

某一天晚饭时刻，梅边渡破天荒地早早地坐在饭桌前，等着宿荣端饭。梅边渡目不转睛地看着碗里的面条，完全不顾那只随时准备飞身而上要叮咬他鼻子的苍蝇："我的猫给我托梦了，它托生得并不如意。我梦见一座城，荒凉，荒芜，甚至还有些荒诞。城墙上只有一棵草，枯干败落，像八十几岁老妇人的头发。我看见她那窝乱糟糟的头发突然生长，长成一棵树，油绿，茁壮。你替我分析一下，那是因为城市里的土好，还是老妇人的头皮好。我的猫，难道就托生在那座荒凉的城市里？"

宿荣似乎听不懂梅边渡在说什么，皱紧了眉头。

"你知道的，会有那么一天，我要告诉你关于我的所有秘密，对你来说，一定是天大的秘密。"梅边渡闭上眼，想着是不是应该早点告诉宿荣，"不是关于猫的，是关于我自己的。"

梅边渡所谓的隐藏在心底的天大的秘密，是他能在任何时候，看到自己的影子。影子不远不近地跟在自己的身前身后，如同一个活生生的人。梅边渡曾经以为那是自己的孪生兄弟，或者是自己死去的大哥，隐藏在暗处，心情好的时候、坏的时候，如意或不如意的时候，便要从暗处的空隙里走出来。梅边渡的影子不只是个影子，他甚至可以像梅边渡一样，在无人的房间里走来走去，或者端一杯茶品了又品。甚至有那么几次，影子还走进了宿荣的房间，看她如何在睡梦中艰难呼吸，像干旱土地上的一朵野花。那时，梅边渡几乎要跑过去，把他从偷窥的耻辱中抓回来。他一次次伸出手，并没有抓住那个影子。再见到那个影子的时候，梅边渡满脸厌弃地撵他走，对他破口大骂。不知骂了多久，影子跑掉了，梅边渡却感觉巨大的疼痛如海水漫过头顶。梅边渡抱住头，使劲往墙上撞，那堵墙变得生冷而坚硬，没有人间的一点温情。

"没人愿意看到自己身后拖着奇形怪状的影子，它让我无地自容。"梅边渡抽泣着说。

宿荣一言不发，走过去，把梅边渡的头按在自己腹前。

梅边渡慢慢安静下来。

许久，梅边渡抬起头："你给我说实话，我是梅二还是影子？如果那个影子是我的，它应该体谅我、尊重我。可他骂我，像骂梅家的不肖子孙。"

宿荣把下巴压在梅边渡的头顶，如同怀抱着懵懂的婴儿。宿荣闻到了梅边渡头发上呛人的味道，知道他又有几天没洗头了。清醒的时候近乎有洁癖的梅边渡，当处于如此境况时，又是如此污浊不堪。宿荣不明白，他到底是怎么回事。

"你能看到他吗？"梅边渡的声音在宿荣的衣服底下转了几个圈，从细密针脚的缝隙中钻出来。

"我能。"宿荣长出一口气。她指了指墙角，如同真的看到一个更高更长的影子缓缓走过，步履仙妙，雍容华贵，便问："那是你的影子，还是我的？"

宿荣突然伤心起来，泪无声地流下。宿荣明白，梅边渡一次次要告诉她的秘密，根本就不是什么秘密。姑姑临死前想要告诉她的一切，才是真正的秘密。梅家从何而来，姑父的爷爷、父亲和姑父因何而死，梅边渡又是怎样的状况。还有前几年走失的表弟梅善良，这一个个巨大的谜团，是不忍心戳破的虚假谎言，气球似的飘在空中。这些谜团无须太用心，宿荣就能猜出个八九不离十。可宿荣无法把这些给身边的任何人讲。她与梅边渡的同室而居，无论外面有多少流言蜚语，与姑姑临死前的嘱托相比，都不值一提。

"这个世界上会有另一个自己，比现在的自己活得幸福快乐。受苦的人，是在为另一个自己赎罪。还有我们县里的木偶戏，我是那个被人耍弄的木偶，还是那个玩木偶的人？"稍一停顿之后，梅边渡继续说，"这个世界上，到底有多少个我？我是哪一个我？哪一个我是对的？为什么所有人都说我是错的？说起来我就恨得牙疼，你那死去的姑姑，从来没有说过我做对了哪一件事。"

宿荣瞪大了眼睛，不知道该如何回应梅边渡的问话。宿荣看到梅边渡的嘴唇上上下下、来来回回地碰撞，与他混乱的思维并无两样。

"瞎扯，胡闹，你就是没有对的时候。对了又怎样？对了也是错，错的也可能对。这世道，哪有一把丈量对错的尺子？"宿荣不自觉地烦乱暴躁起来，"不要觉得只有你自己才有另一个影子，谁都有。再说，哪个人的影子不是影子？哪个人的影子不比他本人优秀？影子，是每一个人的念想。"

梅边渡掏出一张纸，上面密密麻麻，他似说似读："我今天头特别疼，我为自己算了一卦。我知道这是算命人的大忌。可我忍不住。大有之卦，应是吉兆。我想到那些把我看成神经病和傻瓜的人，满嘴的仁义道德，并没有给我半点怜悯。他们争先恐后地要点燃荒原上的野草，为永绝后患，他们狠心到不留下一粒种子。他们会把仅有的草根放到嘴里咀嚼，明明苦得要命，还非要在浅薄无知的脸上，显露出酒足饭饱之后的满足感。我看清了他们的内心世界病得更重，已经到了变态和扭曲的地步。我以他们的绝情和冷酷，锤炼和升华我的精神世界，让自己变得更加纯洁，变成无所不能、无坚不摧的思想巨人和道德典范。我是在渡劫，他们是在作孽。你一定不要以为我是在说胡话，我与这个世界上的任何一个你我他不同，我是独立于这座城市、这个世界之外的另一种存在。他们所说的妖魔鬼怪、牛鬼蛇神，我就是其中最顽固不化的一个。"

宿荣起身，将一杯热茶端到梅边渡的跟前。茶的香，让梅边渡更加陶醉。他伸出手，在触碰到茶杯的瞬间，手指剧烈抖动起来。

梅边渡睁开眼，屋子里迅速旋转起惊愕与恐惧的绿光、黄光，梅边渡捂住耳朵，听着嘶喊声由近及远，慢慢消失。

又不知过了多长时间，宿荣托起梅边渡的下巴，发现他已经睡着了。她半抱半拖，将梅边渡放到西间屋子的床上。

模糊的灯光之下，宿荣发现，梅边渡趁自己不在家的时候，偷偷在堂屋正中画下一条分界线，然后又急匆匆擦掉。痕迹变得模糊不清，如同从来不曾存在过一样。说不定哪一天，他还会再画一遍，然后再擦掉。想到这里的时候，宿荣笑了，如同看到梅边渡的大脑被一分为二，那个模糊不清的梦境，被分成了黑白两半。

宿荣听到梅边渡蹑手蹑脚来回走动的声音，透过门帘偷偷瞄过去，见梅边渡将一只破旧的木头盒子，放到床头的暗洞之中。

宿荣回想起梅边渡刚才说过的那句话："这个世界上会有另一个自己，比现在的自己活得幸福快乐。受苦的人，是在为另一个自己赎罪。"如果真是这样的话，这个世界上还会有一个幸福的自己，在某一个地方，清苦的山村或者繁华的城市，她有的只是快乐。这样想着的时候，宿荣轻轻地笑出声来，她觉得自己的苦总算没有白吃。

15. 城市主题词：天下可有夜归人？

"没有人能看得清城市之外的宇宙，我能；没有人能听得见地底下的声音，我能；没有人能看得准世俗肉身的前世今生，我能。我梅边渡是独一无二的。"梅边渡站在街头，突然拉住过路的某个行人，让他耐心听自己讲完，"我上天言好事，回城降吉祥。我只闻窗外事，苦读圣贤书。我双手捧日月，身心度众生。一座城市缺少灵魂，总要有人站出来，为每一个肉体凡胎，找出一条光明大道。我就是那个人。我义无反顾，并且深深热爱这项事业。"

说这话的时候，梅边渡总要把"事业"二字，念得坚定而虔诚。为了"事业"的蓬勃发展，起初，梅边渡打扫了十几米长的城市防空洞，每当暗夜来临，他都会如同布道的天使，把每一个在街头流浪或闲来无事的人，召集到暗淡的烛光之下。左岸曾经刻薄地说："那是城市垃圾聚会，有卖酒瓶子的酒瘾患者，先是收酒瓶子，后来自己又卖酒瓶子的穷困者，天天把脚指头当成手指头玩的癫痫者，还有一群把你的神话故事当成人生信仰的傻瓜……说白了，就是城市边缘的垃圾，清醒时像绅士，装疯卖傻时像死神。"之后，被左岸嘲讽得一分钱不值的梅边渡，不再去地下防空洞，而是租赁了左岸家沿街的门面，测字算卦。

如果按照房子的位置，虽然只是向街不足二十平方米的两间小门头，每个月的租金还是可以要到上千块的。因为邻居关系，再加上宿荣对左岸的关照，左岸也一直在寻找回报的机会，左岸便让梅边渡看着给，有就多给点，没有就算了。左岸给梅边渡提了一个要求，把一些找他测字算命看风水的人，遇到了哪些过不去的坎，都一五一十地告诉他，他要当作现实的素材，写进书里。

正是有了这些缘由，关门早的时候，梅边渡都要与左岸见上一面，聊一些来访者的困窘，或者说几句闲话。左岸有时在院子里发呆，有时在书桌前打字。无论缓慢或急促的手指敲打，都让梅边渡感觉到，左岸是在弹钢琴。左岸的额头上闪着汗珠，掉下来便成了音符，美妙而富有温度的音符。梅边渡认为，他与左岸已经成了忘年交，无话不谈，无心不交。左岸对梅边渡也充满信任和依赖，有一次醉酒之后，竟然把梅边渡当成了自己的父亲。喊了几声爹之后，左岸才发现自己走神了，接着便是一阵痛哭。

左岸的父亲是货车司机，母亲陪他一起，在云南、贵州贩卖水果。在一个阴雨天，父亲和母亲连人带车，翻进深不见底的山谷。左岸坐飞机赶到父母出事的六盘水，已经是出事之后的第三天。左岸没有勇气看父母最后一眼，他听处理事故的人讲，两个人是抱在一起摔下山谷的，两个人的肉体已经分不开。左岸使劲抽打着自己的脸，不停地哭。他拿起身边的任何东西，没命地往自己身上砸，如同事故因他而起。左岸想象着父母在半空中坠落的瞬间，有多么惊慌失措，两个人抱得有多紧，就会有多绝望。那个时候，雨一定是越下越大，旋转成巨大的螺旋状的黑色风洞，钻透了地狱的大门。而自己，也正是从他们坠落的那个瞬间，成为整个世界的弃儿。

陪着左岸去处理父母后事的，还有梅边渡。他们一人抱着一个骨灰盒，一路哀戚。

某一次，左岸谈起："当时，你抱着我父亲的骨灰盒在前面走，我觉得你的身体比我父亲的灵魂还瘦。好几次，你的脸被我移置到骨灰盒前面放照片的位置，我不知道死去的是我的父亲，还是你梅边渡。"

最初的几年，左岸靠着父母的抚恤金过活。左岸每次让梅边渡从银行里为他取出一些钱，他都会把这些钱具化为父母身上的某个部位："妈，我今天吃的是你的头发，从明天开始，就要吃你脸上的肉了。从眼睛开始，到鼻子，然后是嘴。妈，你在另一个世界，是不是还需要头发，需要鼻子和嘴？可是我，必须慢慢把它们吃掉了。我该死。"左岸哭，猛扇自己的脸。

两年前，宿荣求赵新城出面，给民政局的同学打招呼，为左岸办理了城市低保。

宿荣把从银行里取出来的钱递到左岸手里的时候，左岸长出一口气："我终于可以给父亲留下一个全尸了。"左岸的泪挂在脸上，"姐，如果你能早些办下低保，我就可以不吃我妈了。"

左岸把头抵在宿荣身上，泪洇在宿荣的衣服上。宿荣抚摸着左岸的后背，想起失踪多年的表弟。

暮春的风，是被阳光晒过的，从温暖每一个人身上的每一个毛孔开始，再到肌肤，然后是躯体内外的柔软，像城隍池里的水波一样，慢慢荡漾开去。

"姐，天下是不是还有夜归人？我害怕深夜敲门的声音。你想不到，我多么渴望那些敲门的，是我的爸爸妈妈。我盼望着有一天，他们会突然推门而进。"

宿荣明白左岸的敏感，并且特别佩服他小小年纪表现出来的成熟与深刻。宿荣一次次想，如果自己上了高中或者大学，是不是也能有很深的学问，能写比青砖更厚的书。宿荣不自觉地往左岸家里跑，看似随意地抽出左岸书桌上的一本书，读到忘记时间的流逝，然后顾自笑出声来。

等左岸与宿荣交往更多的时候，左岸想与宿荣探讨世界名著《红与黑》，想弄清楚不择手段的于连和被称为"西关五虎"的吴连，到底有多少相似之处。

左岸问宿荣："你认识于连吗？"

宿荣毫不犹豫地说："我认识，你找他什么事？"

"看来，你读过《红与黑》了？"

宿荣觉得脸上被撕掉了一块皮。她借着用右手食指拨弄刘海的工夫，让脸上的羞愧红瞬间消失："至于书嘛，我读过一些，大部分都是中国的，比如《红楼梦》之类。我上学时成绩不差，只差两分就能考上一中了。如果能在一中读三年高中，说不定咱也是清华北大的材料。不说了不说了，你找于连干吗？这个人越老越不正经，天天在广场上跳广场舞，抱着个小娘们儿摇来摇去。今天早上我还在菜市场上遇见他了。"

左岸兴趣全无。他想起了司汤达这位丑陋的意大利屠夫，在收获了经典的《红与黑》外，还强占了那么多美丽女子关于爱情的纯洁梦想和浪漫想象。始乱终弃，是一个多么残酷的词语，又是如此撩动人心。面对宿荣，左岸一次次压制着自己作为男人原始的幻想和欲望，只把她当作自己的姐姐，甚至是圣母一般的存在。性是原罪，原罪中的原罪。左岸一次次躲避着与宿荣独处一室的暗夜，因为夜色总是让左岸发狂。左岸非常清楚，自己竭力躲避的，是肮脏的肉体欲望和脑子里那些挥之不去的怪想法。更可怕的是，那些怪想法像人体中的肿瘤，会生根，会滋长，侵蚀身体健康的肌肤。最后，它还会让人死。

"对了，你说的这个于连，是干什么的?"左岸突然想起小说中需要穿插的一个人物。

"这个人也很可怜，以前是县面粉厂的工人。家里几个孩子，也全都在面粉厂上班。现在企业破产了，吃了上顿没下顿。听别人讲，他已经超过退休年龄五年了，自己应该承担的养老金交不上，连退休手续都没法办。"

"我想见见这个人。"左岸说。

"见这个人干吗?他落伍得很，仍然像生活在九十年代的人，身上有一种怪怪的味道。没劲!喏，我给你下了一盘水饺，猪肉馅的。"

左岸不说话。他看见盘子里的水饺突然排成两排，一排男的，一排女的。等他的泪水即将流出的时候，那排男水饺突然右手捂在胸前，弯下身子，向那排纯洁的女水饺，深情款款地表达爱意。

左岸想弄清楚，自己是不是爱上了宿荣，又是何时爱上的。左岸更想弄清楚，自己所谓的爱，到底是不是一份真正的爱情。

宿荣似乎从左岸的表情里发现了异样。曾经有很长一段时间，她不再去看左岸。两个隔了一堵墙的邻居，突然像隔了万丈深渊。宿荣害怕，害怕自己乱了方寸，更害怕左岸因自己而毁掉一生。

再一次坐在一起吃饭的时候，梅边渡也在。左岸喝醉了，他听见宿荣对自己说:"我只是想找一个能给我结局的人。"

左岸摇头:"生活从来都没有结局。今天的结局是明天的开始，后天又是大后天的开始。时间是一条河流，生命也是。能活在希望里，才是人生最大的幸福。"

宿荣似乎也喝醉了："此话当真？能活在希望里，才是人生最大的幸福？满大街的人，有谁不是活在希望里呢？"

左岸回答得斩钉截铁："大街上百分之九十九的人，都活得了无生趣，毫无希望可言。"

"那我算不算其中一个呢？"宿荣问。

左岸突然翻开小说手稿的某一页，如同随意翻开一张日历一般，朗读起来："此刻，所有的爱与被爱，都是戴着面具的魔鬼。作为时代英雄的我，多么希望有一个美丽的少女出现，与我一同上演一幕爱情的浪漫悲欢，像一出真正的狗血剧。"

宿荣弄不明白左岸读这段话的用意，皱起眉头问："什么意思？"

"生活本来就没有多少意思，你偏要追根求源，便无趣了。"

"小说，都是小说。记清楚了啊。"左岸举起一杯酒，倒进喉咙，"天下总有夜归人，敲开一扇扇的门，门里，并没有自己要找的人。"

"你不能再喝了。"宿荣拿开左岸的酒杯。

"我——左岸，天天把门打开，欢迎所有的夜归人。那些影影绰绰的人流中，说不定就有我的爸爸妈妈。哈哈，那个浪荡的小妇人，一定也在。"

梅边渡像看一幕话剧，看得不清不楚，听得不明不白。

"什么浪荡的小妇人？"梅边渡自言自语。

16. 城市主题词：一切恩怨，都是花开。

某一个早晨，梅边渡睡眼蒙眬，趿拉着鞋，坐在院子里。

风是凉的，雨后的风。

梅边渡听见宿荣起床的声音，听见她走到院子里洗漱。梅边渡颤巍巍地起身，对宿荣说："昨晚我做梦了，神在梦里提点我，要让你做我的门徒，这辈子唯一的门徒。古人讲，黄金万两不卖道，十字街头白送人。送给的，一定是有缘人。我不光送给你道，还会把房子给你，把家财给你，脑子里所有的思想精华都给你。你知道，我梅二总想着普度众生，可我功力稍微欠缺那么一点点。好多人都不信我。佛度有缘人，信任才是最大的力量。我扒拉来扒拉去，看着没几个人与我有缘。只有你，在我身边，知道我所有的为人处世，知道我对这个世界有着无穷无尽的探索和好奇。我举起双手，并且以我梅家祖上的名义向你发誓，我愿意把一辈子的辉煌成就，无条件地传给你。"

宿荣发愣："你……你怎么知道我会接受？"

"你会。你有尘俗之念，更有佛心善举。无论你经历过什么，你这个人，从本质上讲，不坏。通过这几年你对我的照顾，我更明白，你的人品更让我敬仰。你对你的远房姑姑比对自己的亲娘还亲，我看到了。所以我选你做徒弟，你要信任我，我一定会好好度你。"

"你想度我？度我到哪里？"宿荣看到梅边渡一脸严肃，心里暗暗发笑。她又不能表现出丝毫的取笑或讥讽，脸上的肉便被折磨得有些变形。

"度到人生高处，度到佛祖身边，随你选。"

"这些我都不想要。我只需要有个安稳处，有个落脚的地儿。"宿荣想起曾经在左岸的书桌上看到一本书，名字叫《河流的第三条岸》。她随手翻了翻，看不懂，便放下了。"要不，你把我度到河流的第三条岸吧。"宿荣说。

为母亲特制的电话铃声响起来，宿荣按下接听键。

"你给我听好了，村里让我签一个防止脱贫成什么福，我让他们去找你。"母亲的声音依然洪亮，和当生产队先进分子时一样，喉咙可以当成高音喇叭。

"成什么福？"

"管他成什么福，反正就是一张破纸玩意儿。不签就罚款。"

"你按上手印不就行了？"

"人家说不行，得录像上船，咱也不知道哪里还有船。"

"防止脱贫返贫承诺书。"梅边渡在旁边说，"你说的第三条岸，是完全可以的。这个世界本来就是一个时间、空间、色彩、过去、现在和未来胡搅蛮缠的多维存在。不管你想去哪条河，都会有第三条岸，说不定还有第八条岸。"

宿荣对梅边渡的话将信将疑，或者说她根本听不懂。

梅边渡接着往下说："这个世界既是一个错综复杂的整体，同时又是由一个个的碎片拼接成的。我们每个人都是一个碎片，从哪里开始，到哪里结束，都是无形主宰下的拼拼凑凑。这个无形的主宰，不是神，不是佛，不是上帝，与所有的宗教都没有关系。"

"那就是睡醒之后的梦话呗？还是喝醉酒之后的胡言乱语？"宿荣调侃梅边渡。

"对，绝妙的比喻。你参悟透了，就是睡醒之后的梦话，还有喝醉酒之后的胡言乱语。由心而生，不论真假，随风而散，风过无痕。聪明，聪明人一点就透，就是与平常人不一样。"梅边渡向宿荣竖起大拇指。

宿荣并不认为自己有多聪明，也没有参悟透梅边渡的歪理邪说。宿荣仍然相信神灵的存在，所谓头顶三尺有神明，她从娘胎里就听到过这样的说法。

梅边渡跟在宿荣的身后，直至宿荣把一碗热气腾腾的冲鸡蛋水，端到他面前。

鸡蛋碎儿旋转着，沉沉浮浮，也让宿荣的心思七上八下。

"那我问你一个问题。即使遍地是草，也总有一些羊瘦骨嶙峋。那是为什么？羊也有命？"

梅边渡没有回答宿荣的提问，看着端在手里的碗，说："咱可以试验一下你我之间有没有相通的理念。比如，你看到刚才的鸡蛋碎儿，是不是感觉有些世事无常？"

宿荣瞪大了眼："不会吧？"

"怎么不会呢？世界就是如此奇妙。"梅边渡吸了一口鸡蛋水，"那些羊，为什么瘦？"

宿荣脸上堆满了笑，说："因为那些羊，也像咱这些穷人，总是在思考人生。"

梅边渡的眼来回翻，感觉腹部似乎有些隐隐作痛："那可不一定，说不定那只羊得了小肠疝。我不知道你想给我打什么哑语，我给你说的，都是正经事。我所做的一切，关乎人类灵魂的发展走向，让所有迷途的羔羊都知返、能返。我再给你说最后一句，一切恩怨，都是花开。你要放下所有的过去，做真实的自己。"

"我过得不真实吗？歪七扭八，从来没有如意的时候。"宿荣说完，拿过小马扎坐下，看着院子里一只跳来蹦去的鸟，"你说说看，院子里的这些小鸟，是不是也有前世今生？"

"当然有啊。"

"那你给院子里的小鸟测一下，它的前世是人是兽还是鸟。"

那只在院子里踱来踱去的鸟，是麻雀，千真万确。如果它是乌鸦呢？自己能够平心静气地对待它吗？或者，如果它是一只开屏的孔雀，自己又会怎样？大喜，疯狂，追逐，产生占有的欲望，是否如同遇见了理想王国中的曼妙女子？

梅边渡发现自己走神了。他迅速调整自己的状态，把右手的食指和拇指，捏成一个扁扁的形状，眯起一双探究世界最深刻奥秘的眼睛，从两指间的缺口处看向小鸟，口中念念有词："小鸟的前世是一个在街头流浪的乞丐，更前世是锁在深闺一生未嫁的大家闺秀。两世的修炼，一个魂灵才最终成为大家闺秀最想当的小鸟。只可惜，这只小鸟并不是她最想做的百灵鸟，只是再普通不过的麻雀。它还需要两世轮回，最终才能变成举世无双的百灵之王。"

"哈哈哈哈，瞎扯，你梅二爷还真有一套，编出瞎话来，一点都不脸红。"

梅边渡突然生气了，把手里的碗连同鸡蛋水，一下子甩到院子里："你吃，你吃，吃了早些去投胎。下辈子让你投胎成一条鱼，再也飞不到梅家的院子里。我还要你爱上一只鸟。我要让你万念俱灰，万事成空。"

梅边渡踢了宿荣坐着的马扎一脚，径直往院子外面走去。

走到院子外面，梅边渡突然就大声唱了起来："忧则忧当军的身无挂体衣，忧则忧走站的家无隔宿粮。忧则忧行船的一江风浪，忧则忧驾车的万里经商。忧则忧号寒的妻怨夫，忧则忧啼饥的子唤娘。忧则忧甘贫的昼眠深巷，忧则忧读书的夜守寒窗。忧则忧布衣贤士无活计，忧则忧铁甲将军守战场。怎生不感叹悲伤！"

"南腔北调，"宿荣喃喃自语，"没腔没调，油腔滑调。"

宿荣听见梅边渡喊左岸的声音："天这么早，你怎么一个人在院子里？"

声音隔了墙，在一缕金色的阳光中，突然转换成蓝色的腔调。宿荣听见梅边渡问左岸："我给你配的方子怎么样？鼻炎好了吗？"

梅边渡深信自己的医术，比县医院的中医们高明不止一个两个级别。他常常给左岸讲："汉代以后，再无中医。汉代以前的中医，懂阴阳风水，通五行八卦，治病救人是应时顺势，那叫道医。汉代以后的中医呢，叫儒医，学的是书本知识，再加上师傅的耳提面命。中医讲悟性，讲天性，更讲灵性，见一叶知森林，窥一貌知全局。中医所谓开方，开的是方位里的风水阴阳，补的是生辰八字里的缺损之处，治理改善的是人体环境。西医叫开药，治的是病灶，一梭子子弹打下去，好就好了，不好就变成了血肉模糊的破疮。"

宿荣听见，左岸带着浓重的鼻音和哭腔说："你来得正好，我正要去找你呢。我现在只能用嘴呼吸了，头也昏昏沉沉像做白日梦。你不是给我下毒药了吧？"

“你以为我是潘金莲？你也不是那西门庆啊。我梅二作了法，向一只飞鸟承诺，来生做一条鱼，爱上天上的飞鸟，就像你的爱情。”

“像我的爱情？你疯了吧！大清早的，你还在梦里？”

“谁的谜谁解，谁的梦谁圆。”宿荣嘟囔了一句。她以为左岸并没有听清楚。

17. 城市主题词：梦总是要醒的，不要亏待了守夜人。

梅边渡最喜欢的动作，是远远地比画着，在食指和拇指之间，捏了或薄或厚的一层。好事的人问：“你这是干什么？”

“你以为我捏的是空气？我在测量那个人的脸皮，喏，就是挺着肚子的那个人，看他的脸皮有多厚。”

“你知道那个人是谁？他是车相渚。”

“我管他是谁，像猪不像猪。”

梅边渡刚刚把茶桌摆在门店外面，就看见车相渚歪歪扭扭地走过来。阳光把梅边渡的眼照成了一条线，在如此细细的缝隙中，梅边渡看到，车相渚细细的两腿有些吃力，似是因负重而拖动困难。车相渚穿着一条牛仔裤，拉链光滑，可以随时扯下来的那种光滑。拉链上有残留的污渍，像车相渚刚刚吃完饭留在嘴角的渣滓。车相渚屁股上的两块肉，从窄窄的髋部张扬出来，如同要自后而前，把他整个身子包围住。车相渚的肚子丰满，有些下垂，如果趴在地上，与真的猪肚子无异。车相渚的脖子长而细，与他粗壮的腰身对比，如同西方的资本家和非洲受病毒折磨的饥民。车相渚的嘴唇外噘，突出于他的整张脸，嘴角又是向下斜的。眼睛深陷，像是被谁打了一拳。鼻子蹲在眼睛和嘴巴中间，如同受了无穷无尽的委屈。

车乔路上次请梅边渡到指挥部，要他为车相渚测算。梅边渡提出让车相渚改名，并且想要给他出一个综合性的运势改造方案。那么此次前来，车相渚一定是想好要改成什么名字，或者他还想让梅边渡再施弄些法术。

"车县长好。"梅边渡站起身，眼睛依然像一条线。

车相渚没答话，拉着梅边渡的胳膊，进了他的工作室。

"你得先告诉我，你这是佛还是道。"车相渚双手摁住膝盖，"前几天有个老太太，说是佛家的代言人。她用一张草纸，盖住一碗水，在正午时分的太阳底下，拿一双筷子，在草纸之上，把碗里的水全部夹走，再把草纸盖在求签者的头上，说是能免灾改运。这样稀奇古怪的事，我不信。"

"所谓道可道，非常道。几十年来，我在永乐城宣扬的，是万宗之宗，道中之道，是科学，不是宗教。周围几个省市也有来找我破解灾祸事端的。"梅边渡身子前倾，与车相渚认真交谈。

"你的影响力我倒是听说好长时间了，一直没有结缘，上次也是匆匆忙忙，没有深谈细问。今天大师费费心，替我抽个卦，帮我算算最近的运势。不知怎么回事，这两天眼皮老是跳，眼珠子都快跳出来了。"车相渚坐在梅边渡面前的小凳子上，说话很急。

"那，您是想抽签呢，还是扔铜钱？"

"有什么差别吗？还是扔铜钱吧。这个世道，谁跟钱有仇？"

梅边渡将车相渚扔了六次铜钱的结果，记在一张纸上。梅边渡掐着细长的手指，突然发现指甲似乎有点长，里面的泥灰早上刚刚用树棒剔过，依然留有黑色的痕迹。为了掩饰自己的尴尬，梅边渡掐算的手指不自觉地往后缩了缩。

为显示自己的用心和仔细，梅边渡抱出那部用旧报纸包皮的书。梅边渡看了好长时间，然后一遍遍地念叨着，好长时间才开口："此卦尚可。易经上讲，宜归于随卦。随有获，贞凶。有孚在道，以明，何咎。讲的什么意思呢？跟随别人不劳而获，得了不少不义之财，偏凶。但如果改换方式，心存诚信，光明正大，灾祸可免。"

车相渚紧紧抓住梅边渡的手："兄弟，这话可不能随便乱讲，更不能对外人说。我哪有什么不义之财？县里几大班子领导，都知道我清廉公正，说我从没请过一次客，是不与吃喝为伍的清流。你这些话，要是让扫黑除恶督导组的领导听见了，我的小命都难保。兄弟，你说吧，如何化解？花多少钱都行。你上次不就说，要给我出个转运的综合方案吗？"

"所谓运势，一切都在变化之中，这才叫易。前几天的情势，与现在大不相同，化解起来会有更大的难度。"

"任何事总会有办法，是吧？你不是讲佛度有缘人吗？我们算是有缘。相识就是缘分。再者，还有你们家的房屋拆迁，都把咱俩紧紧连在一起。"

"您想表达什么意思？"

"哪有什么意思？与人方便，与己方便。救人一命，胜造七级浮屠，这不是你们佛家常讲的吗？"

"哈哈，佛家讲因果，周易讲的是道。"

"佛道本来就不分家。我不管那么多了，你就给我出个方子，替我化解化解吧。"车相渚看梅边渡的眼神，如同他在寺庙中面向大日如来的虔诚，"对了，这次的旧城改造，县里要恢复城隍庙。我能不能给城隍庙捐款，建一尊佛，让信众供奉，也度我自己？"

"要恢复城隍庙？"梅边渡反问一句，心里开始盘算着如何处置这件事。

"恢复城隍庙的事早就定了，只是还没有着手进行。如果老兄有意，要担此重任，县里交给你弄就是了。顺便，你也能弄几两碎银子花花。"

"当真？"梅边渡几乎要站起来。

"千真万确。我是文化历史街区项目建设的副总指挥。裴县长是总指挥，光挂名，不管事。这下面的事，都是我说了算。"车相渚拍着胸脯说。

"那好，您准备好九十五万，寓意九五之尊，先诺后行。行不？"

车相渚挠着头皮："也不是不行。是不是太多了？"

"按说，这个是不能讲价的。如果确实拿不出来，九万五也能凑合。老百姓不是说嘛，一分价钱一分货。我担心超度的效果，倘若达不到您的要求……"梅边渡面露难色。

"那好，就这样定了。九十五万，我心向佛祖，承诺下来。其他的事，你就看着办吧。"

"您能拿出这么多钱？"梅边渡疑惑地问。

"这个你就别管了，我说到做到。"车相渚的坚定如同他脸上瞬间释然的表情。他站起身，两手抱在一起："兄弟多费心。"

"那……城隍庙什么时候开工？"

"兄弟一句话，随时都可以。"

"那好，我先给您一张画符，放在枕头下面。立冬的时候拿出来烧掉，保您平安。"

车相渚毕恭毕敬地把画符放在内衣口袋里，满脸虔诚地问："我听别人说，你做法事的时候最灵验，有通天之眼。有人传得有鼻子有眼，说你可以直接与城隍爷对话。是不是真的？"

"我上天言好事，回城降吉祥。我只闻窗外事，苦读圣贤书。我双手捧日月，身心度众生。等城隍庙复建工程完成之后，我一定会做一场盛大的法事。到时候，您就会知道我的本事了。我要为全城人祈福，尤其是对您的仕途，更会多多美言，祷告有术，应诺有声。到那一天，您一定会芝麻开花节节高。"

"我相信梅大师的法术。那就拜托了！"车相渚做了一个拱手相拜的动作。

车相渚满意而去。梅边渡将手中的龙龟把件使劲地搓了几搓，摇着头说："梅大师，呵呵，车县长叫我梅大师了。佛家亦有道，道家自成佛。唉，梦总是要醒的，不要亏待了守夜人。"

左岸虚看到了梅边渡所做的一切，认定梅边渡藏了许多私心。梅边渡送出的画符，左岸虚看得一清二楚，根本就是由着他的性子画的，毫无章法。梅边渡也没有向任何一位神明祷告，更没有穿越时间与空间，与任何一位法术的掌控者交流。左岸虚终于明白，以前梅边渡所说的一切，比如他要打开人与天、与地、与神的对话通道，比如他要在时间、空间、历史与现实之间，寻找来去自由的方式，现在看来，全是骗人的把戏。想想真的惭愧，那时自己竟是如此盲信盲从。或许，梅边渡还有更多不为魂灵所知的秘密。如他所说，他只度有缘人，包括他藏在暗洞中的木盒子，某一天他曾说漏了嘴，说里面藏着无数被人丢弃的影子，他费了千辛万苦才收集来的。现在看来，也只是他的臆想。他还幻想依靠这些影子为世人招魂，为某些流浪的灵魂寻找安放之地。唉，也枉费了他一生的善念。

梅边渡把县里要修建城隍庙的好消息告诉宿荣。

宿荣摇摇头，对梅边渡说："现在的人越来越不靠谱，搞不懂他们到底在信什么。白猫黑猫，有钱才是真正的好猫？还有车相渚这样的人，花那么多的钱，求你一张一钱不值的画符，就像得到了天下所有神灵全方位的保护。这些神啦鬼啦的东西，你信吗？"

"还有其他可信的东西吗？我是儒、道、佛的集大成者，无所不通，并且能够融会贯通。普天之下，还有我这样全面的通灵者吗？关键是，他们求什么，我能给他们什么。所有的信仰，不在精，而在通——说得通，讲得通，行得通。哈哈——说什么三江十二州。"梅边渡突然唱起京剧的腔调，声音充满得意。

"除了钱，就是官，全社会都信这个。"宿荣的声音不大。

"这便是我梅边渡与他人的不同了。上苍交给我一个重大而艰巨的使命，那就是挽救这座城市的信仰。所以，当所有人都没有信仰的时候，我有。当我成为信仰唯一传播者的时候，就成了精神的皇帝，成了人人膜拜的神。"

"神？这么说，你想当神？"宿荣问，眉头拧成疙瘩。

"我是这座城市里最后的精神贵族。哈哈，最后的精神贵族，要超度所有的灵魂流浪者。永乐城离不开梅边渡，梅边渡离不开永乐城。生死相依，不离不弃。等城隍庙建成，我给你求一个好的保护神。"梅边渡似乎更加得意，"还是我之前劝过你的，做我的门徒吧。现在我收了唐萍做徒弟，可她毕竟是外人。如果你愿意跟我学，我一定把所有的知识，一字不落地传授给你。"

宿荣依然摇头。

唐萍来拜求梅边渡收她做徒弟，是在半年之前。当时，梅边渡正在吱嘎作响的藤条椅上小憩。

"师傅。"唐萍的声音低而娇。

梅边渡是被娇声唤醒的。是的，娇声。梅边渡正是这样对左岸说的。

梅边渡把手里的铜钱攥紧，问唐萍因何事而来。

唐萍如此介绍自己："我明人不打诳语。我从小就天赋异禀。我还不懂这个词是什么意思的时候，就有人这样评价我。从小学到高中，我的学习成绩一直很好，一路保送，进了山东大学。如果不是母亲有病，我可能回不到老家来。教育部门的领导，非得安排我到学校教书，可我根本不会教。去年县里评优秀教师，另外两个老师争得一塌糊涂。学校领导没有办法，直接把唯一的名额给了我。因为这一荣誉，我很快破格晋升了职称。另外两个老师开始把我当成敌人，冷嘲热讽。我实在受不了啦，求求大师您，给我指条大道。"

梅边渡单手把三枚铜钱抛起来，再一一接住。三枚铜钱在半空中飘忽游移，像被风刮过一样。

唐萍看梅边渡好久没有说话，便小心翼翼地说："说实话，我是想拜您当老师的。"

梅边渡眼睛眨了又眨："你想好了？要拜我当老师？"

"我想好了。我要学点真正有用的东西。课堂上我无法给学生们上课，如果能教给他们点别的，也行啊。"

梅边渡突发奇想："我有一门绝技，拿一枚铜钱做测量，可以测量人的脸皮有多厚，撒谎指数有多高，不要脸的基因有多强大。总之，社会上一切不正常、不合理的事端，都可以通过测量，预测发展方向。面对那些丑陋的社会现象，可以找到根源所在，知道如何纠正提高。如果你掌握了这门学问，就可以在社会上办学，一人一法，因材施教，逐一打造孩子成长的金种子计划。"

"这样的班可行？"

"话题性是社会猎奇心的永远源泉。你若办个这样的班，我保证你赚到流油。"梅边渡端起茶杯，呷了一口茶，"你的副高职称是最大的招牌，你又是县里重点中学的高级教师，还有名牌大学毕业的辉煌历史，这样的条件，整个县城几人能有？"

唐萍频频点头："老师，您是不是可以做我培训机构的首席顾问？是首席哟。"

"没问题。"

"那我是不是也可以像老师您一样，取个法号之类的？"唐萍似乎与梅边渡的思维路径高度一致。

"这个是必须的。我已经想好了，根据你来投奔我的时辰和所求事项，你的法号可以叫无贫。"

"好，好。无贫。我也希望这个世界上再也没有贫困，全社会的人都脱贫，富得流油。"

"几天后，你还会有一个小师弟，法号无休。再以后，我还会收一些心诚意足的徒弟，名字我都想好了，语迟、佩灯、寻风、错梦。是不是都很好听？"梅边渡的手指捏着铜钱。铜钱散发出金属的味道。

唐萍几乎要跳起来："真的吗？老师真是未卜先知。太好啦，太妙啦，简直就是妙不可言。无贫、无休、语迟、佩灯、寻风、错梦，统统都是天底下最好听的名字。"

梅边渡预言之准，让人无法辩驳。

唐萍几天后开办的校外培训机构，定位于学生的心理成长，报名人数多达几百。在课堂上常常陷入沉思、被学生们公认为不会讲课的唐萍老师，在人生大道的培训课上，竟然可以口若悬河、滔滔不绝，从三皇五帝的性格与孩子性格的相似度，从社会人士的羞耻感到孩子心理阴影的疏导开解，都条分缕析，丝丝入扣。有个男家长听了她的课之后，泪流满面地对唐萍说："唐老师，我要认你当老师，入门费十万，请您千万不要拒绝。"

唐萍确实没有拒绝这位家长，并且最终与这位所谓的成功男士陷入婚外情的旋涡。

梅边渡事后问唐萍："你没有测量他脸皮的厚度吗？"

唐萍哭着，摇摇头："事后我做过深刻的反思，之后才发现，这个人，根本没脸。"

"我认识他吗？"

"他叫车乔路，住建局的。地地道道的人渣，还满嘴的仁义道德。可他的道德水平，完全不符合进化论的要求。"

"那你图他什么？"梅边渡皱起眉。

"他说要在文化历史街区给我留一套小别墅，闹中取静，夜夜笙歌。"

唐萍落下大把的泪，在手背之上，慢慢变凉。

18. 城市主题词：城市是所有人的城市。

梅边渡的远房表侄送来半袋子玉米面，宿荣有一搭无一搭地表示感谢。宿荣无意地问："今年的收成怎样？"

"还行吧，年年如此。"

“还是那块地？”

“除了那块地，早就没什么地了。”

梅宿氏在世时，从不接受表侄送来的粮食。梅宿氏说，那块地不吉利。宿荣知道那块地的位置，是在城市的缝隙中遗留下来的一块坟地，三五十亩的样子。没有人敢征用那块地。曾经有人起心动念，产生过开发那块地的念头。高昂的迁坟费用，再加上传说中的邪气，让所有的念头，最后也只是想想罢了。宿荣更不想收下亲戚送来的粮食，她觉得那是祖上尸骨变了个戏法，拿一根肋骨变出来的粮食，邪性，不吉利。宿荣心里想，亲戚来送粮食，一定不是仅仅送粮食那么简单，便问：“兄弟今天来，是不是还有其他事？”

“你知道的，我们家你那大侄子，想要买套房，结婚用。我琢磨着，再怎么着，咱还是亲戚，总比外人贴心，好说话。我听说，这片房子的拆迁，一套可以换两套。我能不能占个先，麻烦表姐给我预留一套。钱该怎么着还是怎么着，别人出什么价，我出什么价，不会让你吃亏的。”

“呵呵，你这消息够灵通的啊。房子拆迁的事，不知要等到猴年马月。拆迁办答应给的回迁房，都还在影子里照着呢。”宿荣稍一停顿，“我听别人讲，整个县城，开发商没卖出去的房子有几千套。表弟怎么不去买新房子呢？”

“剩下的房子再多，咱也买不起，到老死也还是买不起。那些房子，本来就不是给咱老百姓盖的。我知道表姐不容易，这么多年啦，在城里一直没套房子，苦吃得不少，累也受了不少。让我说呢，咱这些小老百姓啊，都一模一样，没有谁不是从受穷过来的，这就是命，比包油条的纸都薄。”表亲用两个手指捏出一条细缝，比画着纸薄的程度，“县里要改造城市了，这是好事。我也琢磨着，城市是所有人的城市。前一段时间有个电视连续剧，说什么雨露均沾，咱也应该享受城市改造的红利。可人好不如命好，我们那个家族，祖上的坟一个挨着一个，倒是占了县城最好的地儿，可那是阴宅。阳间的子孙后代，没一个好，都落魄失魂，像吸大烟的，没个好样。你说说，这阴间的人，咋就不管阳间的事？"

"你见过吸大烟的？"

"昨晚的电视上演的，瘦得和猴似的。哈哈，让表妹笑话了。电视上还说了，满腔报国志，身无半寸骨。"

送走表亲，宿荣看了看表，离去七色光茶社做面食还有一段时间，便坐在院子里发呆。"满腔报国志，身无半寸骨。"这是说谁呢？

宿荣想起刚刚启动改造项目的时候，县城里各种消息满天飞。左岸说："一旦这座城市开始改造，我们一定要做点什么。告诉你们我的想法，我要命名城市里的每条街道。"

梅边渡抬头看着天上的星星："名字还需要我取，我懂阴阳。"

赵新城抿了一口酒，看着梅边渡："你不应该给这座城市塑造灵魂吗？宿荣，你呢？"

"我嘛，外来户。只要能让我成为这座城市里的一分子，最平凡的，最犄角旮旯里的，就好比一朵最不让人待见的花，一株草，一棵树，什么都行。只要别让我成了老鼠。"宿荣长出一口气，将一壶已经没有多少茶香的清茶倒掉，重新续上一壶，"今天没外人，我再给你们说说我的一些感觉啊，谁都不许笑话我。我觉得啊，城市就是女人，是会变的。老百姓讲，女大十八变，越变越好看，城市也一样。小时候，你会爱她的萌，奶香味重。大一点，你会爱她的活泼机灵，嫩嫩的玉米棒子味。变成大姑娘了，你就会热爱她的青春、浪漫与狂放。一个有温度的城市，永远不会变老。我觉得永乐城就是。"

"哈哈，宿荣，你行啊，突然间就变成诗人啦。"左岸竖起大拇指，放任自己悬在半空中的腿，摇来摇去。

每个人都在畅想着城市的未来，探讨着城市的哪个地方应该是森林，哪个地方应该是草地，哪个地方可以风筝满天，哪个地方可以造一片梦里才有的海。

"如果真有那么一片海，我就买一艘快艇，你们在前面，我站在后面的冲浪板上飞，像劈波斩浪的英雄。"左岸把茶碗放在桌上，说。

赵新城偷偷笑了笑，他在心里说，左岸怎么会忘记自己拆迁户的特殊身份呢？

"每个人都想建造一座自己的城市，没有生老病死，只有浪漫烟花。这样的憧憬，是人世间最大的假象。每一栋透着温馨色彩的建筑背后，都是冰冷和无情。有家可回，甚至不如无家可归。"赵新城说完这些话，拿出怀里的小酒瓶，喝了一大口，然后把瓶子递给梅边渡。梅边渡喝了一口，递给左岸。

"这酒，我先敬天，再敬我们伟大的幻想，不可能实现的伟大幻想。明知不可能实现，我们还心怀虔诚，是人性之善，更是我们的弱点。"左岸接过瓶子，往天上一举，"说实话，我被这座带着无数假想的城市吸引了，也被它捆住了。城市成了无数人的原罪。"

梅边渡盯着左岸手中的酒瓶子。以前，他也是酒不离手，自从前几年得了反流性食管炎之后，便与酒说再见了。此刻，他站起身，手伸向遥远的月亮，声如洪钟："再伟大的预言家也无法洞悉真相。每一个人都隐藏着不为人知的天大的秘密，偏偏还要装出一副若无其事的样子。只有我，梅边渡，才是唯一清醒的灵魂导师。归于我吧，世界和尘土。苍天啊，谁赐予我力量和智慧，让我挽救这座失去信仰的城市，挽救每一个失去方向的灵魂。"

宿荣觉得梅边渡在说自己，如同他一直在观察自己的内心活动，说出的每一句话，都像是针对她的。而她此刻正在想的，只不过是希望有一条道路，能够以"家"字命名，叫温暖之家，或者幸福之家。如果真有这么一条路，她一定天天到此一游，干脆就当一名永不退休的志愿者，打扫街道上的每一处垃圾。

"星星和月亮，是今晚最大的罪恶。"左岸一边说，一边将一杯茶洒向半空，"喝吧，你这不知廉耻的浪荡女。"

"怎么又是浪荡女？"梅边渡问。

"好吧，今晚不说浪荡女，给你们讲讲我书里的故事。一位猎人和一匹狼，互相捉弄、追杀了一辈子。猎人以打死狼作为终极目标，狼则把吃掉猎人当作毕生追求。等猎人老了，病得直不起身子的时候，他最后一次走上山峦，要么杀掉那匹狼，要么自杀。猎人没有想到的是，那匹狼像他一样，老得再也跑不动，蜷缩在凄冷的山坳里，行将死去。他们面面相对，猎人因为胸前的剧痛，整个人瘫倒下去，猎枪掉在地上。狼慢慢上前，如同要复仇。可它眼里，不再有尖厉无情的光，只有泪水。它把枪叼到猎人手里，静静地转过身去，等待猎人缓缓起身，一枪把自己干掉。它喜欢火药的味道，像烟花的灿烂，也像头狼的苦恼。"

"老猎人把那只老狼杀掉了吗？"宿荣急切地问。

"生活是由一堆寓言构成的，应验的或失灵的。我们都是在无数的虚笔和留白之中，寻找真理、探求真相的流浪囚徒，回不了头，也到不了岸。"左岸攥紧手里的稿纸，像抓住刚刚要逃跑的一条命，"一群疯子和一群傻子的对话，会有结果吗？"

19. 城市主题词：总得有人为历史负责。

关于自己的生活，梅边渡曾经自嘲："我啊，就是两头短的被子，拉一拉，盖住了上头，就露出了下头。"即便如此，梅边渡依然认为，自己是天地间唯一的正义之神，应该为这座城市，为身边的所有人，撑起一片天空。

梅边渡还说："我并不是这座城市里衣食无忧的人，可我还是害怕别人偷，把我仅有的智慧，统统扔到下水道里。又黑又臭的下水道，竟然是城市的血管，谁信？"

在县里要恢复老县衙的消息传开后，梅边渡找到县城最好的裁缝，做了一套清代的七品官服，上绣一只鹭鸶，做工考究精致，素金顶戴。

取出官服的当日，梅边渡来到左岸房子里，对左岸说："我要当一回县太爷，把清末发生在县城里的一桩冤案断明白。蒸尸验骨，看似公正，实际上根本不是那么回事。那位冤死的小妇人，在县衙里被打死。她的小叔子为了霸占她的家产，占有她的身体，设计陷害，以不守妇道的罪名把她告进县衙。县令也垂涎她的美色，要纳她为妾。妇人不从，被县令用毒药毒死，她的家产也被小叔子和县令平分了。妇人的娘家人不服，到州府鸣鼓喊冤。府尹蒸骨验尸，竟然没有看出个所以然，把妇人的娘家人乱棍打出府衙。你可能不相信，妇人为了平反昭雪，为了清白之身，在阴间拒不转世，被阎王打进十八层地狱。小鬼见她可怜，放她在阴间游荡。从那之后，城隍庙的前前后后，逢年过节，初一、十五，都会有妇人的哭声，哭得天昏地暗。"

"我怎么没听说过这事？"左岸有些疑惑。他上下左右地打量着梅边渡的衣服，感觉自己进入了电影拍摄场，"这身衣服，花了不少钱吧？"

梅边渡没有回答左岸关于衣服的问题。他把嘴一撇："只有通灵的人，才能听得到哭声。"

左岸点点头："嗯，那还是冤情不够深。如果真有那么深的冤情，像窦娥，六月天下大雪。你别糊弄我，说实话，你真的能听到？"

"我绝对能听到，千真万确。"梅边渡抚摸着手里的官服，手指轻轻划过，如同优雅地弹奏木琴。梅边渡想，指甲与薄丝轻触的感觉，那叫一个字——妙。

"就你这身官服，顶事？花了多少钱？"

"自明启至清末，永乐县有 1202 名贞节烈女，随着夫姓，带着娘家姓，伴随着她们用生命换来的悲戚故事，入祀节烈祠。如果不是这位昏庸贪财贪色的县令，这位妇人说不定也能得到千秋万代的供奉。一百多年过去了，我们现在记得的，只有那样一个案子，人物、事件都渐渐模糊了。如果再不及时为她平反昭雪，她就会一直游荡在城隍庙周围，永远不能托生，只能做孤魂野鬼，天天哭泣扰民。说到底，我还是为这座城市着想。"梅边渡对左岸提出的问题选择无视，"只要是被历史冤枉过的人，无论经历多长时间的洗刷，都应该还她一个清白之身。不管什么朝代，总得有人为历史负责。我梅边渡，义不容辞。"

"哈哈……哈哈……哈哈哈哈哈，你一头聪明的驴，竟然也成了忧国忧民的义士。我，伟大的作家左岸，向道德情操无比高尚的梅二先生致敬！如果真的如此，你应该是梅一梅一，天下第一。"

梅边渡明明知道左岸是在嘲讽自己，脸上仍然略略泛起潮润的红色："作家的嘴巴厉害，并且绝不可信。你再瞧瞧，我的这身官服，是不是很场面？"

"场面，绝对场面。"

"穿上会有什么效果？是不是像真的一样，也很震撼？"

"驴穿上什么效果，你穿上就是什么效果。"

梅边渡起身就走。到门口时，他又折转身，把刚才喝过的一杯茶，猛地泼到左岸面前的地砖上。

夜深之后，左岸虚走进了梅边渡的梦境之中。那时，梅边渡正与他的美女徒弟谈论她与车乔路交往的某些细节。左岸虚对梅边渡说："你上堂断案，要学黑脸包公，公正无私，秉公用权。"

"那是当然。"梅边渡回答。

"县衙建成，估计在三年之后。当前最急迫的任务，是抓紧建好城隍庙，我也能尽快寻一个心仪的去处。"

"你哪里都不要去，就在家里住，让我能时时看到你，知道你过得是不是像神仙一样快乐。"

"说实话，我并不快乐。那片废墟掩埋了我的青春，那是我的伤心之地。你给我种上几棵草吧，我喜欢忘忧草。"

"那你以后不能再叫我聪明的驴，要叫我饮光者。"

左岸虚沉默不语。

左岸活着的时候，最喜欢称呼梅边渡为聪明的驴。左岸如此解释："不要管是不是驴，关键是你聪明。这还不够吗？"

偶尔心情好点的时候，左岸会称呼梅边渡为"饮光者"。左岸的这一称谓，让梅边渡感觉浑身上下充满了光和热，像一团火球。梅边渡强烈地感觉到，光对他如此重要，重要到已经越过了他的身体和灵魂，他虔诚地朝拜太阳、月亮和星星，甚至为蜡烛即将逝灭的光欢呼。梅边渡请建筑工人在自己的房顶之上，安装了一扇开合自如的天窗。只要不是雨天，他都会打开天窗，迎接太阳和月亮的光，享受无边无际的天空带给他的空旷和深邃。

"即使我称呼你为饮光者，你也不是光明的使者。"左岸虚对梅边渡说，"你在精神上极度自洁，这个我承认。身体的洁癖可以治愈，灵魂的洁癖等于毁灭。在平庸无奇的生活中，你常常把玩于掌心的那些小把戏，是以毁灭别人为代价的，坑了许多人。"

梅边渡的脸先是涨得通红，然后是黑漆漆的，如被挤伤之后留下的血淤："我怎么会玩小把戏？怎么会？我努力做一个好人，把温暖带给世界上的每个人。"

"那些名字，你给别人起的那些名字，隐藏了那么多私心。你能算得上光明正大吗？你总以神的使者自居，可你并没有完全响应神的召唤。你精心挑选的那些名或字，是在贩卖廉价的知识，说到底是在贩卖精神谎言。你希望那些名字能够飞黄腾达，你感觉自己拥有了超自然的力量。可你什么都没有，只不过是一头聪明的驴。你学着网上的那些公知，故意用英语单词的谐音为孩子取名，更显出你道德低下，灵魂肮脏。我不说你是驴，还有更好的称谓吗？"

见左岸虚似乎变得气愤难平，梅边渡一下子瘫倒在地上："左岸，你太恶毒，以莫须有的罪名诋毁我。我给那些孩子取的名字，都像阳光一样，干净，温暖。"

"算了，算了，我不跟你算旧账了，你也别和我计较。我只是想告诉你，上面我说过的这段话，已经被我写进小说，写进我的《尘法》。哈哈，或许只是我的虚构，可你梅二——一头聪明的驴，已经成为我小说的主人公。你是城市里的异类，但并不是无罪之人。我会把你写得高傲而肮脏，写得像人不是人。哈哈，哈哈哈哈——"

"左岸，你是什么东西？是人是鬼？"梅边渡的头垂下去，如一只得了瘟疫的鸡。

梅边渡突然惊醒，发现月光透过天窗洒在地上，荡出缓缓的波纹。

"左岸，你有冤诉冤，有苦诉苦。还有多少未了的心愿，你都可以告诉我。"梅边渡跪在床上，对着突然一片黑暗的天窗祈祷。

第三章

丢失的钟摆

20. 城市主题词:观。

在北关鼓楼上,曾经有过一座巨大的钟。在永乐城人看来,那座声音洪亮的钟,与英国伦敦城里的大本钟相比,毫不逊色。每天六点准时敲响,之后每个正点,都要敲出催人奋进的钟声,一直到晚上十点。钟声悠扬,金属的声音似乎从远古传来,有岁月的沧桑,有人世的温情。梅边渡说,这座钟有让人猜不透的心事。

永乐城对这座大钟最有感情的人,非杨天轮莫属。他对北关鼓楼上的大钟,几乎倾注了所有心血。

二十世纪八十年代末,北关村在永乐城的中心位置,建成一座仿古建筑,称之为鼓楼。据初建者讲,当时,他们就是要建一座地标性建筑,然后把晨钟暮鼓打造为城市的亮点和特色,让永乐城里的人,每天都能在诗意和浪漫中睡去或者醒来。

事情后来的发展,似乎脱离了原创者精心设计的轨道。

杨天轮直接找到当时的县长,说要在鼓楼上亲自设计、安装一架机械大座钟。

"机械的钟。不是金属铸成的大铁钟，也不需要安排专人敲，搞得像敲钟的和尚。"杨天轮说，"都什么年代了，还需要人撅着腚去敲？那不是给咱永乐城的人丢脸，给永乐县扣上原始落后的大帽子吗？机械大座钟，全天下最大的座钟，机械的，全自动，响彻方圆八百里。我杨天轮有这雄心壮志，也有技术和本事把这事弄好。县长，你就等好吧。"

杨天轮手工制造座钟的时间，大概经历了两年之久。北关的人，县里的人，一个劲儿地催，他只是漫不经心地说："精工出巧匠，慢工出细活，少安毋躁。我杨天轮做的，是全天下唯一的大钟，天下第一呢。"

先是水泥墩，再就是钢筋架，电焊气焊一起上，施工二十多天，大钟安装的基础工作终于完成。大钟临近安装的时候，杨天轮专门找到梅边渡，让他选一个黄道吉日。1989年阴历五月十一，阳历6月14日，城隍爷的诞辰，杨天轮把刚刚上任的新县长请到鼓楼之上，为大钟上弦启用。钟摆的声音响得如同惊雷，让围观的群众捂住耳朵，百里之外的人似乎听到远方的飞机轰鸣。自此以后，杨天轮大钟便在永乐城所有人的心目中，成了超越伦敦大本钟的城市风景，市民津津乐道，赞不绝口，直至嘴角冒出白色的泡沫。

曾经有很长一段时间，永乐城的人把大钟的报时钟声，当成核对手表时间的对标物。大概在半年之后，人们慢慢发现，大钟的时间与北京时间，有着极大的出入，不是快了，就是慢了，从来没有准的时候。城里人开始议论纷纷，在贬低杨天轮技术的同时，开始猜测做这口大钟，县财政拿了多少钱，杨天轮又是如何从县长那里，拿到了这个让人匪夷所思的项目。有的人心思颇怪，胡乱猜想，说杨天轮一定是让擅长跳交谊舞的闺女们，尤其是最漂亮的七妮，在舞池里，在县长的怀抱之中，敲定了大钟的钱款等事项。他还有个闺女会跳肚皮舞，还有人如此补充。

　　各种传言涌到杨天轮耳朵里的时候，他异常气愤，拿起铁锤就要出门，说是去亲手砸碎那口钟。杨天轮被孩子们拦下了。他开始焦躁不安，听到钟声就要大叫一声。杨天轮不停地摔东西，打老婆，骂孩子，站在店门口往外泼脏水。只有到晚上十点以后，钟声不再响的时候，杨天轮才安静下来，像正常人一样睡觉和生活。

　　看到父亲这种状态，杨天轮的小儿子杨定宇开始琢磨办法。思来想去之后，在某一个深夜，杨定宇和几个同学一起爬上鼓楼，卸下了大钟的钟摆。第二天，听不见钟响的杨天轮问老婆："我耳朵出问题了吗？大钟怎么不响了？"

　　发现大钟不响的不只有杨天轮。公安局接到了群众报案，说是大钟的钟摆被盗。公安干警在经过仔细的现场勘查之后，决定正式立案侦查。

　　杨天轮在门店内坐立不安。听不到钟声，杨天轮心里像是少了点什么。他拿不定主意，自己是不是可以向县领导再申请一下，重新制造一个钟摆，并趁机对原来的零部件，进行校正或更换。如果真的需要重新安装，他一定会更加用心，更加认真，保证不出一点差错，让大钟的分分秒秒，比北京时间更北京时间。

　　公安干警找杨天轮了解情况，问他卸下钟摆的大钟还能不能再补起来，被盗走的钟摆究竟能做什么。杨天轮突然抱紧了头，大声叫喊起来："钟摆啊，那可是最最关键的零件啊。没有钟摆，钟表上的齿轮怎么转？一切都成了零。我杨天轮的一世英名，被一个小偷彻底毁了。呜呜——我杨天轮的钟表啊，我一世的英名啊。"

　　看到父亲悲痛欲绝的样子，杨定宇几天没敢归家。他与那几个同学商量，要把十几斤重的钟摆投到枯井里，或者卖到千里之外。听到街上的警笛声时不时地响起，杨定宇的同学没有一个人敢再附和。杨定宇无奈，想起父亲曾经告诉自己的一句话——最危险的地方就是最安全的地方。雨夜来临，杨定宇偷偷拿了父亲的钥匙，把偷卸下来的钟摆，放到了钟表店里间父亲的床底下。杨定宇认定，即便父亲发现了钟摆，也不会把这事张扬出去。公安干警立案之后，正愁抓不到凶手，父亲怎么会给自己惹麻烦呢？说不定，父亲因为大钟走不准，正愁没人替他摘下来呢。如果真是这样，自己就是帮了父亲一个大忙，让父亲在永乐县钟表维修第一人的好名声，可以一直坚定且毫无污点地保持下去。

随着时间的流逝，关于鼓楼上的大钟，关于被人盗走的钟摆，渐渐成了永乐县城发展史上的插曲，慢慢被人遗忘。唯有杨天轮，始终对大钟充满深切的怀念。他特意做了一个与大钟建造时一模一样的钟摆，放在门店的显眼位置。杨天轮以此提醒自己，钟摆被盗事件，依然是他最大的牵挂。他更想提醒城里的每一个人，那座被人破坏的历史大钟，曾经创造了永乐城的辉煌，是他修表事业的巅峰之作，也给自己波澜壮阔的人生，增添了更多的英雄气概。

在钟摆丢失之后，梅边渡找到杨天轮："城隍爷和现世的县长，是阴阳两界的地方长官。他们好不容易因为一座大钟走到一起，可惜啊。怎么会出现这种情况呢？我出门前测了一卦，卦象有点诡异，钟摆应该离得不远。至于能不能重见天日，要等风水清明澄净之后才见分晓。卦象还显示，关于此事，可语，可不语。我没有解开卦象，混沌，一片混沌。"

公安干警费尽九牛二虎之力，始终没能破案。由此，钟摆丢失案被列入县城众多悬案之中，时不时地被不甘心的干警翻找几遍，时不时地打扫一下灰尘，仅此而已。

说来也怪，自钟摆丢失之后，北关鼓楼似乎厄运缠身。偌大的地方，先是做了小型的电影放映厅，后来开了饭店，再后来开了旅社，再后来又被人用作放映黄色录像的隐秘之所。总之，做什么，什么赔，没有一个生意是挣钱的。有人将此归结于钟摆的失窃，让好端端的地方破了风水，也有人说开工上梁的时辰不对。闲谈碎语之中，大家一致认同，应该让梅边渡破解一下。

前两年，鼓楼重新进行装修，被改造成时下最流行的密室逃脱项目。或许是与玄幻鬼魅的气息相符，也或许是时势转换，做成密室逃脱之后，鼓楼的生意竟然十分火爆。那些在黑暗中寻求出路的年轻人，在面对绝境时爆发出的巨大能量和无穷想象，与时代赋予他们的创造力，成为最契合的律动符号。

丢失的钟摆是不是被人找到，变得越来越不重要。是不是要在鼓楼上重新安装一架木槌敲击的铁钟，再次被提上议事日程。追溯过往，激活记忆，虽然与钟摆无关，却与时下彷徨失措的人心不谋而合。

21. 城市主题词：总有人被时间遗忘。

说起杨天轮的鼎鼎大名，除了他在鼓楼上安装手造大钟的伟大传奇之外，永乐人记忆深刻的，还有他的钟表店。

杨天轮的钟表店，在县城西街的中间位置。在城里成长起来的一代又一代人，似乎都清楚地知道，钟表店的位置从来没有更换过。城里的老居民，对这家店铺有着视若无睹的熟悉：门面不大，牌匾也不大，整个店面的外观有些破旧不堪。门是实木板，黑色的漆，在岁月的剥蚀之下，已经斑驳不堪。门框上端是"生意兴隆"的红色漆字，每年涂抹一次。位置或笔画并不一致的同一个字，像复生后再度干枯的树枝，看起来张牙舞爪。门两侧的对联堪称永乐一绝，上联是"表不准人准看的是良心"，下联是"风不来雨来求的是悠闲"。梅边渡曾经对杨天轮门上的对联提出过严重批评，说对得没道理，也不严谨。他甚至建议说："依着对联的内容，横批应该改成不度岁月"。杨天轮反问："我一个修表的，不度岁月度什么？靠什么吃饭？"

杨天轮和他的父亲，都是以修理大大小小的表为业。店铺最初的名字，叫北关钟表店。如今的钟表店，最能吸引人的，或许是招牌上充满玄幻和诗意的新名字——时间修理公司。这名字具有强烈的现代气息，也吸引更多的人走进店里，探寻修理时间的奥秘。据说，店铺的新名字是杨天轮最小的儿子杨玉海改定的。

杨玉海有个爱好，喜欢改名。他自己以前的名字叫杨定宇，并被杨天轮寄予左手定乾坤的殷切希望和右手定宇宙的重大责任。杨天轮经常说："儿啊，你不是一般人。你要改换门庭，重振杨家荣耀。"杨定宇似乎并没理解和执行父亲的愿望，而是痴迷于电影中扮演杨玉环的女演员，嘴里念念有词，心里默诵不忘。杨定宇将自己的名字改为杨玉海，说是要变成杨玉环隔代穿越的兄弟。杨玉海是永乐城最早下海的公务员，挣了不少钱，喜欢潜海探险。某一次在南海深潜时遇到鲨鱼，葬身鱼腹之中。有人说，这是他的宿命，当羊遇到海，还能有救？梅边渡事后诸葛亮，说："名字错了，乱了八字。名错，命便错。"

从北关钟表店到时间修理公司，中间还隔了时间修理厂这一名字，可以忽略不计。

前几年，北关钟表店曾经收留过一位双下肢截瘫的老人和一个八九岁模样的女孩，他们是祖孙俩。老人摆了一张画满各类奇怪符号的阴阳纸，女孩则拿着一把锈迹斑斑的口琴，看到有过往的行人，便把口琴吹得如泣如诉。杨天轮的老婆想赶他们走，被杨天轮拦住了："都是苦命人。做饭时多做上几口，不差那一点。"

正是因为祖孙二人的存在，钟表店的生意一下子火爆起来。

至于祖孙二人何时离开，又因何离开，没有人放在心上。杨天轮心里空落落几天后，发出一声感慨："八成是不来了。"

对任何一个来修理钟表、手表的人，杨天轮总是这样说："我是给天修轮子的，你这点小表，就是牙缝里的小菜。修表的价格贵点，可我从来不玩什么把戏。"言谈话语之间，有意无意地揭发其他修理手表的人，都要玩一些见不得人的阴谋，"你看那些南蛮子，手脚看起来很麻利，修得快，也便宜。他们是不是把你的好件换成普通件，这我可说不好。你再仔细看看，他们手底下清洗零件的油酸，再黑再稠，是不是一直舍不得倒掉？为啥？"

杨天轮已经七十多岁，花白的胡须和满脸的皱纹，阻挡不了他的谈笑风生："我一直是永立时间潮头的人。"所以他递给人的名片上，每个笔画似乎都散发着骄傲而洒脱的气息，最简单的只有三个字的名字，后来加了"厂长"二字，再后来变成"经理"，现在则变成了"董事长"。杨天轮的微笑富有戏剧性，从客人最初进店时的沉默不语、细细观察，目光从老花镜的上沿憋着劲地挤出来，直到听清别人叫他董事长称谓后的笑逐颜开，伴随着慢慢加速的笑声。如果再洋气一点，称他为"时间管理CEO"，他则会让笑声充满这间不足二十平方米的小屋，然后有些谄媚似的递上一杯茶："喏，尝尝，明前茶，极稀少的哟。"倘若有不谙世事的人问，钟表店就是钟表店，为啥叫时间修理公司，如此一来，便像不懂事的孩子捅了马蜂窝，杨天轮不但会把坏掉的钟表和来人一起推到大街上，还要对着此人的背影，呸上三大口："修理时间，多伟大的事业，让你这张破嘴弄脏了。"杨天轮以自己的严谨和负责，透过高度老花镜，以坚定的目光告诉每一个到店里来的人，修理大大小小的表，其实就是在维修生命："总有人遗忘时间，也总有人被时间遗忘。我要唤醒他们。"对这样的说辞，梅边渡深为赞同："那些夜不归宿的人，说不定就是迷失在了时间里。"

宿荣对这家店非常熟悉。宿荣走进钟表店，看到钟表、手表、电子表，堆了满满一屋，那些残缺不全的表，比以前更加落寞和消沉。墙上的，地下柜子里的，那些肢体不全、咬合不力的齿轮，像百岁老人的牙，上下不齐，缺这少那，说话的时候漏风，喝水的时候漏水。

"每一块表都在哀号，"杨天轮说，"哭得死去活来。那些高楼上的大钟，每一个钟摆都有恐高症，被吓成了疯子。"

"您老人家是诗人，也是哲学家。"宿荣一边走，一边看着周围的表，"其实您还可以再开一家公司。"

"你说我是诗人？哈哈，这话我爱听。我确实也想当诗人。可现在，离死人不远啦。刚才那些话，是前几天被烧死的左岸说给我的。你进门的时候，我就想起了左岸，那可是个好小伙子。诗人太浪漫，现实太骨感，穷人命太短。社会上那么多猫三狗四的人，都想停留在十八岁。看透了人来人往，你就能明白一个理儿，没啥盼啥。你刚才说的哲学家，应该是梅二。我要是当上哲学家，梅二连饭也吃不上了，他就得拿着打狗棍去要饭。凭他那长相，说不定还能遇上一个富婆，收留他做养老女婿呢。当然，如果梅二帮助我，把他那些奇谈怪论教给我一些，做哲学家又有什么不可以？梅二这家伙，着了迷道，只顾着自己发财，不扯落别人的闲事。"杨天轮一停，"你说什么？我还可以再开一家公司？"

"苦日子修理公司。"宿荣说完这话，正好看见街道上经常碰见的乞丐，一拐又一拐地走过。乞丐从来都是没名没姓，永远被人称为跛子。跛子不停地抬头看天，似乎有一朵云彩挡住了阳光。在跛子看向屋里的时候，宿荣与他的目光相对，心被刺得生疼，泪水瞬间涌满了眼眶。

"哈哈，这名字好听，看来是被苦日子逼的。谁都有苦日子，别怕，总有过完的时候。"杨天轮说着话，同时把手中的齿轮打磨了一下，在表面抹了一滴清油，齿轮便不知疲倦地转动起来，"把苦日子过得随心，就会有不一样的感觉。你看看我店里，这些大小不同的钟表，每天都会归于同一种节奏，很奇怪的。我开门之后的第一件事，就是把每一个钟摆的节奏打乱，让它们自说自话。这还是我那淘气的孙子教给我的，说是什么科学。时间久了，看着每一个钟摆的变化，我能发现每一块钟表的秘密，谁在与谁谈情说爱，谁在背后说我坏话，骂我一半聋一半瞎，神经还有些混乱。这样的本事，是梅边渡的功劳，也是我的苦日子逼出来的。"杨天轮摇了摇手里的齿轮，"唉，一个修表匠，说实话，不需要多高超的技术，只是给那些又老又破的表，寻一个落脚的地儿。"

杨天轮说这些话的时候，宿荣的眼前突然现出一幅景象：所有表的嘀嗒声突然变成一条条的线，像二胡半身不遂的两条弦，被拉紧后猛地松开，瞬间绞缠成永远无法解开的网状球体。宿荣感觉到，杨天轮似乎有某种特异功能，能把隐在钟表背后每个家庭的旧事，串联成电影故事一样的精彩片段，能把所有钟表当成他随意把玩的儿童玩具，并从玩具的破碎声中，寻找他自己的快乐。宿荣听说过杨天轮的本事，在县城的大街小巷，他像极具穿透力的某种存在，发出明亮或暗淡的光，让缩在墙角独自摇曳的草，生来或者死去。

宿荣看到杨天轮射向自己的目光，身子猛地一抖。

宿荣每次来店里的时候，患有风湿老寒腿的女主人，都要躲在门帘后面，眼珠子一动不动地偷偷往外看，隐藏在她嘴角的疼痛呻吟，一丝丝地从门帘下面溜出来。宿荣自己拉了一个凳子坐下，看着街面上来来往往的人，听着杨天轮与钟表三言两语地说话，没人能听懂他在说什么。没有茶，脏兮兮的杯子，冰凉得像坏死的多余之物。三个人，像互不咬合的齿轮，坐得随意而古怪。目光偶有相遇，也是慌慌张张地迅速躲开。

女主人知道宿荣的旧事。宿荣每次走后，女主人都会跟杨天轮说："这个女人中邪啦，沾上她的边，都得走邪道。"

"中什么邪啦？"杨天轮问。

"她为什么天天来找你？她家拆的是老掉牙的猪窝，咱拆的是门头。她怎么能和咱一样？"

"她和六妮是同事，来打听一下拆迁政策。"杨天轮没有停下手中的活。他在给齿轮上油。

"她那名声，怎么能和咱六妮扯到一起?!"女主人的话里带着不屑和愤怒，"想当初，那个……"

"少瞎扯。"杨天轮大声训斥，女主人不再说话。

上次宿荣来店里，是想打听一下县里对门头的拆迁政策。进门的时候，正好遇到车乔路来做工作。

杨天轮说:"我认可拆迁的时间要求、补偿标准。我只要求你们拆迁办答应我一条，给我找一间同样面积的店铺，再把我所有的物件，原封不动地搬过去。注意啊，是原封不动。原来在哪里还放在哪里，位置不能动，样子不能动，它们代表的年月日，也不能动。"

"瞎扯淡，谁能答应你这一条?"车乔路攥紧拳头。

"不能答应就拉倒。"

"你给我说说为什么?"

"每一块钟表后面都是人，人后面是家，家后面是国，国后面是历史，历史后面还有历史。别看我这小小的店铺模样不咋的，可它早已经被历史塞得满满的，它本身就是历史。你看着搬动的是店铺和钟表，其实是那些固定成型的时间，那些带着伤痕、快乐、色彩和不同气味的时间，都已经成为店铺里我最亲近的老伙伴。给你说得洋气一点，搬动它们，就是杀人诛心。给你说你也听不懂，瞎子点灯。"

"你这是哪里来的奇谈怪论?"车乔路摇着头，努力想弄明白杨天轮的长篇大论。

"左岸告诉我的。左岸是天下奇才，被你们这帮人害死了。"

"老先生，他是被自己烧死的，咱得先把话说清楚。"

"如果不是你们逼他搬迁，他能被烧死?"

"老先生，你这是听谁说的?人命关天，可不能乱说。"

"不乱说，就按我提的条件办。余下的话，别再说了，留着给自己暖肚子。今年倒春寒，我的老寒腿到现在还不敢直起来走路。"

"你什么时候得了老寒腿？"女主人问。

"刚刚，让这小子气得。"杨天轮哈哈大笑。

车乔路见话不投机，悻悻而去。

宿荣看见，车乔路快走几步，对着跛子就是一脚。

22. 城市主题词：时间能证明假象。

自从车乔路让宿荣提供无罪证明之后，宿荣的日子便过得像被火烧焦的玩具，再没有了可爱的模样。宿荣让梅边渡用毛笔，用他最拿手的小楷，写了她的无罪证明：

> 北关村寄住村民宿荣，美丽大方，正直善良，乐善好施，上进端庄，做事精细，心地宽广，不为名扰，不为利往，政治清白，为人坦荡，咸具荣氏之乐、义姑之光。唯有证明其无罪，方可昭彰日月光芒。

梅边渡第一个签字。

"你知道，那个车乔路，还想让证明人证明自己无罪。"宿荣说。

"怎么可能？如此循环下去，是不是整个县城的人都得证明自己无罪？话说回来，他车乔路是不是也要证明自己无罪？他有什么资格对别人指手画脚？他不知道自己罪孽深重吗？"梅边渡有点急。

宿荣不再说话，把无罪证明小心翼翼地折了四折，放在裤子口袋里。宿荣脑子里想着一个个名字，要找十个合适的人，为她的无罪证明签字。走出家门之后，宿荣有些心慌，变得心事重重，每到一处，总感觉有人在监视她。走进人影绰绰的超市，宿荣装作买东西，四处走动。宿荣感觉身后有两个不远不近的鬼影，如同两副张牙舞爪的厉鬼画皮，让她的后背如同扎上千万根毒针。

宿荣再次走进钟表店的时候，杨天轮正在看墙上的那些挂钟。宿荣看了看自己的手机，发现那些挂钟没有一只是准的。杨天轮洞察了宿荣的心事，指着墙上的挂钟说："这一只快了十分钟，挨着它的那一只，快了二十分钟，第三只慢了半个小时，其他的，各有三五分钟的快慢。你知道为什么吗？"

宿荣摇头。

"如果不仔细看，没人知道隐藏的秘密。"杨天轮抓住其中一只挂钟的钟摆，停滞了大约二十秒之后，又把时针往后拨了三分钟，"这都是梅二的功劳。梅二告诉我，控制了时间，就等于控制了生命。哈哈，你不认为我是掌控时间的上帝吗？"

宿荣发现，除了时间的差异之外，每一只挂钟背后，都被杨天轮贴上了一张纸条，上面写着挂钟的来龙去脉，谁家送来的，男主人是谁，女主人叫什么名字，这家人有怎样的故事和传说。没人知道杨天轮为什么要这样做，不熟的人问杨天轮，他会头一抬，呵斥道："管那么多干吗？"宿荣这样问的时候，杨天轮正在抚弄另一只挂钟的齿轮。他长出一口气，意味深长地说："那些钟表，是一张张的脸。"

宿荣再看那些钟表，龇牙咧嘴，千奇百怪，像森林中隐藏着的怪兽，充满各种各样的欲望。

"我今天来，有事求您老人家。"宿荣的声音不高，有点胆怯。

"说吧，只要我能办。"

"我想让您给我签个字。"

"只要不是杀人放火的事，什么字我都敢签。"

待宿荣把纸递到杨天轮手上，他粗略地一看，便工工整整地写下自己的名字，同时感慨着："梅二的字，就是漂亮。"

杨天轮见宿荣没走，便问："还有事？"

印有青翅天罡蟋蟀图案的塑料袋被风吹着，走走停停，像等待约会的青年男女。

空气中的声音是流动的，像钟表店里不急不缓的钟摆声。

宿荣突然想起一句话，一切反动派是纸老虎。那个车相渚或者车乔路，都是反动派的徒子徒孙。想到这里的时候，宿荣的嘴角突然翘起来。

"你笑起来的样子，让我想起世界名表的广告代言人。说吧，还有什么事？"

"其实，我还想让吴连给我签个字。"

杨天轮的手指间，夹着一把五六厘米长的螺丝刀，黑不黑黄不黄的颜色。宿荣注意到，那把小小的螺丝刀，可大可小，可软可硬，一切变化都在杨天轮的掌控之中，随心所欲，变化万端。左岸曾有一次提到过杨天轮的螺丝刀，说像是被梅边渡施了魔法。宿荣知道，梅边渡没有这样的本事。倒是杨天轮自己，如神魔附体，即使站得远远的，也让她有一种不寒而栗的恐惧。

杨天轮沉默不语。

杨天轮的六女儿杨榴，嫁给了吴连。杨榴一进纺织厂便被吴连盯上了，他问人事处处长："那个妮儿，叫啥名字？哪里人？"

吴连把宿荣灌醉，在镜子前做爱的时候，他甚至还想着杨榴略略上扬的眉毛。

每次宿荣去钟表店，她都想让杨天轮通过杨榴，给吴连转达一句，这么多年了，她早就不恨他了。但宿荣说不出口，她觉得自己才是有罪的那个人。她这么多年对吴连的念念不忘，似乎把杨榴陷于一种无端被伤害的尴尬境地。

"这么多年，我一直把你当成邻居家的孩子。你和六儿年纪差不多，都是在社会上混饭吃的人。她从小没吃过苦，兄弟姊妹多，都护着她。我们家这门生意，挣不了大钱，倒也没怎么受过穷。我们是老住户，已在这里扎了根。本来县城就不大，一说是杨家的，里里外外的都会给个面子。你是生茬子地里讨日子，苦自然吃得多。我第一次见你，你正好在拉面。房东向你讨要三个月的房租，你说生意不好，钱不太凑手，想缓几日，让房东数落得脸上没皮。房东走了以后，一个要饭的进来，伸出脏乎乎的两只手。你二话没说，递给他五块钱，还给他煮了一碗拉面。那个年代，五块钱是很大一笔钱。要饭的走了，你对我说，比比要饭的，自己总算还有个暖和的地儿，外面天寒地冻。那次之后，我知道你人不错，心好。后来再去，你已经搬家了。从那之后，再没喝上你的拉面。"杨天轮不停地清洗着一块表的表面，对宿荣说出的话有些动情，"县城，就这么大地儿。没想到你和六儿竟会因为一个吴连，成了隔手的仇家。我给六儿多次说，女孩子嘛，都是人大心小的主儿，一不留神就会栽到男人手里。"

患老寒腿如同患小儿麻痹症的女主人，突然从屋子里挪出来："你这个死老头子，怎么替别人说话？"

"我不是替谁说话，我是替公道说话。人啊，得活得像表，不管是谁戴，都要分是分，秒是秒，公正无私，光明磊落。"

来钟表店之前，梅边渡劝宿荣，不要找杨天轮签字。宿荣问为什么，梅边渡说："那间传承了几百年的钟表店，阴气太重，隐藏了无数的魔鬼，还有满满的罪恶。里面的气息带着发臭的霉味。那个钟表店的三代男主人，每个人都活到了九十多岁，或者一百多岁。更早的一个，可能活到了一百一十岁。如今天天在店里足不出户的店主人杨天轮，浑身上下都充满了罪恶——他偷走了所有人的时间。他借着替别人修表的机会，拨乱了所有人的生物钟，混淆了张三李四的阳寿，把结余的时长加到了自己的运程之中。他店里的表没有一块是准的，他把正确的时间给了自己，把错误的时间给了这座城市，整个城市里的人都跟着他遭殃。所以，你必须提醒赵新城，这座城市的拆迁，是杨天轮最大的阴谋。城市，应该有一个时间的蓄水池，让所有困顿的人，患病的人，都可以随意支取这座城市多余的时间。永乐城，应该是世外桃源，冬天没有寒冷，夏天热不死人。"

宿荣瞪大了眼："我听不懂你说的这些。城市里的人和事，自古以来就分了三六九等。我是三六九等之外的人，可以被任何人踩在烂泥里，我就是墙角的树叶墙根的草。我给赵新城提醒？呵呵，他怎么可能听我的呢？我也不怕别人偷走时间，我的时间从来不是我的，我从来没有把它装在裤兜里。"

"那你枕头边的盒子里是什么？"梅边渡突然大声问。

"枕头边的盒子？"宿荣一下子反应过来，"你偷看我的东西了？"

梅边渡脸上的笑容突然灿烂起来："我从来不偷看任何人的东西。在我眼里，所有被隐藏起来的秘密，都被当事人严重高估了。"

梅边渡并没有说清楚，为什么不能找杨天轮签名。宿荣让杨天轮签名只是个引子，她心里明白，真正有分量的签名，是吴连的。这个让自己生不像生、死不像死的男人的签名，对车乔路才最有说服力。

"说实话，吴连现在躲到哪里去了，我真的不知道。我们家老大，杨定国，你听说过吧？现在是公安局的经侦队长。他干这个队长，就是为了找到吴连。以前，两个人好得和一个人似的，现在彻底翻脸了，一个成了逃犯，一个捉拿逃犯。只有时间才能证明真假。用梅二的话说，手中的表是最好的证人，它的嘀嗒声，是人世间最公正的证词。可这一块一块的表，并不都是清白的，常常混淆真相。"杨天轮用身上的蓝色围裙，擦了擦手上的油腻："如果你真想让吴连给你签字，你最好去找杨定国。"

"那您，能不能给他打个电话？"

"他今晚要回家吃饭，见面后我告诉他吧。"

"可我的事有点急，我想现在就去找他。"

杨天轮沉默片刻："帮人帮到底，我一会儿就打给他。这事，你还得感谢梅二。为了你的事，他专门来找过我，还拿来两瓶好酒，让我尽可能地帮你一把。"

宿荣点点头："你们都是好人，我懂。"

23. 城市主题词：总有一棵你喜欢的树。

关于城市绿化的想法和建议，在赵新城做上一届县政协委员的时候，就向政协会议提过："鉴于我县是全国闻名的药枣之乡，中药用小黄梨也是我县的地理标志产品，建议道路两旁的行道树，全部栽植上枣树或者黄梨树。这既是城市绿化的需要，也是创造经济价值的手段，更是我们建设特色城市的亮点和名片。我们可以假设，行走在城市大道上的广大市民，抬头就能在春天看到花，秋天摘到果，这该是怎样和谐幸福的景象。"

当然，这样的委员提案，也只是提提罢了。没有哪个部门真正重视，更没有哪个部门落实，也没有几个委员较真，非得要落实才行。当时的赵新城，纠结了好长时间，是不是再去反映反映。城市管护中心的负责人，找到当时的住建局局长，要求以单位和组织的名义，给赵新城施加点压力，让赵新城放弃幻想。

赵新城被叫到局长办公室。"赵新城，你想干什么？你以为委员提案能随便提？你是住建局推荐的政协委员，必须以住建局的工作为重，以整个系统的形象为重，所有的提案必须是能给住建局添彩增光的。你倒好，弄一个无法落实的提案，这不是给局里出难题吗？我看你的委员干到头了，就这一届吧。"局长把水杯使劲地踩在桌子上，赵新城感觉到水杯的屁股生疼，"这提案，你看看怎么回答吧。"

"我自己回答？"

"自问自答。谁屙的谁除。别人回答得不好，省得你不满意。"

赵新城哭笑不得，他学着用住建局的公文口气，对自己如此回答："赵新城委员，您好，您的提案我们收悉，感谢您对住建局工作的关心和支持。关于行道树上栽植枣树和黄梨树的问题，我们经过充分研究，并向果树专家征求意见，认为果树的病虫害较多，会对城市形象、城市卫生造成不利影响。如果再考虑市民的文明素养等因素，我们还担心在果实成熟季节，会出现哄抢甚至斗殴的不良行为。我们从事城市建设工作的每一个人，都希望生活在果实飘香、硕果满枝的美丽图景之中。但在现实与理想之间，总有时间与空间的错位，总有浪漫主义的抒情和现实主义的悲愤不相适应，这是人生的遗憾，也是城市的委屈。我们希望，偌大的城市里，总有一棵你喜欢的树。如果你真的需要一棵自己喜欢的树，请告诉我们，我们会在城市的适当位置，栽一棵标志性的树，让它成为某种象征。"

赵新城反复掂量着回复中的遣词造句，毫无表情地把最后一句抹掉。他知道，城市再大，也容不下自己喜欢的一棵树，并且栽在自己喜欢的位置。他渴望的理想之树，会有吗？某种象征，会是哪种象征？连自己都想不明白的事情，别人怎么会懂？

回答完提案，赵新城还要带头签字，写上"满意"的字样。

在此之后，赵新城被彻底边缘化了。他只干了一届政协委员，以后所有的党代表、人大代表、政协委员、先模人物等等，都与赵新城无缘了。

"总有一棵你喜欢的树。"赵新城对自己回复提案中的这句话，记忆深刻，觉得是他的心血精华，在他以后的工作和生活中，渐渐成为类似于座右铭的东西。

唯独对爱情，赵新城彻底迷失了。婚姻的失败是痛过恨过的经历，成为他心头挥之不去的阴影。离婚后的几年间，好多人给他介绍了一个又一个离异或丧偶的女人，他都拒绝了。赵新城一次次问自己，偌大的城市里，是不是真的有一棵自己喜欢的树？答案是否定的。宿荣是多少年以来，与他交往最多的女人。他们的交情，像波澜不惊的友情，不像是爱情。赵新城对宿荣的美貌倾心，为她的善良赞叹，为她的命运多舛哀愁。这些，不是爱情的理由，更不是一生相守的基石。虽然每次醉酒之后，他几乎都要问宿荣愿不愿意嫁给他，但赵新城明白，那只是自己醉酒之后系在心头的一个结，需要宣泄，需要解答。宿荣是一个聪明人，几乎不会回答他酒后的问题。宿荣一次次告诉他："这话，等你酒醒了再问。"可这话，赵新城酒醒后从未问过。

宿荣到赵新城的办公室，让他为自己的无罪证明签字。赵新城问："这个有用吗？"

"不是有用没用的问题，这是你们单位那个车乔路对我的明确要求。如果我不能证明自己无罪，他就要拿我开刀。"

"他说了算？"赵新城皱皱眉。

"他是拆迁办主任，他说了不算，谁说了算？"

"那你要找多少人签名？"

"多多益善吧。与我的生活有过交集的人，都可以证明我无罪。证明的人越多，说明我越清白。"

"唉，无罪是不需要证明的。"

"不证明怎么知道无罪？"宿荣停了停，"他不但让我证明自己无罪，还想让所有的证明人，证明自己无罪。"

"胡说八道。"赵新城签完名后，把纸递给宿荣。宿荣接着问他："公安局的那个杨定国，你认识吗？"

"我和他不是太熟悉。不过，我有个同学与他是发小。你找他干什么？"赵新城疑惑地问宿荣。

"我想……我想找那个人，没脸的那个。杨天轮说，整个永乐县城，只有杨定国能找到他。"

"让他……给你签无罪证明？"赵新城露出疑惑，夹杂着矛盾纠缠的不高兴，虽然他极力掩饰，仍被宿荣看个正着，"让一匹狼证明它不吃羊，这样的逻辑，也只有你能想得出。"

"只有狼证明我是一只好羊，我才真的是好羊。我就是这样想的。"宿荣笑笑。

"好吧好吧，你的逻辑，我尊重。我给我同学打电话，问他能不能联系到杨定国。"

趁赵新城对着窗子打电话的空隙，宿荣看到了赵新城办公桌上的政协委员答复函，纸已经发黄，字也无精打采。"偌大的城市里，总有一棵你喜欢的树。"宿荣若有所思。

赵新城打完电话，给宿荣泡上一杯茶："我的同学姓钱，是东关钱老七的儿子，叫钱富。清代末年至民国时期，钱家是县城首富，有县城最大的面坊，经营过茶叶、丝绸、公盐。公私合营没收了钱家大部分财产，再加上兄弟几个分家，闹矛盾，钱家从此败落下去。钱富，已经两代不富。可钱富改不了富家子弟的习惯，又不愿意吃苦，在市场上强占了一些空地，几块石板一垒，租给那些赶集卖菜的，钱富只管收摊位费。"

宿荣不明白赵新城为什么突然有兴致，给她讲起了城市里的家族史。

"说完钱富，我再给你说吴连。吴家曾经是读书人家。他们的祖上吴崇礼，是明代高官，曾经做过兵部尚书、刑部尚书。万历年间，吴崇礼因仁政爱民被擢升为山东御史。有一年，山东、河南、江苏等数地发生特大水灾，民生危难。他将沿途所见绘成流民图，到京后立即草成奏章，进呈皇上。后来，皇上发放钱、粮各五万，赈济兖州、曹州、临沂、聊城四府灾民。事后，山东人知道了赈灾内情。吴崇礼体贴家乡父老之情、敢于冒死请赈的气魄传颂至今。清代之后的吴家，已经丧失了先祖的书香气，成了靠打锡壶、砸铁皮为生的手艺人。挣的是辛苦钱，但品性、处事，都还能讲得过去。到了改革开放以后，吴家七虎渐渐成了气候，打一些政策的擦边球，开设游戏机、赌博机、台球桌等，挣了一些别人不敢挣的钱。七虎中的老五吴连，他的情况你熟悉。说他是棉纺厂的业务员，那是给他脸上贴金。他通过关系，强行霸揽了棉纺厂的运输业务，一步步发家。后来他拿挣来的钱开钱庄，以钱生钱，搞驴打滚，被公安局处理打击过，但罚的不如挣的多。这在永乐城，是人所共知的秘密。"

"他的事，不要再往下说了，我知道一些。"宿荣打断赵新城的话。

"杨定国呢，家世比较简单，就是开钟表店的，挣不了大钱，善于积小富为大富，家境一直比较殷实。后来他考上大学，进了公安局，做了警务室的负责人，然后一步一步提拔起来。杨定国、吴连与钱富，都是发小，从小就在一起玩。杨定国的六妹杨榴，是两家人指腹为婚，盼的就是亲上加亲。钱富告诉我，吴连折腾最狠的那几年，开发廊，开地下赌场，都是杨定国在那里给他罩着。吴连没少给杨定国进贡。再到后来，吴连开起了金融投资担保公司，聚拢起县城十几个亿的资金。吴连让杨定国投资，每年给他百分之二十的利。杨定国几乎是把全部家当投了进去。任谁都没想到，吴连的胆子忒大了，连杨定国的钱也敢坑，跟杨定国玩起了失踪，注销电话号码，不住宾馆，不坐高铁，个人的行动轨迹全部消失。这才让杨定国下定决心，找到局里的领导，铁了心要干经侦队长，把吴连抓捕归案。所谓的发小，所谓的兄弟一场，在钱面前，狗屁不是。"

"你给我说这么多，意思就是，杨定国也找不到吴连？"

"我最想给你说的是，要想找到吴连签字，证明你无罪，简直比登天还难。"

宿荣端着的茶杯，歪向她身子的左侧，水洒了一地。

出门前，宿荣问赵新城："你那个提案，不是十几年前的事吗？"

赵新城笑笑："没事的时候，复习复习，有好处。嘿嘿，也算是警钟长鸣吧。"

24. 城市主题词：子虚乌有的世界。

左岸虚听到了赵新城告诉宿荣的一切。

左岸虚知道，钱富告诉赵新城的东西，只是他们三个人生活的基本轨迹罢了。他们有那么多不可告人的秘密，随着时间的流逝，渐渐被人遗忘，形迹无寻，日渐湮没。梅边渡说得不错，那个叫杨天轮的人，是隐藏在城市中的隐形杀手，他用时间的不可抗力，消弭着人们的记忆。他将时间的指针拨来弄去，混淆了现实与历史，过去与将来，也将子女的所有罪恶，涤荡于无形之中。他应该被称为时间的掠夺者，左岸虚想。

杨定国、吴连和钱富，他们有一个庞大的组织。钱富的二舅，曾经是财政局局长，对县里每年的重大工程了如指掌。尤其是对城市建设工程，他近乎拥有一票否决权。钱富出面找关系，吴连承揽工程，杨定国为工程提供保护。三人分工协作，各有侧重，形成了完整的产业链条。当那些有形的、具体的、美观的城市工程完成之际，另一个城市建设中的独立网络形成了，谁在利益链的最高端，谁是工棚里的马仔，谁是往银行存款的人，谁是在臂膀上、在前胸后背描龙画虎的人，都一清二楚。权力之网，利益之网，关系之网……当一张张的网越织越多、越织越密的时候，在城市的现实政治人文生态之外，便有了另外一种存在，坚硬的、强大的、无人可以随意支配、没有任何力量可以摧毁的子虚乌有的城市，以更冷血和更无情的方式，占有和掠夺有形的财富，影响并左右无形的城市良知。

活着的左岸没有任何机会与可能，窥探到杨定国、吴连和钱富的任何生活。左岸虚在想，如果活着时能遇到他们，我的《尘法》会是另外一种写法。我会写悲剧，人间最大的悲剧，不会再有任何浪漫主义色彩。现实才是最现实的，比生铁还冷。

如今，左岸虚，像左岸活在世界上一样，依然充满了正义的力量。可此时的他，即便正义的呐喊可以撕开天幕，于人间正义，都起不到任何作用。左岸虚为自己哭泣，每当他发现活着时不曾发现的任何罪恶，他都会哭泣。左岸虚滴不下泪，却能感觉泪水如海潮一般，将自己旋起，再卷至海底深处。

左岸虚揭开了几年前的城市命案。一个只有十二岁的女孩，被奸杀后遗弃在洸河水畔。警方的对外通报是："经侦查，判定为跳河自杀，溺水身亡。"轻描淡写的通报，与冰冷的尸检报告一样，没有任何人性的温度。因为小女孩的"自杀"，全县的中小学校开始探讨学生的心理健康问题。探讨的最后结果是，小女孩的父亲开过洗浴中心，母亲是发廊女，她的奶奶曾经三次结婚三次离婚，这样的家庭教育环境太差。小女孩的全部行为，都受到了家庭的不良影响，并且早有端倪。

左岸虚遇到了那个小女孩的魂灵，她披头散发，样子十分可怜。她向左岸虚讲述了事件的原委：吴连邀请杨定国到歌厅里商量金融投资担保公司的事，钱富把她带到了歌厅。起初，她在另一个房间，听到了激烈的争吵。她想离开歌厅，却被钱富直接拉到杨定国面前："雏，五哥给你找的。"杨定国并没有和她发生什么，生气地离开了。吴连强奸了她，然后将带有杨定国指纹的一张名片，塞进了她的口袋。哄骗她上车后，趁夜深人静之时，吴连将她投进洸河。因为口袋里有杨定国的名片，破案的刑警感到事关重大，请示局长之后，局长让他直接与杨定国交流，并且特别交代："记住啊，是私下交流。"一张自杀的通报，一条弱小生命的终结。杨定国从那时起，开始对吴连有所防范。吴连亲自给他送来两千万现金，说是辛苦费，暂时缓解了两人的关系。只是，杨定国没有想到，吴连在下一盘更大的棋，将杨定国拖进了熬煮黄连的大锅之中。

"你就白死了？"

"没白死。钱富给我妈拿去十万块钱，说是政府慰问金。"

"他代表政府去送慰问金？你妈没有怀疑。"

"给钱的事，怀疑啥？对家里人来说，自杀，有一分钱都是赚的。"小女孩的魂灵指了指身后十几个女孩子，"她们都是像我一样死的。"

吴连携款潜逃，卷走了杨定国的家财不说，更让他俩拜把子兄弟的关系暴露，成为街头巷尾议论的话题。有人说是农夫与蛇的现代翻版，有人问："谁是农夫？谁是蛇？"接着有人纠正："是豺狼与蛇。"

无奈之下，杨定国主动请缨，要将吴连捉拿归案。人们猜测更多的是，杨定国要借新的职务，涂抹掉自己参与吴连融资案的所有痕迹。

宿荣找到梅边渡，说左岸托梦给她，讲起了一个小女孩的死。梅边渡掐着手指，算了足足有五分钟，最后给宿荣说："你的梦是一个子虚乌有的世界，不要相信。左岸如果真要托梦，他会到我的梦里来。最起码，他会给我某些提示，比如让这炷高香，用气枪也点不着。"

说话间，梅边渡点着的高香，被左岸虚迅速掐灭。

梅边渡瞪大了双眼："怎么会呢？左岸并不在城市的魂灵之中，他在另一个还没有被接纳的世界。"

"没有被接纳？在流浪？"宿荣问。

"你应该去找另外一个人——杨榴，给你的无罪证明签字。"梅边渡说。

高香复燃，并且蹿出了火苗。

梅边渡惊愕道："怎么会呢？怎么会呢？"

25. 城市主题词：你并不在另一个人的生活里。

钟表店的老板杨天轮，曾经收到一份右派通知书，并被送到乡下改造过一段时间。送通知书的人告诉他："村干部组织了几个人，抓阄抓的。你也不要有什么想法，是很高的政治待遇，一般人捞不着。村书记看在你为他修理了十几块表，一分钱都没收的分儿上，用上一些手段，才让你当了右派。"

"是好事？"

"当然是好事。公家给饭吃，派活，跟生产队一样。还有省城里的一批大官。你不是一直想让孩子们当大官吗？正好拉上些关系，说不定能用得上。"

杨天轮高高兴兴地去了几十公里外的五七干校，到了之后才发现，干校里全是开沟挖渠的重体力劳动。他受不了干校里的苦，趁月黑风高，偷偷跑回来，躲到城外小姨家的牛棚里待了十几天，竟没人追问。之后，杨天轮悄悄回到店里，让老婆白天收表，晚上他偷偷维修。

某一天，杨天轮与梅边渡闲聊，说起这段往事："那之后，也没有人再给我送过右派平反通知书。你说，我还是不是右派？"

梅边渡装模作样地掐起手指："问阴阳吉凶，请找梅边渡。从八卦和天象来看，你的右派已无大碍。某些特定的时候，说不定会对孙子辈有影响。"

"梅二啊梅二，我说你是神，总有人不相信。我那大孙子，前几天要提拔，被人发现档案有问题，说他没有写上爷爷是谁。几番追问之后，工作人员找到了我的名字，再上网一查，说我有黑历史。"杨天轮几乎要给梅边渡下跪了，"梅二兄弟，你快告诉我，用什么办法能破解这事？"

梅边渡再次掐掐手指："你把最上边那只挂钟送给我，将来我给你供到城隍庙里，一切OK。"

"当真？"

"千真万确。"

梅边渡提着那只破旧的挂钟，得意扬扬地行走在大街上。夕阳正好照着他的后背，梅边渡感到整个世界的温暖。梅边渡想起了他最破旧的棉袄，被梅宿氏卖给了一个收破烂的小伙子。梅边渡怀疑，嫂子对那个小伙子动过歪心思。

回来后，梅边渡把杨天轮的事告诉左岸。左岸拍着大腿，声调高扬："化石，化石一样的历史人物。你再去问他一些奇异之事，找一些别人没听说过的告诉我。我要把杨天轮写进小说，把他写成一位叱咤风云的英雄。"

"像谁?"

"堂吉诃德。"

"像谁?"梅边渡皱起眉头问。

"像梅二大爷。"左岸的笑声传出去，落到城隍池岸边柳树底下的阴影里。

杨天轮把梅边渡的神奇说给子女们听，他们都不信。杨天轮对杨榴说："你最应该信。那年，你和吴连订婚了，那小子又闹出宿荣怀孕那一出。我当天就去找梅二，他上蹿下跳捣鼓了好长时间，求神拜佛，好话说尽，最后才化险为夷。"

"那，鼓楼上的钟摆，你也让他算了吗?"杨定国问。

"算了啊，可这家伙的话我不信。他说离得不远，还在座钟上安着呢。也真是奇怪了。"

当杨定国将杨玉海偷偷卸下钟摆的事告诉杨天轮之后，杨天轮好久没有说话。他曾经以为，鼓楼上的大钟会为自己的一生，竖立起流传后世的标志，让每一声钟响都能传播出杨姓的味道，带着骄傲和自豪的金属回响。事实与他的愿望恰恰相反，杨天轮因为那座永远走不准的大钟，被世人划入城里最不可信的人之列。有太长的时间，杨天轮几乎抬不起头来，如果不是孩子们争气，给他带来无尽的荣耀，他觉得自己真的会像生活在阴沟里的一只老鼠。

"为了增加那个钟摆的稳定性，我加上了十几克黄金，三百克白银。我还让梅二写了一道黄符，封在了钟摆里面。那道黄符，一是可以祈福，二是可以对破坏者发出诅咒。"杨天轮说到这里的时候，想起小儿子杨玉海身上发生的一切，开始怀疑，杨玉海最后的结局，似乎与他偷走钟摆有关。

"你们公安局，不是早就对钟摆丢失立案了吗？现在是不是可以取消了？"

"早就没人关心这个案子了。这么小的盗窃案，没几个人记得。"杨定国两眼睁得老大，"对了，那个梅二，真的像你说的那么神吗？"

杨天轮点点头。

"那我明天也让他推算一下，看看那个王八蛋吴连，现在究竟在哪里。"

"这个嘛，我估计宿荣应该叫他推算过了。他还是说离得不远，就在我们眼皮子底下呢。"

"不可能啊。我们动用了所有的技术手段，就是找不到他。"杨定国说，"宿荣找他干什么？"

"还不是为了那个无罪证明嘛。"

"可笑，一个人根本就不在另一个人的生活里，还装作一往情深。吴连能给她出什么证明？他出的证明能证明什么？无罪有罪，满纸的红手印就能证明？"

"就算是个盼头吧。一个女人家，总得有些念想。天网，对了，你们不是有天网吗？用天网对付那个半老不死的东西。"杨天轮突然想起什么似的，"我听到一些风言风语，扫黑除恶督导组来了，看来咱这里的事不少。还有人悄悄告诉我，他们是专门冲着你来的。"

杨定国深吸了一口烟："您老人家啊，别听外面瞎说。我只要抓到吴连，就让他吃不了兜着走，所有的罪责都是他的。抓不到吴连，那就是死无对证。哈哈，您老人家真好玩，人家都是说老不死的，到您这里成了半老不死的。"

"你……真的有事？"

"我能有什么事？放心吧老爸。"杨定国拍拍胸脯。

"和我在五七干校分在一间房里住，经常一起挑粪的那个老姚，外号叫姚鞭梢。他是因为替别人偷了一根鞭梢子，被供销社打成了右派。他的脸尖瘦，黑，不知道你还记不记得他。落实右派平反政策时，供销社给他分了一套楼房。前几年，恋着一个半离不离、犹豫纠缠的女人，舍不得走，非要个结局。后来，那女人得了癌症，老姚孙子似的前前后后地忙活，尽心照顾。女人的闺女、儿子都不管不问了，他还坚持要送她最后一程，端屎端尿的，半年瘦下去二十多斤。女人的丧事办完了，老姚准备离开永乐。后来，他听我说起吴连那个王八蛋的理财公司，觉得利息挺高，想多挣一点再回老家养老，就把所有的积蓄都投进去。结果，现在一分钱都见不到了。这次国家派来的人，据他讲，里面有他的一个远房表亲。督导组来的第一天，他就找到那个表亲，让他多费心，讨回自己的钱。我估摸着，这次的吴连，十有八九能逮到。"

"那我得抓点紧，要在督导组抓到他之前，把事弄利索。"杨定国把烟头扔进痰盂，一缕淡淡的烟在半空中飘着。烟头上的火遇到水，哧的一声响。

杨天轮看着儿子出门，腰背比以前弯下去不少。

26. 城市主题词：寻找或者等待，都是苦难。

傍晚时分，城市灯光三三两两地亮起来。下班回家的人，脚步匆忙。

宿荣在人行道的边缘上走着，迎面跑过来一个小伙子，几乎要把她撞倒。"对不起。"小伙子头也没回，把有些发呆的宿荣抛在身后。

宿荣再次来到杨天轮的钟表店。

杨天轮头也没抬，指了指旁边的破旧沙发："还是那个事吧？我估计吧，你是找不到那个家伙了。"

"我想……我想找六妮问问。"

"还不死心，是吧？那你等一会儿，六妮一会儿就来店里。"

大约半小时后，杨榴穿着宽大的衣服，裹挟着风，像一头狮子撞进钟表店。看到宿荣在，她一怔，瞪了一眼，便转向杨天轮："爹，你怎么什么动物都接待？"

宿荣站起来，身子向前弯曲，脸上的笑极不自然："不好意思，给你添麻烦了。你知道的，俺姑姑家的房子要拆迁，县里要让我证明自己无罪，否则就把我抓起来。我就是想打听一下，在哪里能找到他，我想让他给我证明一下。"

宿荣的声音不大，怯怯的。

杨榴的声音像钟表发出的金属音："天大的笑话！你让一个没有廉耻的人，证明你无罪？你不需要证明自己无罪，要反过来证明那个陈世美有罪才行。你到我这里，要找那个无德无品的下流王八蛋，简直是在扇我的脸。滚出去，别在这里恶心我。"

杨天轮阻挡住起身的女儿："六儿，怎么说话呢？"

宿荣的泪憋在眼里，差一点就流出来了。

"那我给你说实话吧。这个王八蛋，十有八九是跑了。以前，他的钱在我手里的时候，隔上十天半个月，就觍着脸，一声妈一声娘，来要钱。听说县公安局要逮他，我把钱都转给他，让他去还账。谁知道，他竟然背着我卷款潜逃。他去了泰国还是缅甸，谁也不知道。"杨榴把口袋往外翻出，拍了两拍，"你看这口袋，比脸还干净。要不是有这么个能挣钱的老爹，我杨六妮就得要饭去。"

宿荣的泪终于流下来，杨榴把一包面巾纸扔过来："你说说，天下的好女人都让这个王八蛋给坑了。放心吧，他不得好死。他那几个小狐狸精，三天都耐不住，都得给他戴绿帽子。"

宿荣不再说话，蹒跚着走出钟表店。宿荣想，对杨榴和自己来讲，寻找或者等待，都是苦难。

宿荣走得很慢。路灯昏暗，阴沉，闪烁不定。宿荣明白，这城市里的光，也分三六九等。比如自己家门口的灯，像被人遗忘的孤儿，亮得极不尽心，更不开心。

几个不同年龄的孩子，在捉各种各样出来闹春的虫子。孩子们发出尖叫声，脸上满是快乐和得意的神情。

站在摇晃不清的光晕之间，宿荣看到了自己的影子，单薄的、有点倾斜的、充满苦难和卑微的影子。宿荣努力让自己的影子变得好看一些，试了几次都失败了。宿荣蹲在地上，哭。她不知道为什么要哭。周围的几个小朋友聚集过来，不敢说一句话。有一个胆子大一点的十五六岁的男孩，上边的一颗牙露在嘴唇之外，突然指着宿荣的脑袋："她疯了，疯子……"

宿荣抹一把脸，快速起身，向低矮的家逃去。

进到屋里，宿荣拿过一瓶白酒，哗哗倒了半茶碗，一口倒进喉咙。她把茶碗举得很高，生怕流出眼泪来。她想起那个孩子露在嘴唇外面的牙。什么是童年？什么是童年的快乐？宿荣想起几天前左岸写在纸上的一段话：树高上云端，狗一声不叫，星星数着没有关灯的房子。那个时候，一个伙伴在想着另一个伙伴，傻傻地想，傻傻地笑。

左岸被烧死了，那张关于童年的纸，也一定变成了灰烬。一切美好的存在，都是短暂的，甚至不如一束花盛开的时间长。

梅边渡还没有回来，宿荣坠入黑暗之中。

突然电话铃声响起，手机也闪烁着蓝色的光，像萤火虫。

宿荣接起电话："喂。"

"别像死了半截的。我在开心大象歌舞厅 555 房间，我给你出个主意。"

"你是哪位？"

"你连老娘的电话都没有？我是杨榴。"

"好的好的，我马上到。"

宿荣打了车，不到十分钟，就赶到了开心大象歌舞厅 555 房间。宿荣让服务生先去提了一箱啤酒，进去看了看情况，才低着头进去。

"你这破酒，没人喝。快点坐下，老娘给你出个好主意。"

昏暗的灯光下，宿荣看到赵新城也在。

"要不是赵新城给你说尽好话，我才懒得理你。"杨榴嘴上叼了一支烟，又从桌上的烟盒里抽出一支，"来，点上。三五的，老娘就喜欢这个牌子。"

等宿荣坐下，赵新城在背后悄悄拍了拍宿荣的肩膀。

"你们俩，少在我跟前来这一套，是不是故意恶心我？要不，你们俩到洗手间里干一炮，弄干净了再出来谈事？不是我半只眼睛看你，你赵新城除了喝酒有本事，那事还行吗？要是我发现你那只臭猪手再不老实，老娘今天也让你开开眼，看你有没有本事把我们俩都收编喽。"

赵新城双手合起来："六姐饶命，六姐饶命。"

"谁是六姐啊？"

"哈哈，罪过，罪过，仙女饶命。"

"这还差不多。来，那个你，我给你说说我的想法。你不是想要那个王八蛋的证明吗？说实话，他现在在哪里，我是真不知道。咱今天办个偷摸的事，我可以替他签名。我签的字比他签的还真，还管用。如果你觉得没有说服力呢，我还带来了公司的财务章。老娘别的章没带，只带了财务章，证明你完全彻底干净，像没开苞一样干净，一点罪都没有。你觉得这个办法怎么样？"

宿荣看了看赵新城，觉得他朝自己点了点头，便也跟着点头：

"谢谢仙女。"

杨榴嘴里叼着的香烟，努力地往上翘着，睫毛奇长的眼睛躲避着烟头上的火。杨榴摸索着，从包里掏出装在信封里的财务专用章，在宿荣的无罪证明上，硬硬地砸了下去。

"这叫踏石留印，抓铁留痕，像领导干部抓工作一样，干啥都是一个坑。"

"干啥都是一个坑？杨榴，你这话一语几关啊？"赵新城竖起大拇指，"聪明。"

"不光聪明，还漂亮，这才是大姐大的范儿。正事办完了，该你陪老娘喝酒啦，借着酒劲再来几首歌。赵新城，咱可说好了，你答应过的，今天晚上你就是我的。那几个小娘们来了，你不能和她们眉来眼去。"

"要不，我先走？"宿荣把脸贴在杨榴的耳边问。

"去吧去吧，老娘一直不待见你。"

27.城市主题词：生活不是想重来就能重来。

杨天轮起得早，到店里的时间也早。

还没走到店门口，杨天轮就看到对面的广场上，有一辆吊车将一间铁皮报刊亭高高吊起，往一辆破旧的运输车上装。那是一辆垃圾车，上面挂满了各种颜色的残留物，黑的像破碎的锅，黄的像一张被拧疼的脸，白的像一张死刑判决书的背面。

报刊亭的经营者姓莫，名默。几乎整个永乐县城的人都认识莫默，大人小孩都叫他莫默。莫默从七八十年代开始经营报刊，从最小的地摊，到现在装了空调的铁皮屋，莫默一直叫莫默，也一直是沉默寡言的样子。莫默有老婆孩子，老婆前些年一直站在他身后，帮忙递杂志或报纸。听人说，莫默的老婆嫌他穷，挣的钱不够塞牙缝的，前几年跟人跑了。孩子上完大学后没有回来，在外地工作嫁人了。莫默一直舍不得离开他的报刊亭，孤身一人后，几乎所有的时间都待在报刊亭里。前几天，杨天轮听人说，县里准备清除莫默的报刊亭了，说是影响县里创建文明城市的形象，拉了分数。杨天轮知道，莫默经营的是县城最后一间报刊亭，他代表的那段历史，行将结束。偌大的城市，竟然容不下一间报刊亭。今天看到这样的场景，杨天轮的心里一酸。

杨天轮突然听到一声撕心裂肺的喊叫，看见莫默像一头癫痫病发作的羊，将头撞向那辆满身污垢的垃圾车。杨天轮看见车上瞬间迸发出的红色，像一朵娇艳的花。杨天轮此刻才注意到，莫默的衣服，竟然是用报纸糊起来的。拉拽他的人，一下子扯掉了他的纸衣服。

杨天轮不想看这样的热闹，他关上店门，将一片黑压压的看客和喧闹声、惊叫声，关在门外。

此时，两个年轻的干警来了，手里拿了记录本，问："这是杨天轮的钟表店吗？"

"你看这满脸的胡子，像不像杨天轮？"杨天轮打趣地问，"天底下的树长满年轮，我的胡子长成了树。"

"哈哈，老爷子挺风趣的。"

年轻干警的绕舌音，让杨天轮想起老姚的潍坊口音，便问："你家是潍坊的？"

"老爷子好耳力啊。"年轻干警满脸惊讶，"也难怪，儿子是警察嘛。"

"我有一个老朋友，姓姚，家是潍坊的。"

"真是无巧不成书，我也是潍坊的，也姓姚。你那位朋友是哪个村的？"

"姚瓦街。据他讲，那个村子里的人都会武功。日本人进犯山东的时候，每次从他们那个村经过，都会被团灭。他还给我讲姚氏家族的传奇故事，说是最初的兄弟几个，将武功秘籍刻在一块巨大的青瓦上，将青瓦平均分配。下一代的青年男子练武的时候，兄弟几个作为共同掌门人，要逐个将秘籍上的武功一一传授。据他讲，他们家族的男男女女，除了都会武功之外，还十分和睦团结。经历过十几代之后，整个村子的人仍然像一家人。那片瓦，是姚氏家族逢年过节必拜的祖上神物。再后来，家族后人害怕青瓦被摔碎，更害怕被人偷去，就开始拜祖像。他们将每一代有名望的祖上，都画出影像，写上功绩，供后代人参拜。"

"老爷子好记性，这样的人长寿。"姚警官向杨天轮竖起大拇指，"你那朋友讲的姚瓦街的事，千真万确。可惜啊，经过日本鬼子的侵华战争，村子里的男人十之七八都被杀害。那些散落在各个家族里的青瓦秘籍，大部分已经消失不见了。他们家族现在的年轻人，还有一些知道青瓦武功秘籍的来龙去脉，可是因为太苦，大都不愿意学武术，那些青瓦也就变成了单纯的家族收藏。"

"您那位朋友叫什么名字？"姚警官又问。

"姚厚德。"

"啊？"姚警官张大了嘴，"这个人可是一个厉害角色，是解放战争中的狙击手。解放以后，被分配到潍坊供销社当领导，后来被打成右派。他怎么会流落到这里？"

"他在蒋集添福的五七干校劳动改造，我们是校友。哈哈，五七干校的校友。"听到老姚战功赫赫，杨天轮觉得天上放出异样的光芒，"只不过，这家伙从来没有说起过他还是战斗英雄。"

"等忙过这段时间，我要见见您那位朋友，今天先办正事。老爷子，我们也知道您是杨队长的父亲，所以我们就开门见山。今年全省公安系统有个案件大排查，要求对群众反映强烈、案件影响深远的一些重大案件，实行攻坚清零。老案子嘛，有它的特殊性，技术手段落后，信息流动不畅，人与事不对称。现在不同了，电子信息、DNA 验证等现代化手段，为一些积案、疑案、悬案的侦破，提供了可能。我们是在省厅的领导下，统一开展行动。按照省里的统一部署呢，我们要把您老人家的钟摆丢失案，当成永乐第一大案，全力予以侦破。今天我们来，就是要向您了解一些情况。"

杨天轮忙着烧水，泡茶，脑子里像装了加速器。杨天轮发现，自己好像是人生第一次，变得手足无措起来。杨天轮不知道，是不是应该告诉两位警官，钟摆已经找到。如果再告诉他们事情的来龙去脉，便会给死去的儿子杨定宇抹黑，让他的灵魂不得安息。若是不告诉两位警官，他们就会深入地调查下去。如果发现自己已经知道了事情的真相，并且没有告诉他们，自己是不是又犯了知情不报的罪行？或者叫窝藏罪？杨天轮一遍遍地想，三十多年前的案件重新启动，从情理上能讲得通吗？杀人案件的追诉期不过二三十年，现在他们要深查的，仅仅是一件盗窃案。杨天轮一次次否定自己想到的合理之处，又一次次认可钟摆丢失案在当年的重大影响。犹豫彷徨之间，杨天轮发现，今天的龙井茶似乎受了潮，没有了那种焦煳的香味和口感。

"你们是省里派来的？"杨天轮问话的音调上挑，声音带着曲线。

"这次全省抽调了上百名警力，统一安排，统一行动，全省的疑难悬案，都要破。"姚警官说。

"在我们永乐，你们要查多少个案子呢？"

"哈哈，老爷子，这个不便透露。我们俩负责的，就这一个案子。您老人家说说具体情况吧。"

姚警官拿出记录本，同时打开录音笔。

"还带着窃听器？"杨天轮戴上老花镜，目光从老花镜的上沿飘出来。

"这不是窃听器，这叫录音笔。您老人家的话，有些需要整理的，我们先录下来，再带回去打印成文字。"

杨天轮把当时的情况，简单介绍给两位省里的专案组成员。专案组这个词，让杨天轮感觉有些不伦不类。一个小小的钟摆失窃案，真的需要动用省公安厅的力量吗？杨天轮感觉，事情肯定不会这么简单，尤其是在中央扫黑除恶督导组进驻永乐城的敏感时刻。省里派出的这些精干力量，一定是为扫黑除恶服务的。想到这里的时候，杨天轮的后背一阵发凉。眼前的这两个人，难道是为大儿子杨定国的事来的？他们提的问题，没有一丝一毫涉及杨定国，甚至尽力回避杨定国这个名字。越是如此，越让杨天轮感觉事情非同小可，他们一定是在采取迂回战术，先从外围开展工作，然后再找准破绽，一击致命。

如果把已经找到钟摆的事告诉两位警官，是不是就可以让他们撤走？如果真的这样，就会让小儿子杨定宇的灵魂永无宁日。

如果自己不把事情说出来，他们能弄清楚所有真相吗？不见得。物是人非，一切都变了。鼓楼已经整修了几次，所有的痕迹都已经消失，破案的条件已经不具备了，他们该从哪里下手？

半天的调查了解之后，两位警官在杨天轮的钟表店里转来转去，仔细地察看杨天轮摆放着的所有钟表。姚警官顺手拿起一块刚刚修好的瑞士表，低着头，仔细盯着上面的字母。

杨天轮给两位警官充当解说员："一块完整的手表，除了外观上看到的表盘、表壳、表冠、指针、时标、表链和表扣之外，机芯才是手表最主要的部件，是手表的心脏。机芯的质量，决定了手表的寿命。国产表与外国表的最大差别，就是机芯。"

"这些刻了特殊字母的金表，一定更值钱吧？您老能不能告诉我们，这是谁的表？"

"商业秘密，也是私人秘密，不可说。"

"我听人讲，您老人家在鼓楼上安装的大钟，完全是您亲手制造的？"

"年轻气盛，又心高气傲，总想在永乐城留下自己最得意的作品。如果现在再让我造，打死我也不敢了。我听过你们年轻人有首歌，叫什么——如果一切可以重来。可生活就是生活，不是想重来就能重来。返老还童这个词听说过吧？我觉得这是骂人的，是说到了我这个年纪，还傻得像一个孩子。哈哈，是吧？"

两位警官一边应和着，一边掀开门帘，进入内室，仔细察看每个角落。杨天轮感觉，他们鹰一样的目光，几乎要把自己的整个身体都看透了，像医院的 X 光机，只差没有脱掉他的衣服。唯有心脏，那颗跳动的心脏，还没有被他们撕开。

两位警官走后，杨天轮摸起手机，打给儿子杨定国。

手机忙音。再打，还是忙音。

姚警官再次出现在杨天轮面前，把他吓了一跳："你们……怎么又回来了？"

"刚才忘记了一件事。我回来是想问一下，我那个老乡的电话，姚厚德。"

"这家伙很怪，没有电话。那么高的离休工资，就是舍不得花，纯粹一个老古董。"杨天轮稍一停顿，"不过，他每隔三五天都会来我这里。我正给他找老伴呢。"

"那好，只要他来了，您就给我打电话。"姚警官把自己的电话号码写在一张纸片上，递给杨天轮。

等两位警察走了之后，杨天轮患老寒腿的女人，从里间一瘸一拐地走出来，坐在她平时坐的椅子上问："有事吗？"

"没事。"杨天轮低下头，忙着修理一块小巧玲珑的表。

老寒腿女人最大的爱好，是看着窗子之外的一部公用电话出神，并且在盯过无数个晴天雨天、男男女女的来来去去之后，发现打公用电话的人越来越少，最近几年几乎没有了。老寒腿女人依然喜欢盯着那部电话看，似乎那部电话也在看着她。偶尔，她会跟杨天轮说一句："每天这个时候，总有一个电话打过来。你说，是谁打的呢？又是打给谁的呢？只响三声，像特务对暗号。"

杨天轮的目光从老花镜的上沿飘出来，在公用电话上停了不到三秒的时间，又藏进厚厚的镜片之后。

28. 城市主题词：大者，过也。

或许是因为得到了吴连或者说是吴连公司的证明，宿荣的心情明显开朗了许多。见夜市依然热闹，她便停下来，仔细看着路旁正被售卖的君子兰。

宿荣喜欢兰花，最沉迷于养君子兰，并且常常跟人开玩笑，说自己就是这样的兰花，有君子的气质和风度，又像所有的兰花一样，不容易养活。与卖花人讨价还价一番之后，宿荣买了一盆文心兰，抱在怀里。宿荣喜欢文心兰是最近的事。文心兰的株形轻巧洒脱，花茎轻盈低垂，花朵奇异可爱，形似飞翔的金蝶，极富动感，细碎可心。花的名字也好。宿荣专门查过资料，文心兰又叫吉祥兰、跳舞兰、舞女兰、金蝶兰。宿荣觉得，无论哪个名字，都像一个美丽女人的一生。有关文心兰的故事还有许多。据说，宋美龄造访白宫之时，对此花一见钟情。她发现花瓣极像中国汉字中的"吉"字，寓意吉祥，因此为它取名吉祥兰。宿荣曾想，如果自己是一名花工，一定会培育一株以自己名字命名的花。如果天下人都喜欢"宿荣花"，那该是一种什么样的幸福呢？是不是就像男人拜倒在女人的石榴裙下？想到这里的时候，宿荣的脸微微红了。

经过路边的电子屏幕时，宿荣停下脚步。宿荣喜欢看电子屏幕上的女子，纯净、干净、雅静，像画里的。宿荣想，这个为彩山酒代言的女子，多像当年的自己啊。漂亮到极致，眉眼处流出的媚惑，让所有人都垂涎三尺。自从生了女儿之后，宿荣发现，自己所有的精致，都被油烟掩盖，被风尘味十足的粗俗淹没。宿荣在想，这一切是不是命？天天出现在屏幕上的女子，又有什么样的命运？她会像自己一样喜欢做梦，喜欢君子兰一样的花草吗？自从看到那位精致的广告女孩之后，宿荣几乎天天都要到电子屏幕前，像礼佛一样坐下来，眼睛眨也不眨，看完曼妙女子的广告片。宿荣想触摸广告女孩的肌肤，想与她交朋友，告诉她自己的悲欢，提醒她少走弯路。转而一想，自己连她是谁都不知道。宿荣流下泪来，她为自己不知道这位女子的身世而难过。这样美丽的女子，或许最适合住在电子屏幕里，而不是挣扎、流浪在现实生活里。

宿荣更加伤感了。她知道，自己还要找许多人，费尽口舌，让他们证明自己无罪。明天，又会重复艰难而辛苦的过程。

宿荣不愿意回家，抱着文心兰四处走。直到城市的夜灯关闭，她才慢慢往回挪。宿荣不知道赵新城是不是还在歌舞厅陪着杨榴喝酒，她想打电话给他，又怕被杨榴臭骂一顿。宿荣清楚，杨榴能给她签字证明，完全是赵新城的功劳。只是，她以前从来没有听赵新城说过，他与杨榴认识，并且熟悉到能搂搂抱抱在一起喝酒唱歌的程度。赵新城在自己眼里，是一个人，在杨榴那里，一定又是另一个人。宿荣想到这里的时候，眼泪哗地就流了下来。老百姓的话，知人知面不知心，简直就像是比着赵新城说的。

此刻，自己必须忘记赵新城，无论他在干什么。宿荣这样劝自己。

走在长长的巷子里，宿荣感觉像是漂流在一条黑色的河流之上。渐次退后的一扇扇门，形态各异，如张开或紧闭的嘴，或者黑漆漆的玄妙之门，隐藏着数不清的秘密。宿荣想，如果自己在任何一扇门的某一侧静立，她一定能听到说不尽、道不完的罪恶，远比自己经历的苦难要多得多。

这些鳞次栉比的房子，绝对不比孩子们喜欢的积木干净。多少年前她就喜欢搭积木，直到现在仍然对积木情有独钟。积木搭得越高，宿荣的心里就越紧张。也总是在最高处，积木轰然倒塌。小时候的她，总要哭上一阵子，如今她只会对着积木看，如同自己的身体被肢解之后的那份好奇，夹了无数的疼痛在里面。宿荣想，所有的理想和美好，最容易被摧毁。也只有在被摧毁的时候，才明白它们的珍贵。

梅边渡还没睡，他有些兴奋地对宿荣说："你今天早上给我说的那个梦，我替你解开了。你抱紧窗户在高楼上走，说的是你现在的境况。那些易碎的玻璃并没有碎，说明无论经历多少波折，都不会出险情。放心吧。我今天特地为你摇了一卦，卦象上说：大者，过也。意思是有可行之道，前运亨通。"

"谢谢二叔，还记得给我宽心。"宿荣把文心兰放在茶几上，然后对着枝叶目不转睛地看。

"不用客气，我先去睡了。明天，那个老右派姚厚德找我，要我给他算一卦。"

"二叔辛苦了。"

躺在床上，宿荣久久不能入睡。想起梅边渡为她解的梦，心里更不能平静如常。在无罪证明上签字的仅仅有三两个人，离车乔路说的十个重点关系人，还差许多。那些替自己做证的人，没有一个愿意为她再出具自己的无罪证明。车乔路会为此再给她出更多的难题吗？

宿荣听到梅边渡的呓语，一如往常，口齿不清。以前，宿荣还能听到左岸说梦话，像背诵一首惊天动地的诗歌。以后，再也听不见他如磁石一般、与他的年龄并不相衬的声音了。

一个被梦叫醒的人，左岸曾经说过这样的话。

夜深人静，当无数恋梦者不知东南西北的时候，自己就像被千千万万个做梦人，扔到窗外的碎片。碎片飘来飘去，多像自己的人生啊。

宿荣把头埋进枕头，任泪水像冰冷的溪流。

第四章

城隍，城隍

29. 城市主题词：谁是城隍？

左岸与梅边渡家的房子，都在城隍庙正北方向。更准确地说，是在城隍庙遗址的正北。老百姓讲，府前庙后，都是悖风水的地方。梅边渡坚定地认为，左岸和自己家里所有的不幸、清贫与困厄，都与房子在城隍庙的背面密切相关。哪怕只剩下破砖烂瓦、残垣断壁，城隍庙仍然是城隍庙，它的气息和味道，依然弥漫在城市上空，影响着整座城市的阳光和空气。

正因如此，梅边渡的意识深处，对城隍庙更多了一份奴仆般低三下四的仰望姿态。梅边渡一次次暗下决心，要倾尽自己一生所能，全面修复城隍庙，终生侍奉不见尊容、不知所终的城隍爷。梅边渡不相信，以自己的虔诚，换不来风水的逆转。

"所谓物心两面，灵肉一致，只要心到了，风水就会转。"梅边渡常给别人这样说。这次，他也如此劝自己。

梅边渡着手城隍庙的修复，应该是十年前的事。那个时候，读过数不清文学书籍的左岸，一脸懵懂地问梅边渡："谁是城隍？哪年生的？"

简单的两个问题，让梅边渡费尽口舌。梅边渡每每拿出一个答案，左岸就从网上搜，以另一个答案否定他。

"我这样给你说吧，城隍是道教中的城池守护神，五月十一日是城隍的生日。城隍为《周宫》八神之一，起源于古代的水庸的祭祀。'城'原指挖土筑的高墙，'隍'原指没有水的护城壕。古人造城是为了保护城内百姓的安全，所以修了高大的城墙、城楼、城门以及壕城、护城河。古人认为，事关众生日常生活、生产安全的事物，都有神在，于是把城和隍都神化为城市的保护神。道教把城隍纳入自己的神系，称它是剪除凶恶、保国护邦之神，并管领阴间的亡魂。到了明朝，朱元璋做皇帝，他对城隍大感兴趣。朱元璋是在土地庙里出生的，他对土地神的上司城隍神格外敬重。在明洪武二年，朱元璋下诏，加封天下城隍，并严格规定了城隍的等级，共分为都、府、州、县四级。有了皇帝的恩宠加持，全国各地的城隍庙，如雨后春笋般修建起来。朱元璋说：'朕立城隍神，使人知畏，人有所畏，则不敢妄为。'这便有了《诸神圣诞玉匣记》等集，上面有明代将五月十一日定为都城隍诞辰的记载。各地有的把五月十二日或者五月十三日当作城隍的诞辰，那是在都、府、州、县祭祀时间出现差别之后，引起的误读。"

"那你以为哪个更准确？"左岸问梅边渡。

"我认为五月十一日最准确。你接着听我给你讲，你可以写进小说里。再往后发展至明清时期，城隍爷渐渐由守护神演变成阴官，与官府派遣的阳官相对应，专责这一地区的阴间事务。各地的城隍开始慢慢演变，更加世俗化。比如，北京的城隍爷是文天祥、杨椒山。文天祥是南宋忠臣，人所共知。杨椒山是明代大臣，因为弹劾奸相严嵩，被捕入狱，死于昏君奸臣之手。死后能贵为城隍，说明受到了老百姓的拥戴。杭州城隍爷周新，在明朝永乐年间，任浙江按察使，铁面无私，人称冷面寒铁。上海城隍爷秦裕伯，为元朝旧臣，于元末弃官返乡，多次受到明太祖朱元璋征召，不得已入朝。殁后被追封为显佑伯，尊为上海城隍。城隍爷由神化到人化，城隍爷的诞辰也开始千差万别。"

"那，我们永乐城的城隍庙，祭祀的是哪位神仙？"左岸又问。

"我们县的城隍，基本无考。"

"那你梅边渡就可以为所欲为啦。要不，把你梅家的祖宗供上去？"左岸挤眉弄眼，一条细细的腿，得意地晃来晃去。

"小儿无礼，不可拿神灵开玩笑。"梅边渡一巴掌打在左岸肩膀上。思考片刻之后，梅边渡又说："也不能说完全无考。县志上有过记载，永乐城隍庙始建于明朝洪武初年，后经多次重修，至清光绪十年整修一新。庙内有大殿、东西廊房、钟鼓二楼、碑亭等。大殿中塑有城隍神像，廊房中有十帝阎君塑像。庙前有广场，再南有戏楼，西有灶君祠，东有鲁班祠。这些记载，笼统抽象，我怀疑写县志的人糊弄事。越是这样，我梅边渡越要认真仔细，把好事办好，做到严谨细致。我不能在永乐城历史上留下骂名。"

"骂名？你怕啥，死了还能听见？不管有多少人骂，你肯定不骂你自己。"

梅边渡没有理会左岸的调侃，接着说："应该还有一些民间的记载，我得认真梳理一下。有人给我提过，1928 年，冯玉祥要兴建小学，拆除了城隍庙里的塑像。日伪时期，城隍庙做了警察所。还有一个有关城隍庙的传说，我没有考证。据说，在城隍庙的祭台下面，曾经有一处没有源头的暗泉。经过一夜的沉静之后，总有泉水汪在祭台之下的土洼里。守庙人因为一只眼大一只眼小，外号半瞎子。半瞎子在买了丰盛的供品、行三拜九叩大礼之后，将土洼处清理下挖，掘弄出一个四壁光滑的水龛。从那以后，那汪清泉被半瞎子说得神乎其神，成了天上的龙泪、地下的龙泉，包治百病，能转运势。

每天一大早，总有几个人持着黑碗白碗，水杯或暖瓶，静立在祭台之前，等半瞎子上香完毕之后，由他像分发祭品一样，将冰凉的水舀到虔诚信徒的器皿中。如此的分发圣水仪式，四季不改，天天重复。水洼的容量有限，水要提前预订，并且要支付香火钱。这些钱，都被半瞎子拿回家，孝敬了他的老母亲。日本鬼子打进城后，瞎子为了保护暗泉，被日本鬼子用刺刀挑死。说来奇怪，从那以后，暗泉干了，再不见一滴水涌出来。这事越传越神乎，越传越不知真假。还有人说，瞎子就是城隍爷的化身，是来保护城里百姓的。"

后来的几年，梅边渡的心思都用在悼念和整理城隍庙的诸多事宜上，对城隍庙的规制等等，有了逐渐清晰的认识。永乐城的城隍庙不大，五间正殿，分上下两层，上层供奉城隍爷，下层则是十八层地狱的酷刑展示。东西各两间配房，作为供奉财神和土地之所。梅边渡见到过一张模糊的照片，看到城隍庙破落的大门边缘，有模糊不清的对联：做个好人心正身安魂梦稳，行些美事天知地鉴鬼神钦。梅边渡认为这副对联有诸多疏漏，对仗和押韵都有些问题。所以，当他准备接手城隍庙修复的工程之后，首先想到的就是这副对联，计划着要趁维修之机，彻底改一改。至于如何改，改成什么内容，梅边渡还没有考虑成熟。

自从有了重修城隍庙的念头，梅边渡每天都要去城隍庙遗址转一圈，站在暗泉曾经涌流过的祭台前，想象着等修庙完成之后，那汪清泉重新出现的那一刻，该有多么让人激动。

"我要努力做一个阳光使者，把温暖带给世界上每一个人。因为，我是饮光者。"梅边渡对左岸说。

"你更是饮酒者。"左岸笑着，"千杯不醉。"

"我告诉你一个天底下最大的秘密。你知道我为什么要修城隍庙吗？"梅边渡问宿荣。

"为什么？"

梅边渡满脸堆笑，似乎一片阳光正在他的脸上开花："裴县长不是要建造一座长满常春藤的城市吗？城隍的世界，是与人间相匹配的。我要替城隍爷，创造一个阴间不阴的理想之城，比永乐城更美、更好，让我们永乐城的百姓，生有福享，死后心安。"

"哼，做梦！"左岸虚鼻子拧向一边，不屑地说。

30. 城市主题词：蟋蟀叫，蛙不鸣。

永乐城的蟋蟀文化史，与中华文明的发展史，是一脉相承的。周公的蟋蟀诗，与《诗经》中的蟋蟀诗，为永乐城的蟋蟀文化起源，提供了有力佐证。

梅边渡振振有词地告诉左岸："朱元璋曾经到永乐玩蟋蟀，并且与城隍庙颇有渊源。"

"瞎编。我看你怎么编。"

梅边渡将一本发旧的《民间轶事整理》递给左岸："你看看，这上面怎么写的？朱元璋出家当和尚之后，云游四方，经过永乐，在城隍庙落脚。巧的是，庙里有几个乞丐正在斗蟋蟀。因为个头大的大，小的小，赛斗双方出现争执，其中一方将另一方的蟋蟀，硬生生地从身体中间掐断。朱元璋看到后，觉得非常可惜，随手折断一根草棒，将蟋蟀连起来。说来也怪，蟋蟀竟然奇迹般地活了过来。乞丐们觉得遇到了神仙，纷纷磕头，还从集市上偷来菜肴，与朱元璋大碗喝酒，猜拳行令，好不快活。喝过酒之后，朱元璋睡意袭来，听见城隍池里的青蛙声咿哇乱叫，便对众乞丐说，让那些青蛙闭嘴。你说奇怪不奇怪，青蛙们听到朱无璋的话，全都安静下来。突然有一只蟋蟀，叫声婉转清脆。朱元璋立马起身，感叹道，此虫少有，天下第一。我们永乐县'天下第一虫'的美誉就此诞生。城隍池里的青蛙，从此再也不叫，像被施了魔咒一样。"

梅边渡给左岸讲的这个传说，宿荣也曾经听说过。她是听蓝成海说的。

蓝成海是文庙的管理员。他做文物工作，却对文物不感兴趣，偏偏对蟋蟀有独到的研究。偶然的机缘巧合，宿荣和蓝成海见过面。第一次见面的时候，蓝成海就问宿荣："你知道蟋蟀这一辈子，短短的一百天，会有多少次交配吗？"

宿荣摇头。

"我可以非常明确、非常骄傲地告诉你，它的性伴侣比皇帝的三宫六院七十二妃多多了。蟋蟀一生的交配，可以成千上万次，多多益善。每次出斗之前，它交配的母子越多，战斗力越强。"

"非常骄傲？你和蛐蛐是同类？蛐蛐交配多，你骄傲啥？哪次交配有你的事？"宿荣从见到蓝成海的第一眼起，就觉得他有点不正经，说话也毫不客气。

"我是一个从不站着撒尿的人，和别的男人不一样。"

"女人？二尾子？"

蓝成海哈哈大笑："不告诉你。"看向宿荣的眼神和隐藏在两唇之间晃来晃去的舌头，明显有了其他的味道。

宿荣与蓝成海的见面，由熟人介绍，本是为促成一桩姻缘，因为话不投机，终究成了一场空。饭没吃完，蓝成海眼睛眯成一条线，低声问："咱也向年轻人学习，时髦一回，去开房？"

"就你这痞子样，还想和我开房？"

"咱谁都别说谁。你那些光辉历史，我也是门儿清。"

宿荣端起啤酒，泼了蓝成海一脸。

蓝成海丝毫不生气，把嘴凑上来说："亲亲，亲亲我就不追究你的责任了。"一只手扯掉宿荣的扣子，露出粉色花点的乳罩。

宿荣去找文庙管理所的所长古大业："古董同志，你怎么把这么一个烂人介绍给我？还说他为人正直，人品端正。现在连你的人品我也严重怀疑。"

"你怀疑啥？我们都是搞文物工作的，严谨细致是基本功。你和蓝成海的事，那是私事。师傅领进门，修行在个人。你们俩成与不成，与我能有什么关系？相不中就算了，没事，我再给你打着灯笼找。"

"你省省吧。把这种人介绍给我，怎么和你没关系？你觉得什么事和你有关系？只有那些发臭的学问和你有关系？一只公蟋蟀睡多少只母蟋蟀和你有关系？咱新仇旧恨一起算，我问你一件事，你给我解释清楚。蓝成海说你写过文章，对我指桑骂槐，说我乳房上有蝴蝶印，像烂掉的花，像死去的鸟，像你们男人憋急了的红眼。说你发过毒誓亲眼见过。有没有这回事？"

"你看你，对我发什么脾气？他说什么你去找他啊！"

"你们文庙管理所这帮人，满嘴谎话，对不起祖祖辈辈的圣贤，满肚子的花花肠子，脑瓜子都塞满了猪油狗尿。"

"蓝成海和谁都开玩笑。"

"你作为负责人，要管管你的下属，别仗着单身男人的身份，到处开房找女人。祸害我不要紧，别再去祸害小妮儿们。她们心眼少，单纯，最容易上你们这些老色狼的当。还有你，一个堂堂的领导，拿着公家的钱，别成天研究城隍池里的蛤蟆是不是叫，会不会咬人，脚踏实地做点学问，多好。"

宿荣与蓝成海的交往，只是小小的片段和插曲。古大业看似玩笑的介绍，蓝成海猎艳似的追逐，像一朵开过即逝的花，并没有引起多少人的注意。当宿荣需要有人证明她无罪的时候，她想到了蓝成海，也想到了古大业。宿荣知道，如果自己真的去找蓝成海，那么性与色，必然成为他舌头上进出的唾沫，会溅湿两个人之间的空气，污染这片看起来还算干净的大地。

宿荣坚决放弃了让他俩为自己做证的念头。

恰恰在宿荣歪着身子往文庙里张望的时候，蓝成海走出文庙的棂星门。

"哟，俊娘们儿，是不是想我了？"

"呸呸呸，不要脸的滥情货。"宿荣加快了脚步。

"我的电话你有，晚上想事的时候找我。"蓝成海在背后喊，"那头聪明的驴在家吗？"

宿荣没有答话，像做了什么坏事害怕被人追上一样，急速离开。

"烂人！"宿荣在心里骂。

31.城市主题词:推开地狱的门。

城隍庙的修复，多年来一直是民间人士在推动，县城里几位传统文化爱好者，成立了专门的筹备小组。各级的大小官员，不方便在宗教场所的维修问题上出头露面，不少企业家又达不到修庙筑神的文化要求，筹备小组便想着，要推一个素养和能力、德行与才干，都适配于此等高尚事业的公众人物。

梅边渡听说筹备小组的想法后，自告奋勇，要求当筹备小组组长。大家讨论之后，并不看好他。筹备小组的人开始四处撒网，八面出击，一次次被所谓的理想人物拒绝。直到最后，仍然没有人愿意承担这种出力不讨好的活。这时大家又想起了梅边渡，最终勉强同意由他来做牵头人。

即便如此，仍然有人当面嘲讽梅边渡:"聪明得像驴，一定干不差。"

梅边渡对这些没有边界的讽刺并不在意，他要借此机会，证明自己在永乐城民俗及宗教领域的天王地位，像香港歌手里的四大天王一样，实力和影响力绝对不容任何人置疑。为此他还得意地唱起某位老天王改编的歌曲:"英雄皆寂寞，铮铮铁骨尚有柔情。时光无心，留不住奔波的身影。愿不负曾经，半生爱恨岂无凭。万籁俱寂，梦里长歌还未静。莫听穿林打叶声，何妨吟啸且徐行。竹杖芒鞋轻胜马，谁怕？一蓑烟雨任平生……回首向来萧瑟处，归去，也无风雨也无晴。"

"我不下地狱，谁下地狱？"梅边渡拍着胸脯，向筹备组的某位智者说。歌词时时回旋在脑海："半生爱恨岂无凭。"爱恨纠缠，自己一生对宗教文化的酷爱与追寻，似乎有了准确的词语来概括，而重见天日的城隍庙，必将成为自己心血凝结的最后标志，给自己带来一生的荣耀。梅边渡这样给左岸说："现世的县长，努力让活在这座城市里的人，健康快乐。城隍爷呢，要让死去的人灵魂安息。生而福，死而安，多好！"

"你包藏私心，在让城隍爷接受膜拜的同时，你也会在某个地方，写上你的名字。拜城隍就是拜你梅边渡。"

梅边渡皱起眉头："是啊，我是有这样的私心。可我会全身心地侍奉城隍爷，每天都会擦洗塑像。"

"地狱里的那些小鬼小怪，你也为他们擦洗吗？"

"不。"

"他们才是将来拘拿你的人，手轻手重的，都由他们掌握。县官不如现管，你更应该为他们烧几炷高香。"左岸脸上的笑有些诡异，眼皮之间眯成一条蚕丝线的距离。

"我在阳间做好人，在阴间做侍者，是名副其实的饮光者，那些小鬼小怪的，不敢拿我怎么样。"

梅边渡陷入沉思。

左岸知道，在这种情况下，梅边渡已经到了他另外的想象空间。

左岸也沉浸到自己的小说想象之中。如果梅边渡进入自己的《尘法》，他真的可以成为阳光使者吗？

筹备小组每月都开一次例会，说些资金筹备情况，聊些手续审批进展。对城隍庙里面的塑像，应该用什么版本，大家各说各话，一直没有形成统一的意见。梅边渡与筹备小组的组员，尤其是那些自命为智者的人，经常吵得面红耳赤，最后不欢而散。

梅边渡开始自绘城隍爷的画像。他上网查所有的庙宇，所见的每一个城隍形象，似乎都不能符合他的心理预期。

直到某一日，梅边渡在青城山道教某一流派的宣传资料上，见到了他渴望已久的城隍形象：体态丰硕，皮肤白皙，额脸宽阔，长须飘摇，着红色宽袍，佩蓝白相间的玉带板。梅边渡比照着画完之后，给左岸看。左岸嘴一撇："古代圣贤中的修炼者，似乎都是这个模样。"

"小屁孩，你不懂。除了画像之外，我还找到了最重要的东西，叫城隍宝诰。诰书是这样写的：'志心皈命礼。社稷古公，天下正神。铨福国显忠之行，禀赏善罚恶之仁。都邑之主，诸郡侍从。所隶十三布政，案判一十八司。庙社万年，恩扶亿劫。设作福作威之柄，造注生注死之权。运神力以护郓川，遇阴兵而驱夷寇。至灵至圣，乃正乃公。护国保宁佑圣王威灵公感应尊神。'看看，城隍之职，非常重要。"

梅边渡一边感慨，一边将自己精心画的像，举过头顶，对着天空说："诸位神灵、仙家做证，我可以画得更好一些。"

不只是城隍爷的尊容让梅边渡牵肠挂肚，财神爷应该塑成什么样子，也让梅边渡犹豫不决。他翻阅的资料越多，对财神爷的信仰源头和发展流变，愈加混乱和模糊。梅边渡熬了三个通宵，搜集罗列了许多资料，急急地拿给左岸，让他帮着拿主意。

左岸接过来看，梅边渡在旁边给他讲，像一位老师给学生上课。

"财神从出处和源头上讲，主要分为两大类，一是道教赐封，二是民间信仰。从职业属性上看，又分为文财神和武财神。文人大多供奉文财神，行武出身的大多祭奉武财神。财神又按五行八卦，被分为九路财神，俗语叫四面八方一个中。东路财神为比干，西路财神为关公，南路财神为柴荣，北路财神赵公明，东北财神李诡祖，西北财神为刘海，东南财神是范蠡，西南财神端木赐，中路财神是王亥。这几位财神各有神通，各管一摊，互不干扰。拜谁都能发财。至于每位财神的封神故事，三天三夜也说不完。"

"从你准备的这些资料来看，你对财神爷远比对城隍爷重视得多。哈哈，势利小人！"左岸满脸讥笑，撇着嘴对梅边渡说。

梅边渡嘿嘿两声："世间人，求官，求财，这是最大的俗心。说句不敬的话，城隍爷安放人的灵魂，看不见摸不着，虚。虚的东西，别人不信。"

"你那些纸符不虚？为什么还有那么多人信？"左岸把稿纸放下，问。

"那不一样。现实的安慰，可以让人有希望。"

"管用吗？"左岸疑惑地问。

"管用不管用，全看求符者自己信不信，信就管用，不信就不管用。"

"说来说去，你就是一个大骗子嘛。对了，城隍爷和财神爷你搞定了，地狱里的酷刑，你准备怎么弄？"

"慢慢来，总会有办法。大不了，我就化化装，去推开地狱的门。"梅边渡压低了声音，"你信不信？我能照着阴间的摆设，画出原模原样的十八层地狱。"

左岸的身子一激灵："快走快走，让你把我吓死了。瘆得慌。"

梅边渡哈哈大笑，扬长而去。

32. 城市主题词：只不过一个表情。

赵新城给宿荣发信息："我从网上发现了一个好玩的信息，一个痴情男子发给温柔女人的。男子说：你是我心目中完美的小娘子。小娘子的称谓有着独特的意义，意味着漂亮得像古代的仕女，脸庞、眉眼、鼻子、嘴巴，都精致得恰到好处。小娘子的称谓古已有之，但从我嘴里说出来，便有了万种风情，痴恋的，疯癫的，无以言表的，爱恨交织的，如同世间再无更美丽的文字可以表达。"

宿荣给赵新城回复："是挺好玩的。"她又在文字后面，加上一个微笑的电子表情。

"又有什么好玩呢？"宿荣发出了第二条信息。

宿荣想，微信发明了各种各样的电子表情，能代表发信息之人当时最真切的感受吗？肯定不能，电子表情让世界失真。

"为什么呢？"赵新城回信息，后面是一个疑惑的表情。

"不为什么。"宿荣回复得很快，很坚决。

自从在歌厅见过面之后，宿荣没有再跟赵新城联系过。宿荣想，赵新城发过来的这个信息，似乎有诸多内涵，比如主动和解，或是寻求原谅。宿荣明白，产生这样的想法，有可能是自己自作多情。毕竟，自己与赵新城，只是笑谈中"异父异母、失散多年的姐弟"。没有血缘，没有婚约，没有承诺，什么都没有。想到这里的时候，宿荣的泪一下子就流了下来。

宿荣承认，太多的时候，自己过于敏感，尤其对自己在意的人和事，敏感到见不得一丁点的风吹草动。她抬头看身旁的树，觉得树叶在生气。她闻到楝花的香，觉得那香气绝对不如去年浓烈。她看到地下被风雨吹落的一片叶子，觉得季节对这片叶子过于残忍，诸如此类。再到后来，这份敏感越发严重，她甚至羡慕起被贵妇打扮的女人们牵来牵去的狗，它们被称为宠物，像皇帝一样被宠溺。还有那些被晒来晒去的猫，倦怠中透出诱人的高贵。可它们，应该如此高贵吗？难道自己竟不如一只堕落到连老鼠都不会逮的猫？

宿荣渴望着能有一个人说说话。或者一句话不说，只陪她坐坐就好。宿荣想不起这么一个人。身边来来往往的男人，连过客都算不上，只是路人罢了。

宿荣抬头看见一间美甲店，走进去。

店主人不忙的时候，总要招呼宿荣，今天她似乎沉浸在与某一闪烁头像的闲聊中。微信的提示音听不出距离的远近，却让宿荣感觉到节奏的稠密，像初恋的人。

宿荣进美甲店或者美容店，从来不问价钱。告示牌上写着十元的价码，字写得歪歪扭扭。宿荣相信，所有的生意不仅仅是明码标价那么简单，像饭店里点上了价格不菲的菜，酒也不能太马虎。美甲只是一种生活的小插曲，让自己有瞬间的快乐而已。

宿荣坐下，看店主人满脸的笑，不忍心打扰她。宿荣想，如果赵新城的信息能够在此刻发来，该有多好。赵新城是安静的，自己也是安静的，整个世界都是安静的。在所有的安静之后，一定有许多人，像自己一样，需要一个无罪证明。

宿荣在想，赵新城每天上班之后的空闲时间，每次忙碌之后的片刻休闲时间，每次醉酒之后，他都有那么多的话要对自己说。每次，她都会认真地听，用心听，竖起两只耳朵听，生怕漏掉一个字。她倾听的姿势前倾，像虔诚的祷告者。此刻，赵新城是安静的，整个世界是安静的。与赵新城相识这么多年，似乎只有今天，赵新城是安静的。宿荣每次听到店主人的微信提示音，她都要把自己的手机拿出来，看到空空荡荡的屏幕，心里便涌起一阵剧烈的疼。

为什么非要想赵新城呢？自己还有那么多的人可以想。母亲前几天打电话来，说老是梦见她，问她怎么样。能怎么样呢？日子过得紧紧巴巴，琐碎得像掉在地上的眼泪。宿荣想给母亲说说房子拆迁的事，也想说说至今联系不到表弟，自己不知道如何是好了。这些话，在嘴唇边被含住，像没有煮熟的饭，被硬生生地吞下去。

宿荣听到男女性爱的呻吟声，从店主人的手机里传出。宿荣看过去，那个年轻美丽的小女生突然红了脸："对不起啊，姐。"

宿荣也红了脸："没事，能理解。"

"嗯嗯。"店主人几个手指来回点着屏幕，给对面的男人或者男孩回着信息。在等对方回信息的时候，她突然问宿荣："姐，如果男人不是真心呢？"

宿荣不知如何回答，摇摇头，笑了笑。

一只鸟在外面的树枝上蹦蹦跳跳。树枝摇晃着，有欲断未断的危险。另一只鸟追过来，围着它飞上飞下，慢慢停下，靠近它。树叶沉默，事不关己地冷。树叶是干枯的黄，不是绿色。树叶应该是遇到了什么伤心事。

鸟与鸟，同栖一枝。宿荣的眼开始湿润。

又是女人的呻吟声，像此起彼伏的浪。

宿荣感觉到自己的身体一个战栗，从毛孔到皮肤，潮潮地湿。宿荣想起，自己和男人第一次做爱，是在镜子前。她执意要看到自己第一次破裂时的情状，除了感受疼痛之外，她还必须记得自己如何被撕裂、被珍惜，或者被揉碎，变成盛开的花。宿荣看到镜子里的自己，丰满而羞涩，慢慢张开又极度紧缩。在她准备豁出命去的时刻，宿荣觉得自己像吹爆的气球，在剧烈的疼痛中被彻底解放了。

镜子里的第一次性爱，成就了不一样的宿荣，让她一生迷恋大大小小的镜子，镜子里的别人或者自己，镜子里的苹果或者衣服。就连呼吸，在镜子里也具有了丰富性感的两面，一面冰冷，一面火热，一面真实，一面虚假。比爱情还虚假，宿荣常常在心里说。

宿荣终于听到自己手机的信息提示音。

宿荣打开，是赵新城发来的，一个毫无表情的表情。不是玫瑰，不是红唇烈焰，不是开心大笑，不是哭，也不是敞开胸襟的拥抱。

什么都不是，只不过一个电子表情而已，冷冷的。

店外的树，宿荣从来叫不出它的名字。树叶沉默，事不关己地冷。树叶是干枯的黄，不是绿色。树叶应该是遇到了什么伤心事。

33. 城市主题词：募捐。

自从车相渚定下来，要让梅边渡全权处理城隍庙的修复工作之后，梅边渡像打了鸡血一般兴奋。他几乎每天都到指挥部，看看车相渚在不在，有没有最新指示。在与车相渚沟通几次之后，梅边渡与筹备组的"智者"们，决定先搞一个城隍庙修复募捐仪式。

车相渚告诉梅边渡："并不是非得募集多少钱，关键是要有这个仪式。要让永乐城的老百姓知道，县里要修城隍庙了，有钱的出钱，有力的出力。"

"县长说得对。这样，我们给您准备一份讲话稿，您要讲一讲重修城隍庙的重大意义。"梅边渡两只手平放在膝盖上。

举行募捐仪式当天，天地混沌，雾气四处飘荡，到场的人并不多。雾气里有各种各样的细微颗粒，或挤往一处，或四散而逃，像城里专门制造传染病的幽灵。

车相渚穿了西装，打了领带，皮鞋放着光。讲话稿纸底色是大红的，字是黄色的。为了这样一份讲话稿，车相渚让办公室的秘书，专门跑到彩印厂，认认真真地打印出来。

"今天参加城隍庙修复的募捐仪式，我首先要声明一点：城隍庙也好，城隍神也好，都是民间信仰，不是封建迷信，更不是任何一种形式的宗教。城隍源于道家，又不同于道教，民间的所有德高望重之人，都可以成为城隍爷。关于这一点，自古就有'功施于民则祀之'的说法。说句不好听的话，我车相渚也可以当城隍嘛。当然，我只是开个玩笑。

"在具体实践中，纵观各地的城隍爷，他们有的是地方的清官，正直无私，秉公办事，能为民消灾解难；有的是命系国民的功臣，生前曾对某一个地方乃至全国做出过一定贡献，人们牢记其功绩，奉之为神灵；还有人间耿正者，他们生前品行端正，处事以公，契合了人们对城隍形象的心理诉求；更有世间乐善好施者，积功行善，往往受到人们的崇敬；当然也有神能者，生前有异能，造福乡民，人们相信他死后可以充当城隍之职，苏州祀春申君，杭州祀文天祥，上海祀秦裕伯，南宁祀苏缄等等，均是如此。

"至于我县的城隍庙，自明代以后，虽然没有翔实的文字记载，但拜的是正神，叫都城隍，也就是真正的水庸神。无论我们祭拜哪位神仙，我们需要倡导的仍然是社会主义核心价值观，这一点任何时候都不能有一丝一毫的怀疑和动摇。同时，我也希望，有关城隍信仰中'人之正直，死而为神'的观点，这些把美好理想和愿望，寄托于神灵的民间意愿和追求，能够起到积极作用，鼓励当下的人们奋发向上，崇尚德行，讲求孝道，心存敬畏，立体化地构筑起符合当今社会核心价值的伦理道德体系。

"今天的募捐，完全是自愿、自觉，不强求，不摊派。每个人只要心存善念，知礼敬天，一定会为我县城隍庙的建设，增添一份力量。"

梅边渡穿了一件青衣道袍，戴了道士帽，正宗的道家打扮。白色的袖口处，不知何时弄上了几滴脏水，留下了暗淡的水印。自看到那个水印开始，梅边渡心里便惴惴不安，生怕惹城隍爷生气。

车相渚讲话的时候，梅边渡双手合十，颔首低眉，一脸虔诚。

在车相渚念出"人之正直，死而为神"这句话时，站在人群中的赵新城，感受到车相渚语音语调的明显变化，颤颤的，像风中的游丝。赵新城想："你是不是感到羞愧了？看来你并不能做到这一点啊。整个永乐城的人都知道，你到哪里都是一屁股的风流债，被称为历史的罪人，你怎么有脸说'人之正直，死而为神'呢？"

梅边渡注意到赵新城的表情变化，左岸虚发现了梅边渡看向赵新城的目光。左岸虚撇撇嘴，接着就听见麦克风撕裂的吼叫声。音响师急忙调整变音器的按钮，没想到调音台嘭的一声，爆出剧烈的火花。

音箱烧坏了，车相渚不得不撇开麦克风，使劲喊话。

梅边渡依然双手合十，不管音箱是不是烧掉。左岸虚看到，梅边渡的眉心颤抖着，心里在想："不知发生的一切，是吉兆还是凶兆。求求城隍爷，一定要保佑永乐城的子民，让城隍庙重现光芒，香火更旺。"

车相渚讲完话之后，猛然发现跛子站在人群的最前边。车相渚一愣，随后从口袋里掏出二百元钱，在台上举过头顶，然后快步走到台下，满脸堆笑地递到跛子手里："去买狗肉包子吧，解解馋。"

人群哑然无声。

车乔路大吼一声"好！"使劲鼓起掌，接着便有三三两两的人，附和起来。

"敬天敬地敬人，同样重要。"车相渚抓紧并不能发声的麦克风，喊道。

之后就进入祭祀环节。梅边渡事先准备了八仙桌作为临时祭台，上面摆了三荤三素三果，荤是鸡鱼肉，果有橘子香蕉苹果，素有大小三种点心。梅边渡清楚，如果按照祭祀的规格，这样的祭品稍微寒碜了些。如果讲究一些，完全可以摆上牛头猪头，再摆上一只全羊。正值扫黑除恶督导组在，车相渚的意见是要低调，要简办，不能惹麻烦。梅边渡没有办法，只能依照车相渚提出的要求，祭品显然敷衍了许多。

梅边渡开始祭祀。他准备了九十九张黄符，在叩拜完所有的神仙之后，又用开光咒语，为黄符吹气祈福。

"皇天无亲，唯德是辅。奉天之命，行天之罚。俯仰天地，敬重圣贤。与天地同语，与日月争光。我——梅边渡，为民生求，为天地书。恳请元始天尊、灵宝天尊、道德天尊及过路的大小神灵道隐，助我一臂之力。"

梅边渡声音洪亮，如万古神钟。梅边渡把开了光的黄符，从前至后，发给参加仪式的人。赵新城接过梅边渡递给他的黄符，先是双手捧住，对着天空和城隍庙遗址，深深地鞠了一躬，然后放进胸前的口袋里。宿荣则把黄符贴在自己的额心，自上而下，最后捂在胸口："城隍爷，保佑我的母亲和女儿，赐给我一点福气。"宿荣念出城隍爷三个字的时候，觉得心头一紧。车乔路在远远的地方，坐在一块石头上，旁边是临时搭建的公共厕所。车乔路坐姿优雅，一条腿高，一条腿低，脚尖踩在地上，不停地颠。他手指间来回转动着一支烟，像饱含无处排解的饥渴。

捐款环节，车相渚走在队伍最前面，他要带头。车相渚从西服口袋里拿出一捆百元大钞，投到祭台前面的功德箱里。一万块呢，车相渚心里想，一定是现场所有善男信女中最多的。梅边渡看到了车相渚投进功德箱的钱，觉得作为副县级领导，拿这点钱出来，有些寒碜了。社会上流传着车相渚各种各样大手大脚花钱的段子，比如车县长请客——一万块，车县长找丫头——一万块，早已成了流传甚广的歇后语。意义如此重大的募捐，他也同样拿一万块，便有些亵渎神灵了。

左岸虚发现，城隍爷突然听到了震天的鼓声。城隍爷循声音而来，立在半空中，看到梅边渡的前躬后踞。恰好黑白无常提着刚刚拘拿到的魂灵来，城隍爷问阴阳司："什么罪过？""不孝。""打入十八层地牢。"几分钟后，又一个魂灵被提到城隍爷跟前，城隍爷问："什么罪过？""奸幼。""油锅里烹了。"再一个魂灵被带到城隍爷跟前的时候，城隍爷有点心烦，生气地问："什么罪名？""贪污，还编造谎言背后告黑状。""碎尸吧。"

看到起劲猛敲大鼓的黄衣人，城隍爷对阴阳司说："那人的鼓敲得好听，奖他三年的阳寿吧。"

梅边渡对半空中的城隍爷没有丝毫感应，如同一切都是假象一般。

等现场的人都捐完款，梅边渡走到车相渚跟前："县长放心，银行里的工作人员已经到了，马上清点。我们一定专款专用，全部用到城隍庙的复建上面。您打招呼的几家企业，我正在与他们联系，争取让他们最大额度地支持这项公益事业。"

车相渚一边点头，一边往指挥部走："这次募捐之后，还可以搞一些活动，再发动群众。还是我刚才那句话，城隍是民间信仰，怎么搞都不是宗教活动，也不是封建迷信活动。从某种意义上讲，重塑城隍是在引导群众、教育群众，激励他们积极向上向善。只要方法得当，复建进度有保障，让老百姓拿点钱出来，让企业家捐些钱款出来，都不是大事。"

梅边渡点头附和："县长说得对，捐款的最终目的，是挽救老百姓的信仰。活动我们会一直搞下去。下次，我们可以结合城隍出巡，搞城隍祭拜。按照传统，城隍一年之中要有三次出巡。第一次是在清明节前后，叫收鬼，今年这个时间段已经过去了，没法搞了。第二次是在七月十五，叫拷鬼，我们可以搞一些传说整理和图片展览。第三次是在十月初一，叫放鬼，也可以搞一些法事仪式。只要县长支持这些活动，我们绝对能做好。"

"这样吧，对这些活动呢，我自己也拿不准。我安排民族宗教局参与一下，要不出纰漏，不犯错误，不走邪路。这是事关意识形态建设的重大政治问题，丝毫马虎不得。"

车乔路不知什么时候已经跟在车相渚身后。车乔路伸出手，挡在梅边渡前面："县长不用你送了，干你的正事去吧。"

梅边渡停下脚，看着车相渚和车乔路，一前一后急急地往前赶的姿势，像黑白分明的两头猪，急匆匆奔向猪槽，拼命抢食。就连他们走路带起的风声，似乎也有了猪身上的泥腥味。

梅边渡脸上堆起笑，为自己私底下的小聪明暗暗得意。

"你严肃点，别嬉皮笑脸的，更不能把领导看成猪，简直不成体统。"左岸虚从半空中飘过来，半开玩笑似的对着梅边渡呵斥。

梅边渡抬头看天，见一朵黑云正被嘶吼着的鹰，吃掉半边脸。

34. 城市主题词：孤独开放的水莲。

宿荣有两个最要好的闺蜜，庄富贵和水晶花。三人合伙开饭店的时候，把一家只有三个小包间的家常菜馆，开成了周边几个县市区闻名遐迩的名流店。如果不提前一天订桌，那是绝对订不上的。

所谓的名流，三人总结起来，大概包括以下几个非常重要的内容，比如厨师是大酒店来的，菜是最地道的农家菜，服务员是一流的美女，还有雅致的装修。

那个时候，三个人分工明确。宿荣负责整个店的管理和经营，包括买最新鲜的菜，经常高薪更换厨师，不间断地调整服务员等事务。庄富贵和水晶花，则要根据某个客人的要求，上桌陪酒陪餐。在餐馆的经营上，宿荣走的是高端路线，菜品高端，价格自然也是全城最高。客人同样必须高端，非富即贵的那种，如果是社会上的小混混，纵使全身上下戴满金链子，也绝对不接待。由于餐馆的房间不大，客人的数量也有严格限制，超过八个人的场，坚决不接。宿荣安排得如此精心周到，是得到了赵新城的指点。

除了庄富贵和水晶花之外，宿荣还特别设定并引进了一个流动岗，条件是十六岁左右的小姑娘，试用期一个月。对这个流动岗，宿荣征求了庄富贵和水晶花的意见，想着让三个人比着劲地干，看谁能让客人多消费。两个人并无异议，摩拳擦掌，发誓要拿下全天下的男人。

当然，所有的流动岗都不会超过一个月，因为宿荣要坚持不懈地保持整个店的新鲜感和竞争力。

庄富贵、水晶花和流动岗的工作内容，是那个时代的特殊性决定的。改革开放了，人的思想观念，被禁锢的身体和欲望，一下子解放了，激情决了堤似的迸发出来。再加上永乐县的企业很少，女人们并没有地方可以去打工，更没有进入行政事业单位的机会，能做的，便是按照男人们的意图，尽力满足他们的欲望。

有时，宿荣会问："还记得咱们开店的时候吗？"

庄富贵和水晶花都会摇头。

"我是说那个时候的菜，别想歪了。九十年代那会儿，总共有七八年的时间吧，菜便宜，质量也好。现在，去老百姓家里，也吃不到那么地道的便宜菜了。"宿荣经常感慨。

"那个时候，什么东西不便宜？人更便宜。三十五十的，超过一百都算是贵的。"庄富贵扭过头，看着窗外，说。

曾经有很长一段时间，宿荣和庄富贵、水晶花一直不聚，都在有意躲闪着彼此，也躲闪着一段往事，一段经历。后来一次偶然在街上遇到，宿荣只用一句话就让三个人重新聚拢起来："没有人愿意过那样的日子。不那样过，还有其他办法吗？错的是路，不是人。历史没有追究我们，我们干吗非得去揪历史的小辫子呢？自己跟自己过不去，何苦呢？"

庄富贵说："宿荣，你一辈子只说过一句真话，就是这一句'错的是路，不是人'。"

"饭店里端盘子洗碗的那些女人，哪个不想像我们一样？"宿荣又说，"说到底，就那点事。"

庄富贵点头："我也这么认为。满大街咱这个年纪的人，哪个不是在104国道两旁的饭店，做了那么多偷偷摸摸的事？露肉露腿露腚，不就是为了男人口袋里那几张破票子吗？"

"别天天命命命，这是女人的命，不是男人的命。"水晶花说，"你们天天说命，连我也开始信命了。我们真拗不过命吗？"

三个人抱头痛哭。

宿荣想起饭店解散的时候，三个人同样抱头痛哭。

"从良吧。"

"从良就从良。"

"从良就彻底。"

"这大把大把的欠条，都是男人们的谎言。张三李四王二麻子，上哪儿去要？"宿荣把手里大大小小的纸，拿给两姐妹看。

"烧了吧。"庄富贵说。

"烧，坚决烧。"水晶花眼泪汪汪，"这可是咱的青春啊。"

"青春就是用来烧的。"庄富贵把脸扭向街头。

"咱留十天的空当。这十天，你们要各自找到自己的男人，能嫁就嫁，不能嫁就私奔。时间是紧了点，也匆忙。好歹都看命吧。我再要点账回来，不管多少，还是按原来的比例，你们各四，我二，分了钱各奔东西。"宿荣带着哭腔。

"宿荣，这么多年，你总是拿最少的。你亏不亏？"水晶花问。

宿荣摇头。

关于这个问题，宿荣以前就问过自己。亏吗？这个世界，哪有什么吃亏、沾光？吃了谁的亏，又沾了谁的光？女人们又有什么光可沾？每次分配工资奖金的时候，看着别人大把大把地把钱装进包里，宿荣心动过。她甚至想，如果自己能和她们一样，陪男人们坐坐，喝几杯酒，甚至有些身体上的交易，也可以挣更多的钱。这样的念头一经闪出，宿荣就对着自己的脸猛扇了一巴掌。她问自己，你怎么可以这样想呢？你是她们那样的人吗？你有过浪漫的爱情，情深深雨蒙蒙，又有赵新城这样的守护者，寸步不离地守着，你凭什么那么想？宿荣感觉自己是如此卑劣和堕落，像一个没有受过道德教育的人。曾经自诩的爱情洁癖呢？难道一切都是假的？宿荣为自己爱情信念的不坚定而苦恼徘徊。她一次次跑进庙里，烧起三炷香，如此祷告：一炷香烧给母亲和女儿，祈求平安；一炷香烧给自己，让心有归处；另外一炷香烧给像自己一样苦命的女人，愿各安其命。

过了十几年的安稳日子之后，三个人开始小聚。无论是谁约的场，有时是闺蜜故意，有时是疏漏，宿荣承担了大约三分之二的花销。

给城隍爷捐完款，宿荣看到庄富贵和水晶花，藏在人群最后。她上前抓住两个人的胳膊，连拉带扯，把她们拉到了附近的一个小餐馆。

"好久没见到你们这两个冤家了。今天啊，咱聚一下。不过，我可说好了，我没钱啊。"

"没钱容易，记到我账上，谁还在乎那仨瓜俩枣的？"庄富贵说。

庄富贵前几年有过少许波折，后来跟了沙场老板金富贵。"黄金的金，富贵那两个字，和我一模一样。你说是不是缘分？"庄富贵总是这样给人介绍。金富贵知道庄富贵在饭店待过，他不嫌弃，说就爱这一口。庄富贵也知道，金富贵并不比自己干净多少："鱼找鱼，虾找虾，后面那句话我就不说了。谁也别嫌弃谁。"

"你说出来不就是了嘛，乌龟找王八。哈哈，多大点事啊。"

庄富贵知道金富贵的底细，也佩服他做生意的手段。每次到村子里去，和书记主任谈业务，金富贵都要提两瓶好酒，带着一名年轻女性。金富贵会郑重其事地给书记主任的老婆介绍，说带的是自己的老婆，刚找了一个年轻的。书记主任见来了客人，便高声吆喝着让老婆去买菜，说贵客来了，要好好招待。老婆出去买菜的空当，书记主任便与年轻女子，完成了一次身体与灵魂全方位、无死角的激烈碰撞。这种遮人耳目的交易方式，成了金富贵谈业务、做买卖的杀手锏，让没有多少本钱和资源的农村穷小子，迅速完成了个人财富的膨胀和积累。庄富贵知道，自家饭店里的流动岗，几乎每个人，都曾经被金富贵以同样的方式，拉到县里的不少村子。

庄富贵从良跟了金富贵，两个人先是恩爱了一段时间。用宿荣的话说，腻歪得让人有点恶心。为男人生下儿子后，庄富贵开始与正房平起平坐。随着孩子一天天长大，庄富贵更加有底气，开始对正房指手画脚，进行言语挖苦。金富贵为了图清净，花了几十万块钱，索性把正房撵回了老家。

"你老头子的生意，最近不是挺惨淡的吗?"水晶花问。

水晶花，原名隋镜花，长得白白胖胖，并且始终保持着女人少有的丰满和精致。她与庄富贵和流动岗比起来，是最能吸引回头客的。水晶花曾对宿荣说："男人看到女人就想上，没毛病。女人闻到男人的骚气就想跳舞，也没毛病。男人的心思女人能懂，女人想什么男人一样门儿清。装啥? 一个个都装成不食人间烟火的正人君子，骗骗小孩子罢了。我偷偷去县里的文庙打听过，问烈女祠在哪里，都供奉了哪些女人。你猜怎么着? 烈女祠早就拆了。烈女只不过是笑话，是一群傻女人，不懂男女之欢有多美妙，里里外外地爽。"

自从嫁给了中学老师，水晶花如同变了一个人，每次聚会都努力回避着色与性的话题。自己男人的好坏，家庭生活里的大小事情，水晶花也从来不说。

"你听说什么了? 你这老毛病又犯了，总是说半句留半句，让别人猜。你这样能憋死人，死人是要偿命的，你知道不?"庄富贵的话里透出一丝紧张，"电视上都说了，扫黑除恶，重点治当官的，治不着咱。"

"我确实没听说啥，真的。"水晶花低头吃菜。

越是这样，庄富贵越是露出紧张的神情："管他呢，天要下雨，娘要嫁人，各人有各人的命。这顿饭，还是我请。"

"对了，上次咱见面的时候，你说有人给你介绍了一个文庙的研究员，挺有学问，还是钻石王老五级别的。后来怎么样了?"水晶花突然想起什么，问。

宿荣摇摇头："那个啊，不是人。还是你看得明白，对一个只瞄着你身体的人，你非要跟他谈爱情，他会笑话你傻。你没听社会上的人说吗？男人都是用下半身思考。男人在女人面前，无脑，更不会思考。"

"你还没回答我的问题呢。那个男人怎么样？"水晶花一副打破砂锅问到底的模样，"还有，宿荣，我感觉你堕落了。怎么说堕落就堕落了呢？"

宿荣涩涩地苦笑："那些酒肉男人，喜欢的是酒，还有肉。女人身上的肉，无论香臭，他们都喜欢。我不再相信爱情了，这也算堕落？兴男人玩女人，也兴女人玩男人。这个世道就应该是这个样子，没什么大不了的。那个男人嘛，不是我的菜。他比世界上的任何一个男人都烂。他的名字名副其实，烂成海。"

"这名字有趣。"水晶花哈哈大笑。

"灵魂有趣，才是真有趣。现在不是有句广告词吗？趣永乐鸣天下。这里面的'趣'字，内涵丰富，谐音多，含义多，是真的有趣。"宿荣说。

"兴趣还是性趣？"庄富贵问。

"你还是三句话不离本行。哈哈。"水晶花指着庄富贵的鼻子，摇晃着身子笑，笑声里带着浓烈的脂粉味道。

"庄富贵的话才算是问到了点子上。"宿荣挤了挤眼，笑了。

"不过啊，宿荣，我得再唠叨你两句。你这个人什么都好，就是太爱装，不让人喜欢。咱姐妹们是谁啊，装啥装？你还把爱情当成屎，谁信？越这样说，越证明你没那样想。这么多年你守着的，不就是这点破事吗？高不成低不就的，都是因为这个闹心。你咬牙切齿地说过一句话，要成为这座城市里不一样的花，瓣不一样，香不一样。旧衣服要穿出新时尚，苦日子要嚼出甜滋味。这才是最真实的宿荣。你还有一句话，深深触动了我庄富贵肮脏的灵魂，哈哈。你还记得是哪句吗？你一定忘了。你说，我宿荣，哪怕只是一棵草，也要长成自己想要的样子，顽强，倔强，不低头，不认命。"

宿荣低下头去，不知道如何接庄富贵的话，一只手摩挲着另一只手，抬起头来问："我说过吗？"

"没说过就成了放屁。现在的社会，不像我们那个时候那样简单，有人情味。我看了一个视频，说得妙极了，说现在的人，装过屎的猪大肠，放上辣椒一炒，每个人都抢着吃。要是装了屎的饭碗，给谁用谁都不用。洗脚水你给人洗脸谁都不干，你再往那游泳池里一看，连男带女都在那里泡着呢，有带脚气的，有在里面撒尿的，还有放屁咕噜泡的。这就是现实社会，矛盾人生。哈哈，人家说得对吧？让我说你吧，非得在一棵树上吊死，值当吗？换个思路，就是另外一种活法。"庄富贵把一块脆骨嚼得咔吧响。

"庄富贵说得有理。"水晶花在旁边附和。

"那个赵新城，你说他到底是个什么人啊？这么多年，拖不动，拉不起，简直就是一条装醉的死狗。我看不如这样，我和水晶花把赵新城约出来，再给他使点眼药，这回来点猛的。我就不信，还有什么样的男人，咱姐妹几个拿不下。"庄富贵拧了宿荣的大腿一把，"听到了吗你？"

水晶花拧了宿荣的另一条腿一把："听到了吗你？"

庄富贵没等宿荣答话，又说："现在男人们都讲，好兄弟不光能陪着你赶夜场，还要陪着你走夜路。咱女人其实也一样。走夜路的时候，咱还得敲锣打鼓，给小鬼小怪们喊话：肃静，回避——"

宿荣沉默好久，终于说话了："对了，我最近有一个重大发现。城隍池中开着一枝水莲，只有一枝。常年不见干枯，也不见长。花呢，开得也有些不合时令，想开就开，不想开就拉倒。每次开的时候呢，三天两天，匆匆开匆匆落，像是要赶时间的样子。我问过梅边渡，他也说不出个所以然，掐着手指算来算去，只说了一句话，天外来客。"

"那可是奇景。"水晶花说。

"怎么奇景都让你碰上了？"庄富贵满嘴的菜，不停地嚼。

宿荣的泪盈满眼眶："你们说，孤独开放的水莲，是不是也有爱情？"

35. 城市主题词：城市的本质，就是活色生香。

城隍庙的募捐仪式，现场收到现金三万多元。再加上企业老板们六十万元的支票，启动城隍庙复建工程的第一笔钱，算不上多，也不算少。

梅边渡把募捐的情况，一五一十地给车相渚汇报之后，说要请他吃顿饭，被车相渚拒绝了。

"我还有其他事。"车相渚说。

宿荣印证了车相渚所说不虚。宿荣接到七色光茶社老板的电话，说晚上有重要客人，这个重要客人就是车相渚。

车相渚进门的时候，宿荣正在厨房里择菜。刚刚从大棚里摘下来的菜，满满的绿色之中，隐隐闪出恋世的光。宿荣不忍心择下任何一片叶子。

大厨在精心地准备着各类精致高档的菜品，感叹道："今天一定有稀客，海参鲍鱼、象鼻蚌和澳洲龙虾同时出现，是极少有的情况。"

宿荣用手拨弄着象鼻蚌，大厨便开玩笑："你看它像什么？"

"大象鼻子啊，傻子都能看出来。"

"还像什么？"

"该像啥像啥。"宿荣知道大厨想让她说啥，笑了笑，"要是你那东西不顶用了，可以让你老婆试试这个。"

大厨扔下刀，从背后搂住宿荣的腰。宿荣一个转身，大厨差点滑倒。

"别闹，别闹，老板来了。你告诉姐，今天有什么重要客人，吃得这么高端。"

"又忘记老板的话了？勿听，勿观，勿言，观而不言，就当一切都没发生。即使发生了，就当一切都没看见。"

宿荣的手机铃声，是钢琴曲《爱的罗曼史》。每当铃声响起，她总是不自觉地问旁边的人："好听吗？这曲子是理查德·克莱德曼的钢琴曲，《爱的罗曼史》。我还喜欢他的好多曲子，比如《水边的阿狄丽娜》。不怕你笑话，要是我生在海边，一定就是海边最美的少女，一定会天天站在海边，像阿狄丽娜。"说到这里的时候，宿荣的脸上微微一红。这红并不是出于少女的羞涩，而是她活了五十年还没有见过大海的羞愧。宿荣暗暗下定决心，等房子拆迁的事落定了，一定要去看看海，把上半辈子所有的晦气和不如意，全部抛进大海。

没见过海不可怕，没见过海不一样能见到象鼻蚌？不一样能见到澳洲龙虾吗？永乐偌大的县城里，有几个人见过象鼻蚌？哈哈，真的像男人的那个。宿荣心里暗笑。

电话是赵新城打来的，宿荣没接，挂掉。不再响。

七色光茶社是金富贵包养的小女人开的。小女人名叫苗苗，嗲声嗲气，天天缠着男人买东买西。

宿荣犹豫着，要不要告诉庄富贵。几次打电话过去，宿荣都是话到嘴边，又重新咽下去，便转换话题，问庄富贵孩子的情况。庄富贵愣了一下："你问的哪个孩子？"

宿荣突然语塞："你几个孩子？"

"自己生了一个，金富贵和其他烂女人生了仨，都在我这里养着呢。"

宿荣哈哈大笑，笑得有些故意："伟大的母爱，伟大的庄富贵。姐们儿，厉害！佩服！"

电话另一端也是哈哈大笑："给你说句掏心窝子的话，姐们儿，咱不怕男人在外面作，作多少咱都得收拾。生了孩子，咱养。买车买房，可以，但名字必须写我的，车谁开都算借我的。再拿点零花钱，无所谓，能挣就得能花。男人不就图那个眼窝子新鲜吗？咱也是从那个时候走过来的。看通透了，想明白了，就只抓大事，顾大局，把财权牢牢抓在手里。其他的，管他跟谁上床呢。"

宿荣挂断电话之后，在那里愣了半天。大厨的刀背砸到肩胛骨上，一下，两下，宿荣才回过神来。

今天的酒局，是一外地老板约的。苗苗几次到厨房来，交代大厨一定要精心再精心。

"南方老板吃得仔细。"苗苗用手捅了捅象鼻蚌，"今天这个有点硬，是不是更像啊？哈哈，一戳还动呢。"

大厨和宿荣都没有说话，各自干活。老板的原则是，话少说，活多干，钱多拿。

大厨和宿荣的工资，在县城的各类饭店餐馆里，高得确实不像话。大厨一天五百，宿荣一天二百，按天结算，一天一结。自从三人合伙的饭店关闭之后，宿荣在县城不少饭店做过面案，所有的面食做得精致而独到。正因如此，无论宿荣走到哪家店，都是面点师里工资最高的。这几年，当谋生不再是多大的难题之后，宿荣开始去一些相对宽松的会所做面食，时间不长，环境也好。客人点的面食品种有时刁钻古怪一些，可总比吴连有韭菜味但不能见韭菜的水饺，要简单得多。

当日就餐的只有五个人：车相渚，南方老板，南方老板的两个身高在一米七以上的女秘书，再加上老板苗苗。

与老板的女秘书相比，无论长相和身高，苗苗都落了下风。苗苗看看自己的衣服，瘪瘪的胸，虽然有挺拔的文胸撑着，却是一压就扁的那种。文胸里藏着的空洞感，比心里的空更难受。苗苗不自觉地拉拉衣襟，更有点抬不起头来的感觉。

　　几个人是为城隍庙的工程约在一起的。酒未至酣处，还不能谈事。苗苗没话找话，向南方老板吹嘘自己家的店："钱老板，我们很有缘分。我的前男友，姓金，金和钱，就是一家子。不能说五百年前是一家，现在就是一家。咱一家人不说两家话，我替你约出车县长来，就说明没外人，有话咱也别藏着掖着。事不说不明，理不辩不清。到我这个店里，不是因为我的小店有多好，是车县长疼我，照顾我的生意。这几年，我开店的原则和别人不一样，饭菜要一流，酒品要高端，服务要全方位，任何时候都不能给县长丢脸。八九十年代，永乐城大开放过几年，全方位开放，从头到脚，从里到外。这在南方可能无所谓，在讲究孔孟之道的北方，这可是欺天大罪，不可饶恕。当然，如今县城里的馆子，都正规了，清汤了。现在这样的社会背景，叫朗朗乾坤，还真有点让人不适应。饭店谁都不敢再拼姑娘了，那拼什么？拼档次。咱七色光茶社，为什么要提前两天才能订餐？俗话讲，鸡有鸡路，猫有猫道。不是妹妹给你吹，像小妹这样的店，全城你找不到第二家。高端私密茶飘香，佛禅道儒七色光，说的就是咱家的店。厉害吧？"

　　钱老板竖起大拇指："厉害，厉害！"

　　两个女秘书抿嘴浅笑。

　　"永乐永乐，主打一个'乐'字。老夫子讲，食色性也。我车相渚总结了一句至理名言：城市的本质，就是活色生香。挣再多的钱，不就是为了乐和吗？当再大的官，不也是为了这一目的吗？我俗人一个，不唱高调，不说清高的话。我就一肉体凡胎，就得以肉养肉，以胎换胎。"

　　"哈哈，县长高见。"钱老板笑得满脸生花。

　　"先别夸我，我还要再深度解释一下。我今天讲的这些，可都是我自己的专利啊，允许外宣。活色生香的活是什么？是女人对男人的要求，活要好。色是什么？是男女相悦，生色，生情，生津。生是什么？生是生发出无穷的力量，让男人在占有整个世界的同时，不放过女人的沟沟坎坎。香是什么？香是香肩、香床、香梦，是闻香识女人。这是城市的本质，更是生活的原动力。你们说，我总结得是不是很到位？"车相渚在椅子上忽前忽后，像被蜇了屁股。

"您这才叫学富五车呢。佩服！有学问和没学问就是不一样。"钱老板盯着车相渚的脸，说话间将一个皮包递到车相渚面前，"初次见面，孝敬领导您的，别嫌弃啊。"

车相渚二话没说，接包的手指顺势使劲捏了捏，感觉到里面的硬度，笑了笑："都是朋友，没必要这么客气嘛。既然大家不再分彼此，我就却之不恭啦。来来来，苗苗，帮我放好。"

苗苗"哎"了一声，把包放进保险柜。

八个人的餐位五个人坐，似乎不能按规矩分主陪、副陪、主宾、副宾了。上菜前，钱老板提议："我建议啊，换一种自由舒适的坐法，不按北方的套路，咱按南方的。"

苗苗明白钱老板的意思，眼睛笑得眯成一条缝，竖起大拇指："钱老板，明白人，对我们北方的待客之道，也是深得精髓啊。伺候好领导，才是餐桌的正道。主宾满意了，所有人就都满意了。"

如此提议，两个女秘书自然坐到车相渚两侧，一边一个，酒自然也是洋酒国酒、白酒红酒一起上。车相渚平时的酒量不太好，最多两瓶啤酒的量。经不住两位漂亮女秘书的轮番轰炸，他很快就色眼迷离了。

"趁着还没醉，我给大家讲个笑话，是真人真事。我有个朋友，出差十几天，住在一家宾馆。他呢，看服务员长得不错，就开始动歪脑筋。他拔下一根毛，放在马桶水箱的盖子上，然后天天拍照留念。几天下来，那根毛一直未动。就在服务员进房间打扫卫生的时候，我那朋友问服务员，你知道这根毛在盖子上待了几天吗？服务员摇头。那你知道是谁的毛毛吗？服务员仍然摇头。朋友说，这毛毛的照片呢，我拍下了，每天一根，都不重样。我呢，准备去找你们经理谈一谈。咱不说卫生打扫不干净，就说你在诱惑客人。经理会怎样处理你呢？服务员吓坏了，说，大哥，千万不要告诉我们经理。要是他知道了，不但会罚款，还会开除我。你想让我怎么赔偿，给个明白话。我那朋友就说，来一次吧。服务员一边说不要嘛，一边脱衣解带，顺水推舟，半推半就，事就办成了。我那朋友回来给我说，他根本没有想到，一个服务员，那活，真好。从这个事上，我总结出一点，只要是女人，凡是说不要嘛，那都是装。心里头那个急啊，火烧火燎的，都盼着呢。"

车相渚两只有些不听使唤的手，开始在两个女秘书的腿上，以不同的节奏，摸来摸去。车相渚问两个美女："你们是不是也说一声，不要嘛。哈哈。"

"不要嘛。"其中一个嗲声嗲气。

"我觉得啊，哪是你的什么朋友，是领导的亲身体验吧。"另一个说，"啥时候也让我们来一个雨露均沾？"

车相渚哈哈大笑："有你俩这话，今天的事咱就不谈了，我心里有数。"

车相渚把手从桌子底下拿出来，搂着两个美女的肩膀，一会儿往左侧身子，呲呲几声，一会儿又往右靠靠。陶醉不已的时候，车相渚的舌头在半空中悬着，不知往哪里放，便有两片艳艳的唇贴过去，含住车相渚的舌尖。

苗苗把灯光略作调整，呈一种淡黄的颜色。几分钟后，又时不时出现一闪而过的淡紫色，为房间增加了迷幻色彩。

苗苗感觉到一只手在抚摸自己的膝盖，自下而上。

"钱老板，我们顶楼有 KTV，是世界上隔音最好的，袖珍加私密，还有超五星配备的临时休息室。是不是可以这样，让县长他们先去临时休息，咱俩呢，就在我的 KTV，喝酒，飙歌。"

"我看行。"钱老板点头，竖起大拇指的时候，硕大的钻戒射出刺眼的光。淡淡的紫色，突然被折射成一种怪异的色彩，在半空中画出一条弧线。

大厨和宿荣，见五个人上了电梯，知道在楼的最高层，一定会有更美丽的风景再现。他俩互相看了一眼，笑了。

"要不，咱俩也乐和乐和？"

"小屁孩，我可以当你娘了。"宿荣照着大厨的头顶就是一巴掌。

大厨的手机接到老板的信息："估计还要吃夜宵，今晚你们就不要走了。"

灯光昏暗，像无精打采的夜风。

宿荣坐在马扎上，困得不行。她一只手托着额头，几乎要睡着的样子。

"你听说过这位车县长的桃色新闻吗？"厨师突然问宿荣。

宿荣摇摇头。

"我也是听别人说的。这位县长在几个乡镇工作过。那些乡镇的老百姓都说，车相渚到哪个村，哪个村就会有良家妇女遭殃。乡镇干部给他取了个外号，好色的幽灵。"厨师稍一停顿，"坏事做多了，自然会遭报应。他老婆是县城一家医院的医生，前期和院长有一腿，顺利提了个科室主任。现在呢，据说是为了报复这位县长，黏上了他的司机。只要他在县里开大会，司机估摸着不会有事，就上他家里，快活一阵子。你说可笑不，县长在主席台上板板正正、人模狗样的，他老婆竟然与司机赤身裸体，不知疲倦地搞驴打滚。哈哈，用咱普通老百姓的话说，林子大了，什么鸟都有。这样的好事，怎么咱就遇不上呢？"

"你也可以试试，看看用你的手艺能不能征服县长的媳妇。天天给她送上两个菜，留住她的胃，就得到了她的人。"宿荣笑着，开起玩笑，"菜里加上点催情药，效果会更好。"

"这主意不错。只是咱不知道，县长的媳妇长得好不好看。要看县长这模样，他那老婆，也好不到哪里去。"

宿荣感慨："你说，这种德行的人，是怎么当上领导的？"

"花钱买呗。"

一声鸟鸣，在玻璃上撞碎。夜色翻滚，要穿透玻璃挤进屋子里。薄薄的水汽，在玻璃上凝固，慢慢变成细微的水珠。

"听听，这鸟都醒了，咱还没睡。"大厨抱怨，"你别说，还真是什么鸟都有。"

宿荣头顶在操作台上，睡着了。

36. 城市主题词：城隍池边的洗衣人。

城隍池面积不大，大约百米见方。早上的时候，水质清澈纯净，水面上是若有若无的雾气，弥漫着淡淡的香。那香不是水散发出的，是四周的树，或者落水的花，慢慢累积，弥散。太阳光照射在水面上，无声无息，在水纹之上荡漾，变幻，微风一吹，便呈现出不同的色彩。晚上的水面则是一片混沌，一副没有睡醒的倦怠模样。白天落下无数的尘埃，在城隍池里慢慢沉淀，渐至水底，如同城里发生过的许多故事和慵懒的月光，一点一点消融于无影无形。

有人用无人机在半空中拍摄过城隍池，说它的形状像一尊佛，低眉颔首，无欲无求。至于像哪尊佛，没人能看得出来。梅边渡便说："我可以非常明确地告诉你们，无相佛。生无相，死无相，哭无相，笑无相。世间万象，唯佛无相。相由心生，自成万象。"

"城隍池和无相佛有啥关系？"宿荣问。

"世间万物，皆有联通。肉眼不见，道能见；心不能见，佛能见。"梅边渡摇着头，似乎对宿荣的无知很不满。

"那到底是道能见还是佛能见？"宿荣继续追问。

"人心能见。你说你，让你跟着学吧，你不学，遇到事的时候，就问个没完没了。"梅边渡开始抱怨宿荣，"我可以先给你几本道家的书慢慢学着，不懂的时候再问我，行不行？"

"只要二叔能给我说明白城隍池的几大怪，我就跟你学。"宿荣将了梅边渡一军。

城隍池有几大怪：青蛙不叫，树叶不败，水无涨泄，不见鱼来。

梅边渡摇摇头："我说了你也不信，不说。留下话暖肚子。"

除了几大怪之外，城隍池的水到底有多深，永乐城没人知道。曾经有一个大胆的游泳爱好者，非要试试深浅，一个猛子下去，再也没有上来。有人说，这城隍池与县境北面的大汶河相连。也有人说，城隍池与县城西面的洸河相连。有人说得更邪乎，说城隍池里住着掌管大汶河、洸河以及永乐城所有河流的九头水神，这水神与东海龙王是拜把子兄弟。东海龙王夸下海口，只要东海如何如何，城隍池便可以如何如何。

城隍池从来不缺少传说，有人信，有人不信。

不管信与不信，城隍池周边的人，都对这片水充满敬畏。没有人往水里扔垃圾，也没有人往里面倒脏水，只有女人们，在水边不停地洗衣捣衣，算是对城隍池最大的污染。女人们的解释很虔诚："我们就是想沾点城隍池的仙气。"

宿荣喜欢在城隍池边洗衣服。早早起来，是淡淡的水雾，看对面的人，看旁边的人，都有一种蒙着轻纱的美妙。宿荣喜欢凉凉的水汽中弥漫着的淡淡香味，闻一口便全身酥软。

"小荣啊，你那表弟什么时候回来呀？"离自己几步远的田婶，瞅着宿荣这边问。田婶推着婴儿车，是她孙子不到十个月的儿子，按辈分，已是田婶的重孙子了。宿荣羡慕田婶的四世同堂，更羡慕她的一群儿孙，每个人都孝顺，性格大都是平和沉稳的那种。姑姑活着的时候，田婶常去家里玩，把她的儿子女儿、孙子孙女、儿媳孙媳都夸成了一朵花。

"正在联系呢，应该快了吧。"宿荣用胳膊抹了一下额上的汗，心里想，县城里应该不会有比田婶家更幸福的一家人了。

"你那姑姑命苦，老早就守寡，人都死了还不能葬。老话说得好，入土为安。等你表弟回来，快点把她葬了吧。"田婶的声音在水面上时断时续，再荡回宿荣的耳朵里，便有了凉凉的感觉。

"是啊，我们也想让她老人家早点安葬。"宿荣猛地一搓衣服，搓衣板发出要断裂的声响，"可她留了遗嘱，不敢违啊。"

"那遗嘱里，真的把房子留给你啦？"田婶如此问话，让宿荣心里突然不舒服起来。

"遗嘱在二叔那里呢。"

"那个梅二，成不了三，也成不了四。成事不足，败事有余。心比天高，命比纸薄。那么多的老话，都是讲他的。天天神神鬼鬼的，现在又捣鼓这个城隍庙。他让人捎话了，说老城里的人都得捐款。你说都什么年代了，还伸着手要钱。他是哪一级的衙役啊？他说捐款就捐款？要是让我捐款，我就跟着他吃饭去。再不济，我就让他养我的老。"

"哈哈，您老人家快来吧，也好和我做个伴儿。县里非要拆这座破房子，有您老人家在，他们就不敢强拆了。"宿荣脸上堆着笑，耳朵里一声鸟鸣的余音还在，三声，然后是两声，"咱娘俩睡一张床，我给您暖脚。"

"哈哈，我就喜欢你这孩子，嘴甜，让人心里熨帖。"

"要不，就从今天开始，我给您老人家洗衣服？"宿荣停下手中的搓衣动作，"这种老式的洗洗涮涮，费点力气，不伤衣服，洗得还干净。我看您老人家也喜欢这样洗，咱娘俩算是对撇子啦。"

"哪有什么喜欢不喜欢？不会用洗衣机，也不敢用。我看见过一只老鼠，让洗衣机电死，都烧焦了。"

"小心点，没啥。"

"对了，你那证明，还需要摁手印不？要是我摁的管用，我也摁上一个。"

"田婶，您这是听谁说的？"宿荣知道县城不大，可这样的事情，竟然连老人们都知道了。

"街坊们都在说，好话歹话的，你别往心里去。闺女，你也别怕，再怎么着，现在还是共产党的天下。共产党就是给咱老百姓服务的。真不行，老妈子陪着你去上访，省里不行去中央。我就不信没有说理的地儿。"

"哈哈，谢谢田婶。事呢，还没那么严重。政策允许的，不允许的，咱都不能无理取闹。这事得有个时间，宽限上十天半个月，再说。我一个外姓人，做不得主，怕最后落埋怨。要是真找不到俺表弟，我就再想其他办法。政府不会逼咱的。"

"有道理，咱得相信政府。话又说回来，政府也得替咱想想，祖祖辈辈都在这里，舍不得啊。猫啊狗啊都懂得恋家，更别说是人了。"

一只鸟在城隍池中央上上下下地飞。宿荣仔细看水面，并没有发现让小鸟感兴趣的东西。宿荣看见小鸟的翅膀撩起水，水自下而上，画出一条闪着阳光的曲线。曲线在半空中停留片刻，再自上而下地落进水里，如同撒下无数颗金色的种子。不远处的水面上，漂荡着一枝花藤，一只蝴蝶慢慢落在上面。

一只充满浪漫情怀的小鸟。

一只不知前程的蝴蝶。

这个季节的蝴蝶，刚刚出来活动，它一定是充满了各种各样浪漫幻想的。

宿荣这样想的时候，再看那只鸟和蝴蝶，便有了深深的羡慕。远处，另一只鸟正伸长了脖子啼鸣，驻足观看，不知道它是在看鸟，还是看那只蝴蝶。宿荣想，这只飞翔的小鸟一定是雌鸟，旁边啼叫观察的一定是雄鸟。世间的万物，离不开梅边渡所讲的道，却又被种种神奇和不可预测，紧紧包围。那么，那只蝴蝶呢？它该是世间的何物呢？如自己一样，是城隍池边的异类？

37. 城市主题词：清醒的城市需要麻醉。

几天前，梅边渡就给宿荣说，要给她介绍一个人，医院里的麻醉师。感觉好的话，继续；感觉不对付，可以做朋友；朋友做不成，就当成撞脸的路人。别撞破鼻子就好，梅边渡补充道。

麻醉师苏理，总是把头发弄得仔细，不乱，不油，无尘。他的手指纤细，可以用形容女人的词描述。赵新城做阑尾炎手术的时候，他是麻醉师，此后两人成为偶尔一聚的酒友。

某一次席间聊起宿荣，苏理非要一见，赵新城给他出主意，只要去梅边渡处一坐，基本上就能见到宿荣。苏理听得明白，会心一笑。

"我早就听说过那个宿荣，拿卫生巾抽打小混混。风云人物，艳冠周边三城。"苏理对赵新城挤眉弄眼。

苏理找到梅边渡的工作室，与梅边渡切磋，说着心理咨询与神学之间的界限，如同他真的感兴趣一般。苏理的目光一直游移不定，被梅边渡看出些端倪，便说："你心不诚，事便不成。"

苏理掏出一百块钱："我想见宿荣。"

梅边渡便把苏理带到家里，用苏理给他的一百块钱，支使宿荣去买些酒肉。宿荣坐下陪着吃饭，发现苏理的眼睛一直盯着她，心里极不自在。第二天，赵新城给她打电话，一阵虚情假意的问候之后，问："那个麻醉师，去找你了吗？"

"他是来找梅二爷的。"

赵新城哈哈大笑："他想让我做媒，我没答应他。"

宿荣的脸腾地红了："该死的东西，你咋不早点告诉我？我还傻了吧唧的，把他当贵客招待。"

"这个人经济条件不错，就是花心大萝卜。"

苏理再来，梅边渡把左岸请来陪酒。宿荣变得冷淡，最后是不理不睬。

苏理装作看不出什么，一个劲地与梅边渡聊："麻醉需要艺术。优秀的麻醉师应该在病人面临手术恐惧的围术期，最大限度地减少病人的心理和肌体创伤，引导其进入手术的既定轨道，沉醉，觉醒，恢复。就专业性而言，我苏理追求完美，我不仅能做到这些，还能透过患者的表情，洞悉他们内心的愉悦之感，看到他们麻醉世界里的所知所想。弱不禁风的女子会推着一座山飞行，体壮如牛、卑劣丑陋的男人，会跪在八岁女孩的脚下，痛哭流涕，忏悔着前世对她犯下的罪孽。我没有你梅边渡的本事，我不能依靠神的力量改变世界。但我同样能做一个盗梦者，发现那些手术患者内心深处隐藏着的无数秘密。他们身上的一个疤，皮肤上的一个点，都像你梅边渡所讲的因果。循着这样一个点，你就可以发现肉体和灵魂中的许多灿烂，当然还有腐朽。"

"那你能不能麻醉整个城市？"梅边渡酒喝得有点多，问。

苏理哈哈大笑，摇着头："我不懂你想说啥。让整个城市麻醉，只有神仙能做得到。麻醉一座城市，也只有你梅边渡能想得到。"

"麻醉师，多好的职业啊。酒也是世界上最好的麻醉师。"见了生人不太爱说话的左岸，生前并没有与苏理有太多交谈，对苏理的印象模糊不清，说不上好，也说不上坏。左岸虚在半空第一次认真打量着苏理，端起酒杯的影子，碰了一下苏理的杯子："如果一个城市病了，确实应该给它麻醉一下，做一次改头换面的大手术。"

"我们的城市，不是正在拆迁改造吗？这样的手术，才是最激动人心的。"苏理说话已经不太利索，"麻醉的最高境界，是你感觉不到麻醉，感觉不到疼痛。在你清醒的时候，已完成手术对人体的完美切割。"

苏理浑身上下的来苏水味，像故意调弄情绪的腌臜物，让宿荣想吐。苏理把自己比拟为盗梦者的自我调侃，更让宿荣觉得他猥亵、低俗，几乎与车相渚、车乔路无异。

"你的耳钉让我想入非非。"苏理眼睛迷离起来。

宿荣下意识地摸了摸耳朵，有种被苏理掀开了衣服看的愤怒。宿荣向来对自己的耳钉有近乎偏执的热爱，她觉得那是比女人的乳罩更重要的东西，绝对不能含糊。为此，宿荣从各类女饰店铺，从各类淘宝网店，买了数不清的各类耳环，极简的、夸张的、法式的、珍珠的，各种款式和颜色。虽然都不值钱，却能给追求别致的宿荣，带来不同的心情。同样一张漂亮和精巧的脸，每天戴不同的耳环，如同换了一种活法。今天宿荣戴的耳线，只是长长的流苏形状，竟然让苏理想入非非。宿荣看苏理的神情，开始充满怨气。

宿荣低下头去，捂住胸口。

左岸虚自言自语："我知道你在想什么，你需要一个清醒的城市。可清醒的城市需要麻醉，麻醉能让世人忘记肉身之苦。你要小心，不要被低俗的麻醉师，偷走了身体和灵魂。他不光盗梦，还盗人。某些时候，他还参与盗墓的丑恶行当。"

苏理用醉得不听使的手指，哆嗦着指着宿荣说："我……我只想麻醉你，三生三世的麻醉。你……呃……一定懂得。"

"每个走在街上的人，并不见得是在寻找回家的路。"左岸虚贴近苏理的耳朵，"你不知道每一扇门的后面，隐藏了多少历史的尘埃，有多少不堪入目的杂碎，拼凑着生活的杂乱无章。说到底，你也是杂碎之一。"

苏理突然抱头大哭："我怎么会是杂碎呢？我是最好的麻醉师。我曾经为一个死刑犯钉接好摔碎的颅骨，也曾经用他一个健康的肝脏，救活了一个行将就木的患者。那些年轻的，还有那些未成年的身体我从来不看，包括从她们的体内拉拽出鲜嫩的肉片，我都守口如瓶。我怎么会是杂碎呢？我梦见过自己把福尔马林浸泡过的人体器官，一次次拼接成碎语者、盗梦者、通奸犯的模样。我梦见过一望无垠的荒漠上，扔在沙漠深处的白骨，长成了茁壮的红柳。我也梦见过莽莽群山，看见每一块绝壁之上，都长出呼喊和挣扎的手臂。我知道那些手臂想要什么，他们在呼喊什么，可我从来不说。我知道，脑海中那奇形怪状的东西，是我在看透人体的每一个器官之后，上天赋予我的罪恶。可我不是杂碎。我是被梅边渡的臭球弄得无家可归的蚂蚁，仅此而已。我愿意证明宿荣无罪，可我无法证明自己无罪。"

梅边渡瞪大了眼，不知道苏理在说什么，又为什么会这样说。

"傻蛋，你给我记住了，找到吃的不重要，重要的是找到一条逃生的路。"梅边渡突然想起多年前对蚂蚁说过的话。

第五章
左岸像一个传说

38. 城市主题词：总有些事情要依次发生。

左岸家院子里的老槐树，没有人知道栽于什么年代。永乐城的所有人，似乎都说，爷爷的爷爷曾经说起过这棵树，年份久，带着邪性。树荫盖住左岸家的整座院子，不留一丝缝隙。即使对患小儿麻痹症的左岸，也没有丝毫怜惜。老槐树把所有的阳光，都贪婪无度地吸纳进自己的树枝中间。老槐树的邪性，在周边的人嘴里传来传去，渐渐成为盘旋在城市上空挥之不去的谜团。老槐树离屋墙很近，长至瓦檐处，粗壮的树干竟然扭出一个巨大的折弯，贴着瓦檐的边缘，继续往上长。树身与瓦檐，只有一厘米的距离，多少年不曾变化，这是肉眼看得到的邪性。其他的邪，都是传言，也无所谓真假。有人说听到它像狼一样在雨夜嚎叫，有人说听到它喊一个人的名字，凡是被喊过的人，很快就会死去。曾经有邻居折了一段树枝，树叶做了稀粥，树枝当成辟邪圣物挂在堂屋之上。不承想，邻居喝过稀粥之后，开始白天黑夜地头疼，去遍了所有医院，都查不出任何毛病。无奈之下，向梅边渡求助。梅边渡让邻居买了酒肉，到老槐树跟前烧香磕头，邻居的头疼病当天就痊愈了。

左岸和梅边渡常常坐在老槐树下，喝酒聊天，探讨老槐树的众多谜团。

三年前的某一天中午，左岸约了梅边渡。梅边渡在旁边的熟食店里买了猪耳朵牛舌头，又提了一只烧鸡进门。左岸早已经在槐树下摆起木桌。藏在树枝深处的一只鸟，将一堆稀烂的鸟粪，毫不留情地拉下来。

"晦气，不能在院子里喝了。"梅边渡抬头看了看老槐树，"谁又惹您老人家生气了？"

梅边渡把酒看重新装起来，提到屋子里，摆到左岸既当餐桌又当书桌的案板上。

半杯酒下肚，左岸和梅边渡略有醉意。

左岸打开电脑，告诉梅边渡："我要写一部书，记录这座城市。我的目标是创造一部济世经典。这部书的名字叫《尘法》。我要以《尘法》之美，以我残缺不全的肌体献祭，让这座失去灵魂的城市，重新变得伟大和光荣。我相信，我的《尘法》一定可以成为伟大的良方，成为心灵之源、道德之源，能让所有的丑恶变成善良，所有的卑劣变成纯洁，所有的苦难变成幸福。我会创造天使一般的人物，弘扬菩萨般的慈爱悲悯，让每一条街道干净如雪，让每一个灵魂貌美如花。只有那个小荡妇，由她放荡去吧。她的丑陋或美丽，都不在我的思考范围之内。我坚信，此生她都不会再美丽。"

左岸闭上眼，那个放荡的声音再次响起来："那么那么小，比小鸟还小鸟。哈哈哈哈哈哈，怎么能长成这种怪样子？"阳光在地上碎成瓦片的模样，凄惨的表情碎如飞尘。左岸清楚地听到自己眼泪流下的声音。模糊之中，左岸看到那个一半黑一半白的魂灵突然出现，一把抓住"小荡妇"的乳房，另一只藏在背后的手，抓紧锋利的尖刀，缓缓向前移动、举起。左岸大声呼喊，"小荡妇"却扬长而去。

　　梅边渡无法洞悉左岸的所思所想，把猪耳朵嚼得津津有味："我在想，是不是到了什么特殊日子，让老槐树不安了？它的每次惹是生非，都是在告诉我们，总有些事情要依次发生。"

　　"别管老槐树了，我在给你讲我的书。我要以宿荣为原型，写几个有代表性的女人，在这座城市里成长、纠缠。她们都是水边的女人，水做的，像水。"

　　梅边渡把杯子往桌子上一放，脸上的表情变化很快："为什么要以宿荣为原型？她代表不了这座城市。"

　　"为什么不能？就你能？"左岸反问，"就你那脑袋聪明？"

　　梅边渡不说话，端起一大杯酒，一饮而尽。

　　左岸用笔敲打着书桌的边沿："她代表不了一座城市，这话我信。可她能代表一个时代，属于她们的时代。"

　　"她们的时代？情深深雨蒙蒙？出卖肉体和灵魂的一代？她为这座城市修了一条路，还是种下了一棵草？还是有什么其他讲头？"

　　"她们是在摸索中前进的一代。在我看来，她们更像是探路者。会玩水的人，上岸后捞到无数条大鱼。不会玩水的人，赤裸裸上岸，或者丧身河底。你一定得听清我用的非常重要的一个字，叫玩，玩水。"左岸停下手中的笔，猛地吸了一口气，"不管她们有多少讲头，都让我看到更多的人，被水草缠得不能呼吸。她们是被自己或者那个时代，慢慢玩死的女人。她们从来没有体验过幸福，没有体会过青春的色彩、阳光和浪漫，一夜之间，就变成被社会泼出去的一盆洗脚水。"

　　梅边渡摇摇头："你是一位不成熟、不理智的作家，多愁善感，无病呻吟。你说宿荣能代表一个时代，那咱就说说宿荣。你看她，穿着普通，长相尚可，生活浅薄，床枕无着。这座人声喧嚣、声色无度的城市，没有她的一砖一瓦、一草一木。她无论如何都不应该闯进不属于她的世界，像一条行走在瓦砾残片中的蜈蚣，带着毒，寄生在阴暗的角落，寻觅残喘苟延的冷饭残羹。我知道这话说得尖刻，并不是因为她对我们梅家的老宅子觊觎已久。最关键的是，她的确不属于这座城市，千真万确。这座城市多干净啊，可她，在周围大部分人的眼里，脏兮兮的，人们都躲着她走。"

左岸瞪大了眼睛，似乎要吃掉梅边渡的样子："你怎么能这样说话？宿荣脏吗？难道她比你一头驴还脏？你还是梅二吗？那个天天自我标榜为城市里最后的贵族的梅边渡，是你吗？"

"我是梅边渡，俗称梅二，一头聪明的驴。其实叫我梅二、梅三或者梅四，都无所谓。此时的我，是另一个梅边渡，也可以叫我边渡梅。我是道法的化身，正义的化身，我所有的批评和呐喊，都是代表主流舆论的时代最强音。"梅二喝多了，眼睛有些模糊，他需要努力摇头，才能看清左岸的脸。

"你的与世无争呢？你的随遇而安呢？你的随波逐流呢？你说随波逐流是大道，可你进入了冷酷无情、自私狭隘、自以为是的暗流。我快不认识你啦。你说的话，哪句是真心话？我眼里看到的你，到底哪一个是真实的？"

"没有一个是真实的，也没有一个不是真实的。"这句简短的话，梅边渡是分了几次说完的，然后便猛地倒地，大睁着眼睛，呼呼大睡。

左岸知道梅边渡的这种情况。用梅边渡自己的话说，他是有神仙附体了，并且有特别重要的话，要通过他的嘴说出来，警告世人。

几分钟之后，梅边渡果然站起来，像一位真正的演说家："你知道，我必须与宇宙中的每一颗星星对话，它们的前世今生，都有许多难以纾解的苦难和哀愁。如果不让它们宣泄情绪，它们会疯，整个宇宙便会秩序全无。我必须拯救每一颗伦理失衡、情感失度的星辰，我自己，却掉入无边的黑暗。我与天上的众神一样，必须经历所有黑暗，才能让星星熠熠闪光。人世间有一句话：我不入地狱，谁入地狱？可即便如此，我仍然想探讨某种意义，并因此陷入泥潭，无以解脱。睡去的意义何在？醒来的意义何在？我的躯体和灵魂，对于这座城市意义何在？对于砖石瓦木、枯草绿树意义何在？我是一个戴罪之身，我任何的外在，都是一种罪恶。唯独这座城市，清白、纯洁，像一个初生的女婴，承担着天使所应承担的期望和寄托，成为广大市民的图腾或信仰。这座永远安乐的城市，如空阔无边的天空，隐忍和包容着像我一样庸庸碌碌的灵魂。可那些丑陋的行尸走肉呢？他们把自己打扮成学者、高官或者富豪的样子，像虱子和跳蚤一样，在暗地里吸血。难道他们一点点罪恶感都没有吗？这座坚毅宏阔的城市，会原谅他们所有的罪恶吗？我给你说这些话，是想告诉你，许多人都可以代表这座城市，可宿荣不行。不是我说她不行，是社会，社会说她不行。如果你不信我的观点，可以打电话问赵新城。在此，我必须预示一些灾难，不能为别人所知的灾难。"

梅边渡说这些话的时候，左岸早已经拿出电脑，快速地记录着。左岸清楚，神情迷离的梅边渡，是一位真正的哲人和文学家、诗人，他所有的聪明才智，过目不忘的文学记忆，都会在神经错乱中完全展现出来。左岸的手指不停地敲打，他要将梅边渡所有的奇思妙想，写进小说的草稿里。

梅边渡又迅速睡去。这个时候，如果想要唤醒梅边渡，只需要他口袋里的一张黄符。黄符于梅边渡而言，像速效救心丸，可以将他随时从玄妙虚无的世界拉回现实。

左岸从梅边渡的口袋里掏出那张黄符，放在梅边渡的鼻子下面。

梅边渡慢慢醒来，如往常一样精疲力尽，目光依然迷离不定。

"我刚才是被姜太公叫去了。我在为他喊冤。你知道，姜子牙封神的时候，故意把自己落下了。他不想做神，只想做最大的仙，也就是玉帝。他的心思，被手下一名叫张友仁的无名小将猜中了，并且钻了空子。封完众神，独独没有封玉皇大帝，于是有神仙质问姜子牙，为什么还不封玉皇大帝？玉皇大帝到底该由谁来做？姜子牙搪塞道：不用急，有人来做。这时，藏在看台下的张友仁跳出来说：谢谢丞相，友仁在此。姜子牙没有办法，只好把玉皇大帝的位置封给张友仁，而他自己什么神位都没捞到。封神结束后，姜子牙爬上天宫屋顶，坐在上面吼道：姜太公在此，诸神回避。姜太公也慢慢演化成为世上的辟邪小神。"

"你又瞎扯。"左岸小声说。

"你不懂我在想什么。"阳光穿过老槐树的枝叶缝隙，照在梅边渡的脸上。"其实，我也想做一个小神。"梅边渡在心里对自己说。

一阵风透过破旧的窗子蹀进来，不温不凉，似乎在寻找着什么。

左岸把阳光托在自己的掌心看着，似乎能从中看出人生的真谛。左岸越发真切地感觉到，自己与梅边渡的思想距离是如此遥远，空洞而真切地遥远，像飘荡在自己掌心倏忽不定的阳光，以为抓到了，其实它可以在任何时候瞬间消失。

时间的内核，时间的外衣，时间黑色或者黄色的马甲，诸如此类的字眼，一次次冲击着左岸的思维堤岸。左岸知道，鼓楼上那座丢失钟摆的大钟，最终变成了废物，却又成为某种象征。梅边渡和杨天轮等等城市的标志物，又何尝不是如此呢？

"我必须塑造一个光明的城市灵魂，像阳光一样温暖。风如侍者，期盼着雨的降临。"左岸在他的小说草稿中，写下这样一句话。"而梅边渡，并不是这座城市最后的贵族。"左岸又在后面以一个大大的圆圈，特别标注道。

生活如果都像小说的草稿一样，可以随意更改或构思，并且能够取得人间喜剧的完美效果，那该多好啊。

"总有些事情要依次发生。"左岸想起梅边渡的话，他突然有一种强烈的渴望，希望宿荣此刻就在自己身边。那么，他就可以闻到她身上的香味，淡淡的，苦楝一样的花香。

暗夜来临，左岸点上三支蜡烛。很多时候，左岸不喜欢刺眼的电灯光线。梅边渡看到三支蜡烛，问："是不是代表天、地、人，或者过去、现在和未来？"

宿荣摇摇头："是不是代表你父母和你？"

左岸笑着看宿荣："为什么不是你、我、他呢？最微弱的光，互相依偎取暖，然后照亮整座城市。"

可这座城市，正在感染一场瘟疫，世人并未觉察它无声无息的侵蚀。

39. 城市主题词：翻来覆去的细节。

左岸完成他的《尘法》初稿，是在前一年的清明。在可感知的世界范围之内，骤然而起的疫情，像举在头顶的达摩克利斯之剑。没有人知道，有谁，会在何时，会以何种方式，感染上世界的流行病。

左岸知道，整个世界都病了。于是，他在后记中这样写道："每个人都应该有某种存在的方式，生的方式，死的方式，生得有意义，死得有尊严。我的《尘法》便是帮助活着的人，寻找这样的方式。"

写完这一句，天就露出了微微的亮色。也正是在这朦胧的天光中，左岸为这个特殊的日子，写下了一首短诗：

清明无雨

我只能强压住哀伤

将思念、泪水和离愁

当作未曾发生的情节

写进怀亲的某一章

本以为，今年可以从容些

不说稀疏的人流

患病的，或者隐居的

都可以折一枝绿柳

扮成聚首的盛装

只是，远方的亲人未归

阳光不冷不热

我期冀满身的针孔和膏药，寂寥度日

说几句想念，和某些翻来覆去的细节

　　疼痛，是左岸写这首诗时最强烈的感受。身体和灵魂，都在经历着疼痛。左岸右腿红肿，似乎无药可治。他抹了那么多的消炎药膏，仍然无法阻止皮肤的红肿和发痒。

　　左岸想，这首短诗，自己非常喜欢，可以作为创作谈里的内容。或者，在小说的最后，写一篇后记。翻来覆去的疼痛，翻来覆去的细节。写一部小说如此，过完一生，亦是如此。

　　左岸让宿荣到打印社，把他的小说打印了三份。左岸让梅边渡和宿荣两个人，务必用三天时间读完，然后他要请客，讨论小说的细节。

　　"左岸是哪一条岸？就拿我们的城隍池来说吧，哪条岸是左岸？"梅边渡把一粒花生米捏在两个手指中间，一遍遍地回来搓。

　　"那是我的笔名。一个小得不能再小的作家，总得有些出人意料的东西，一眼就能让编辑们记住。"左岸回答，"还有，你再动用一下你的阴阳八卦，施展你的吸魂大法，测测我左岸能不能大红大紫。"

　　"小作家？你说你是小作家？你可不小啊，你是正儿八经的大作家。我梅边渡说你是大作家，你就是大作家。在你之前，永乐没有一位真正意义上的作家，所以你还是开天辟地的作家。你给自己取艺名为左岸，就是最大的作家才能办到的事。"

"那叫笔名，不是艺名。"左岸插话道。

"对，是笔名。提笔写字的人叫笔名，卖身卖艺的人叫艺名。你的笔名，为什么是左岸？为什么不是右岸？我以前也曾经梦想过当作家，笔名和左岸差不多，呵呵。我反复在想，左岸到底是什么？左岸其实是一辆跑偏了方向的马车。记住，一定是马车。老马识途，只有马才能分得清左右。"

"你怎么那么多废话？我就是想让你测测，我左岸为什么一直红不起来，为什么没有编辑能够看得上我写的东西。你给别人看相算命，也都是这样胡扯？"左岸患过小儿麻痹症的右腿有些颤抖。

"我明白了，你是想给你残疾的右腿，寻找一条安全的左岸。换句话说，左腿就是你的一条岸？哈哈，我是绝对聪明的啊。明白了，明白了。"梅边渡似乎有些兴奋，在屋子里来回走动。

"你别在那里晃来晃去，我选择性花眼。"左岸说，"我要听你对小说的意见，别净整那些没用的。"

"我还是要告诉你大作家与小作者的区别。你知道百鸟之王是什么吗？"梅边渡问。

"鹰啊。"

梅边渡摇摇头，脸上露出得意的笑："哈哈，我就知道你一定猜不到。鹰是空中骄子，不错。要说真正的百鸟之王，只能说是老雕。只识弯弓射大雕，怎么没说是射老鹰呢？雕能吃天上飞的，能捉水中游的，能干掉体积庞大的巨蜥，出行要有众鸟相伴。这样的景象，是不是和大作家出门有一拼？"

左岸哈哈大笑："梅二啊，你什么时候变成马屁之王了？"

听着两人的调侃，宿荣笑着，她擦擦桌子上刚刚落下的飞絮："说实话，我经常读不下去，看着看着就想哭。要是你能把书里的女人都当成宠物猫去写，该有多好。你总在说，水样的女人，要有水样的命，活得有希望，有将来。这话我喜欢。"

"我赞同宿荣的某些观点。你为什么要把这些人，一个一个，都写得如此人不人鬼不鬼的？你去大街上走走，看看我们莺歌燕舞的世界，阳光明媚，大道至简。虽然还有不尽如人意的地方，可那都是小事。城隍庙，多么有争议的话题，县里不是也要重修吗？你写这样的小说，会被骂的。世界上不管有多少阴谋，我们都得闭口不谈。你的《尘法》恰恰犯了这些忌讳，读起来有些颓废。"梅边渡似乎成了真正的批评家，让左岸好久说不出话。

"颓废与毁灭，是城市废墟上的营养剂。我努力把城市中的每一个人，都写得端庄正派，可能做得还不够。你们说的每一句话，我都会认真思考。我要再想想。"左岸端起酒杯，"来，我敬你们，谢谢你们用心读完了我的书。"

"《尘法》不是法，是典。你这样构思的话，就一定能够大卖特卖。"梅边渡端起酒杯，向左岸点了点，"我读过别人的一句话：作家是活在细节里的。这话，不知道对你有没有用处。"

"是啊，作家需要活在细节里，好的小说，更是，这也是我努力追求的目标。我希望小说中的每一个字都像一团火，带着生命勃发的力量，让每一个人物，每一个故事，城巷中的每一株小草，河边苦苦支撑的每一棵树，都能够向世人传达某种意义。这些意义，既是生活的馈赠，也是作品必须有的高贵。"

"依我看，还应该包括神灵所赋予的教化力量。"梅边渡插话说。

"是啊，万能的神灵，带着无穷的魔力。"左岸点点头，貌似赞同梅边渡的观点。接着他又反问道："我需要你回答我一个问题，当神灵都不能原谅众生的时候，我们要神灵何用？"

梅边渡瞪大了眼："你这话……呃……会把人噎死的。"

"为了不噎死你，关于细节的事，暂不讨论。"左岸摆摆手，

"睡觉。"

"不，我还想问你一件事。你小说中那个被包裹得严严实实的木头匣子，里面到底装了什么？那把生锈的锁，到底有没有钥匙？它为什么会被红色的布包着，为什么不是黄色？包裹木头匣子的为什么是布，而不是用来祭祀的草纸？"梅边渡一个问题接着一个问题。

"哪有那么多为什么？就作家和读者的关系来讲，作家就是最大的悬案制造者，读者能不能读懂，一看智力，二看造化。"左岸哈哈一笑，"我相信你是聪明人，一定能懂。"

"呵呵，我懂，我懂。"梅边渡擦着额头说。

突然有一天，梅边渡带来一个人，并且兴奋地告诉左岸："我给你带来一个大人物，大人物带来了大故事，就不用再考虑你那些细节了。这位刘先生，老家是新泰的。他所经历的一切，简直就是奇迹。"

左岸握了握刘先生的手："麻烦先生了，我想听听你的故事。按时下的流行语，你有故事，我有酒。"

"我初中毕业，没考上学，跟家里闹了矛盾，从家里拿上钱，赌气离家出走。我原本想坐车去青岛，却坐上了反方向通往即墨的车，向南变成了向北，成了真正的南辕北辙。坐上车之后，身上带的钱又被小偷偷去。下了车，才知道青岛变成了即墨。站在即墨街头，我举目无亲，身无分文，又听不懂当地的方言，和别人交流非常困难。为了活下去，我做过小工，当过帮厨，后来进了国营企业做了工人。渐渐站稳脚跟之后，我跟青岛的一个姑娘谈起了朋友。开始谈婚论嫁之后，姑娘问我家里可以出多少彩礼。我一脸骄傲，说，你得给俺家彩礼。姑娘问，为啥？我便告诉他，俺家是大家大户，有非常值得骄傲的三条，你看看是不是可以反过来给俺彩礼。我给她列了三条：家离机场两公里；家的位置三面环山，一面向水，风景非常好，风水更没的说；有两层别墅。姑娘高兴地答应了，要嫁给我，说到年底，要跟我回家看看。"

梅边渡趁刘先生说话的空当，给他端来一杯水。

刘先生绘声绘色，脸上的笑隐在深处，继续说："那时是九十年代初，新泰市里最常见的交通工具，当地老百姓叫花蝴蝶。其实就是柴油三轮车，撑起一个架子，用花布罩上，挡风遮阳。我们搭上一辆花蝴蝶开始往家走。当走到莲花山军用机场的时候，我给女朋友讲，机场到了。女朋友当场就傻眼了，皱起眉说，你没说是军用机场啊。我回答，你也没问啊。女朋友当时的表情，还能讲得过去。可当一圈一圈的山路挡在眼前，花蝴蝶司机情愿退钱也不愿意再往前走的时候，女朋友哭着，要随花蝴蝶一同返城。我眼一瞪，给司机说，今天你就是给我推，也得把我女朋友推到村子里去。司机无奈，只好低头在前面拱，我在后面使劲推。女朋友不忍心，下车随我们一起爬山路。没想到那山路是真争气，不留一丝情面，绊掉了她的鞋后跟。到村里时，已是晚上十一点了。女朋友说，我知道你说的三面环山，一面向水，一点也不错，只是没想到，这里是风景更好的深山老林，我认了。那你说的两层别墅呢？我拿出早就画好的图纸，指了指院子里建了多年的地基，说，你看到的是地基，没有盖起来的部分，按设计是两层的。哈哈哈哈，如果不是天黑地偏，女朋友当天就跑了。"

左岸笑得合不拢嘴："聪明，比我们梅大师聪明多了。那你和梅大师是怎么认识的呢？"

"我和梅大师也是巧遇，爬泰山的时候，我们同时看中了一块泰山石。梅大师说，他家里还有很多开了光的泰山石，我正好过来看看。"

左岸吸了吸鼻子："谢谢刘先生的大故事，我一定会写进书里。我也相信先生的故事，一定会为我的《尘法》，增添玄妙的生命幻想。"

之后，左岸与梅边渡曾就刘先生的生命奇遇，有过一次深入的交流。梅边渡说是命运在左右，但左岸更关心的是，梅边渡为何要以泰山石的名义，把刘先生骗到永乐城来。梅边渡嘿嘿一笑："我看到他的包很值钱，就想让他给城隍庙捐点款。至于让他给你讲故事，是想给他留下更美好的印象。我得让他知道，我梅边渡不是瞎忽悠。"

"你还不是瞎忽悠？"左岸问。

"他有所求，我有所需。再说，我给他测算八字，完全是免费的。"梅边渡的头抬得很高，如同刘先生把他的谶语，当成了终生的信仰，"那……你会把他写进书里吗？"

左岸摇摇头："真正的小说家，会脱离故事既有的俗套，不写传奇和艳遇，专写人心和悲悯。我写的《尘法》，无关个人生死。我要写的是大法，是小说家终生追求的极致——关于一只虱子的艺术表达。"

"哈哈，那是你们这些满嘴谎话的小说家，最拿手的骗人方式。我看过你的小说草稿，我还有一个建议，你要把颜林中的石牌坊写进去，那是一种象征。元代的石牌坊，年代够久远吧？整体是元代的官帽，样式独特，很吸引人吧？字是阴刻，经历过七百多年的风雨，依然字迹清晰。再加上'宁入颜家林，不入自家坟'的群众信仰，一定会引起关注。我更想让你写进小说的是，那些在石牌坊之下来来去去的灵魂，并没有传承颜氏的风骨，箪食瓢饮不改其志的传统，成了一纸空文，就像那个……擤鼻涕的纸。太可惜啦。"梅边渡一本正经地说。

"然后呢？"左岸问。

"你还要什么然后？"梅边渡不解。

"这么重大的文化传承问题，让你说得如此不正经。"左岸哈哈大笑，让梅边渡不由自主地转圈，跺脚，嘴里喃喃自语，不知在说些什么。

一座城市的肌理，有人懂，有人不懂；有人喜欢，也有人不喜欢。世上能有几人懂得小说家的真正用意？《尘法》并不是写人，而是写城市，以及城市里的罪与罚、实与虚、爱与恨……

40. 城市主题词：石头娘。

梅边渡说，左岸出生的时候，天现异象，一只大鹏鸟一路高歌，翅膀底下刮起一片红色的云。

梅边渡把这话，说给他身边的每一个人听。

只是，大鹏鸟飞出不远就被人射杀的事，梅边渡从来不对人说。

左岸从医院被带回到老房子的时候，梅边渡第一个来到他家，手抖抖索索，拿出一张百元大钞，递到左岸的父亲赵远成的手中。

"兄弟，咱是邻居，我明人不说暗话，你家的小公子，一定是天降大才。我的通天慧眼你一定要相信。我看到一只大鹏鸟，向高处、远处，朝着一片光飞去。这样的异象，一定是上天的暗示。我刚才查看祖上留下来的皇历，也查了孩子的生辰八字，所谓初一的娘子十五的官，生于阴历十五，又是吉时良辰，好都挤成疙瘩了，你就等好吧。我又推算了一下，孩子的名字，不能离开火，也不能离开水。这样分析下来的话，最最上等的名字，是叫赵火龙。名字里虽然不含水，龙却是海底神物，嘴含天底下最多的水。"

"哈哈，这名字，像是哪吒要闹海。"赵远成哈哈一笑，"兄弟的好意我心领了。这孩子是三辈单传，我觉着呢，还是不能离开他的辈分，不能忘记祖宗。名字我和他娘早就商量好了，叫赵存富。听起来不如你的赵火龙好，叫着也还行。名贱点不怕，好养活。"

梅边渡闭上眼，十个手指上上下下地掐来掐去，最后睁开眼，声音突然提高："兄弟，这名字，万万不可，犯冲。"

"犯什么冲？冲谁？俺两口子都不信那个。你的钱，俺也不能收。"赵远成使劲把钱塞进梅边渡口袋里，两条胳膊一齐用力，拼命往外推他。

"兄弟，远亲不如近邻。咱是邻居，我绝对不会坑你。我梅二是什么人，你一清二楚，从不坑人。对你家的孩子，我一万个上心，求签问卜，没半点虚情假意。你要是认我这个兄弟，一定要听我的。你家孩子，是童子下凡，万万不可大意。"梅边渡的话没说完，就被赵远成连推带拉，关在了大门之外。

梅边渡坐在赵远成家的大门外，对着透出风来的门缝发呆。梅边渡一次次掐捻着手指，突然对着墙里面喊："十二岁，十二岁是个坎，十八岁也是。"

自赵存富被母亲用围巾提着跨出大门那一刻起，梅边渡便像个忘情的痴迷者，不远不近地跟着，要摸摸孩子。也许是因为梅边渡要为孩子取名的小插曲，赵存富的母亲把孩子抱得紧紧的，不允许梅边渡靠近半步。等赵存富渐渐长大，能够一个人出门的时候，梅边渡以为机会来临，便上前跟孩子玩耍，被站在门后的赵远成大声呵斥："梅二，你犯什么神经？再靠近孩子半步，看我不打断你的狗腿。"

梅边渡被没头没脸地骂，自觉没趣，悻悻离开，嘴里嘟囔着："等着瞧吧，你早晚会后悔的。"

赵存富的苗壮成长，让赵远成和老婆满脸堆笑，生意也做得出奇地顺。那些从远方运送过来的青菜，经过一天的分称卖出之后，大都要超过买入时的斤两，再加上价格有所提高，挣钱便显得容易和简单。"哈哈，你真的是存富啊，看看咱家的钱，越来越多了。"每天清点完收入之后，赵远成都会抱着儿子，对着他粉嫩的脸蛋，亲了又亲。

赵存富四岁那年，在接种最后一针脊髓灰质炎疫苗的时候，出了问题。打完疫苗后，赵存富高烧不退，恶心，呕吐，多次反复。

医生让孩子转院，最后辗转到北京儿童医院，确诊赵存富患上了小儿麻痹症，并且永远不可能治愈。

从医院回来之后的赵远成夫妇，没有了以前的笑声，生意也懒得打理。有几年的时间，听说哪里有偏方，他们就抱着孩子去，最后都是失望而归。眼见孩子到了上学的年龄，赵远成夫妇担心孩子受欺负，犹豫着要不要把孩子送进学校。最后，两个人一咬牙，把孩子送到了一家条件最好的寄宿学校。只有六岁的赵存富，在学校里成了学习最好的学生。虽然身体残疾，但他比任何一个孩子都聪明和认真，学习成绩经常超出同学们一大截。

赵存富什么时候学习下降的，赵远成夫妇已经记不清楚。在赵存富死活都不肯再去学校的时候，赵远成夫妇依了孩子，给他买了高中阶段的所有课本，让他一个人在家自学。赵存富并不反对父母的举动，对高中课程刻苦钻研。对赵存富而言，物理越来越像天书，化学越来越像上古祭祀的符号，高等数学则成了一座座高山，让残了一条腿的他，根本无力攀登。唯有语文和历史，成了赵存富的最爱。半年时间，他已学完了高中的六本语文课本，读完了所有的历史书，并且一发而不可收，开始对更多的历史书、文学书，表现出强烈的喜爱。赵存富让父母带他去新华书店，一摞一摞地往家里买书。书成了赵存富唯一的朋友。

赵远成再出家门，遇见梅边渡的时候，梅边渡故意咳嗽两声，赵远成装作没有听见。

梅边渡在院子里唱："忧则忧当军的身无挂体衣，忧则忧走站的家无隔宿粮。忧则忧行船的一江风浪，忧则忧驾车的万里经商。忧则忧号寒的妻怨夫，忧则忧啼饥的子唤娘。忧则忧甘贫的昼眠深巷，忧则忧读书的夜守寒窗。忧则忧布衣贤士无活计，忧则忧铁甲将军守战场。怎生不感叹悲伤！"梅边渡的声音像树叶子落在地上，砸得赵远成夫妇的心生疼。

"要不，咱听那个疯子一回，让他给孩子算一算？"赵远成的老婆说。

"瞎扯啥？他精神不正常，咱也不正常？孩子是实病，不是虚病。"赵远成说。

梅边渡听到了夫妻二人的对话。他隔着墙头扔过一张黄符，黄符像一片树叶，让夫妇二人的心，比刀剜还疼。

第二天，梅边渡将另一张黄符扔过墙，上面写了一行小字："城隍庙东北墙角的石头，认干娘。"

赵远成夫妇半信半疑，按梅边渡的建议，找了一个黑夜，在半夜时分，抱着孩子连磕头带下跪，认了城隍庙东北墙角的石头做干娘。第二天，赵存富开始发烧，说胡话，右腿不停地抽搐。赵远成本想大骂梅边渡一场，梅边渡却自己上门，对着赵存富烧了一张黄符，然后把黄符的灰扔进茶碗，用手指搅了搅，让赵远成的老婆喂赵存富喝下。

赵存富奇迹般地醒来："这一觉睡得真好。一个白胡子老头一直对我喊，向左，向左。"

赵远成问梅边渡："向左是啥意思？"

"向左是有光的地方，一群神仙在聚会。"梅边渡笑着，不再多说，离开。

"你不是说十二岁才是坎吗？"赵远成隔了墙问梅边渡。

"我天天替他烧香，光纸锞子就烧了一地排车。"梅边渡的话语之间流露出得意。

突然有一天，赵存富对自己的父母说："我名字错了，受穷的命，非得要我存富，我命里压不住。"

"你想叫什么名字？"

"我想想，会有一个好名字的。"

"不管名字好坏，我们还是要给你存些钱。你现在还小，再大些，还要找个媳妇，为赵家传宗接代。"赵远成说这话的时候，已经下定决心，要和老婆一起跑运输，为儿子存下足够多的钱。赵远成认为，只有钱，才能保障儿子的未来。

"我有一位石头娘，那我是不是从石头缝里蹦出来的?"赵存富问。

梅边渡在墙的另一侧听见，隔空喊道："不见来路，哪有归程?"

41. *城市主题词：左岸向左。*

没有人知道，左岸是在什么时候，把自己的名字从赵存富改为左岸的。

偶尔在省级以上报刊发表作品的赵存富，突然就为自己取了左岸这个名字，并为此骄傲了好长时间。

左岸，左岸，左岸向左，不向右。左岸一边哼出没有任何旋律的调调，一边划拉着手底下的鼠标。

左岸在省级文学期刊发表第一首诗歌之后，县作协的女秘书长胡茉莉来到家中，要对他做一个专访。胡茉莉攥紧了拳头，发誓要为左岸写一篇优秀的长篇报告文学。左岸残疾的右腿悬在半空，前前后后地摇动。左岸盯着身材臃肿、鼻孔朝天的胡茉莉，看得她身子不停地扭来转去，如长了刺一般。

"你知道，在永乐县，还没有人能取得像你一样的成绩。"五十岁上下的胡茉莉，说话的语气有些讨好的味道。她身子前倾，将大大的胸挤得更加丰满。胡茉莉嘴里嚼着口香糖，强力掩盖满嘴的口臭。

"那只能说大多数人无能，并不能证明我优秀。"左岸残疾的右腿，依然没有任何规律地摇动。

"你一定有好多好多话想说。在省级刊物发表作品，并不是多么容易的事。从某种意义上讲，你开创了永乐县的历史。"

"开创历史？哈哈，只有人民才是历史的创造者。我只是一个残疾人，并且是身残志不坚的那一类。梅二给我算了一卦，说我以后会在国家级的刊物，发表更多的作品。"左岸哈哈大笑，"一首小诗而已，不要小题大做啦。说不定，那本刊物早被人当成手纸了。你非要给我写什么长篇报告文学，总让我想起小时候拿着玩的猪尿泡。"

"用现在的流行语说，你这叫凡尔赛。呵呵，左老师太谦虚了。"

"你叫我左老师？"左岸怕自己的问话不清楚，"你在叫我左老师？"

"文学不分先后，都叫老师。孔子曰：'三人行，必有我师焉。'"胡茉莉清清嗓子，掩饰着自己的尴尬，"这样吧，你解释一下为什么取名叫左岸吧。"

左岸看出胡茉莉浑身不自在，觉得自己有些过分了，嘿嘿笑着说："胡老师莫怪，我年轻不懂事。至于我的笔名，确实有一点狂妄自大。当初取这个名字，是心血来潮。我感觉自己有塞万提斯的残障，也有拜伦的才情，所以取名左岸。咱中国的传统，左为上嘛。塞万提斯参加勒班陀战役，左手在战斗中被打残，落得勒班陀残臂人的绰号。他残的是胳膊，我残的是腿，我们是同类。塞万提斯五十岁时，又被人指控私吞钱财，再次入狱。出狱后，丢了官差。为了糊口度日，他为别人跑腿，拉纤，沿街叫卖布匹。对这些底层的艰辛，我们的体会相似。至于拜伦，我们都在努力追求精神和灵魂的高贵，在这一点上，具有非常大的趋同性。"

"那么，你的文学创作，是不是以这两位文学巨匠为参照，要取得与他们一样伟大的成就呢？目前还有哪些创作计划？"

"我的创作计划，暂时不宜透露。至于参照，两位作家只是我喜欢的作家代表罢了。谁都不是谁的参照。如果有，那么我，一定会有那么一天，会成为别人的参照。"

正是从那次采访之后，左岸的创作目的更加明确，就是要创作一部具有划时代意义的真正伟大的作品。

"那么，我再问一个看似私人化的问题，其实也是公众话题。你对当前社会上流行的爱情观，怎么看？"

左岸疑惑不解，胡茉莉为什么会问这个问题？他给自己的答案是，写一个人物专访的需要。对这样的答案，左岸并不信服。及至后来胡茉莉发公开信谴责怒骂车相渚，成为永乐市民茶余饭后的谈资，左岸才明白，那个时候，他或许无意中成了胡茉莉的爱情导师。再回头细品，左岸笑了，一个没有任何爱情经验的人，竟然引发了一个五十岁老女人以散文的高贵样式泄愤的文学事件。

"我是不懂爱情的。"左岸如实回答，"你知道，我没有任何爱情经验，但我读过司汤达的爱情论。司汤达运用科学研究的方法来探讨爱情，提出了一种新颖的爱情理论。如同给植物分类那样，他把爱情分为四种类型：激情之爱、虚荣之爱、肉体之爱、趣味之爱。司汤达用'结晶'这个词来比喻爱情，有他的文学想象和文学情结。他是这样表述的：'将一根冬日脱叶的树枝插进盐矿荒凉的底层，两三个月之后再把它抽出来，上面就布满了闪闪发光的结晶，还没有山雀爪那么厚的最细小的树枝，都被数不清的钻石点缀得光彩夺目，熠熠发光，原来的枝子已认不出来了。'司汤达把爱情的产生分成七个阶段，界限分明。对这些理论，说实话，我不知道对错。"

"那么，性骚扰呢？你觉得现实生活中，对那些文字骚扰、举止骚扰、信息骚扰，应该如何处理？"胡茉莉问。

"如果是我，我会让他们青史留名。作家最大的本事，是基于事实的虚构。所有的文学创作，除了名字可以假，事实完全可以用时下最流行的非虚构，全方位呈现。"左岸用手指了指胡茉莉眼前的茶杯，"这也是我们为这个时代画像，为这段历史留影的最好手段。"

胡茉莉点点头。

采访过后，左岸并没有见到胡茉莉为他写的任何一篇文章。后来胡茉莉又让人找他，请他为《永乐文学》写点东西，他都未作回应。

至于车相渚和胡茉莉的文字官司，据左岸所知，最后是车相渚丢了脸又赔了钱。车相渚想告胡茉莉诽谤罪，胡茉莉扬言要公开聊天记录。车相渚找中间人说和，被胡茉莉抓住不放，说是以权谋私，当官的欺压老百姓，要在自媒体平台上，对车相渚进行全方位的曝光。车相渚服软了，赔了三五万块钱了事。至于是三万还是五万，都不重要。在外人看来，从事情发生到最后解决，只不过是两人之间恶意满天飞、互撑互撕、互撒毒鼠强罢了，谁都没有药死对方。

左岸想，如果非得让自己给车相渚画像，他一定会把对方画成一条蛆虫。车相渚经历过数不清的腐臭之后，仍然能够随心所欲地在官场成长进步，不能不说是一个奇迹。

某一天，左岸突然收到胡茉莉发来的信息："我突然被车相渚感动了。别人给我讲，他每年要资助二十名学生，钱全部从工资里出，他还给我发了银行流水的截图。"

左岸本不想回信息，出于礼貌，他回复道："我听说过此事，好像是不同的版本。"

左岸恰恰在小说《尘法》中写到了以车相渚为原型的人物，便顺势写道："生活的原貌是一种什么样子，没人知道，这位热衷于资助学生的领导，有一个特殊癖好，有人专门进行过调查，发现他资助的所有学生，全是女生，挑选那些贫困生，就像是选美。至于最后的结局，你猜，如果你有足够的想象力，可以放心大胆地猜。"

42. 城市主题词：左岸的爱情流年。

左岸下决心要写一部伟大的作品之后，最先做的一件事，便是坚持每天写三首情诗，给他的一个小学同学。在左岸的记忆当中，那个小学同学，有着芭比娃娃的容颜。名字也独具特色，叫欧阳巧儿。左岸更倾向于认为，她应该叫欧阳俏儿。唯有"俏"字，才能与她的衣着、长相、举止相匹配。

左岸翻看拜伦诗集的时候，梅边渡从外面进来了。梅边渡的上衣是与时节不太相符的白色粗麻，底下宽松的裤子则是黑色，成了黑白分明的上下两截。左岸看到梅边渡上衣左上角，有一朵暗隐的梅花，虽然同是白色，却是两种质地完全不同的线。左岸认为，这朵梅花制衣人是花了心思的，既想有所表达，又不能太明显，就像爱情的初萌阶段。左岸觉得不能太过主观，便问梅边渡："你的衣服在哪里买的？"

"哪里是买的！我的学生亲手给我裁制的。"梅边渡用右手自上而下地轻掸一下衣服，满脸堆笑，"是不是很有品位？"

"你的学生？哪个学生？是不是美女？"

"哈哈，左岸，你小小年纪，让我说你什么好呢？说你风情万种，还是说你好色？我对女人从来不感冒，也从来不动情。"梅边渡拿起左岸放在桌上的诗集，随手一翻，便以永乐方言的音调，开始读：

> 她走在美丽的光彩中，像夜晚
> 皎洁无云而且繁星满天
> ……
> 她的头脑安于世间的一切
> 她的心充溢着真纯的爱情

梅边渡指着左岸说："看看，是不是春心荡漾了？我算一算，嗯，今年恰好是你的爱情流年。"

"哈哈，什么都瞒不过你梅边渡。你真的是一头聪明的驴。这样吧，为了奖励你，你每星期替我送一次情书。我给你的回报是，你可以读我的情诗，先睹为快。"左岸的手指捏着一支碳素笔，快速地转。

梅边渡摇摇头："你们小孩子的爱情诗，我不看，有失体面。送信的事，我可以办。只不过，我这等出类拔萃的公众人物，出现在学校旁边，会不会被人笑话？"梅边渡坐在左岸对面，同样是用右手，自上而下地轻掸一下衣服，姿势和刚才一样。

"你什么时候成公众人物了？不过是一介草民，没人关心你怎么样。放心吧。这事办成了，我请你喝大酒。"左岸指了指梅边渡衣服上的梅花，"你那女学生，应该是爱上你了。"

"有夫之妇，我不惹。"

"梅二，你的生理需求是怎么解决的？我的小说中有一个你这样的人物，你得告诉我实话。"

"小屁孩，不是所有的男人都有需求。女人有石女，男人也有石男。"梅边渡一本正经地说。

"真的？"左岸瞪大了眼，问。

梅边渡哈哈大笑："我是神的守护使者，只做干净的事，只做温暖的事，只做对别人有利的事。我要按照伟大领袖的谆谆教导，做一个纯粹的人，一个有利于人民的人，一个脱离了低级趣味的人。"

"那好，你去给我送信吧，不带任何低级趣味。"

梅边渡真的成了左岸的爱情使者，他会在左岸需要他的任何时候，把一封封情感炽烈的信，送到洸河学校的门口，送到那个身姿绰约的女孩手上。

梅边渡一直没有抬头看那个女孩的模样。

梅边渡感觉到信中的每一个字，都是火球。

在十几封情书抵达之后，某一个周末，左岸心目中的女神，像仙女一样驾临到左岸家。左岸站在门后，满脸涨得通红。他知道自己的左腿支撑不了多长时间，又不敢让欧阳巧儿看到自己残缺不全的真实模样，便用左腿的所有力量，努力保持一种平衡。汗流下来，湿了衣背。

等欧阳巧儿肆无忌惮地坐在左岸的床沿上，然后又猛地躺到床上的瞬间，左岸才真正放松下来。

"你的诗我看得懂，我知道你的小心思。"欧阳巧儿坐起来，挤挤鼻子，"你给我说实话，哪里最想我？"

左岸的脸腾地红了。左岸感觉到身体迅速膨胀，感觉到衣服对身体的强烈束缚。左岸清楚，自己已经达到了极度亢奋状态。他扑上去，把欧阳巧儿按在床上。

"轻点儿，慢点儿，不急。花是一瓣一瓣开的。"欧阳巧儿声音很轻，嘴唇抵在左岸的耳边。左岸感觉到欧阳巧儿的舌尖，顺着自己的耳朵边沿，像一缕冰凉的泉水，缓缓游走。

夏日的蝉声焦躁不安，阳光也炽如烈火。

左岸努力让自己慢下来。

上衣的扣子，精致而美丽的扣子，一共五粒。

香，自内而外的香。

左岸闭上眼。

欧阳巧儿也闭着眼。

两个人的呼吸，都失去了节奏。

文胸的扣子，被粉色的流苏遮盖。左岸像寻找宝藏一样，寻找扣子的位置。

奇异的香，从梦幻而瑰丽的神圣之地，散发出来。

阳光突然柔和起来，蝉声停止，似乎是火山爆发前的沉默时刻。

欧阳巧儿伸手摸到了什么，突然起身："我得看看你的。我……你……怎么……那么小！"

欧阳巧儿迅速起身，抓起衣服就穿。

欧阳巧儿没有给左岸留下任何说话的时间，一溜烟跑了。

左岸呆坐在床上，任自己的短裤躺在地上。左岸看到梅边渡从门外进来，然后又悄悄退出去。左岸看见夜色来过，又慢慢变成半阴不晴的天。

宿荣来看左岸的时候，刚好听说了左岸的父母遭遇车祸的消息。左岸还在床上躺着。梅边渡像疯子一样闯进来。

北方半阴不晴的天，在南方，恰是雨天。左岸的父亲赵远成和他的妻子，连人带车，翻进深不见底的山谷。梅边渡陪左岸坐上飞机，赶到六盘水时，已经是出事之后的第三天。左岸没有勇气看父母最后一眼，他只听处理事故的人说，两个人是抱在一起摔下山谷的，两个人的身体已经不可分。左岸使劲打着自己的脸，不停地哭。他拿起身边的东西，没命地往自己身上砸，如同事故是因他而起。他想象着父母在半空中坠落的瞬间，有多么惊慌失措，两个人抱得有多紧，就会有多绝望。那个时候，雨一定是越下越大的，世界一定是一片黑暗的。而自己，在他们坠落的那个瞬间，成为整个世界的弃儿。

埋葬父母之后的左岸，不吃不喝，一个人坐在床前，无法入睡。宿荣陪着左岸："我知道你很难过，我父亲去世的时候，也一样。那时我还小，觉得天塌了。为了睡觉，我让自己背各种各样的花名。今天，姐陪你，你说一个成语，我说一个花名。谁输了，谁先睡觉。"

左岸点头，流着泪，开始说成语，从一落千丈，说到万箭穿心。他最后哭着说："我看到自己，倒在冰天雪地里，被一群狼撕咬，衣服被撕成碎片。地上是大片大片的血。我不疼，只感觉到冷。"

宿荣抱紧左岸，给他说着各种各样的花，从梅花，一直说到月亮花。宿荣说："你一定没听说过月亮花。它不是月光开成的花，是有修为的人，历经磨难之后，开在心灵深处的花。它不开在月亮圆满的夜空之下，而是开在世界的最黑暗处。谁能看到月亮花，谁就是这个世界上离月亮最近的人。我知道，你一定能看到的。"

此后的两年，左岸靠着父母的抚恤金过活。左岸每次让梅边渡从银行里为他取出一些钱，都会把这些钱具化为父母身上的某个部位："妈，我今天吃的，是你的头发，明天开始吃你的脸了。从眼睛开始，到鼻子，然后是嘴巴。妈，你在另一个世界，是不是还需要头发，需要鼻子和嘴？可我，慢慢把它们吃掉了。我该死。"左岸哭着猛扇自己的脸。

后来，宿荣求赵新城出面，给民政局的同学打招呼，为左岸办理了城市低保。宿荣从银行把钱取出来递到左岸手里的时候，左岸长出一口气："我终于可以给父亲留下一个全尸了。"左岸的泪挂在脸上，"姐，如果你能早些办下低保，我就可以不吃我妈了。"

左岸把头抵在宿荣的小腹部位，泪洇在宿荣的衣服上。

43. 城市主题词：我想知道城市的真相。

爱情之伤和丧亲之痛，让左岸迅速清瘦。那段时间，梅边渡和宿荣轮流陪着左岸。宿荣有时就睡在左岸的身边，搂着他，像一位母亲搂着自己的儿子。

大约三个月的沉沦之后，在左岸的十六岁生日那天，梅边渡和宿荣，把赵新城请到家里，共同为左岸举办了一个生日聚会。有蛋糕，也有生日歌。虽然空气中弥漫着丝丝缕缕的哀伤，但对未来的向往与渴望，仍然让左岸的脸上渐渐露出笑容。

"我要写一部书，你们几个要给我提供素材。名字还没想好，想好以后会尽早告诉你们。我需要你们告诉我这座城市的真相，对这座城市的感受。永乐，多好的名字。可它，是真实的吗？"

"我先说说我的感受。"赵新城说，"这座城市是活着的，像人一样，流动着血液，有气息，有骨骼。城市中的人，只是城市的细胞，好的坏的都有。无论它沉陷于哪一个泥潭，我都会努力帮助这座遍体鳞伤的城市，恢复它的元气。记住，是元气，不是原气。"

宿荣问："你以前不是说过，这是一座似是而非的城市吗？怎么又成了遍体鳞伤的城市？"

赵新城沉吟片刻："似是而非的是人，是那些真真假假、不真不假的思想观念和伦理道德。"

宿荣听到的是赵新城一如既往的语气和习惯，浪漫主义的憧憬和现实主义的悲观。梅边渡把这句高度概括的评价说给宿荣的时候，她几乎要把梅边渡当作神一样看待了。她觉得梅边渡的评价经典，传神，一语中的。

左岸说："就要进行旧城改造了，我们一定要做点什么。我想命名城市里的每一条街道，包括弯弯曲曲、深一脚浅一脚的巷子。名字要特温暖，有诗意。"

梅边渡抬头看着天上的星星："我想让这座城市里的人，都能相信点什么。城隍爷是最好的切入点。生死有轮回，活着就要有敬畏。"

赵新城抿了一口酒："我不说你们也知道，我就是要赋予这座城市艺术的灵魂。你呢，宿荣？"

"我嘛，外来户。我只想成为这座城市里的坐地户，最平凡的，最角落里的，做一朵花、一棵草、一棵树，什么都行，只要不是过街老鼠。"宿荣长出了一口气，"一年一年的，人不禁老。新的小区一个接一个，城市变得越来越年轻，人老得越来越快。人建造了城市，城市抛弃了人。"

"哈哈，你这话简直是哲学家的话。想不到你宿荣还真有两下子。"赵新城哈哈一笑。

梅边渡摆摆手："停停，停停，先别急着夸宿荣，我还有话说。城市像人一样，有情感，有记忆。建筑是城市的外壳，属于表层记忆。最深刻的记忆，是人，像我这样能够赋予城市灵魂的人。"

梅边渡拍胸脯，嘭嘭——

"哈哈，你还真是黑驴抢着说人话，不嫌害臊。你赋予了这座城市生生不息的灵魂？你就是一个半瞎不瞎的算命先生，怎么就成了城市的灵魂？"左岸讥笑着梅边渡。

赵新城笑出了泪："一群人，无关城市痛痒的几个闲人，为一座历史悠久的伟大城市瞎扯淡操闲心。哈哈，真比左岸的小说还荒诞。"

"最悲催的是，争论来争论去，我们都不知道，自己是这座城市里的谁。"左岸哈哈大笑。

宿荣左右看看，插不上话，手足无措的样子，如一个无意闯入城市的陌生人。

左岸、梅边渡和宿荣，又是几个来来回回，畅想着城市的未来，如外科医生一样，解剖着某座可笑的城市建筑让人啼笑皆非的残砖旧瓦。似醉未醉之间，他们没有人能够想到，将来的某一天，自己会在不经意间，成为城市复建过程中非常特殊的钉子户。

赵新城的酒越喝越多，说话的口气已渐渐生硬："每个人都想建造一座自己的城市，没有生老病死，只有浪漫烟火。这样的盼和想，是人世间最大的假象。每一栋透着温馨色彩的建筑背后，是冰冷和无情。有家可回，甚至不如无家可归。"

"这才是城市的真相。"左岸说，"我曾经渴望到处流浪，荒野中的、沙漠中的、无目的无意义的流浪，随心所欲，随遇而安，像风一样自由，像鸷鸟一样高飞或低翔。我还希望自己能做一名自由而高贵的游侠，向一切不公正，向一切黑暗，刺出闪电一样的霹雳长剑。这也应该是大多数现代人的精神图腾。"

左岸的思绪乱飞，他盘算着，要在自己的小说中，设计一个独腿游侠，武功超群，功高盖世。并且，要像最不靠谱的抗日神剧中的某一个角色，能穿越时空，能与众神对话。哈哈，这样的角色，名字就应该叫左岸。

梅边渡说："再伟大的预言家也无法洞悉真相。每一个人都藏着不为人知的天大的秘密，还一脸无辜，装出若无其事的样子。"

"城市隐藏在每一张表情丰富的脸之后。所有的真相都戴着面具。我这样说对不对？"赵新城问，"你，梅二，聪明的人，认为我说得对吗？"

"真相是天地相通、阴阳互存、时空共在的。真相不是一句话就说得清的。神看不到所有，神也有打盹的时候。"

"神打盹的时候，就有了冤情。哈哈，是不是，二叔？"宿荣笑着问。

梅边渡对左岸说："是不是冤情，不好说。你想知道真相，确实有点难。你不知道现在的人在想什么，他们到底想要什么。有钱的人要健康，健康的人盼着有钱。当官的什么都想要，钱，女人，更大的官。我看现在的社会，是豆扁子粥里加上花生米、绿豆，再加上扯着长丝的山药豆子，品不出什么味了。只生了一个孩子的天天抱怨独生子女政策，政策放开了，不能生的想生，能生的不想生。身体有病的四处求子，身体健康的拼命避孕。全都乱套了。"

"建新城时，所有的老房子都说是文物。申请政府补贴时，再新的房子也说是危房。人心不足蛇吞象。就像咱现在的房子，你能说是文物吗？"赵新城指了指房顶，"看看，这一次次翻盖的痕迹，消除了多少历史的痕迹。真相，就在这一次次的改造之中，被当成过时的破烂，扔进了垃圾桶。"

"是文物，我认为就是文物。左岸贴在墙上的那些破纸片，那些被他称为灵感的东西，也都是文物。"梅边渡口齿含混不清。

"那些破纸片，总让我想起被你折磨致死的那些蚂蚁，它们勤劳、命苦。我觉得，我的上一辈子，就是一只蚂蚁。这个轮回，说不定什么时候，也会被你掐死。"左岸抬高了嗓门，说。

在梅边渡议论左岸的那些破纸片时，宿荣特意看了一眼墙上无处不在、大小不一的纸片，它们不言不语，毫无表情。透过这些纸片，她似乎看穿了左岸的心思，如同看到一片模糊、混乱的花瓣，散发着浓淡不同的香。

几个人轮番让酒，喝酒，不知不觉先后醉去。最先醉去的是赵新城。他把手搭在宿荣的肩膀上，被左岸一下子打掉："来，喝酒。"

赵新城说第二天还有会议，口齿不清地起身告辞。他用手指着左岸："我告诉你，一个平方六十四块砖。"

宿荣把赵新城送到门口，又折身返回，然后就听见左岸说："一个平方六十四块砖，他什么意思？这座城市里的人，一个个心怀鬼胎。我所有的诅咒加起来，也抵不过他们罪恶的十分之一。"左岸抬高了嗓门，看着梅边渡说。

梅边渡无动于衷，如同面对空气一般。

"那个赵新城，还自称是城市规划师。我看他真是狗屁不通。他怎么看不出，我家的房子已经有上百年历史？完全可以当成清代民居，有计划地保护起来。他们这些胡乱规划的家伙，总是鸡蛋里挑骨头，说这不合理那不合理，他们的眼睛长在脸上，难道就是合理的？他们的眼，应该长在乌龟的腔上。"左岸依然愤愤不平，"这个人太可恶，我的小说一定要把他写死。"

梅边渡瞅着愤怒的左岸，偷偷笑起来："你要写他？"

左岸拿起手里的拐杖，使劲地敲着地面："人世间所有的人，所有的生命态度，在我左岸这里，都是素材。梅二，我告诉你，有些人，甚至配不上我的'素材'二字。他们太脏了，比生活还脏。"

宿荣坐在凳子上，眼睛看向门外。漆黑的夜，更黑。

宿荣明白左岸的心思。

"他赵新城，凭什么就能把手放在你的肩膀上？别给我说表亲那一套，我不信。如果你愿意，可以一辈子住在我这里。"左岸说出这话的时候，正是宿荣端起酒杯，一饮而尽的那个瞬间。宿荣把嘴里的酒慢慢吞咽下去，如同咽下苦不堪言的药。

"他喝醉了。"宿荣如同做错事的小学生，眼里充满了胆怯，"来，喝酒。"

左岸手一挡，把酒杯打在地上。

宿荣起身，想要离开。在她刚刚迈出房门的一刹那，整座城市的灯全灭了。全城停电。刺痛皮肤的黑像海水一样，淹没了她的整个身体。

这个可恨的世界，是不是专门与我过不去？宿荣想。

"城市就像是一个车站，无数人从不同的方向来，又有无数人，往不同的方向去，没有谁是永久的居民。我们只是过客，是被世界抛弃的尘埃，不一定会被哪一阵风，吹到世界的哪个角落。"宿荣的梦里，左岸如此对她说。宿荣一下子坐起来，瞪大了眼，问透过窗子钻进来的月光："我是在哪里？是永乐城吗？"

44. 城市主题词:纸上的人物是城市的结。

躲在墙角的蜘蛛早就织好一张结实无情的网，等待一切有罪者，或者无辜者。在猎物被完全缠绕和绞杀之前，霸气的蜘蛛蛰伏得像见不得光的小偷。一旦有中意的闯入者，它就会不顾一切地冲上去，射出全部的毒液，再将黏稠的吐丝，一层层地覆裹在猎物的身上。

"阳光照在那些摇摆不定的丝上，为何还能发光呢？"左岸一直想弄清楚这件事。

当然，左岸对蜘蛛的好奇心，与他想写一部书的渴望，交织在一起。他在记录本上写下了一行大大的字：城市蜘蛛，或者，城市里也有蜘蛛。如此反复几日之后，关于蜘蛛的疑问，左岸仍然没有解开。左岸提醒自己，必须尽快把墙角的蜘蛛忘个一干二净，集中精力构思自己的小说。

左岸下定决心，要写一部大卖特卖的好书。左岸开始翻找可以参照的流行书，国内的，国外的，当代的，现代的。左岸想，他可以把《红与黑》当作参照物，从人物到细节，都可以写出一座城市的色香味。书中的男主人公于连，又与宿荣的第一个男人吴连名同姓不同，偶尔听梅边渡聊起他的情况，竟与于连有那么多相似之处。

在决定要写宿荣和吴连之后，左岸打电话给宿荣，让她抽时间来一趟。

午后，在给饭店做完工之后的空余时间，宿荣重新洗过脸，化了淡淡的妆，来到左岸家里。

左岸正穿着肥大的睡衣，坐在一堆书中间。

宿荣看到左岸堆得满满的书，红着脸说："其实，我也是喜欢读书的。我喜欢琼瑶的书，她出的每一本书，我都读过。那个年代，兴。"

宿荣看见左岸吃惊地盯着自己，接着说："不怕你笑话，我还写过几首诗。"

"是……诗吗？"左岸有些怀疑地问。

"是诗。"宿荣肯定地回答。

"还记得是怎么写的吗？"

宿荣突然大笑起来，笑弯了腰："想不起来了，大意是高山河流、太阳月亮之类，谁围着谁跑，谁追着谁唱。怪瘆人的。"

"那，现在，你还相信爱情吗？"左岸等宿荣笑得差不多了，突然问。

左岸看见宿荣的眼里渐渐泛起泪花，他目不转睛，想看看宿荣的泪水如何消解，表情会有什么样的变化。

宿荣问左岸："你把我叫过来，是想在你的书里写我吗？"

左岸没有直接回答她："我书里有一个女孩，天天苦思一个男孩，茶不思饭不想的那种。她天天给男孩写信，都被男孩的母亲原封不动地退回。某一个秋日，女孩在操场上散步，看到旁边的树，一时起意，在最低矮处的一片叶子上写道：这片叶子落了，我就不等你了。几天后，北风肆虐，树叶落了一地，女孩也从高楼上一跃而下。"

宿荣流下泪："世上哪有不落的树叶啊。这么傻的孩子。唉，天下痴情人，都是一样苦。"

"如果我把她换成一个男主角呢？"

"这样的小说你不要写，快成琼瑶模式了。情啊爱的，现在的年轻人，谁还信啊？每个人都变得超物质。车啊，房啊，彩礼啊，比特币啊，见面就聊这些东西。酒桌上结束，去歌厅或者水疗馆，享受至上，理想至下。"

"我想写写你，写写那个吴连。"左岸的眼神透出坚定。

"不要那么真实地去写任何一个人。对一个失败者来说，那是在揭他们的疮疤。你可以写一个人的梦，现实中得不到的东西，在梦里总有实现的可能。"宿荣一边摇头，一边掩饰着内心深处微微泛起的疼，"就像我，一直渴望能像城市女人一样，有漂亮的衣服，有金银首饰，有车有房。几十年过去了，农民都奔小康了，我还是什么都没有。我最大的好处是，坚持做梦。终究会有一天，我在梦里，一不留神就成了万人瞩目的明星。"

"我明白你想表达的意思。可你得清楚，所有的明星，都是转瞬即逝的烟花。纸上的人物，终究是城市的结。活一辈子，你最想要什么？"

宿荣沉默着，慢慢抬起头。

"你天生就是当作家的料，而我这样的女人，天生就是为三五片烂菜叶子，与人讨价还价的。说心里话，我并不想这样低俗无趣，想变成一个更好的女人。可这么多年，我再怎么努力，都变不成好女人的样子。"宿荣沉默了一两分钟的时间，对左岸说，"我每天晚上都要做梦。无论做什么样的梦，梦中的我都会哭。每天早晨我都要摸一摸，梦中的泪是不是成了一块疤。"

梦是宿荣的另一个世界，比现实中的世界更加丰富，变幻莫测，惊险四起。一束从未在梦中开过的花，在床头，孤独得像个孤儿。

"让我不能放下、无法理解的是，在梦里，我同样无力、无助。"宿荣的脸上再次泛起泪花，"我有一个深切体会，一条腿陷在泥坑里的时候，不管你怎么挣扎，另外一条腿也无法保持干净。"

"算了算了，你不能一说话就掉泪，像受了多大的委屈。吃苦再多，即便不到知天命的年纪，也应该知天命，尽人力了。你知道我为什么喜欢梅边渡吗？他有一句话说得特别好，找到吃的不重要，重要的是找到一条逃生的路。既然你不愿意讲你自己，这样吧，你说说吴连总可以吧？"左岸拍打着自己的右腿。每到阴雨天，他的右腿都会疼，有时疼痛难忍，"如果你不想讲，就说明你还爱着他。"

"这么多年，我不是等他回头，是等自己死心。爱情灰飞烟灭之后，每个人的心底都会有一座坟墓，用来埋葬所爱的人。我心底的坟墓，不光埋葬了他，还埋葬了我自己。我不想说，是因为老话讲的，背后不议人非。这样吧，我给你讲一件他的故事。吴连喜欢吃水饺，每次去饭店，他都要让人家包新鲜的水饺。后来钱越来越多，吃水饺也越来越挑剔。有一次去北京出差，他让饭店做韭菜味的水饺，但里面不能有韭菜，更不能用味精调味。他拿出一万块钱，拍在桌上说，能做出来，这一万块拿走；做不出来，这饭，他们白吃。北京的厨师虽然见过大场面，可这种韭菜味的水饺还是第一次听说。大厨战战兢兢地上来，对着吴连鞠躬，说，老板，这样的水饺，我们确实没做过。吴连就说，我教给你怎么做。韭菜不要叶，只要一寸长的韭菜秆，半绿半白，随着肉馅包在饺子皮中间。记住，韭菜秆一定要露出一截。等水饺盛出来之后，再一根一根地拔出来。还有，水饺皮要捏紧，不能进水，否则馅就没味了，就算失败。厨师回去后，把面案上的大嫂大姐动员起来，包了一个多小时，才包出二十个水饺。其实啊，不是包了二十个，包了二百个也不止。端上来的，是从破皮露馅的几百个水饺中，一个一个挑出来的。"

左岸拍着自己的右腿："这个好，生动真实的吴连。这样吧，其他的事，我再向别人打听。不过你放心，我采访到的这些人和事，都会在我的小说中，化得无影无形，像你，也像我，像任何一个活在这座城市里的人。"

"我给你讲一个小姐妹吧，前几天刚刚听说她的一些事情。她曾经在我们的店里做过流动岗。小姐妹长得精致，无论男女，见到她第一眼，都会忍不住，想好好疼她。来我们店里之前，她跟着一个企业老板混。久了，两个人闹了点矛盾，分开了，她就来我们店里，干了几个月。我们的饭店解散之后，她回了老家，找了一个男人，过起了安稳日子。在跟着老板那段时间，老板用她的身份证做抵押，贷了三万块钱。天有不测风云，人有旦夕祸福，这话一点也不假。老板后来经营不善，企业倒闭，欠了无数外债，所有贷款都还不上。没过多久，老板脑溢血死了，银行贷款都成了不良贷款。这些不良贷款，有的核销了，有的卖给了收债公司。咱县里的信用社，把收不上来的贷款，卖给了一个涉黑团体。这些黑恶势力，开着大吉普，提着大刀棍棒，找到小姐妹。小姐妹一听吓傻了。他男人之前不知道小姐妹的底细，还觉得自己捡了一块宝，当神仙似的供着。多少年来，小姐妹一直觉得心中有愧，尽心尽力地做好媳妇，变着法地讨好男人，不嫌恶臭给公公婆婆洗脚，里里外外都像一位守规矩、懂礼节的孝顺媳妇。突然间，男人发现了小姐妹的黑历史，摸起铁锨就打。旁边站着的公公，也疯子似的上来，给了小姐妹两巴掌。小姐妹坐在地上，任所有人打，让所有人骂，不吭一声。夜里，她拴上一根绳，将自己吊死在门框上。"宿荣一边讲，一边抹着眼泪。

"是真人真事吗？她叫什么名字？"

"是真人真事。小姐妹叫罗弟花，我们都叫她落地花。"

"落地花，满地泪。不，是满地血。"

"当年的那些小姐妹，哪一个不是血泪满怀呢？都不说罢了。肚子里的苦，再好的胃也消化不了。"

"你那些小姐妹，我都可以写。她们是城市的心结，也是城市的血肉。"左岸快速地把落地花的故事输进电脑里。在他停止打字之后，抬起头来对宿荣说："在泥土里钻行的蚯蚓被视作下等之物，可它愿意吃地下的泥土。土是蚯蚓的美味，人肉它愿意吃吗？以人类的标准评价一切事物，本身就犯了常识性错误。祖祖辈辈望子成龙、望女成凤，如果它本来就只是一条蚯蚓，你非得要它嫁给皇帝，并且要成为最受宠爱的妃子，最后必然是苦梦一场。"

"你说的这些大道理太深奥，只有读书人会懂，也只能写进书里。我身边的这些小姐妹，连初中都没毕业。她们出来混社会、进饭店当服务员的时候，最小的只有十二岁。我有个叫庄富贵的小姐妹，抽个时间我把她叫过来。她和她男人，都是从农村混到城市有钱人中的绝品。他们积累财富的每一步，都带着血，也流着泪，带着别人不敢想、不敢做的东西。"

"这个可以写。"

宿荣停顿了一会儿，说："我给你提个要求，无论怎么写这些女人，你都要怀着一颗善心。没有谁天生就是坏女人。女人所有的坏，都是男人逼的。社会上作恶造孽最多的一定是男人，一个个道貌岸然，心怀鬼胎，一辈子干不了几件人事。"

"城市嘛，就是众生百态。我听说，你们的店以前很有名气，梅边渡每一次谈起你们的店，都眉飞色舞。对了，店叫什么名字？"

"一帘幽梦。"

"一帘幽梦，好。还有流动岗，挺好。"左岸稍一停顿，"对了，你什么时候能把赵新城叫过来？我还想请他提供一些小说素材。"

对左岸的话，宿荣没有怠慢，摸出电话打给赵新城。赵新城正在办公室闲得无聊，十几分钟后就坐到了左岸的对面。

"说吧，想知道哪方面的事？"赵新城摸出一根烟点上。

"说说我们县里的领导吧。他们主政一方，是不是都像电视剧里演的那样，没有几个正面人物？"

赵新城哈哈大笑起来："不是我说你啊左岸，你以为还生活在以前？现在的官场，已经今非昔比了。"

赵新城真想给左岸举几个县领导鞠躬尽瘁的例子，又怕被左岸写进小说，最后惹来麻烦，便摇着头说："官场你还是别写了，太敏感。没在官场厮混过的人，把握不好尺度。"

左岸皱起眉头，看着赵新城的目光掩藏在浓浓的烟雾里，知道他心里一定有好多话想说。

赵新城嘴巴半张，又迅速闭上。赵新城想起，局长郑江湖上午带他去裴县长办公室，县长与他们聊了一个上午。县长把门锁上，叮嘱秘书不再接待任何人。县长语气低沉，似乎心事重重。县长让他们认真梳理近几年的城市建设工程，看看有多少工程手续、程序不合规。县长说他接到了好多人民来信，反映城市建设工程领域的腐败问题，反映文化历史街区的招投标问题，他想了解真相，想通过组织手段和纪律措施，对个别人、个别事，进行全面整治。作为县长，虽然他没有生杀予夺的权力，可他相信书记，相信组织，一定能让极个别的蛀虫，受到党纪国法的惩处。县长让他们放开了说，但他们能说吗？

县长给他们每人递了一根烟："我知道你们有顾虑，其实我也有。作为主政一方的官员，如果我们连与坏人作斗争的勇气都没有，还当什么领导？我们党，向来是一个具有自我革新意识的党，这也是我们的队伍永葆生机和活力的根本所在。我裴波从来到永乐城的那天起，就想着能够和这一方的百姓融为一体，把他们当父母，当兄弟姐妹，当自己的家人。我心目中的永乐城，是理想之国，是没有罪恶的一方净土。县里今年面临换届，我做这些事情，不惜赌上自己的政治前途。我都不怕，你们怕什么？"

"如果我说，县长把永乐城的百姓，当父母，当兄弟姐妹，当家人，你们信吗？"赵新城吐出长长的一口烟，问。

左岸和宿荣互相看了一眼，不知如何回答。

梅边渡突然闯进来："各位，各位，特大喜讯，县里的木偶曲艺剧团今天要在剧院礼堂，上演传统木偶戏《墙头记》，票价十块，物超所值。有愿意去看的吗？"

没有一个人答话。

梅边渡无趣地坐下："好吧，还不如我买几个小菜，我们喝一杯呢。罪过啊罪过，那可是省级的非物质文化遗产呢，竟然无人问津了。"

左岸敲了敲电脑键盘："哪是什么罪过？只不过是人们都觉醒了。我问问你，整个永乐城，谁不是木偶呢？"

梅边渡瞪大了眼，嘴里发出"呃——呃——"的声响。

"谁又不是在墙头上？"赵新城问。

45. 城市主题词：王者终将成土。

某一日，左岸隔了墙，叫梅边渡。

梅边渡还没进屋，就听到左岸的抽泣声。

"怎么了？"梅边渡问。

"昨晚，我梦到我父亲了。他开着一辆破旧的拖拉机，要去百公里之外的山上拉石头。我问他拉石头做什么，他说要建造一座城堡，是留给我的。我坐上拖拉机，要去给他帮忙。走到半道的时候，我看到一棵千年老树，足有一亩地大小，树枝弯曲，表面光滑，没有一片树叶。我不想再跟着父亲去，说要坐在树下，修炼成千年老妖。父亲便哭，哭得任谁都拉不起来。他一句话不说，分明是在抱怨我，不成才，难成器。"左岸以无助的眼神看向梅边渡，"这个梦，究竟是什么意思？"

梅边渡摸着自己的下巴："你想你父亲了，他也想你了。他在另一个世界，正在为你建造宫殿，是吉兆。至于拉石上山，寓意你想做的事，是一项极其艰难的浩大工程，应该与你的书有关。那棵没有一片叶子的树，有意思，说明你的欲望被压抑了，被控制了。没事，梦是好梦。"

左岸对梅边渡的解释，并不认可。

"这样吧，我给你送几条金鱼过来，让你释放一下情绪。经验之谈，人一旦养了金鱼之后，生活都会变。鱼喝城隍池里的水，养鱼的水我浇花，花白天黑夜都给我带来香气。是不是一种完美的生活？"

左岸摇摇头，不说话。

"我可以这样给你讲，我养的这些鱼，是被世界抛弃的鱼，它们会流泪。它们为我死去的猫，哭了很长时间。我问你，你忍心拒绝一条会流泪的鱼吗？"梅边渡有些急。

左岸并不喜欢梅边渡养鱼。左岸以为，鱼过的是一种永不见天日的生活，目光中满是不见大海的悲伤。"谁想要这样的生活呢？"左岸这样问梅边渡。

"谁不是过着这样的生活呢？"梅边渡反问。

左岸沉默下来。左岸想着梅边渡的话，心里咯噔一下。即使如此，左岸仍然把梅边渡养鱼看成他最不能接受的事情之一。

梅边渡对左岸，同样有着这样那样的看不惯和看不懂。梅边渡曾在左岸的一本书上，看到他潦潦草草写下的几句话。梅边渡以为，潦草是对字的不尊重，尤其是左岸，他歪歪斜斜的笔画简直就是对字的污辱。那几句话却让梅边渡印象深刻："向天边奔跑吧，时间迟了，快跑，至少要抓住一道斜阳的光线，最后的温暖，太阳留给这个世界的。明天，太阳将不再升起，如同罪恶将如期降临。"

梅边渡斜睨着左岸："你这些话是什么意思？雄心勃勃的伟大作家左岸，咋变得如此颓废了？"

"颓废的难道只有我自己？整座城市里的人，都得了颓废病。男的女的，老的少的。有什么人、有什么事，可以让我提起精神？"左岸眼角低垂，如同看见床底下有一只得了绝症的老鼠。

"你不懂外面发生了什么。"

"我耳不聋眼不花，我懂得这个社会的每一根神经，都得了灰干病。"

"那是蟋蟀们容易得的病。你如此这般的状态，要是带进你的书里，咋办？也一起颓废？像废弃的都城，还是像小说《废物》？"

这次轮到左岸斜睨梅边渡："那本书叫《废都》好不好？庄之蝶也算不上一个坏人。我也是好人一个。说到底，我只是想当作家中的医生而已，我只想医治每一个患病的灵魂。如果把你梅边渡写进书里，我也会把你写成庄之蝶第二。可惜你不是。你的洁癖让人厌恶。你仅仅是梅边渡，是梅二，是一头聪明的驴。你喜欢我称你为饮光者，可你的灵魂不配，你有什么资格成为饮光者？哪怕你在房顶打开无数个天窗，装模作样地吞噬掉太阳和月亮的光，你也同样不是饮光者。"

梅边渡被左岸的话深深刺痛了："难道我……这么可怜？"

"你有打通世界和宇宙的野心，可你并不理解，肉体和灵魂的对抗，才是这个世界上唯一不变的真理。你的肉体和灵魂，毫无原则地妥协媾和，注定会碰得头破血流。"

左岸说完，拿起一本书放在枕头上，垫住焦躁不安的头。

梅边渡看到左岸头底下那行蹦蹦跳跳的字："向天边奔跑吧，时间迟了，快跑，至少要抓住一道斜阳的光线，最后的温暖，太阳留给这个世界的。明天，太阳将不再升起，如同罪恶将如期降临。"

从窗户斜洒进来的光，被窗子中间的塑料边框分开，照在斜躺在床上的左岸身上，将左岸一侧的身子照亮。梅边渡此刻看左岸，左岸的身体恰是一半在阳光之下，一半在暗影之中。

"又到楝花季节了。"梅边渡说出这话的时候，有些惆怅，"一年又一年，真快。"

左岸对楝花有一种近乎疯狂的痴迷。每年暮春的花开时节，左岸都要流连于楝花盛开的街道上，闻着花的香，闭上眼，想象着他可以想象到的任何东西。左岸无数次想过，如果自己死去，一定要葬在楝花丛中，把楝树当作他的墓碑。

如尘世一样芜杂的魂灵世界，谁会在意一束花的香呢？左岸知道，只有自己会。

"去年的楝花时节，你收下那位哆声不断的女徒弟。我知道其中的偷摸事，只是不说罢了。"

"左岸，你最损的不是灵魂，是你的舌头和嘴。等哪一天合适了，我做一场法事，让你的舌头再长长一点，耷拉到嘴唇外面，还要不停地哈气。"

左岸和梅边渡斗嘴，彼此之间都感觉到了无穷的乐趣。他们只要一有时间，就不停地斗嘴。

"这样说话，不像是你梅边渡，骂人还骂出水平来了。不过我倒真想打听一下，你给你的狗发丧的时候，据说请了一个省级非遗水平的鼓乐班子，为它歌舞升平地吹了三天三夜。最后呢？那条被你称为大哥的狗，升天了吗？"

"今天我遇到杨天轮，他问起了你，你却问起了我的狗。这中间有没有必然的内在联系呢？说实话，我对那只流浪狗的感情，远比不上那只叫茶茶的猫。杨天轮说，如果你当时听我的劝告，跟着他去学习修理钟表，一定会成为全国一流的修表师。杨天轮夸奖了你的手指，夸奖你无师自通，见到每一个轮盘之后都像见到了自己的儿子。我给他说，你有可能是一块上等人的表托生的。谁知道呢。世事总是无常之中的有常，有常之中的无常。与永恒不变的时间和空间相比，人的身体就是尘土。尘土可以消亡，灵魂永远不会消亡。我相信，我梅边渡一定会成为永乐城的精神旗帜，永远飘扬。"

"从现在开始，你三天来一次，把你所有的思考都告诉我。我要在小说中写出你的理想信念，要让世人知道，梅边渡终究会创造出流传千古的奇谈怪论。这些乱七八糟的东西，你是从哪本书里偷来的？"左岸笑着，向梅边渡伸出大拇指，"至于杨天轮，就那么两下子，我才不会学习他那点小把戏。"

梅边渡盯着左岸看了十几秒的时间："可不能小瞧杨天轮，他是个隐而不露的狠角色。你知道他手里的螺丝刀吗？那是他的权杖，和唐僧手里的九环锡杖一样，有着非同寻常的魔力。那个小小的螺丝刀，可更改日月星辰的轨迹，可占卜人和神的一切未知，可以为迷途的人寻找灵魂的入口，还可以把大把大把的时间，收拢到某一件器物中，赠予他人，或者留给子孙。别人不懂，杨天轮也不会用。他口口声声说，那是不值钱的小玩意儿。可他骗不了我。我几次想拿开光的圣物与他换，都被他一口回绝。"

"他那是虚张声势，故弄玄虚，我才不信呢。整个永乐城，也就你这头聪明的驴相信。"

左岸这么说，梅边渡并没有生气，他沉浸在自己的思维路径上，继续说："我还要告诉你一件事。永乐最具代表性的地理标志产品，国家级非物质文化遗产蟋蟀，年年出王不见王。为什么？因为所有养蛐蛐的人，都把最好的蛐蛐，当成命。不到万不得已的斗局，王是不会出战的。所以，更多的王，还有更多的将，没有出斗一场，就到了行将入土之时。知时节，是蟋蟀五德之一。王者终将成土，这是我告诉你的人生哲理，你要在小说中表现出来。越好的蛐蛐，斗场越少。"

"王者终将成土。"左岸把梅边渡的这句话，当成了小说的某个章节的标题。

左岸完成小说的过程，艰辛而充满曲折。左岸与大部分作家的写作习惯大相径庭。大部分时间里，左岸会爬上院子里搭建的一个木制高台，看着城隍池里的水汽慢慢升起，像淡烟缭绕的梦境中一首有关青春的朦胧诗。他看着水岸边三三两两的女人，悠闲而细致地洗衣，或者说话，臆想着她们的柔软或温情，把每一个人都写得充满光辉。左岸对梅边渡说，他就是要做一个脱离了低级趣味的好作家，用纯净、干净、平静的文字，超越人间烟火的油腻和浊水遍地的不堪，塑造一个在洪荒宇宙间独立行走，又只能在半空中写作的高尚灵魂。

左岸完成最后一个字的时候，呆呆地看着屏幕，任泪水流下。

外面似乎有飞机的轰鸣，左岸迅速擦掉泪，写下一首短诗，并充实进小说合适的位置：

　　　　至于诗歌
　　　　要写共情与未知
　　　　写刺痛人心，当然
　　　　要先刺痛自己

　　　　于诗人而言
　　　　眼睛是苦难的源泉
　　　　而心，是一切苦难

　　　　何苦要写诗呢

日子，已
足够苦

假如必须写
不如等悟透生死
等每一块石头都有了禅意
说谁在做梦，梦会在何时破灭

此后，左岸一遍遍地修改他的小说。在死亡之前的那段时间，左岸精心修改小说中的每一个字，每一个标点符号，让每一个断行都带着音乐的节奏。如此日复一日。左岸努力让自己成为伟大的左岸，努力让《尘法》成为伟大的作品。左岸不想成为梅边渡口中常常念叨的苦尘，又似乎无法抗拒某种结局的来临。一切都会成为尘土，或许，这便是尘法，是唯一可能的结局。如果真是如此，人世还有什么意义？左岸想，只要心里有尘法，每一个人都能健康自由地生活，对一个作家而言，或许就不应该探讨价值和意义。自己最大的失误，就是太较真。凡人凡事，非要寻求意义，意义便消失了，与一条生命的消失完全一样。

如果自己是一条鱼，在水中和陆地上，都可以自由呼吸，该有多好。只是，不要成为梅边渡鱼缸中的鱼。目光总在游移的梅边渡，总是忘记了投放鱼食，还故意把一杯发臭的茶，倒进混浊的水里。

梅边渡的洁癖，只关乎他自己。

鱼不是梅边渡的上帝，梅边渡却可以给每一条鱼上绞刑。

梅边渡的鱼不会游泳，它们一直在寻找逃到人间的机会。左岸在自己的小说中，郑重其事地写下这句话。

与此同时，梅边渡突然在睡梦中惊醒。他不知自己在何处，心头一惊。他意识到左岸像一个裸行者，在城市的大街上行走。

左岸，是裸着的。整个城市，也是裸着的。

左岸的两条腿，一长一短。城市像一条千足蜈蚣，露出白骨，散发着毒气。

46. 城市主题词：魂灵之爱。

变成魂灵的左岸，不仅仅是名字变了，似乎一切都变了，爱恨情仇，喜怒哀乐，所有的存在都如散淡的云烟，有如无，无似有。左岸虚，不再有仇恨和失望，如同进入了虚空的大同世界。即便如此，左岸虚仍然感觉不爽，看到血肉模糊的人间真相，他越发感觉到自己的无能为力，和活着时并无两样。

左岸虚想起，自己在人间的时候，曾经突发奇想，如果哪一天自己死了，要把遗体捐献给需要的人，从头到脚，从心脏到血液。左岸曾经把这个念头告诉梅边渡，竟引来他的一阵嘲笑。现在想来，梅边渡的嘲笑似乎有些未卜先知的味道，如同知道左岸所拥有的歪七扭八的身体，都将在熊熊大火中化为灰烬。

左岸虚意识到，遗憾不只人间有，魂灵世界一样有。

左岸虚努力让自己放下所有苦痛的体验和感知，做一个快乐、温暖，且能给那些熟悉和不熟悉的魂灵，带来正能量的温情使者。左岸虚衣着整洁，发丝清爽，心情舒畅，充满柔情和怜悯。每一次魂灵们大的聚会，左岸虚都要盛装出席：戴一顶手工压出暗花的礼帽，穿一件全羊毛面料的燕尾服，蹬一双用薄牛皮精制的皮鞋，挂一柄黑色的竹节拐杖，拐杖的手柄镶满黄金。左岸虚特别注意自己身上的气息，香水的味道是从腋下缓缓飘出来的，偶尔开口说话的时候，每一个字都带着薄荷的香。左岸虚觉得，自己就是中世纪的西方皇族，如果按照梅二的轮回说，刚刚离世的左岸是从皇族渐渐没落而来。对这一点，左岸虚充满伤感，并且努力想弄清楚整个过程。他要把前世今生的奇特之事，带进后世的轮回，然后写进另一部《尘法》之中。

左岸虚不仅仅是西方贵族的打扮，言谈举止都像是基督山伯爵。成为魂灵之后的左岸，不再是小儿麻痹症患者，两条腿不但一般长短，还更加健壮，充满男人的力量之美。左岸虚完成了他在人间没有完成的蜕变，可以是正义的魂灵卫士，也可以是浪漫无限的爱情杀手。他还会在每一个清晨，把自己装扮成一只七色鸟，披着彩色的羽毛，飞过每一扇弥漫着隔夜之欢或者浪漫温情的窗。左岸虚透过那些摇动的轻纱，看到了无数女人情欲横流的胴体，尽情享受着人世的肉体之欢。每逢此时，左岸虚都忍不住伤怀。他想起那个令自己魂牵梦绕的可爱可恨的小女子，放荡的、温柔的、圣女和魔鬼混合的综合体。左岸虚犹豫着是不是可以飞去她的床头看一看，亲吻她的嘴唇。可当他想起她轻蔑的笑声，便捂着胸口离开，身后是她刺破耳膜的尖叫："你……怎么……那么小！"

那个叫欧阳巧儿的女孩，在县城的娱乐场所，把名字改为孟娜。"你也可以叫我蒙娜丽莎。"她张大了嘴，对手持一沓钞票的男人喊。薄如蝉翼的羽纱外衣，像她的招牌或标志，总在男人被撩拨到欲死欲仙的时候，她天使般的魔力便降临了。孟娜会背诵波德莱尔的诗：

　　　　请深吻我青春的肌肤
　　　　仿佛琥珀、麝香和乳香
　　　　在歌唱着精神和感官的狂热

会背诗歌，不能不说是左岸的功劳，竟被她活学活用到风月场上，这不能不让左岸虚愤怒。

　　　　请到我身体的最深处
　　　　血液与灵魂的融合

　　是我与整个世界的狂欢

　　左岸虚知道，这是自己的诗句。孟娜与每一个男人苟合的时候，都会背出一两句左岸的诗，这让左岸虚感觉到自己留存在人间的影像，几乎成了性爱诗人的代名词。每每如此，左岸虚都想亲手点燃火山喷发似的烈火，将他们烧成灰烬。左岸虚四处徘徊，手执偏旁部首丢失的某一句诗，想着那个穿薄纱的少女，如何在他嘴里变成了万劫不复的放荡女。可她，又像深入骨髓的爱情象征，让他混淆黑白，欲念如火，生不如死。左岸虚背过身去流泪，任由放荡女的呻吟声越来越响。如果这个放荡女真的变成一堆灰烬，这世界怎么还会有美丽？罪恶的美丽，放荡的美丽，肮脏的美丽，让人作呕的美丽。左岸虚使劲拍打着胸膛，如同要唤醒埋在灵魂深处的最后一缕呼吸。

　　蒙娜丽莎的微笑，你怎么可以这样介绍自己？左岸虚像他生前一样，哭得弯下身子，直到把头磕在硬邦邦的土地上。

　　左岸虚努力地想流出泪来，可他不能。他依然向往人世间的生活，希望能够体会疼痛和寒冷，可以像一名称职的外科医生，解剖社会万象，解剖《尘法》中的各色人等。此刻，他最关心的，还是改名为孟娜的放荡女。他看到她呼吸由缓慢至急促，每一根汗毛都如同充了血一样饱满。左岸虚努力凑近放荡女的面颊，努力在她皮肤皱纹的细微处，发现一丁点的羞涩和耻辱感。可左岸虚失望了。放荡女比世上任何一个女人都浮浪。即便如此，左岸虚仍然希望她能感知自己的存在，在做爱或者亲吻的间隙，因为愧疚或者怀念，为曾经的左岸流出一两滴羞愧的泪水来。

　　这时，一个精致而轻盈的魂灵，拍了拍左岸虚的肩膀。

　　她的样貌与穿着，更像尘世中人。眼睛大而充满光彩，眼角上挑，眉线窄且有弧度，像害羞的柳叶。鼻子挺直，嘴巴小巧，嘴唇是淡淡的粉，没有口红。牙齿洁白，如初雪擦拭而成。

"你应该认识我的。"

"为什么?"左岸虚问。

"你一定听说过落地花的故事。"美妙如花的魂灵笑着，"在你把我写到纸上的时候，我一遍遍地提醒你，别人告诉你的一切，没有多少是真的。我只是一个对爱情充满幻想的女孩子，没有多少罪恶。我想让你把我写得好一点，不要让人觉得我有多么丑陋。你并没有听到我给你说的话，仍然把我写成了可恨之人。"

左岸虚愣在那里。他不知道自己该做些什么，是不是需要为自己辩白。左岸虚看到，站在自己眼前的魂灵，比那位放荡女要美千倍万倍。她背上若隐若现的枷锁，脖子上似有似无的勒痕，柔弱如骨的身躯，竟能唤起更多魂灵的爱怜与同情。

"我可以爱你吗?"左岸虚问。

"刚刚，你还在为另一个女孩伤心。"声音像清晨的第一滴露珠，清澈而明亮。

左岸虚羞愧地低下头："爱情的发生都是被神灵左右的，我只能遵从神灵的意志。"

"我在人世间，欠下了许多债。你看，我的女儿，还在哭着找妈妈。"左岸虚顺着落地花虚的手指往下看，见一个满身泥土的孩子，哭着哭着，睡着了，"我真的害怕一个没娘的孩子，会像我一样，成了落地花。"

"让我爱你，像人世间真正的爱情，好不好?"左岸虚泪流满面，"我愿意与你一起经风沐雨，走进下辈子，无论光明还是黑暗，无论贫贱还是富贵，我都愿意与你相爱相伴，一直到时空的尽头。我们可以一起去人间，照顾你的女儿。"

"虚空的灵魂怎么会有爱情? 我们连做梦的机会都没有。"

"你是不是还想着那位曾经深爱的老板?"

"老板？深爱？呵呵，他已经有了新的爱人。你看，他正陶醉于人间的花天酒地。"

"魂灵世界与人间，你更喜欢哪个？"

"在悲苦面前，魂灵世界与人间，能有什么区别？那些高官厚爵的魂灵，哪会像我们这样的魂灵，四处流浪？每个人都是生死两难，从来没有所谓的生而平等，更没有豪情万丈的死得从容。"落地花虚将小手指伸过来，勾住左岸的袖口，"你生前就是一位有良知的作家，非常关心底层人的苦。我再给你介绍一个小姑娘，如果有来生，你可以把她写进小说里。"

落地花虚对着远处的黑暗旋涡，喊："莫安虚——"

一位只有十五六岁模样的魂灵慢慢走过来，挺着硕大的肚子。

"她怎么会这样？"左岸虚问。

莫安虚低着头，满脸哀伤。

"她生前叫莫安，曾经在永乐城最繁华的饭店里做服务员。一个男人用三千块钱把她买回家，说要明媒正娶，与她结为夫妻。那段时间，她想象着一场浪漫庄重的婚礼，天天乐得合不拢嘴。男人说话不算数，把她关在家里，当作发泄欲望的工具。男人的父亲和男人一样，上辈子都是禽兽托生的，也强奸了她。她怀孕了，可她不知道孩子的父亲是谁。她去医院做孕期检查，被查出患了艾滋病。她生无可恋，跳河自杀。来到阴间之后，城隍爷说她身负两命，罪无可恕，逆子缠身，无法再次投胎。莫安虚成为永乐城黑暗世界中，唯一挺着肚子的魂灵。"落地花虚停了停，接着说，"莫安虚可怜。因为这副样子，她连个朋友都没有。眼睁睁看着一个个魂灵离开，她却要在这空洞无边的所谓极乐世界，一直孤独。我把她介绍给你，是希望你能在下辈子的书里，为她写上一笔，替她争取一个活在阳间的未来。如果你有勇气，也可以直接写一纸陈情表，诏告天下魂灵，为她诉说冤情。"

左岸虚不再说话。他想拥抱一下莫安虚，身子却沉得要命，一步也走不动。

左岸虚坐在城隍池的旁边，看宿荣把洗好的衣服端回家，晾晒在生锈的绳索上。

然后，左岸虚回了家。那片被大火烧焦的废墟，变得更加冷清和黑暗。那棵曾经覆盖整座院子的老槐树，变成了只有树干的黑色木炭，几根树枝痛苦而艰难地伸展开去，像魔鬼受刑中的四肢。左岸虚相信，这老槐树还会发芽。看到梅边渡一次次地给老槐树浇水，左岸虚常常被感动。

落地花虚跟在左岸虚的身后："你看，月亮升起来了。这片惨淡的月光之下，是不是该有我们的狂欢之夜？"

　　我们是两本不同的书
　　我们是两本书中的同一棵树

左岸虚写下两行字，撕成碎片，撒落人间。

"你知道的，无论在人间，还是魂灵之界，任何时候，宽宥都比爱更重要。"落地花虚贴紧左岸虚的胸膛，说，"放过自己，宽宥任何人。"

左岸虚突然听到梅边渡摇晃竹筒的声音。他透过窗户一看，梅边渡恰好在翻阅一本经书，为坐在对面的宿荣，测算最近的运势。

回过头时，左岸虚看到许多魂灵聚拢在城市的地下迷宫，做着各种各样的活计，比如割草喂牛、挑石上山之类。也有三五零落、飘来飘去的魂灵，站在树梢或者水波不兴的湖边，与脚下随风摇摆的草一起，想着冷暖不一的心事。更多的魂灵匆匆忙忙，不知来自何处，亦不知归于何方。

"我要为莫安虚争取光明的未来。"左岸虚暗暗对自己说。

第六章

宿荣的官司

47. 城市主题词：泽水困。

宿荣吹气，将虚捧着的两手贴近脸，再吹气，贴近胸口，停留了比较长的时间，才将三枚铜钱投掷到梅边渡眼前的木盒里。

梅边渡记下每枚铜钱的正反面，摇出的卦象，让他蹙紧了额头。

梅边渡自言自语："坎为水，兑为泽，水在泽下，泽中无水，干泽，为困。"

"什么意思？好不好？"宿荣一脸焦急，问。

梅边渡捻着嘴唇上沿的几根胡须："你最近吧，运势不太好。从卦象上看，常常陷于困顿之中。"

"这还用你说啊？不用算我都明白，所有的事都遇上鬼打墙。车乔路让我找十个人签字，哪来的十个人？大街上人来人往，哪个人愿意给我签字？熟悉的人，亲近的人，对我知根知底的人，还能证明我无罪的人，五个都找不到。"宿荣摇着头。

"想想老家里的那些人，比如村干部，他们代表一级组织，也很有说服力。"

　　宿荣想起马六，那个长得像枣核一样的男人。梅边渡所说的
"干泽"二字，无论用来形容他的皮肤、毛发还是为人处世，都是极
为准确的。马六不但干，还硬，像百年的枣树。他浑身有使不完的
力气，走路咣咣响，满身的骨头像钢板。

　　在宿荣打定主意找马六签字之前，与庄富贵通了电话，问她是
不是可以帮忙陪个客人。庄富贵问是谁，宿荣告诉她是马六。

　　"那个一直惦记你的村主任？老娘好几年没见他了。这样吧，把
水晶花也叫上，灌挺那个马大仙。要是连签个名这种破事他都弄不
明白，看我不把他的头摁到狗腚里。"庄富贵声音洪亮。

　　"你还记得他那点爱好？"

　　"你这个笨妮子，男人的屁股一撅，我就知道他拉什么屎。他惦
记你又不是一天两天了，亏你还能顶得住。"

　　宿荣笑笑："要不，你打电话约他？"

　　"多大点事啊。我也糊弄一下这个老色鬼，就说给他找个年轻漂
亮的小妮陪酒。"

　　"现在可是风清气正的年代，你千万别胡来。"

　　"我想胡来，也没有好糊弄的小妮了。咱那个时候，又傻又俊的
小妮，一抓一大把。现在倒好，比天天开屏的孔雀还稀罕，真成了
女孩子的黄金白银时代。那些年轻漂亮的女孩，不在金屋藏娇的别
墅里，就在几十万的豪车里。不过，话又说回来，咱仨姐妹，哪怕
是半老徐娘，仍然是涛声依旧。他那张旧船票，还真不一定能登上咱
这条破船，登上来也要把他脱光了，扔到洸河里喂王八。哈哈……"

　　"妹妹就是敞亮，佩服！你想去哪里吃？"宿荣问。

　　"城北外环路上新开了一家'梦里老家'，家常菜，不贵，口味
也挺好。"

　　以前，马六到城里，都要给宿荣打电话，让她请客。自己开店
的时候，宿荣总是让马六到自己店里吃。不开店之后，宿荣极少再

请马六。有时碍于情面，在马六办完事之后，塞给他百把两百块钱，让他自己找地方，想吃就吃，想喝就喝。唯有一次，宿荣的母亲因为风湿病严重，一条腿变成残疾，马六帮忙给办理了残疾证，非要宿荣请他吃饭。宿荣磨不开面子，在城里找了一个偏僻的小店，陪他喝了两杯。没想到的是，自从坐下之后，马六就告诉宿荣："这么多年，老老少少算起来，你是咱村最美的女人，独一份。别人越长越老，你是越长越年轻，越长越像十八的。咱俩说不上青梅竹马，也算是情投意合。我心心念念惦记你，想到浑身发痒。以前你家里那些鸡毛蒜皮的事，只要你一个电话，我马六没黑没白，屁颠屁颠地跑前跑后，送孩子上学，接孩子回家，陪老太太住院……为啥？不就是觉得与你情投意合，要和你露水一回吗？我马六明人不做暗事，有话直说。我不需要你怎么样报答我，就陪我一夜，多一次我也不要。"

"六兄弟，你喝多了。"

"酒后吐真言。我喝得再多，也一样能行。"马六摇晃着起身，扑向宿荣。宿荣慌忙往后撤，被椅子拦住，然后倒在地上。马六迅速上前，趁机弯腰抱住宿荣，一只手搂住宿荣的腰，另一只手从宿荣的背后，使劲插进她的裤子里。马六摸到了宿荣光滑的肌肤，力气更大了。宿荣拼命挣扎，转身，又被马六从身后抱住。马六的手从裤子前面伸进去，几乎要摸到宿荣的私处。宿荣一个猛蹲身，将马六摔到地下，马六的头磕在椅子角上，顿时血流如注。宿荣害怕了，想拉起马六。马六坐在地上，将头抵进宿荣的两腿之间："求求你，就让我做一回。"

宿荣推开马六："六兄弟，这样吧，我到宾馆给你开好房，替你找一个小妹。这样好不好？"

"好是好，还是不如你好。"马六突然放声大哭，"要是你真不愿意，就找其他人将就一下吧。可我马六，不就成笑话了吗？"

"这样吧，以后只要你来城里，想事了，我都替你找小妹。"

"你说话算话？"

"算话。"

之后，宿荣把这事说给庄富贵听，庄富贵满脸愤怒，说要找人教训一下马六。宿荣息事宁人："家里的事，他确实忙前忙后，帮衬了不少。这人除了心花一点，对俺家里的事，还是挺上心的。"

"他也不撒泡尿照照自己，枣核似的。"庄富贵依然气愤。

"农村的荒边地头上，到处都有蒺藜秧，没人管它的时候，它什么都不是；惹到它，就要扎你一下。我觉得马六特别像蒺藜秧。对我们这些到城里讨生活的人，他会时不时地跳出来，扎我们一下，让我们知道自己来自哪里，根子里是什么样的人。"

听宿荣这么说，庄富贵沉默了。对宿荣这番话，她有深切的体会。开店时，庄富贵一直躲着老家的人，怕别人知道，败坏自己的名声。可总有三里五庄的人，寻着她来了，吃饭占点小便宜，少花点钱，顺便见识一下外面世界的花花绿绿。他们不会让庄富贵陪吃陪喝，却会让水晶花甚至宿荣陪上几杯，说些下流低级的荤话，过一下嘴瘾。因为这样的情形经常出现，宿荣、庄富贵和水晶花达成了一致意见，三个人老家的来客，一律不接待。这样的做法，恰恰得罪了本乡本土的人，他们回去后，编排了各种各样的剧本，把她们败坏得一钱不值。

当晚的聚会，马六见是三个熟悉的女人，不敢大意，酒也喝得少。

倒是庄富贵，有些挑逗的意思，问马六："马主任，听说你一直惦记着宿荣，是真是假啊？"

马六的脸涨得通红："这种事，开不得玩笑。"

"办都办了，还开不得玩笑。怎么着？忌荤了？不近女色了？谁把你教育好了？"

"咱大小是个村干部，得学好。"话虽然如此说，马六的眼神依然色眯眯的。马六上下打量着宿荣："学好就是得实话实说，宿荣的胸，比以前小多了。"

庄富贵哈哈大笑起来："我就说嘛，狗改不了吃屎。你马六人老心花，还想着宿荣呢。"

"不想就成太监啦，哈哈。说实话，这几年，我对宿荣可没少下功夫。她家现在是省级贫困户，享受着国家补贴政策。我给你说道说道啊，过年过节能领粮油米面，每月都有按户发放的生活补贴，就连看电视，信号费都是免的。可人家宿大小姐，横竖都是天上飘的仙女，地上飞的蝴蝶，不睬咱，说什么话不投机，味不相投。"

"宿荣都这么大年纪了，你还惦记她干啥？你给我说句实话，今天晚上，是不是还想找个年轻的小妮？"

"不敢了，不敢了。中央扫黑除恶督导组的人在县里，找小姑娘的事，咱以后再说，先欠着。你们三位大美女，找我一个不入流不入品的村干部，有何贵干？"

"还文绉起来了。"庄富贵端起一杯酒，碰了碰马六的杯子，"废话少说，干。"

"干？还是干？"马六开起玩笑。

水晶花抿着嘴笑，然后用下牙咬了一下上嘴唇，这是她嫁给学校高级教师之后的标准卖萌动作。水晶花突然捧起马六的头，抱得紧紧的："六儿，当娘的想让你干，你敢吗？"

庄富贵和宿荣对视了一眼，满脸惊愕。

庄富贵猛地扒拉开水晶花的手："傻妮子，是不是喝多了？怎么还动起手来了？"

马六也被吓傻在那里，摸了摸头皮："真是三个女人一台戏，我快让你们吓死了，这一惊一乍的。宿荣，你快点告诉我，让我办什么事吧。"

宿荣拿出无罪证明："回去后，让村里的干部都签上名，再盖上村里所有的公章。"

马六接过来一看："小事一桩。那个招商引资办公室的章还盖不盖？合起来十几个呢。就这点破事，还用得着你们三个姑奶奶摆这出鸿门宴？我还有事，喝一杯先撤。"

出门的时候，水晶花搂住马六的脖子。

马六顺势再次将头顶在水晶花的胸口处，来回磨蹭。马六感觉到一滴温热的泪落在脸上，像一粒硬硬的纽扣。马六深嗅一口，纽扣的缝隙处，飘出淡淡的香。

宿荣把水晶花送到楼下的时候，看到水晶花依然含在眼里的泪。宿荣抱紧水晶花的肩头："过几天咱再约，给我说说心里话，就咱俩。"

水晶花点头，一行泪落在地上，碎得像冰碴。

"总会有人把我的泪踩在脚下。"水晶花转过身，再次抱紧宿荣，在她耳边说，"我找梅边渡算了，他说有人在梦里偷了我，让我的男人变魔怔了。"

"别听他瞎说。"宿荣停了停，"梦里偷不算偷。"

"说实话，这么多年来，我只想让自己的男人，能把咱当人看，让咱知道自己还活着，活得像一个好女人。"水晶花放开宿荣的手，低下头，匆匆离开。

48. 城市主题词：酒醉知情浓。

宿荣想起第一次喝醉酒的情形，知道那是吴连故意让她喝多的。自己也愿意一醉，如此便有了半推半就的理由。

那年，没有考上高中的宿荣，来到县棉纺厂门口，问看门的大爷，工厂里是不是招工。

"这事挺大的，俺真不知道。"看门的大爷摇摇头，"你是农村来的吧？这个厂子好像只招待业青年，吃国库粮的。"

"俺也是待业青年啊。"

"城市户口吗？"

"地道的农村户口。"

两个人一问一答时，吴连出现了。

宿荣抬头的瞬间，张大了嘴，一下子呆在那里。宿荣看到了一个梳着偏分头的青年人，国字脸，高鼻梁，眼角虽然有点上斜，可眼睛挺大。白色的确良上衣，别了一支黑色的钢笔，手腕上是金光闪闪的手表，胯下是擦得锃亮的金鹿牌大轮自行车，裤脚以自己的肥大，证明了喇叭裤的时尚，并恰到好处地遮住了黑色皮鞋的三分之二，只露出彰显魅力的三分之一的尖儿。

看到宿荣的吴连，一只脚蹬在地上，另一只脚踩在踏板上，同样被宿荣的美惊呆了：满脸的清纯与羞涩，并未发育完全却已十分诱人的浑圆的胸，恰到好处的身材比例，身上洋溢着的阳光和温暖。吴连心里想，这样的女孩，对男人的渴望是藏在骨子里的。

吴连用下巴指了指宿荣，一声响亮的口哨之后，带着痞子的腔调，问："俊妮儿，找谁？"

"俺想来厂子里上班。"

"哪里人？"

"堌城北落星的。"宿荣停顿一下，"知道那个地方吗？有一大块陨石。"

"我知道那个地方。俊妮儿，姓啥？叫啥？"

"你是领导吗？"宿荣害羞地问。

"我是领导的亲戚。呵呵，有问就得答嘛。"

"俺叫宿荣。"

"想来厂子里上班是吧？这样吧，我是销售科的吴科长。今天晚上先跟我去陪客户吃饭，表现合格了，我就跟厂长说说，让你跟着我干销售。表现不合格呢，你就打道回府，回老家种你的一亩三分地。"

"俺不会喝酒。"

"慢慢学就会了。"吴连拍拍自行车的后座，以命令的口气说，"上来，走吧。"

那天晚上，吴连并没有什么客户让宿荣陪。吴连带着宿荣，到西关贸易楼的饭店，点了六个菜，说是为宿荣接风洗尘，然后把宿荣带到了高中同学赵亚洲家里。此前，赵亚洲托吴连打听，棉纺厂有没有人租房子，他家的老房子已经空闲半年了。吴连给赵亚洲介绍道："这是我同事，想租你家的房子。便宜点吧。"赵亚洲看在同学的面子上，每个月只收十块钱房租。

"那你能不能保证让我去你们厂里上班？"吴连出门的时候，宿荣满脸渴望地问。

"放心，厂长是我亲戚。我一定想办法让你到厂里当工人。"

宿荣看到吴连离开的时候，右手抬起，往后摸了一下长长的头发。月光恰巧一闪而过，透过吴连的手指穿过他的长发。"太帅了。"宿荣在心里说。

此后事情的发展，似乎落入了俗套。吴连天天带来厂长的消息，说让宿荣等等，一有机会第一个给她办招工。吴连后来又说，厂长说了，干销售不用到厂子里上班，只要能卖出去棉纱，就可以拿提成。吴连更是频繁地带宿荣出去吃饭，说是陪客户。确实有几次，吴连带着她陪了江苏的销售人员。陪客户的时候，吴连并不让宿荣喝酒。之后，还隔三岔五地给宿荣带来十块二十块的钱，说是销售提成。宿荣满心欢喜，觉得天天不用上班，还能有工资拿，该是天底下最大的好事了。

宿荣想，更好的事一定会接踵而至。

某一个初夏的午后，小雨刚刚停歇，微风是凉的。吴连没有去上班，直接来到宿荣的租住地。吴连敲门，宿荣穿着薄薄的睡衣，刚刚从午觉中醒来。

"你看，我带什么来啦？"吴连把瓶子举过头顶，"外国红酒，要好几百呢。"

"送给我的？"宿荣一把夺过来，满脸兴奋地看着上面的英文，"你认识这些歪歪扭扭的字吗？"

"哈哈，认识，写的是献给心爱女人的专用酒。"

"啊，真的？"

"当然是真的。"

"我怕喝醉。"

"酒醉知情浓。"

宿荣的心被爱填满了。从看见吴连的第一眼开始，初次来到城市的宿荣，已经对年轻英俊、出手阔绰的吴连，表现出深深的羡慕。羡慕慢慢变成了渴望，变成了少女的爱情畅想。

吴连带来了专用的起酒器，带来了高高的酒杯。吴连倒上酒，与宿荣每人一杯，几口干了下去。吴连告诉宿荣："外国的红酒，就得快喝，别跑了味。"

宿荣像听话的奴仆，迅速喝光自己的酒。

醉意很快涌上来。宿荣几乎站立不稳了，只知道嘿嘿地笑，笑声和笑容，变得模糊而羞涩。

吴连放下杯子，慢慢地把宿荣搂进怀里。他像一名外科医生，一丝不苟地解剖着宿荣绷紧的生理与心理的欲求。当宿荣把所有的羞涩展陈于吴连面前时，她觉得自己的满胸腔都是跳舞的兔子，并在那一个瞬间，欢快地唱起了歌。

吴连脱光自己的衣服，宿荣抬起头，满脸通红："这是我的第一次，我想看着。"

吴连起身，看到墙上挂着一面巨大的镜子，便慢慢摘下来，用被子顶住一头，放到床上。

镜子里的吴连和宿荣，像两条水里的鱼。宿荣努力看着镜子里的自己，在吴连的手指下，变得疯狂。宿荣看着自己被燃烧，被撕裂，那种融入吴连血管的渴望，像海水一样荡漾着，激起一波又一波的浪。

之后的一段时间，吴连和宿荣，天天沉醉于肉体的缠绵，不知疲倦。每到周末，吴连就用刚刚买的嘉陵摩托车，带宿荣回老家。摩托车巨大的轰鸣声，震惊了北落星的树木花草。宿荣的娘脸上笑开了花，逢人便讲："俺女婿是棉纺厂的科长，厉害着呢。"

"我们村好不好？星星光顾的地方。"宿荣问吴连。

"星星好，我的小俊妮更好。"又是一声巨大的油门声，吴连带着宿荣，几乎要飞起来。

大约半年以后，宿荣发现自己怀孕了。她一个人去医院做了检查，满脸欣喜。宿荣把消息告诉了吴连，没想到他迅速翻脸："马上去打掉。"

宿荣先是沉默，接着是倔强劲儿开始发威："我偏不！"

吴连举起巴掌，重重地打下去，打得宿荣眼冒金星。

自第二天开始，吴连玩起了失踪，再也不到租住的房子里来了。吴连的同学赵亚洲，没几天就赶宿荣走，让她到别处赁房子。宿荣哀求赵亚洲宽限几天，问吴连的家在哪里，她要去找他。赵亚洲没有告诉宿荣有关吴连的任何消息。

宿荣天天去棉纺厂门口等，门卫大爷说，吴连已经好几天没来上班了。他还悄悄告诉宿荣，吴连家在西关，据说是西南巷子。宿荣找遍整条巷子，总算打听到了吴连的家。宿荣守在吴连家门口，一直不见吴连进出。终于有一天，宿荣悄悄打开吴连家的大门，发现吴连就在家中。看到宿荣找上门来，吴连十分生气，一脚踩在宿荣的肚子上。

宿荣疼得流下眼泪，弯着腰，声音像时粗时细的黄连："吴连，这可是你的孩子啊。"

吴连家里没有一个人站出来说话。看宿荣疼得实在受不了，吴连的母亲颠着小脚，拉起宿荣："姑娘，你快走吧。他这驴脾气上来，谁都拦不住。你看我的胳膊，是他拿菜刀砍的。我劝你啊，就死了心吧，别再想嫁给他。嫁给这种没轻重的人，少不了挨揍。"

宿荣走出吴家，坐在他家门外的碾盘上，直至天黑下来，才开始慢慢往回走。

吴连邻居家的一位老大娘，坐在大门底下，面带气愤和怜悯。看宿荣一直哭，她便在天黑之后，悄悄告诉宿荣："姑娘，你不是第一个这样的苦命孩子。好几个啦！骗人家说是厂长的亲戚，可以给人家办招工。吴家作孽啊。大娘跟你说句实话，吴家那泼皮孩子，早就跟杨家的六妮订了婚，过几天就要娶哩。唉——作孽啊。"

满世界的黑暗。

如同那日的雨，开始慢慢下，却是秋凉。

宿荣的心在滴血。

无论走在黑暗里，还是走在雨里，宿荣感受到的，是一阵比一阵更强烈的疼。

泪是雨吗？或者，雨就是泪？宿荣向着雨丝不断的天空，大声嘶叫着："老天爷啊——"

49. *城市主题词：从拉面馆说起。*

多年以后，梅边渡给宿荣说："人可以向生活低头，却不能向原则让步。你的拉面馆取错了名字，情深深雨蒙蒙。你是水命，拉面馆的名字里又有那么多水，你压不住。我知道你的用心，你在怀恋逝去的爱情。可有些东西，是不值得怀恋的。如果把名字取作三生悦，一定会生意兴隆，财源滚滚。什么叫三生悦？悦于酒，悦于情，悦于三生。人生化境，随心所欲，花不惧暗香，雨不吝归程。"

"这么多年了，你怎么还记得那个名字？"宿荣眉头一皱，问。

梅边渡愣了许久："我也去吃过拉面的，你不记得了。原以为会是满满一碗，你只给了我大半碗。"

"那我后来那个店名呢？"

"也不怎么好。一帘幽梦。世间的人和事，只要是与梦相关，大都结局悲惨。"

"为什么？"

"十梦九空，没有几个梦是可以实现的。"

宿荣打量着梅边渡："我的两个店你都去过吗？我怎么想不起来？"

梅边渡转过身，把感觉微微发烫的脸，对着南墙下低着头躲避烈日的向日葵："要是，要是你喝醉了呢？你看今年的葵花，开得多好啊，个大饱满。"

宿荣的脸变得发烫，如同梅边渡洞悉了她第一次醉酒之后的所有事项。

"赵新城的老婆到店里闹时，我也在。"梅边渡说。

宿荣低下头，那一天，似乎是自己一生中比较黑暗的日子之一。

客人挤满拉面馆，宿荣忙得脚不沾地，来来回回给客人上菜。厨师哑巴三也是满头大汗，忙得不亦乐乎。

赵新城正在店里吃饭。赵新城的老婆大呼小叫着出现，带来七八个男男女女的年轻人，二话没说，扯着赵新城的领子就把他拖到大街上。赵新城的老婆手握一根五六厘米粗的木棍，在大声咒骂中，不分东南西北，开始砸店。赵新城的老婆人高马大，在狭小的拉面馆里左冲右突，一会儿就把所有的玻璃餐桌砸了个稀巴烂。吃饭的客人一个个跑到街上，站在路边看热闹。砸完店，赵新城的老婆又冲到宿荣跟前，一把抓住她的头发就往街上拉，嘴里大声开骂："不要脸的烂女人，祸害一个男人不行，还想祸害俺男人。我要撕破你的脸，让你再当狐狸精！"

赵新城的老婆脱下高跟皮鞋，用鞋跟对着宿荣的脸猛扇。鞋跟砸在宿荣脸上，砸出了一个又一个坑，鲜血直流。宿荣不到三岁的女儿娇娇，吓得躲在门后，捂住脸。赵新城的老婆还要继续砸的时候，哑巴三从厨房里跑出来，提了一把刀，对着赵新城的老婆就要砍。宿荣拦住，赵新城的老婆趁机跑到大街上，跳着骂："乡下烂货，不要脸，想要多少男人干啊？祸害一家不行，还想祸害我，门儿都没有。"

哑巴三提着刀冲出店，宿荣在后面拉。赵新城的老婆一看哑巴三的阵势，边骂边溜了。

赵新城回到店里，要带宿荣去医院包扎。宿荣手一拨拉，挡开赵新城的手。几个人慢慢打扫地上的碎玻璃，扫帚归拢玻璃的声响，刺得心生疼。哑巴三听不见那些声音，但他眼里的怒火，一直不停地射向赵新城。

宿荣知道，赵新城几乎天天到店里吃饭，一定是他老婆怀疑他和自己有事，就在毫无证据的情况下，砸了自己的店。宿荣觉得太冤枉，太委屈。宿荣承认自己对赵新城有好感，也一直感谢他照顾自己的生意。在她最困难的时候，他还借给她钱，买餐具，租房子。可这一切，都是极其正常的交往，没有谁越过雷池半步。

"我会赔给你钱的。"赵新城哭丧着脸，"对不起了。"

宿荣不说话，只流泪。

哑巴三比比画画，赵新城看不出他想说什么，宿荣明白，他在指责赵新城，怎么养了这么一条天底下最不讲理的恶狗。砸了东西不能白砸，要赔，要十倍二十倍地赔。

宿荣对哑巴三做了一个噤声的动作，不让他乱比画。

等把房子收拾干净，赵新城问："我去给你买餐桌，明天再开张。"

宿荣摇摇头。自从开店以来，宿荣没黑没白地忙，店里的生意刚刚有起色。宿荣把哑巴三从另外一家店挖过来之后，拉面馆的生意一天比一天好，几乎是天天爆满。哑巴三拉面不惜力气，总是要多摔几遍，拉出的面筋道。牛肉是宿荣从屠宰户家里直接买过来的，肉质好，新鲜。又是自己煮，口味好。放在拉面里的牛肉，也总要比别的店多出几片。再加上价格又是城里最低，来的人自然多起来。

生意好了之后，开始有人编排一些这样那样的闲话，说宿荣卖拉面，全凭一张脸。有人说，宿荣怎么能看上哑巴三呢？怎么和哑巴三开成了夫妻店？然后从节约成本、节省人员工资的诸多因素，分析出宿荣与哑巴三之间的各种可能性。赵新城为此还专门问过宿荣："那些话是真的吗？"

"赵科长，你管真假干吗？你来就是吃面的，想吃粗的吃粗的，想吃细的吃细的。那些啊，都是闲话，也是闲事。"

赵新城不再说话，到店里来的次数明显多了起来，来到就要喝酒，不醉不归。正因如此，才有了砸店事件的发生。

宿荣租赁的拉面馆，前店后院。等把店里收拾干净，宿荣赶走了赵新城，从里面反锁上店门。

哑巴三正抱着娇娇，哄她睡。

"三儿，把孩子给我吧。咱今天不营业，你去炒几个菜，陪姐喝两杯。把店里最好的菜，都给我炒了。"

天色慢慢暗淡下来，哑巴三炒了六个菜，做了一个汤。

哑巴三陪宿荣坐下。

第一次，两个人如此近距离地坐在一起，哑巴三有些不习惯。

宿荣开始说话，说她所有的过去，说家里的陈谷子烂芝麻，说吴连，说女儿娇娇，说她的老家是星星光顾的地方。宿荣说话越多，喝酒越多，最后舌头不听使唤了，竟然把"啊"说成了"哎"。哑巴三比比画画，做着感谢宿荣的鞠躬姿势。哑巴三告诉宿荣，他家里除了母亲之外，全是哑巴。他是老三，是唯一一个在城里混日子的人，是他们家的希望。他的两个哑巴哥哥，都羡慕得要死。家里的吃穿用度，都指望着他呢。他还给哥哥们说，老板是大美女，对他十分照顾，他们馋得流口水。

宿荣感觉到浑身疼，脸上的疼更像是锥子扎的。宿荣泪流不止，让哑巴三更加惊慌起来，他比画着："姐，你没事吧？"

宿荣摇摇头，告诉哑巴三："姐不开店了，明天就关门。我去城边找个地方，煮熟肴卖。店里就不能留你了。"

哑巴三哭了，一次又一次地重复："我知道姐看不上我，我就是一个不中用的哑巴。我比不上赵新城。如果姐哪天想起我，随时可以找我，我会在你第一次见到我的地方，一直等。我生是姐姐的人，死是姐姐的鬼。"

"天不早了，你回吧。"

哑巴三比画着，做着最后的努力。

宿荣站起身。宿荣已经站立不稳，哑巴三几乎是半抱着宿荣，把她扶进简陋的卧室。

哑巴三开门出去。

宿荣慢慢脱下衣服。脱一件，停一停，然后默默流泪。看着睡梦中的女儿，宿荣的泪流得更猛。

宿荣躺下，没有关灯。自从和吴连在一起之后，因为吴连不喜欢关灯，宿荣也渐渐养成了这个习惯。

灯光之下，宿荣模模糊糊地看到，哑巴三缓缓向自己走来。宿荣看到哑巴三泪流满面。哑巴三像一位虔诚的信徒，跪在自己床下。他从宿荣的脚趾开始，到脚踝、小腿，缓缓向上抚摸。

月光偷偷从门缝里钻进来，融入电灯的光里。

宿荣从镜子里，看见两尾以死相交的鱼，泪流满面。他们互相取暖，互相搀扶着，向未知的海域拼命地游，越游越深，越游越冷。

　　月亮升起的时候，宿荣关上灯。夜沉静下来，无风，无任何声响。月光害羞似的探进头来，把床头的镜子照得醉意朦胧。

　　情深深雨蒙蒙拉面馆，开了不到一年时间，就在闲人的议论声中，闭门谢客。那个全城最好的拉面师傅哑巴三，就此在永乐城消失，再也没有出现过。

　　50. 城市主题词：无意义存在。

　　宿荣的女儿娇娇，在赵新城的老婆砸烂拉面馆之后的第二天，便被送回老家。

　　等娇娇稍大一些，听到村里好嚼舌头的人，在背后议论妈妈的各种是非，说得邪恶、肮脏，她便与说闲话的人对骂："你们这些烂人，真不要脸，自己嘴里满是猪大粪，还说别人脏。"

　　娇娇上学的时候，宿荣给她取名吴乐曦。娇娇不乐意："我为什么姓吴？我不姓吴，我姓宿。"

　　宿荣生气，第一次打了娇娇："你爹姓吴，你就得姓吴。"

　　"为什么叫乐曦？"

　　"永乐城，西南巷子。"

　　在宿荣的巴掌底下，娇娇屈服了。取名为吴乐曦的娇娇，在村子里和学校里，始终感觉抬不起头，心里充满了对妈妈的怨恨。娇娇记得那个母亲被打、拉面馆被砸的场面，像是被一刀一刀刻进脑子里的。娇娇以为，一定是妈妈招惹了人家，才引来如此的灾祸。

　　自十岁开始，娇娇拒绝与妈妈见面，她劝姥姥不要让妈妈进家门。宿荣为此伤心，一个人走到洸河边上，站了整整一天。她想一了百了，又想着不能与小孩子一般见识。母亲打电话来，说孩子又该交学费了。宿荣便哭，她把头扎进河水里哭。河水凉，也脏。当一头散乱的长发从河水里甩出来的时候，宿荣劝自己，死过一回了，啥都不要怕了。宿荣开始拼命挣钱，同时在几个店里做面食，甚至像个男人一样出苦力。她每个月回老家一趟，总是在女儿上学的时候回去，放下钱就走，偷偷摸摸的，像做了什么见不得人的事。母亲对她说："你那宝贝闺女，嫌你挣的钱脏。俺只能跟她说，那些学费都是俺的钱，是俺在供她上学。"

宿荣点头，努力不让泪水流出来。

"什么叫爱恨交加？我这就是。"宿荣哭着对母亲说。

"活该。那时候拼了命劝你，死活不听。现在后悔，晚了吧？"母亲说，"俺这才叫爱恨交加，替你养着个不明不白的闺女，出力不讨好。"

"你们那时候都觉得脸上有光，没人劝我。"

"瞎说。差点就提着你的耳朵告诉你，城里和农村，一个是天上，一个是地下。攀高枝的人，早晚得挨摔。"

宿荣深切地感受到，除女儿之外，母亲对自己的怨恨同样坚深。刚与吴连谈情说爱那一阵子，吴连骑一辆高大威猛的野摩托，载着宿荣沿街穿行，让母亲脸上有光。邻居们在旁边指指点点："看那个娘们儿，走埂了。"母亲不在意，脸上始终带着微笑。宿荣当时不解"走埂"的含义，特意问母亲，母亲把筷子往桌子上一拍："你到麦子地里，在垄背上走走，看看自己是什么样子。"宿荣在某一个下午，还真的到地里走了一圈，才明白其中的含义。

宿荣把"走埂"这个词告诉左岸，让他写进书里。左岸翻找了大量辞书，一本正经地告诉宿荣："你所说的走埂，应该是走梗，梗着脖子走路的样子。"

"那还不得像鸭子？"

"也像鹅。"

当吴连抛弃宿荣之后，母亲的脸变成阴灰色，总没有晴朗的时候。如果再不及时送回娇娇的学费，母亲的咒骂张嘴就来："你一个当娘的，孩子该交学费了你不知道？猪脑子啊。我年纪也不小了，该着伺候你们啊？"

"你老人家别骂，我就是卖，也得挣够孩子的学费，不用你花一分钱。"宿荣咬牙切齿，把眼泪嚼碎，咽下。

每次遇到过不去的坎，宿荣便想起赵新城，打个电话，说一下自己的情况。这么多年来，赵新城从来没有拒绝过宿荣，这让她十分感动。有次她半开玩笑地对赵新城说："到最后还不起你的账，就拿我自己还。"

赵新城的脸铁青："你以为你是什么人？你以为我是什么人？"

这次之后，宿荣再也没这样调侃过。

娇娇养了一只独眼猫。这只不知被谁遗弃的流浪猫，像娇娇的亲人，似乎能够洞晓娇娇所有的心事。娇娇也养成了习惯，凡事都要征求独眼猫的主意，只有在听到它"喵"的一声之后，娇娇才去做。

娇娇上高三那年，宿荣有次回家，遇到了那只独眼猫。那只猫对宿荣有一种天然的亲近，自从进门后，就在她腿上蹭来蹭去，然后抬起头，嗲声嗲气地叫。

母亲说："这猫也怪了，以前从来不亲乎人，娇娇上学去后，它就爬到树上去，见到你怎么就变样了？"

宿荣笑了笑："大概它可怜我苦命。"

"最苦的命，就是当娘的命。一个说不得一个。"母亲长叹一声，把头天的一杯茶，猛地泼到院子里，"老了老了，连杯好茶也喝不上。"

下次再去的时候，宿荣就把大包小包的茶叶送上。

一只鸟站在院墙上，探头探脑。

"前几天，学校的老师来家访，说娇娇一定能考上大学。你得有个准备，上大学的钱，可不是小数目。"母亲把一壶新茶沏上，"你好久没在家里吃饭了，咱娘俩包水饺。"

宿荣和母亲边吃边聊。宿荣说起这些年母亲的操劳，说起自己将来会如何报答母亲，哪怕两个弟弟都不要娘了，她要。宿荣还说，等她有了房子，就把母亲接到城里，漂漂亮亮地过一回城里人的生活。

宿荣的母亲高兴，脸上泛起花一般的笑："唉，我这把年纪了，无所谓。你该和娇娇好好说说，让她知道当娘的不易。等哪天合适，我再把学费的事给她讲清楚。你做了这么多年的无名英雄，也该让她知道啦。"

某天，宿荣突然接到女儿的电话。

娇娇在电话里抽泣着："俺姥娘都给我说了。你怎么不亲口告诉我？妈——"娇娇突然拉出长长的哭腔，"妈妈——"

临去上大学的头一天晚上，娇娇和宿荣挤在一张床上。娇娇抱紧宿荣的身体，把头抵在她胸口："我脑子里一直有一个场景——黑夜，路灯很暗，在肮脏的大街上，你喝醉酒，抱着一棵树，一个男人在你身后，嘴里的叫声像畜生。我不知道是小时候看到的，还是梦里梦见的。"

宿荣的泪止不住地掉下来。宿荣感觉到心被撕碎的疼。她坐起身，看着蜷卧在床上的女儿："闺女，你长大了，好多事妈妈可以告诉你。妈妈一直干干净净的。如果像别人传说的那么肮脏，妈妈就不会这么穷了。这个社会没多少人情味，对妈妈这种没学历、没后台、没本事的女人来说，生活就是一张无情的破网。妈妈总抱着幻想，以为能捞起三两条鱼。结果，到最后，网线沤烂了，网眼越烂越大，只剩下一个早就被别人说破的结局。城里人的生活，只不过让我空欢喜一场，还把我骗得精光，城市是妈妈的伤心地。"

"这么多年，我一直都偷偷地恨你，觉得你风流放荡，让一家人跟着你丢人现眼。去年有个全国的作文比赛，我写过一篇文章，题目是《父母的无意义存在》。我写的是留守儿童，可我更想写我自己，那种无父无母的孤独。我像孤儿一样，心天天在半空中悬着。说不定哪一天，就会掉下来，摔个血肉模糊。"

"无意义存在，呵。"宿荣重复着女儿的话。这几个字像锥子一样，扎得宿荣心疼。

"我误解妈妈了，对不起。"娇娇把身子再次贴紧宿荣。

"该说对不起的是妈妈。生了，不会养。有时候，还养不起。多亏了你姥姥。不管到什么时候，你都不能忘了你姥姥。"宿荣抚摸着女儿的头发，一根一根，从上到下，滑上去，再滑下来，"你就要去上大学了，妈妈多唠叨几句。妈妈一直不服输，总想出人头地。可妈妈用尽所有手段，只能混上个吃喝。一直有人给妈妈介绍各式各样的男人，妈妈一直拒绝。因为你还小，我怕你被伤害。更重要的一点是，妈妈被爱情伤透了。妈妈体会最深的一句话是，穷人，谈不起爱情。你姥姥说得对，攀高枝，早晚会被摔。"

娇娇嗯了一声，鼻音很重，算是赞同。

宿荣稍一停顿，继续说："妈妈也知道富养闺女穷养儿的老理儿，可妈妈没太多钱。没钱，让妈妈觉得理亏。不管怎么样，你到大学以后，一定不要怕花钱。妈妈总还有一些打工的门路，尽可能多挣些钱。妈妈答应你，把你养到大学毕业。你毕业之后，妈妈如果还有力气，就给你攒下成家的钱。妈妈不怕吃苦，只要还有力气挣钱，就不会让你受难为。"

"我不要你的钱。我长大了。到学校以后，我可以去饭店里端盘子洗碗，去给初中高中的孩子做家教。大城市里挣钱的门路更多，总比小县城挣钱容易。"

"妈妈年轻时也是这样想的，以为城市里到处都是有钱人，会有更多挣钱的办法。可跑出家门后，举目无亲，活路都难找。有时候，活路更像是绝路。你是妈妈唯一的牵挂，也是唯一的希望。妈妈能死皮赖脸地活，都是因为你。你现在的任务，还是安心学习。妈妈走错的路，你要绕着走。妈妈受过的罪，绝不能再让你去受。记住妈妈一句话，你一辈子都不能忘，哪怕只是一棵草，也要长成自己想要的样子，顽强，倔强，不低头，不认命。"

宿荣感觉自己的睡衣湿了，摸一摸娇娇的脸，才发现她的牙齿紧咬着嘴唇，一直努力压制着自己的哭声。

51. 城市主题词：命值什么钱。

城隍池和周围的树，都是安静的，它们相视无言。淅淅沥沥的小雨，溅起池水中的薄雾，像撩起少女羞涩的薄纱。一飞而过的雏鸟，在水面上滴落一两声鸣叫，让安静更多了几分灵性。池水将树的影子慢慢梳理，像为一位十六岁的少女梳妆打扮。树将柔软的细枝伸向池水之中，池水将缱绻无边的深情回报于片片嫩叶之上，如将初吻献给相恋的爱人。安静与美，不需要思考，只需要安然享受。

宿荣喜欢小雨，那种冰凉的感觉，像柔滑的丝。今天的雨，便是这种情形，带着少女的心思，不紧不慢，忽紧忽慢。宿荣坐在城隍池边，看雨点带着笑声和快乐，飞翔着，嬉闹着，追逐着，与周围的风相互取笑，最后和树的倒影一起，沉落到绿绿的深潭之中。宿荣想，每一个雨滴，都是有生命的，有着自己的悲欢。当它们掉落到城隍池中的时候，它们所有的梦都破灭了，成为或混浊或静默的水的一部分。

宿荣劝自己，无论多么喜欢春天的小雨，也不能痛恨风波不起的城隍池。

宿荣盯着城隍池底的暗影，一些日子也像水底的植物，慢慢浮起，扎疼了心。

被吴连暴打之后，宿荣感觉到的，是满世界的黑暗。

雨下得没有章法，更没有一丝对路人的怜悯。

无论走在黑暗里，还是走在雨里，宿荣感受到的，是一阵比一阵更强烈的疼。

待路上再无一人，宿荣满脸是伤，开始往租住的地方走。走到赵亚洲家的时候，宿荣发现大门紧闭，自己所有的衣服、生活用品，都被丢弃在大门之外。宿荣举起手，想敲开门。终于，她抱紧头，整个身子蹲了下去。

宿荣看到了那面破碎的镜子，每一个碎片中，都有一个伤心欲绝的自己。

一切都碎了。从青春，到青春。从梦，到梦。

待泪水流尽，宿荣背起自己的东西，来到只剩下半间房子的城隍庙里。宿荣知道自己的表姑就在城隍庙附近，可她并没有到表姑家寄住的念头。宿荣知道，人在落难之时，向任何人开口，招来的都是耻笑。

从第二天开始，宿荣背着自己的破衣烂衫，四处找工作。她几乎走遍了县城所有的店铺，略带悲戚。她压低了声音，问每一个见到的店主人，是不是需要帮手。终于在一个卖女人内衣的服饰店里，一位年龄在二十岁上下的女孩，斜睨着宿荣，上下打量了几回："能不能全天靠在店里？"

"能。"宿荣几乎按捺不住自己的激动，回话的声音带着曲线。

"不管吃，只管住。"

"行。"宿荣的回答依然干脆。

"没工资，只拿提成。卖一件提一块。"姑娘的每一根眉毛都充满骄傲，在和煦的风里舞蹈。此时，在宿荣眼里，她就是自己命运的主宰者，是自己的皇帝和老天爷。

"没问题。"宿荣回答。

"最关键的一点，生孩子的时候，必须提前离开店里。"姑娘盯着宿荣的肚子，"我可不想沾上什么晦气。"

宿荣咬住嘴唇，点了点头。

那个叫雪儿的女孩，表面上冷若冰霜，心肠却很软，是刀子嘴豆腐心的那种。在宿荣苦难挣扎的那段时间，雪儿阳光灿烂的笑容，让宿荣想死的心，慢慢变得温暖，好像充满了希望。直到有一天，雪儿急急地告诉宿荣："妹子，我的店要关了。我要离开永乐城。这里面的货，你抓紧时间清仓处理。卖出的钱，交上房租之后，如果还有结余，就算我送给你的。如果卖不出好价钱，你就替我还上房租。咱们姐妹一场，以后还会见面的。"

宿荣不知道雪儿遭遇了什么。看着雪儿匆匆离开的背影，宿荣猜测，她可能遇到了非常麻烦的事情。果然不出宿荣所料，第二天便有一个女人找到店里，指着宿荣的鼻子："你就是那个不要脸的紫雪？"

"我是给她看店的。"

"这哪是她的店？老娘的钱，都让臭男人养小三了。这里面的衣服，都是用老娘的钱买的。"

宿荣的脑子转得飞快："怪不得她昨天走得那么急。她说会有人找我要回这个店，并且替她偿还欠下的货款，五千多块呢。我终于等到大姐你了。这样吧，她欠我的工资你给我个千儿八百，三百五百也行。店呢，就交给你了。收货款的人来了，你们再对对账。没其他事的话，我先走了。"

女人听说还欠下五千多块钱的账，一步跳到门外："她跑了？她欠的账，凭什么我替她还？还账的事我不管，你的工资也跟我要不着。"

女人快速跑去，如同看到黑暗之中猛然跳出一个男人，要强暴她似的。

宿荣打出清仓处理的牌子，以最快的速度处理了所有存货。在交给房东租金之后，还剩下两百多块钱。正是用这些钱，宿荣开始做拉面生意。

自从租赁下拉面馆的门头之后，宿荣似乎变成了真正的城里人，心情越来越好。期待孩子降临人世的喜悦，更像是带着阳光的安慰剂，让宿荣的脸上始终洋溢着快乐和幸福。宿荣仍然有意无意地去西南巷子，向吴连的邻居们有一搭无一搭地打听吴连的情况。宿荣总能听到一些消息，比如吴连结婚时摆了多少桌，吃饭的标准很高，县里有头有脸的人物，有多少人参加；比如杨家陪送了多少东西，可以说是西南巷子第一份，金银首饰，丝织绸缎，十几个南方木工打了一个多月的家具……后来，宿荣听到吴连发达的消息，比如他成了纺织厂的供销科长，承包了厂里所有的原料和销售，成立了专门的供销公司；比如他从纺织厂辞职，自己开办纺织企业。再到后来，吴连的企业越来越大，从银行贷了很多款，最后资不抵债，破产了。

吴连破产的时候，娇娇刚刚上小学。宿荣几次走到西南巷子，想亲口问一下吴连，是不是需要她帮忙。宿荣明明知道，自己三千两千的钱，对吴连来讲，根本不值一提。

此后几年，宿荣慢慢听到了吴连咸鱼翻身的故事，知道他有了自己的投资担保公司，手里的钱开始以百万千万计算，已经成为永乐城举足轻重的人物。有一次她碰巧在巷子口看到吴连下车，给吴连开车门的小伙子毕恭毕敬："吴总，您还有什么吩咐？"远远地，宿荣看到了吴连脸上的光，油腻而肥大的脸，把整条路都照得像洒了一层银粉。

城市里更多人的钱，开始聚集到吴连名下。在街头巷尾，宿荣时不时听说，吴总怎样怎样。有那么几年，县直机关有些本事的退休离岗人员，都聚集到吴连的公司里，做起聚财理财的业务员。吴连给那些有头有脸的局长科长，配备了专门的办公室，提供丰厚的薪酬，好茶好酒地伺候着，让他们替自己四处招揽生意，把机关事业单位干部职工的闲钱，都聚拢到他的投资公司。

宿荣曾经也想把自己存下的钱，放到吴连那里，让钱生钱。但她始终没有勇气，再次走到吴连跟前。倒是梅边渡，替左岸找到吴连，把他父母的抚恤金，一次性交到吴连手上。梅边渡领回投资总额百分之十的回报，高兴地对左岸说："我就说嘛，利息非常高。"自从第一次领回百分之十之后，左岸再也没有收到过一分钱的利息。梅边渡几次找吴连讨要，不是见不到人，就是说临时没有现金，需要过一段时间。梅边渡哭丧着脸："那可是左岸父母的命换来的钱啊。"

"命值什么钱？"吴连回答。

听到这句话，梅边渡开始沉默。在遇到更多的讨债人之后，梅边渡感觉到事情的不可预测。他回来给左岸说："钱会要回来的，利息一分钱也少不了。咱要相信政府。"

"吴连能代表政府？"左岸问。

"他的公司是政府批的。"梅边渡攥紧了拳头，"这一次，我们一定要相信政府。"

"他那公司是不是还不如你的竹签铜钱靠谱？"

"我也测算过了，钱财上的事，没问题。"

在知道梅边渡把左岸父母的抚恤金给了吴连之后，宿荣真想给梅边渡几巴掌，接连说了几个你，然后是一声叹息。

宿荣找到赵新城，问他能不能帮忙，替左岸要回钱。赵新城摇摇头："这事我可办不了。那个吴连，只许进不许出。"

"那他到底有没有钱还账？"宿荣问。

"钱肯定是有的。你想想，县里不少好企业，都有吴连的股份。那些半死不活的企业，他看准了就会参股。只要他参了股，企业很快就会被他弄个半死。然后他就会跟老板谈，以一只鸡蛋的价格买回来，企业就成了他自己的。对那些经营不善的企业，吴连会在企业最困难的时候，屁颠屁颠地送上贷款，企业也会在比较短的时间内，出现致命性违约。吴连手下的那一帮打手，这个时候就派上了用场，连吓唬带嘿唬，企业很快姓了吴。"

"他那不是屙血坏良心吗？"宿荣骂道。

"还有你更想不到的。对那些实在救不活的企业，吴连就会找一个年轻人，话说得好听，公布他做集团副总，兼任这个企业的法人。不少刚毕业的大学生，不知深浅，一听说要公布他为集团副总，高兴得又烧香又拜佛，感恩戴德地巴结着吴连，然后以法人的名义，拿自己的身份证去贷款。这些钱，最后都进了吴连的腰包，债务却成了年轻人自己的。当债务变成呆账、坏账，年轻人就上了失信黑名单，即使离开吴连的公司，也无法从银行再贷到一分钱。有些年轻人为了讨个活路，就把企业法人让渡给自己的父母或者兄弟姐妹。一人不慎，套牢全家。这家人会在财富的泥潭里越陷越深，没有任何办法可以解套。只可惜那些涉世不深的人，源源不断，像地底下钻出来的知了，以为可以在蜕掉薄皮后，飞向更加广阔的天空，最终却穷困潦倒，走进了坟墓。据我所知，永乐已有三个年轻人跳楼自杀。"赵新城一边摇头，一边叹息，"这个吴连啊，积累财富的手段，是不择手段。他已经成为这座城市的毒瘤。"

宿荣不再说话，她觉得吴连一定不会坏到那种程度。如果真是如此，那么大的企业集团，责任也不能全赖在他一个人身上，一定还有人应该负责。那么，毒瘤就一定不只是他一个人。话又说回来，如果城市里多几个像他一样有钱的毒瘤，又有什么呢？永乐城不就富可敌国了吗？想到这里的时候，宿荣脸微微一红，她为自己对吴连和钱财的宽恕而羞愧难当，觉得自己快成为和庄富贵一样的人了，不顾身高体胖，削尖脑袋要钻到钱眼子里去。

有一天，宿荣来到吴连的公司，想找他讨回左岸的钱。公司保安听说是要钱的，门都不让进。

"我是他曾经的同事。"宿荣给保安说。

"那就更不能让你进了。吴总说过，以前的同事来找他，不是借钱的，就是多次借钱的。"

宿荣看着高高的大楼，突然觉得天冷冷的，大楼也变得像人心一样冷。她终于明白，大楼为何要用钢筋混凝土建造了，因为它要保持一种冷而硬的无情和拒绝。

"你去告诉他，我叫宿荣。"宿荣停顿片刻，"我是他女儿的亲妈。"

保安一听，吓得好久不敢说话。飞奔而去之后，很快满脸鄙夷地下楼："吴总只说了一个字，滚。"

宿荣的泪一下子涌出来，转身出了楼。她听见保安在后面喊："吴总还说了一句，滚得越远越好。"

52. 城市主题词：从一个胡同走进另一个胡同。

宿荣喜欢坐在城隍池边，看月亮慢慢在天空中升起。宿荣与别人看月亮的方式不一样，她要透过城隍池边上的一棵银杏树看。

据说，银杏树已有上千年的历史，什么朝代、由谁栽植，已经无据可考。银杏树长得苍老，树干斑驳粗壮，要五个人才能搂过来。树每年开花，从来不结果。有人说，这棵银杏是雌树，因为没有雄树为它授粉，所以开出的花便成了谎花。

透过不规则的树叶和大小不一的缝隙，宿荣看到月亮被分成无数个光点。这些光点被不怀好意的黑暗追逐、吞噬、蹂躏，像纯情的少女不得不拼命奔跑，躲开将要吃掉她的魔鬼。那些光一会儿分散，一会儿聚集，最后在树梢上形成一个巨大的槐花饼的模样，如同逃出了黑暗的天幕。在那个瞬间，整个世界变得光亮清透，宿荣能感受到月光甜丝丝的味道，如同自己的好日子明天就能来临。

梅宿氏在最后的时光里，因为脑梗引发偏瘫，不得不天天在轮椅上度过。日子越长，她变得越喜怒无常。她常常对着天空大声地哭，整座城市都能听到她的哀号。她随手能抓到的东西，突然会从某一个地方飞向天空，或者砸到宿荣的头上，或者砸到梅边渡的身上。她指着城隍池的银杏树骂："你个不要脸的娼妇，偷走了我的儿子。"她让宿荣每天一大早就把她推到城隍池边上，对着每一个路过的人破口大骂："你们这群畜生，杀死了我的男人，又杀死了我的儿子。你们一个个的，都不得好死！屙血坏良心的杂种，你们会下十八层地狱。阎王爷给你们准备好了火鏊子，连煎带炸，喂鱼喂虾。"

宿荣抱紧梅宿氏的肩膀，直至她沉沉睡去之后，才把她推回家，放到床上。

清醒的时候，梅宿氏会抓紧宿荣的手："荣儿，你是我最近、最近、最近的亲人，你得给我送终。我不回咱老家，我就要埋在梅家林里。咱老家的风水不好，没有谁能落个好命。梅家林也不怎么样，可我毕竟是梅家的媳妇。你给我送终，姑姑不会亏待你的。梅家的老房子，我留给你。我给你写个字据，马上写，现在就写。"

等宿荣真的拿出纸笔的时候，梅宿氏又摆摆手："我不识字。等梅边渡回来，让他写好，我摁手印。他不敢跟我动歪脑筋，他害怕我的菜刀。"

如此几十次的反复之后，宿荣对梅宿氏说："姑姑，我伺候你这么多年，不是图梅家的老房子。咱是亲人，按你的话说，是最近的亲人。我不伺候你，谁伺候你？我不给你送终，谁给你送终？你老人家啊，就放心吧。"

"我不能不讲良心。房子过在你表弟名下，我得留下遗嘱，把一半的房产给你。"

"姑姑，这事办不成。房屋所有人不在场，任何权属变更都没用。"

梅宿氏眨巴着眼："这么说，你去问过公家了？"

宿荣摇摇头。

梅宿氏一脸怀疑："一定会有办法的。你去问问打官司的那些人，他们有办法。"

姑姑坚定地要把房子留给自己一半，宿荣对此心存感激。可她心里清楚，姑姑是在给自己画一张饼，一个人在极度饥饿的时候，一张悬在半空中的饼。从进城的那一刻起，宿荣就想拥有自己的房子。当姑姑真要把房子留给她的时候，她突然觉得了无趣味。宿荣开始对自己，对这座城市，充满怀疑。她甚至想，是不是要在姑姑去世之后，回到老家。或者，去女儿读大学的杭州，一边打工，一边陪女儿读书。某一次闲聊时，宿荣把自己的想法告诉女儿。宿荣没有想到的是，娇娇竟突然抬高了嗓门："你来，你来干什么？一个小县城熟头熟脸地还待不下去，混得人不人鬼不鬼，到大城市里，你还不得上街要饭去啊？"

宿荣哑然无语，她想不到在女儿心里，自己竟然如此不堪。

突然有一天，宿荣接到一个杭州的电话："你是宿荣吧？"

宿荣迟疑着回答："我……是。你们是谁？"

"你女儿吴乐曦欠了我们十万元贷款，限你三天之内还清。否则，我们就要上网，公开你女儿的裸照。"

"裸照？你们怎么会有我女儿的裸照？你们要是敢胡来，我就去报警。"

"哈哈，你吓唬谁呢？报警能把我们怎么样？你女儿是签了合同的，一旦违约，任由我们处置。你得感谢我们，没有直接把她送到洗浴中心。我得警告你一句，虽然我们不怕你报警，可你一旦报警，你女儿的照片马上就会发到网上。"

宿荣瘫倒在地上，脸色蜡黄。平时胡乱大叫的梅宿氏，瞬间变得寂然无声。

大约半个小时之后，宿荣哭着给赵新城打电话。赵新城很快来到梅边渡家里，看着眼泪横流的宿荣，问："他们要多少钱？"

"十万。"

"你问过娇娇了吗？"

宿荣这才想起给女儿打电话。还没说几句，娇娇那边便放声大哭："妈妈，我不想活了。"

"闺女，没事，妈尽快给你凑钱，砸锅卖铁咱也要还上。妈妈借够钱，马上就去找你。"

"你怎么不报警？"赵新城问。

"钱逼不死人，唾沫能淹死人。这事要是让老家的人知道，娇娇活不了，我更活不了。"宿荣一边收拾东西，一边给赵新城说，"亲戚邻人，都会说是我带坏的。"

宿荣把自己的钱全部取出来，又向赵新城借了五万，连夜坐上火车，赶到杭州。

坐在火车上，宿荣强忍住泪水，给吴连的手机写短信："你女儿犯了裸贷的错误，我要向你借十万块钱，替她还债。给不给？"几行字越看越刺眼，宿荣始终没有发出去的勇气。宿荣猜想着吴连可能会给她的种种回答，比如："你想钱想疯了？她怎么也变成了和你一样的贱货？你去卖替她还债啊。"那么她一定会回复他："你是天底下最该死的畜生，老天爷会让你死无葬身之地。"如果吴连答应了呢？倘若自己发出这样的短信，他一定会答应自己的。宿荣想，他一定还没有坏到赵新城说的那样。毕竟，人心都是肉长的。

娇娇在杭州东站等着，木然地站在北风中，像一只被冻僵的羔羊。见到宿荣，娇娇扑上去，抱着宿荣放声大哭。宿荣强压住泪水，拉着女儿，走到车站旁边的拉面馆："跟妈妈说说，到底是怎么回事。"

娇娇一五一十地从头说起，她只是想做一个双眼皮手术，让自己变漂亮一点，便钻进了裸贷的圈套。她已经几天没敢回学校了，那帮要账的人，天天去班里找她。

宿荣把女儿揽在怀里："别怕，有妈在。"话一出口，宿荣的泪便流下来，淌进女儿的脖子里。

"你还要我吗？妈——"

"妈怎么会不要你呢？天塌不下来。就算天塌下来，妈妈也替你顶着。来，咱娘俩今天喝点。酒壮英雄胆，咱娘俩合计合计，做一回勇闯天涯的女英雄。"

接下来的两天，宿荣买了一个微型摄像头，别在自己的扣眼上，然后带着女儿，到小额贷款公司还上了十万元贷款。她们亲眼看着那个自称业务经理的人，把女儿的照片删掉。临出门的时候，宿荣告诉那个经理："我必须提醒你一句，今天还款的整个过程，都已经被人远程录像了。如果你再敢骚扰我女儿，我一定把你们送进监狱。"

自此之后，娇娇重新回到学校，像其他同学一样，正常完成了学业。每当回想起这次经历，宿荣都为自己当时的果敢暗暗骄傲。

处理完娇娇的事，宿荣马上买了返程的票。娇娇拉着宿荣的手，恋恋不舍："妈，好不容易来一趟，你不去西湖看看吗？那里有断桥，有为爱而死的苏小小，有二十四桥明月夜。"

宿荣听到苏小小的名字，心里一紧。为爱而死，是不是也像自己的爱情一样，苦不堪言？宿荣吐了口气，摇摇头："你姑奶奶没人伺候，还不知咋样了呢。我得马上往回赶。"

返家之后，宿荣感觉自己像是褪了一层皮。越是劳累，越是难以入眠。宿荣起身，给自己倒了半杯白酒，喝下。此后，她似乎进入了一种醉酒之后的失真状态。宿荣抱着自己的枕头，自言自语："我知道自己的前半生已经过得一塌糊涂，可我想让你像天使一般生活。不要把我扔进黑暗的森林里。那些长满獠牙的怪兽，总是撕扯我的衣服，妄想把我脱得一干二净。"宿荣感觉身上发烫，像被架在浓烈的火焰上炙烤。她感觉自己从一个胡同，走进了另一个胡同，始终找不到通向光明的道路。

宿荣发烧了。也正是在发烧的状态之下，她不得不面对天天骂街的姑姑。

某一天夜里，梅宿氏突然尖叫，把宿荣叫到床前，断断续续地说："我要死了，很快就要死了。"

梅宿氏吃力地摸着宿荣的手背："我的遗嘱，给你。我让梅边渡找了律师来。我摁上了手印。"

梅宿氏捏了捏宿荣手背上的皮，断断续续地说："这个手印……可以让我这个当姑的……放心走啦。不再欠小荣子啦。没黑没白……你伺候我这么多年……不欠啦。临死了……姑还得求你一件事。你表弟找不到……你得给我……摔老盆。"

梅宿氏使劲拉宿荣，宿荣把耳朵低到梅宿氏嘴边，听她费力地吐出每一个字："梅家……有秘密……几代人……脑子里都有虫子……像筷子一样长。几个男人……说话东一句……西一句……办事也是顾头……不顾腚。梅二……你得可怜……可怜他……看在姑姑的……面上……照顾他……能吃上饭……给他养老吧。"

梅宿氏目光发直，发呆，看到宿荣点头之后，才咽下最后一口气。

梅宿氏被火化时，梅边渡哭得像泪人。梅边渡为梅宿氏做法事，烧掉一堆又一堆的纸钱。梅边渡执意给梅宿氏摔老盆，然后一声刺破长空的哭喊："娘——"

宿荣与梅边渡商量，不急于为姑姑下葬。宿荣说，她要等表弟回来。梅边渡摇头说："你在等一个影子。"此后无话，葬期也被无限期搁置下来。

53. 城市主题词：只有在梦里才能中头彩的人。

左岸让梅边渡买来酒肉，一直等到宿荣回来，才让梅边渡搬了凳子，坐到低矮的茶几两旁。

"姐，今天我请你喝酒，是想跟你商量一件事。我已经把你写进小说里了，可我觉得不太满意。你觉得我应该怎么写最好？你想要一种什么样的结局？"

宿荣有些发呆，她觉得左岸的话有些突然："你想写我？想把我写成什么人？这事，我怎么觉得有点不靠谱。"

"这有什么不靠谱的？再说了，我既然告诉你我想写你，当然是要把你写成好人，并且是书里最大的好人。我以前给梅二说过，你可以代表一个时代。越是这样，我越不敢随意给你安排一个结局。你是一个时代的缩影，总得有些代表性。我写出的结局，自己都不满意。"左岸残疾的右腿有些发抖。

宿荣摇摇头："我代表不了一个时代。我只是一个穷苦的农村丫头，到城里来，像做了一场梦。梦里有各种各样的人，好人坏人都有。至于结局，这不还没死吗，怎么会有结局？"

左岸点点头，用筷子拨拉着盘子里的猪舌头，挑出一块舌尖位置的瘦肉，放到宿荣的盘子边上。

"我知道你有顾虑，怕我把你写丑了，写坏了。怎么会呢？我只是想通过你，还原一个风雨不定的时代。你想想，从你进城，经历过多少酸甜苦辣？再看看这座城市日新月异的变化，和你刚进城那会儿，简直就是两重天嘛。你可以去想，如果按照现在的模式，继续生活十年、二十年，这座城市又会怎样？你又会怎样？"左岸耐心地引导宿荣。

"该怎样还怎样。我以前学过一首歌，歌词就是这样写的。一个农村的苦命丫头，到城里讨生活，不会有荣华富贵，更没有飞黄腾达，饿不死，也撑不着。"宿荣把左岸夹到她跟前的猪舌头，放到梅边渡的跟前，"二叔，舌尖你吃，那样说出的话更可信。左岸，我觉得不如这样，你让二叔按我的生辰八字算一下，看一下我的命。你照这个样子写出来，不就成我了吗？把命交给天，让上天安排，合情合理。"

梅边渡看着左岸："我觉得这样可以。"

"按照命理推算的宿荣？"左岸扭头问梅边渡，"这样吧，我先把小说里的结局，给你们说一说。你们呢，帮我分析一下，会不会这样发展。至于推算的结果，可以再补充。大不了，我就当作某种资料，穿插进去。"

宿荣笑起来："哈哈，你这小子，为什么老是想写我呢？说吧，我要看看，在你书里，我会落得一个什么样的下场。"

"我书里的宿荣呢，不姓宿，姓苏，苏小小的苏，蓉是黄蓉的蓉。"

"你就不能再换个名字？为什么非得用同音字？"

"就是图个方便，好记。再就是抒发感情的时候，可以放开说。我书里的苏蓉呢，天天做梦，想着在城里买一套房。可她呢，根本没那么多钱，就希望彩票能给她带来好运。只要能挣到点钱，她每天都会去彩票站买几注。让我说呢，别的女人给脸做美容，她是坚持不懈地给自己的欲望做美容。她非常执着，几十年来，一直买她以及男朋友、女儿的生日号码。她坚信，无论他们对自己如何，上天都会给她带来好运。每次买彩票的时候，她都会在心里千遍万遍地祷告，祈求一种最最理想的结局。每十天半个月，她都会中那么一次小奖，奖金呢她从来不取，就再加上几块钱，买上新的。她知道自己不能贪婪，她要把小的运气积攒起来，换来大运气。终于有那么一天，她真的中了奖，有几百万呢。以前的男人，不争气的女儿，还有与她有各种瓜葛的男人，都跑到她跟前来献殷勤。可苏蓉最爱的，还是她的第一个男人。男人答应她，只要把奖金给他，就与她结婚。那个痴情的苏蓉，真的把钱给了男人，男人第二天就消失了。苏蓉要死要活，另一个默默爱她多年的男人，跪下来求她活下去，并且开口向她求婚。苏蓉想也没想就答应了。"

"就这样？"宿荣重重地抹了一把脸，问。

"这不就是最好的结局吗？中国人最喜欢的大团圆结局。"左岸说。

"来，喝酒。你啊，看着怪聪明的，其实不懂女人，也不懂生活。"宿荣端起一杯酒，跟左岸碰了一下，顾自喝下半茶碗。

左岸疑惑地端起杯，喝了一小口，看着梅边渡："小说不精彩吗？"

"这样吧，我给你唱首歌。'绿草苍苍，白雾茫茫，有位佳人，在水一方。绿草萋萋，白雾迷离，有位佳人，靠水而居。我愿逆流而上，依偎在她身旁，无奈前有险滩，道路又远又长。我愿顺流而下，找寻她的方向，却见依稀仿佛，她在水的中央。'"

"这首歌我知道，是《在水一方》。"左岸说。

"那我再给你唱一首。'有人问我你究竟是哪里好，这么多年我还忘不了。春风再美也比不上你的笑，没见过你的人不会明了。是鬼迷了心窍也好，是前世的因缘也好，然而这一切已不再重要，如果你能够重回我怀抱。……虽然岁月总是匆匆地催人老，虽然情爱总是让人烦恼，虽然未来如何不能知道，现在说再见会不会太早。'"

"这个我也知道，是李宗盛的《鬼迷心窍》。"左岸说。

宿荣再次端起一杯酒："是啊，我就是那个鬼迷心窍的女人。这样的女人，不会有好结局。不管是在水的这一方，还是那一方，都不会有小说中那种死心塌地、默默爱她的男人。爱情都是童话故事里才有的，是骗人的。我也做过这样的梦。梦醒了，两手空空，什么都没有。"

"我也想过，要给苏蓉设计一个积极的、正能量的结局。比如让她经过努力，成为女强人，当上县里的政协委员，然后荣归故里，给老家投资办企业。可这样的苏蓉，我不知从何而来。生活没有给她这样的人生基础。我听说过保洁员成为阳光大姐的故事，但我觉得宣传的意味多于实际的效果。"左岸也干掉一杯酒，然后吹出一口气，"那你告诉我，你想过自己最后的结局吗？"

"我经常做一个梦，梦见一个小女孩，天天抱着她的月光盒，到城隍池旁边，将水里的月亮盛进盒子里。那些无意间被她舀进水里的小星星，就像是月亮送给她的小金鱼，穿着透明的纱。小女孩相信这样的月光盒，会给她带来一生的好运。可当我醒来的时候，小女孩没了，小女孩的月光盒也没有了。留下的，只有波澜不惊的城隍池。"宿荣长长地叹了一口气，"这个城市啊，是不是能够给我一个结局，我不知道。我自己，也无法给自己一个结局。今天晚上我们在这里喝酒，明天我会在哪里，你又会在哪里，谁都不知道。前几天我给闺女打电话，开玩笑似的说，要去她生活的城市打工。你猜她说什么？——你来能干什么？还不得去要饭啊？这就是现实版的宿荣。至于你小说里的苏蓉，还是给她一个善终吧。女人，不易。我呢，更不易，明明知道会有中奖的机会，也不愿意掏出那两块钱。"

"你对这个世界，对自己的命运，抱怨过吗？"左岸问。

"抱怨爹娘没用，抱怨命运更没用，人最该抱怨的是自己的贪心，还有不甘心。话说回来，凭什么要甘心呢？论长相容貌，咱不比别人差，差的只是那么一点点运气。"

"老天爷会给你带来运气的，也给你设定好了最后的结局。来，掷个铜钱，我看看。"梅边渡从衣服口袋里拿出三枚铜钱。铜钱一个一个自上而下，掉落到宿荣手心里，发出金属碰撞的闷响。

宿荣双手捂住铜钱，在自己的额前静止十几秒钟，来回晃了三次，然后把铜钱扔到梅边渡面前的桌子上。

连续六次，宿荣重复着同样的动作，一次比一次仔细，一次比一次虔诚。

梅边渡把每次的正反面，记在一张纸上。

梅边渡突然变得紧张，满脸涨红："怎么会？拱禄填实，官杀冲刃，杀运应凶。这卦象不对啊。来，你再来一次。"

"你不是说第二次就不准了吗？你先说说这一次的结果吧。是不是很不好？"

"还好，还好，只是没有想象的那么好。人参用坏了是毒药，大黄用好了是补药。这就是中医常说的，人参杀人无过，大黄救人无功。不管准不准，我给你个符，你揣上，保你没事。"梅边渡急急地掏出黄符写。

宿荣看出了梅边渡的不自然，心里一下子紧张起来："二叔，确实没啥事？"

"没事，放心吧。这卦象里的东西，和左岸小说里的人物，有异曲同工之处，都是虚幻，都是虚幻。你是天底下的良善勤劳之人，好人有好报，坏人定遭殃。"梅边渡的额头上渗出汗珠。

宿荣喝醉了，她抬起头问左岸："谁是宿荣？是我吗？噢，我是那个只有在梦里才能中头彩的人。"

54.城市主题词:总要有人成为英雄。

宿荣刚刚在城隍池洗完衣服回家，就遇到一个秃顶的男人，挺着肚子，走进自己的家门。

"请问你就是宿荣吧？"男人上下打量着宿荣，"嗯，应该是。"

宿荣点点头。

男人迅速地伸出手，两只手紧紧握住宿荣的右手，让她觉得骨头都疼。

"我叫魏群生，县总工会的，和赵新城是朋友。"

"噢,请屋里坐,我给您泡茶。"宿荣没有晾晒衣服,进门就径直走到茶几处,打开电热水壶。

魏群生坐下,四下打量着屋子里的摆设:"老味儿,这屋子里的摆设,就是老家的味道。这茶几,这椅子,都还保留着原来的模样。讲究。不容易啊。"

"哪有什么不容易的,农村嘛,谁家不是这个样子?"

"哎,话可不能这么说。这里可不是农村,这里是正儿八经的城里。老城,东西南北几大关之内,都是风水宝地,这才叫寸土寸金。就好比北京的皇城根儿,谁愿意搬到五环以外?老百姓为什么不愿意搬迁?要分析透每个人的心理需求,拿人心换人心。你想想,祖祖辈辈都在这里住,一个马扎,一把蒲扇,一把老壶,一堆闲话,多惬意啊。"魏群生的手指在桌子沿上敲,似乎发出那么一点点激动的声音,"你知道我最喜欢听到什么动静吗?有人敲着木头梆子,喊一声,豆腐喽,豆腐——啧啧,享受啊。当官的天天喊民生,这一句句拖着长腔的叫卖声,才是真正的民生。"

魏群生的眼睛一直盯着宿荣,看着她用透明的玻璃杯给自己泡上茶。

"女儿茶?"

"莱芜老干烘。"

"不对啊,这香气不该是这样的。"

"领导对茶还很有研究啊。"宿荣笑笑,"有点烫,别急着喝。"

"我叫魏群生,刚才告诉你了,是县总工会的常务副主席。名字呢,是父母给取的,好像命中注定要干工会。我给父母讲,我的名字是他们一生中最伟大的杰作。作为工会主席,就是为群众而生嘛。新城小弟告诉我,你需要几个有威望的人,为你的无罪证明签字。我给新城拍了胸脯,要第一个站出来,坚定无私地支持你。妹子,工会就是你的娘家,放心,我不但要签字,还要把字签得大大的、黑黑的，叫力透纸背。"

"谢谢魏主席啦。可我不知道，您签的字管不管用。"

"他签的字管个屁用！"威猛无比的车乔路不知何时进了院子，踢了生锈的铁门一脚，咣——

"这个乌龟王八蛋。"魏群生咬牙切齿地小声说道。

宿荣听得真切，清晰。

魏群生站起身："妹子，今天我还有事，过两天我再来找你。"

宿荣一脸疑惑。

车乔路对着从身旁走过的魏群生竖起中指，魏群生头也不敢抬，几乎是跌出院子。

宿荣明白，在车乔路和魏群生之间，一定发生过某些事，才让魏群生看到车乔路的时候，如同老鼠看见猫。宿荣暗想，自己是不会怪罪魏主席的，毕竟他只是工会主席。随着年岁增长，宿荣愿意从另外一个人的角度去看问题，想事情。她在想，城市里发生过那么多的丑陋之事，凶杀、盗窃、偷情、乱伦，一定有太多的情不得已。作为城市里最弱小的子民，她应该宽恕所有的罪恶，以求换来别人的投桃报李，宽恕自己曾经的错误。如果有可能，再给自己写一个证明，证明自己无罪，那便是最完美的结局了。

这样的结局，不知道是不是左岸书中想要的。

"那个魏秃子，在企业当领导的时候乱搞，被弄到了总工会。你们搞到一起了？"车乔路一屁股坐到椅子上，盯着宿荣问。

"车主任，给自己的嘴积点阴德吧。"宿荣脸耷拉着，右侧面部有些痉挛。

"你少给我来那些没用的！我今天来，就是想提醒你一句，你的无罪证明，明天就该交了。明天下午下班之前，如果你还不能把证明交给我，对不起，后天早八点，一准儿，县里就要组织强拆。你可以想象一下那个场面，公安局、法院、执法局的二百名干警，黑压压一片，把房子包围起来，该有多壮观。三五台摄像机耀武扬威地一架，再给你的小俊脸来个特写，你一下子就成了永乐县的名人。"

宿荣不说话，眼泪在眼眶里打转："大不了，我跟你们拼命。"

"就你？不够我一根胳膊。不是我吓唬你，好好的拆迁协议你不签，你想怎么着？你现在签，还能给你弄个带头奖励。两万块钱，对你来说，不是小数啊。协议你不签，从哪方面讲，你都讲不通。梅家单门独户，要人没人，要势没势。梅家，再加上你，哪有其他姓氏有底气？人家是多少年的老城里，坐地户。你们凭什么？和政府对抗，就是鸡蛋碰石头，胳膊拧大腿。只是让你出个无罪证明，就把你弄得屁不在腔里。如果我再用上其他手段，你受得了吗？找几个壮汉，别说堵你家的路，拆你家的门，连你家的屋都能搬走。第二天一睁眼，这不是睡在露天吗？你想过这种情况吗？"车乔路把一条腿架在另一条腿上，上上下下地点，"我可以给你说说我以前的手段。我曾经把一个钉子户，拉到三十里外的小树林里，脱光了衣服绑在树上，让蚊子咬。第二天他全身是包，吃了中药吃西药，吃人参都止不住那痒。还有一个人，我为他量身定制了一口棺材，装进去捂了三天。堵住嘴，捆住手，你猜怎么着？放他出来的时候，他吓得绿屎都拉出来了。至于你嘛，我可以用其他手段。比如把你老母亲，请到派出所协助办案。或者把你吸过毒的闺女，交给公安局再审一审。女孩子家，找份工作不容易，你这当妈的能忍心让她受连累？"

宿荣的泪瞬间流下来。

"车乔路，如果你敢动俺娘和俺闺女的心思，我先把你杀了。"宿荣突然想起梅边渡前一段时间为自己测卦时露出的惊恐表情，想起他喃喃自语时说的"官杀冲刃，杀运应凶"，心似乎被粗硬的麻绳缠了三圈。

"杀我？就凭你？除非你在我背后，偷偷拿枪毙了我。不是我小看你，你还真没那个胆！"

"面对恶霸，总要有人成为英雄。"

"恶霸？我是恶霸？我是堂堂的共产党干部，是县里的拆迁办主任。为了县里的拆迁事业，我两次立三等功，十几次受县委、县政府表彰，业绩突出，能力出众。书记县长都夸我有思路、有办法、敢担当。不是我吹，我车乔路，敢上刀山，敢下火海。你敢吗？还想杀了我！你有那个能耐吗？杀了我，你会成为英雄？笑话！真到那一步，我是烈士，你是杀人犯。你要是能当上英雄，我车乔路用眼珠子走路。"

"兔子急了还会咬人，只是还没到那份上。我用带血的卫生巾抽街痞的事，听说过吗？"

"怎么，你还敢威胁我？"车乔路眼睛一瞪，"凡事啊，要多想几种可能性。我给别人说起过，看我那叔，车县长，人家给县委书记说什么？他说，我最大的优点，是看见领导就想服务。他能当上这么大的官，能说出这样的话，是有原因的。咱说句到家的话，他是不是属于能屈能伸的大丈夫？在这一点上，我一直跟我叔学，也像他一样，相信顺我者昌，逆我者亡，相信量小非君子，无毒不丈夫。所以吧，对下边的人，对平头老百姓，我明人不讲暗话，想怎样办就把话说得一清二楚，裤兜里有刀子就对你明讲。我和我叔，也不可能像上级要求的那样，一切为了百姓，一切为了人民。谁是百姓？谁是人民？县里搞拆迁的时候，没有人民，只有听话的和不听话的。听话的就是人民，不听话的就是刁民。对刁民，就得用对付刁民的办法。我刚才给你提的那些战略战术，关于你娘和你闺女的那些，千万不要当成我给你讲的玩笑话。真到了那一步，你可以试试，那叫以身试法。"

"真到了那一步，咱都可以试试。"宿荣咬着牙说。

"别给我发什么狠，不是我欺负你，你真没那个胆！这样好不好，咱都退一步，退一步海阔天空。从今天开始，咱俩约定一下，你跟我好，跟着我混，拆迁的所有政策，我都给你最好的。这样可以吧？我也不再要你的无罪证明。拆迁也不再拿梅家的房子开刀，我去弄杨天轮，只要你给我点个头。"

"什么叫跟你好？做你的情人？那我无罪也变成有罪了。滚！"

车乔路忽地站起来，把宿荣的胳膊拧了一个圈，拧到身后，猛地一推："我看你是敬酒不吃吃罚酒。你给我等着！"

梅边渡突然在墙外唱起来："忧则忧当军的身无挂体衣，忧则忧走站的家无隔宿粮。忧则忧行船的一江风浪，忧则忧驾车的万里经商。忧则忧号寒的妻怨夫，忧则忧啼饥的子唤娘。忧则忧甘贫的昼眠深巷，忧则忧读书的夜守寒窗。忧则忧布衣贤士无活计，忧则忧铁甲将军守战场。怎生不感叹悲伤！"

55. 城市主题词：死罪。

车相渚一大早就想起了宿荣。夜里梦见的那个女子，脸庞精致，身材凹凸有致，有点宿荣的模样。车相渚极力想看清那张俊俏的脸，竟被一泡尿憋醒。

车相渚躺在床上，不想动弹。他的手抚着"裤衩里男人的秘密"，想着宿荣"上衣掩盖的秘密"。车相渚想象着自己的手指在森林中探险的美妙……

当天，车相渚努力劝阻自己，尽量不去文化历史街区改造指挥部，脑海里却始终萦绕着宿荣的样子。

第二天，车相渚坐到指挥部办公室之后，叫来车乔路："拆迁协议签得怎么样了？那个宿荣还在硬扛？"

车乔路脸上堆起笑，像寓意丰富的小说人物，胡子跳动的嘴唇凑近车相渚："叔，我看出来了，你想她了。"

"滚!"车相渚说完,将眼睛看向窗外。

"那个小娘们,有丰富的情史、艳史,不知道她有没有给别人拍过艳照。英雄难过美人关,男人拜倒石榴裙,自古英雄出少年。不能怪男人想入非非,要怪这小娘们,越长越风骚,越长越标致,越长越年轻,倒着长。她从旁边走过,带起的风都是又香又骚。"车乔路啧啧两声,咽下一口唾沫,"要不,我去把她叫来,跟老叔……快活快活?"

"能不能说句人话?该上哪儿凉快上哪儿凉快去。"

"叔,叔,你看,你看,来了。山东人就是邪,说曹操曹操到。看那张脸儿俊得,啧啧——再看那胸,不大不小,高立挺,像十八的。要是从后面看,那扭来扭去的小屁股,就更性感了。"车乔路从窗子里往外看,像解说员一样,给车相渚描述着他眼中的宿荣。

"滚蛋,别在这里烦我。"车相渚整理一下自己的衣领,伸长了脖子往外看。

车乔路拉开门离开的时候,正好宿荣敲门。两个人互相侧过身子,看向对方的目光,都有些恨恨的。

车相渚低下头,装作看桌子上的文件,手里的签字笔在食指和拇指间,来回转,来回搓。

"车县长好。"宿荣站在车相渚办公桌前,小声说。

宿荣看到车相渚几根手指上的汗毛,黑黑的,短而粗,如同没有进化好的样子。

"哟,是宿荣啊。有事吗?"车相渚把身子往后仰,倚在椅子后背上。一张脸看似敦厚老实,而连续眨巴了三次的眼皮,却暴露了他的心思。

"昨天车主任去我们家,还是逼着我签协议。请领导高抬贵手,让我再缓几天,看看能不能找到表弟。房产证是表弟的,我不敢自作主张,主要是害怕以后引起麻烦。如果真找不到他,我再走走法律程序，看看律师是不是有其他办法。我不想做钉子户，也不想带头第一个签协议。我是外来户，算不上城里的人，梅家又是单门独户，我要是带头签了协议，会让周围的邻居指着脊梁骨骂。他们骂我不要紧，我担心二叔架不住，他好歹是城里有头有脸的人物。"

车相渚的签字笔，在拇指和食指之间来回转，一圈又一圈。

车相渚不说话，眼睛盯着宿荣。

宿荣不敢直视车相渚，低下头，像做错了什么。

"我听说你以前开过饭店，按理说，你应该很开放啊。"

"领导，怎么这样说？"宿荣张大了嘴，"领导也是从那个年代过来的，知道那个时候的一些事。并不是所有的饭店都那样，也不是所有的服务员都那样。"

"你能承认自己开过饭店，就很不容易啦。那个年代的人，后来都穿上了隐身衣，快隐身到下水道里去啦。无论谁干过多少饭店，都要千方百计装干净。"

"领导，能不能宽限几天？车主任昨天又去我家，非让我签协议。"

"那让我看看你的表现怎么样？"车相渚的眼睛成一条缝，捏笔的手指转动的频率加快。

"领导让我表现什么？不会是饭店里那一套吧？"宿荣的身子缩起来，不自觉地往后退，脸上露出一丝胆怯。

"陪我一夜，我按市价出钱。"

宿荣的脸腾地红了，不自觉地往后退。

宿荣看见车相渚拉开椅子，从桌子前面绕过来。一个瞬间，宿荣感觉到车相渚贴上来的脸，热得像烙铁。车相渚的一条胳膊，紧紧地箍住宿荣的上身，另一只手从宿荣的身后，伸进衣服里面。宿荣使劲地往外推车相渚，只轻轻一用力，车相渚就突然抱紧胸口，脸扭曲得像被杀之前的猪，慢慢往下倒。宿荣听到车相渚的头碰上桌子的声音，听到他的头砸在地上的声音，看到他努力挣扎着起身，又再次跪下去，头磕到地上……车相渚像一头被刺中的西班牙公牛，猝然倒地。

一切如此突然，像一道黑色的闪电，击中了在深潭中挣扎的宿荣。

"有人吗？快来人啊。"宿荣拉开办公室的门，对着外面喊。

没人应。

"有人吗？快来人啊。出人命啦。"宿荣又喊。

十几分钟之后，车乔路不知从哪里冒了出来，一边往办公室跑，一边拨打120。

救护车几分钟之后到来，几个医生听了听车相渚的心跳，摸了摸脉搏，摇摇头，走了。

一辆警车进院，从车上下来几个警察，前后左右咔咔地拍照。

宿荣吓得蜷缩在办公室的沙发角上。在被按进警车的时候，宿荣没有愤怒，没有悲伤，没有抗争，更没有泪水。宿荣在千万种可能的结局之中，寻找最大的可能性，甚至想到被刑讯逼供、被枪毙、被轮奸、被人扔进臭水沟等等不可能发生的结局。宿荣更相信自己与车相渚的死无关，所以当她看到路边那些看热闹的人，竟与高大广告牌上胸肌强壮的健美男，有着同样的美感，不禁觉得滑稽。在宿荣看得到的广告牌边上，还有更大的一块牌子，画面是某电影演员露出半个乳房，手里托着巨大的蛋糕，蛋糕的名字搞笑且令人记忆深刻：天天圆。宿荣几乎要笑出声来。旁边的女警一声呵斥："严肃点！到了看守所，看你还能不能笑出来！"

飘浮在半空中的左岸虚，抚摸着宿荣的头发："别怕。曾是三千弱水，又何惧万里风云。"

宿荣抬头看向窗外的时候，与左岸虚面面相对。左岸虚瞬间飞到更高处，如同宿荣能看到他一样。宿荣两手捧在一起，捂住胸口，感觉到从心底喷涌出的悲苦和凄凉。

车相渚猝死，成了永乐县最大的新闻。新闻背后更大的新闻，是他猝死的时候，正与一位年轻貌美的女人在一起。坊间传闻，中央扫黑除恶督导组早就注意到了车相渚，而他的猝死事件，将挽救一大批人。据说，那些与他有经济往来的企业老板，与他有情感瓜葛的几十个女人，在车相渚猝死的那天晚上，自发地聚集在县城的某个宾馆，额手称庆，举杯狂欢。

宿荣一直被羁押，如同被遗忘了一般。在宿荣的刑事责任没有被厘清之前，车相渚的老婆牛晶晶，率先将宿荣告上法庭，要追究她的民事责任。牛晶晶在起诉书中说，宿荣因爱生恨，蓄意报复，扰乱了车相渚的君子之心，成为车相渚死亡的直接诱因，她要向宿荣索赔两百万元。

坊间开始议论："这女人，想钱想疯了。"

"当官人的命就是值钱啊，一开口就是两百万。"

"什么两百万？这种没脸没皮、不懂廉耻的人，两块钱都不值！"

"两口子都是一路货色，早晚会遭报应。"

"死罪！"

第七章
无罪的人

56. 城市主题词：天撕一角。

车相渚的死，在永乐城传得沸沸扬扬。从各级官员到普通百姓，从餐桌到床榻，甚至是在洗手间，车相渚死亡的怪异，车相渚的各类花边轶事，都成了重要话题。

人们没有预料到的是，车相渚之死，如天撕一角，揭开了永乐城扫黑除恶的大幕。

车相渚猝死之前，中央扫黑除恶督导组已经掌握了他贪污受贿、充当石材厂老板保护伞的重要证据。如果不是猝死，他马上就要被隔离审查了。正因如此，车相渚畏罪自杀也成为传言之一，在坊间流传。

连日来，车乔路一直陪着他的小婶子牛晶晶。车相渚的司机吕猛，那个传言中与牛晶晶有一腿的家伙，天天晃来晃去，让车乔路心里极不舒服。更让车乔路不舒服的是他的名字，吕猛，是不是像驴一样猛？车乔路在心里不停地骂。

车乔路想，这个世界上，除了他的小婶子牛晶晶，心里最最悲痛的，非他车乔路莫属。这么多年，他从一个小科员，熬成了住建局实权在握的拆迁办主任，掌握着拆迁政策，把控着拆迁户的搬迁安置，又在大大小小的拆迁公司间左右逢源。这样的日子，会不会因为车相渚的死戛然而止？车乔路很担心。如果车相渚不死，县里这次的干部调整，自己还有希望再进一步，提个副局级。经济上得了实惠，政治上还有进步，同样是概率极大的事情。

县里组成了专门的工作小组，郑江湖做组长，跟牛晶晶谈车相渚火化发丧以及后续的抚恤政策。

牛晶晶装疯扮傻，一会儿哭，一会儿笑，一会儿说天塌了，一会儿说死了活该。郑江湖让车乔路作为中间人，给牛晶晶传话，问她有什么要求。牛晶晶早已听到了社会上的各种传闻，她不想让车相渚死后的名声如此不清不楚、不明不白。在思考两天之后，牛晶晶开始提条件：补偿五百万，宣布车相渚为烈士，追认为国家劳模。

郑江湖把牛晶晶的条件，汇报给了县里的主要领导。领导摇摇头，笑了笑："老郑，你懂得。"

郑江湖点点头，笑了。

之后，郑江湖拿来了宿荣在看守所的讯问笔录复印件，递到牛晶晶手上："这是公安局的讯问情况，你看一眼。千万不要过于悲伤，保重自己的身体要紧。"

牛晶晶看完，把手里的复印件猛地撒向远处："郑局长，我们也是多年的老朋友了，你说句公道话，老车这样不明不白地走了，冤不冤？前几天老车就说身体不舒服，我劝他去查查，可他说正是拆迁的关键时期，他不能倒下，不能撂挑子。既然书记县长把任务交给他了，他就要受人之托，忠人之事。他还跟我开玩笑，说大不了当个烈士，人总有一死，要重于泰山，不能轻于鸿毛。这样的干部，你相信他能和一个妓女瞎搞？政府能信一个妓女说的？她说是想占她便宜，就是想占她便宜？你们也不调查一下这个女人？她以前是饭店小姐。孤男寡女的，她一定是在性贿赂。"牛晶晶开始拍着大腿哭，"老车啊，你这个短命鬼，人没走茶就凉了。谁还把你当常委看啊？县里大大小小的领导，谁把你的死当一回事啊？连到家鞠个躬的情分都没了。人死了，还要给你泼脏水，你让我怎么有脸活啊。"

几张纸在半空中飞来飞去，一直不肯落地。宿荣按下的手印，在复印件上成了黑色，如一只奔丧的蝴蝶，在牛晶晶的眼前飞来飞去。牛晶晶起身抓过复印件，几把撕碎。

车乔路提了一卷白布进门。他缓缓打开，白布刷上了黑字。全部打开之后，只见写的是"死不瞑目，请求公道！"偌大的感叹号，像车相渚挥舞在半空中的一只手。

郑江湖瞪着车乔路："车乔路，你想干什么？事情闹大了，对你有什么好处？"

"这是我婶子的意思，我只是跑跑腿。"

"这样的坏点子，只有你车乔路能想出来。"郑江湖站起身，"弟妹，这样吧，你再冷静冷静，再想想。你的这些要求呢，我跟领导再汇报，听听他们的意见。你呢，要自己劝自己，退一步。俗话说得好，退一步海阔天空。车县长活着的时候，政治觉悟很高，给各级党委拍着胸脯讲党性，也为县里做了很多工作。人死了，他的党性觉悟还是你宝贵的精神财富，他的在天之灵，也一定不想给县里出难题。"

郑江湖刚要出门，迎面碰上两个年轻人。郑江湖警惕地停下脚步，问："你们是哪个单位的？"

"我们是民生网的，想采访一下车县长的家属。"

"采访什么？快走快走。"

郑江湖招呼跟在自己身后的工作人员，将两个年轻人推出车相渚的家门。两个年轻人极力推开工作人员，大喊："我们是记者，有新闻采访的自由。你们这样做，是犯法的。"

"别喊了,我请你们去我办公室喝茶。我接受你们的采访。"郑江湖把两个年轻人摁到自己车上,一溜烟回了住建局。

车相渚的家门外有几名工作人员,名为帮忙处理后事,实则对进出人员进行观察和控制。在郑江湖带走两个记者后,他们开始互相抱怨:"不是挨个盘问了吗?怎么漏掉了这两个人?"

郑江湖把两名记者带到接待室,派几个人守着,门都不让他们出,还将他们的手机收起来,不让他们与外界联系。直到晚上,饿了一天的两个人,开始求饶:"给你们领导说说,我们不采访了,现在就走。"

工作人员拿出两个信封:"我们领导早就交代过了,这是你们的辛苦费,一人一万。送你们回济南的车,早就准备好了,你们可以立即赶回去。"

两个记者拿回自己的手机,看到上面有车乔路打来的十几个未接来电。

"这样吧,你给他回过去,我跟他通话。"郑江湖把记者送到楼下。

记者回拨,郑江湖接过电话:"车主任啊,我是郑江湖。你请来的两个记者,我已经把他们送走啦。吃得喝得都挺好,不用你操心挂着。"

郑江湖似乎看到了电话那端目瞪口呆的车乔路。

在联系不上记者的空当,车乔路给公安局刑侦大队的队长莫长星打电话:"我想去看守所,见一见宿荣。"

"别开玩笑了,她现在是全县人民关注的焦点,你怎么可能见到她?"莫长星拒绝。

"兄弟,事关我叔的声誉,我必须见到她。"车乔路意志坚定,说话的口气也硬。

"这个忙我帮不了。"

"兄弟，你刑侦队长的职务怎么来的？你忘了？要不是我叔替你打招呼，你有什么能耐担任这个职务？"

莫长星长出了一口气："好吧，吃人嘴软。我给看守所所长打电话。"

车乔路跑到看守所，隔着铁栏，见到了面色憔悴的宿荣。

"车主任，非常抱歉，我给不了你无罪证明啦。房子，你们想怎么拆就怎么拆，我不管了。"宿荣低着头，手指捏着自己的衣角。

"我不要你的无罪证明了。房子的拆迁安置政策，我给你最好的。另外，还要给你一定的奖励。至于多少，你给个数。现在我只想让你做一件事，就是写一个证明，说你前边的讯问笔录说错了，刑讯逼供也好，神志不清也好，都行。你只需要写清楚，我叔根本没有非礼你的意思。如果你能再写上，是你自己有什么想法，我额外给你十万。"

宿荣使劲咳嗽两声，对着车乔路，猛地吐出一口浓痰："王八蛋！滚！"

看守人员发现不对劲，快速跑过来，抓住宿荣的衣服领子，将她拽回了隔离监室。

车乔路极其失望地回到了车相渚的家。路上，一条不遵守交通规则闯红灯的狗，被车乔路一个猛加油门，碾轧而过。行驶十多米之后，透过后视镜，车乔路并没有看见那条一命呜呼的狗。

"叔，我本想让这条狗给你陪葬呢。"车乔路在车里喊，"可这条狗，竟然是个撞不死的家伙。"

进门后，车乔路刚想给牛晶晶说说情况，就接到了记者的电话，听到郑江湖的声音，他张开的嘴，似乎再也合不上了。

"婶儿，事情越来越复杂，越来越难办。真不行，你就自己发永乐贴吧，发朋友圈，发头条，发抖音，发天涯社区，这些都行。网络上没人审查，可以自由发声。"

"网信办不查吗?"牛晶晶问。

"查也不怕,查到了他们也不好删除,删除了咱再发。"

车乔路和牛晶晶没有想到的是,县主要领导围绕车相渚的死,对工作组和郑江湖做出了明确指示:不管家属同意不同意,马上做尸检,查明死亡原因。对车相渚的个人问题,死人当成活人进行调查,查深查透。有了主要领导的明确指示,相关方面的工作人员迅速行动。县纪委按照中央扫黑除恶督导组的信息反馈情况,开始约谈与车相渚有瓜葛的企业老板。至于车相渚身边的女人,也排出先后次序,一个一个地走进纪委讯问室,第一个进去的,便是住建局办公室副主任毕妍。

郑江湖按照领导指示,接洽好法医之后,走出办公室。他看到天上的云越来越厚,越来越黑。郑江湖想象着一场暴风雨的到来,电闪雷鸣,将永乐城的天空,撕开一个巨大的口子。

永乐城确实需要一场涤荡天地的雨,将万物从容颜到筋骨,洗刷一遍。

赵新城走过来,看见郑江湖站在院子里,问:"局长,听说你去祭奠车相渚啦?"

"嗯。"

"那你哭没哭?"赵新城开起玩笑。

"你这个狗东西。看到那张赤红着脸的遗像,我一下就想到了猴子腚。"郑江湖一声长叹,"人生如戏啊。"

57. 城市主题词:隐形人。

杨天轮还没有走到维修店的时候,远远就看见几年前那个双下肢截瘫的老人和一个小男孩坐在门口。杨天轮像问候老朋友一样,说了句:"来了。"老人含糊不清地回答,像是在说:"一直没走。"杨天轮看了小男孩一眼,眉清目秀的,抓着一把锈迹斑斑的口琴。

小男孩迅速站起，对着杨天轮一鞠躬，接着就吹起口琴，悠扬的曲调让杨天轮愣在那里，如同被时间弄昏了头。

杨天轮开门，任祖孙俩在门口坐如往常。

没过多久，城市执法局黑压压的队伍，将祖孙俩塞进执法车。老人伸向车窗外的手，似乎在向杨天轮求救。杨天轮站在屋内，将目光看向更远处，然后听到墙上的某一只挂钟，啪的一声响。根据声音判断，那是表弦断了。

"水煎包，水煎包，刘三拐水煎包。一拐拐出油，二拐拐出面，三拐拐出宫廷里的馅。宫廷秘方，省级非遗，刘三拐水煎包。"

叫卖声突然传来，一下子刺激了杨天轮残疾老婆的神经："老头子，刘三拐水煎包可来了，快去买几个。"

刘三拐水煎包是永乐城享誉省内外的名吃，是省旅游局推荐的不得不吃的地方小吃。据说，葛石刘姓祖上曾有一个独腿残疾，在皇宫内专做水煎包，年老后被赏赐归家，带回了宫廷秘方。其后人在葛石老家开了专门的包子铺，上百年来长盛不衰，县城里的人经常慕名前往。再后来，家无男丁，秘方失传，便有诸多旁系都说得了秘方，纷纷做起刘三拐水煎包，终究做不出原来地道的口味。再后来，刘家又出一残疾男丁，已不知是几世之后，用心钻研水煎包配方，竟做出比原来味道更好的水煎包，时不时来县城叫卖。新一代的煎包拐，只在县城的北街位置摆摊，大多数时候，不出半个小时，水煎包便会被一抢而空。

杨天轮没有听到老婆子的喊声，顾自盯着一块手表的齿轮看。

"老头子，俺闻到水煎包的香味啦。快点！"

自从姚警官来过店里之后，杨天轮总感觉哪里不对劲。三十多年前的一桩钟摆丢失案，被省里牵头督办，让人感觉不合情理。杨天轮把自己的怀疑一次次告诉儿子，杨定国都是满脸不在乎："没事，让他们查就是了。"

“他们确实是省里的调查组？”杨天轮充满疑惑，他抬头看儿子的目光，有些斜。

“肯定是啊，局里还统一为他们准备了洗漱用品，我安排的。”杨定国匆匆挂断电话，“我还有事，先不说了。”

杨天轮感觉心里紧紧的，似乎有什么大事要发生。杨天轮对来来往往的行人，充满了警惕。只要看到戴墨镜的人，杨天轮就觉得一定是那个姚警官，乔装打扮之后来监视他的。看到长发飘飘的女人走过，杨天轮觉得，那或许是姚警官戴了一顶假发，男扮女装，要通过他的时间修理公司，刺探一些不为人知的秘密。杨天轮变得多疑而敏感，以至于天天夜不能寐。他找到梅边渡，要测卜一下近期的运势，看看有什么不对劲的地方。

梅边渡盘膝而坐，看着烧给佛祖的香，慢慢眯上眼，掐指，从食指到中指，再到无名指：“一笔债，必须得还。”

“什么债？”杨天轮紧张起来。

“旧债。”

杨天轮的头上冒出汗来：“你真是大神啊。前几天省里派来的公安督导组，说是要查鼓楼上的钟摆丢失一案，可不就是一笔旧债嘛。”

“你藏下了许多秘密，不敢对人讲。”梅边渡睁开眼，“我看到了一片混沌之中，那个催债的人，样貌奇特，在追着你的儿子跑。”

杨天轮再次惊慌失措：“兄弟，你得替我想想办法。”

“还不只这些。我看到你还有一个大灾，不远处，有个坑。”杨天轮看到梅边渡的眼里，充满了迷雾。梅边渡神情模糊，脸上有一层淡淡的水汽，木香薄薄的烟在梅边渡的头顶聚拢，盘旋，然后消散。

“我有没有灾不要紧，活到这把年纪，死了也无所谓，只要孩子们能平平安安的就行。快给我说说，怎么化解？”

梅边渡放松绷得紧紧的身子，脸上的表情也慢慢舒缓："老哥，说实话，你的事太复杂，我给你弄不了。我给你写张黄符，只能保你自己的身体健康。"

"那怎么能行？我主要是关心孩子们怎么样。"杨天轮有点急，脸色通红。

"你得去找功力更强的人，多花点银子，让他给你破解。"

"你给我推荐一个，哪里有？"杨天轮抓住梅边渡的手腕，"咱可是几十年的兄弟啦，你一定得帮帮我。"

"这样吧，我有个道家的朋友，最近在泰山上开坛讲学。你去找找他，或许会有办法。"梅边渡一边说话，一边画了一张黄符，递到杨天轮手上，"不过呢，话又说回来，所谓吉人自有天相。杨家父子在永乐县城，可是响当当的招牌，要风得风，要雨得雨。以我的慧眼看呢，没多大事，放心吧。"

杨天轮高兴不起来。从梅边渡的门头到他的钟表店，按说也就十分钟的路，杨天轮走了多半个小时。杨天轮看着身边的人，如游梭般穿行，感觉他们像影子一样，穿过自己的身体，又躲闪到暗处，挥舞着一把尖利的刀。初夏的风，不该如此凉，钻过骨头缝一般，让杨天轮感觉到疼痛。时不时刮起来的杨絮，钻进鼻孔，刺得浑身痒痒的。杨天轮感觉自己的骨头一块块松动起来，他甚至听到了某种声音，正肢解着自己老去的身体。

咬合不紧的齿轮，最终会散架的。

杨天轮几乎是挪进了自己的钟表店。他感觉口渴，刚想进屋倒杯水，就看见姚警官突然走了出来，不禁吓了一跳。

"大爷，您可回来了。我们有急事找您。"姚警官拉把椅子，让杨天轮坐下。

"找我？钟摆的案子破了？"杨天轮满脸疑惑，身体有些发抖，声音也颤抖起来。

姚警官摇摇头："这次我们不是为钟摆来的。记得上次您说过的那个姚厚德吧，我们想找他。"

"他好久没到我店里来了。"

"我知道，所以我们才请您帮忙，要尽快找到他的行踪。"

"我觉得有个人应该知道他的住址，宿荣。我们家六妮说过，要把宿荣介绍给他当老婆。"杨天轮端起水杯，喝了一口，"我不知道他们最后见没见面。"

"宿荣是谁？"

"就是前几天，车县长死的时候，最后一个见到他活着的人。正关在看守所呢。"

姚警官迅速行动，去见了一头雾水的宿荣。

"你认识姚厚德吗？"

宿荣摇头："不认识。"

"杨天轮说，他家闺女曾经给你介绍过这个人。"

"怎么可能？我和他家闺女，有解不开的疙瘩。"

趁姚警官去见宿荣的时间，杨天轮给儿子杨定国打电话，告诉他姚警官又到店里来，要找姚厚德。杨定国让他配合调查，不要节外生枝。杨天轮知道儿子一切正常之后，又重新坐下来，等姚警官他们回来。

姚警官有些生气："老人家，宿荣根本不认识那个姚厚德。我郑重提醒您，您要好好配合我们的工作。不管用什么办法，都要把姚厚德找出来。"

"你们是公安局，找各个派出所，找小区物业公司，都行啊。我不信你们就找不到一个人。"

"我们还真找不到这个人。他就像城市里的隐形人，没有留下任何生活过的痕迹。可他明明就在这座城市里。"

"你们都没办法，我能有什么办法？我总不能敲锣打鼓地喊他吧。"

"哎，敲锣打鼓，这真是个好办法。这样，我们去你的里屋藏起来，你去外面敲敲洗脸盆子，敲敲铁皮鼓啥的，要不干脆就在外面写个牌子，说要退还姚厚德的钱。我估计，只要他能看得到，就一定会来的。"

"你们这么费劲地找他，为啥呢？"

"案子，我们不能给您老人家讲。这是纪律。"

杨天轮在白色的纸箱上，写上姚厚德的名字，后面写上"还你钱"三个字，挂在门牌上。两天之后，姚厚德真的来了。他先是在门外转悠了很长时间，才一步一回头，慢吞吞地挪进门里。

"老杨，你那女婿回来了？怎么现在想起还我钱来了？"姚厚德话音未落，就见姚警官从里屋冲出来。

姚厚德神态淡定，把两只手伸出去，等姚警官迅速给他戴上手铐。

"知道我们为什么抓你吧？"

"知道。"

"为什么？"

"我杀了人。"

"杀了谁？"

"姚厚德。"

"你叫什么名字？"

"黄大金。"

"为什么要杀人？"

"为钱，姚厚德有一大笔钱，还有瓦当秘籍。"

杨天轮听着姚警官和黄大金的对话，后背有些发麻。杨天轮无论如何也没有想到，这个自称姚厚德的人，竟然是逃逸了多年的杀人犯。在五七干校劳动改造时，他就已经背上了人命。把人杀掉，再用他的身份逃亡，如此不可思议的事情，似乎只发生在电视剧中。现实竟是如此滑稽可笑——杨天轮曾经以为的至交，欺骗了他几十年。

梅边渡所说的旧债，就是黄大金吗？如果真是这样，那就万事大吉了。如果不是，还会有什么样的陈年旧债需要偿还呢？

杨天轮庆幸姚警官抓住了黄大金。看来，他所说的省里督办的钟摆失窃案，只是查案的一个幌子罢了。

体形如此庞大的城市里，到底还有多少罪恶，还有多少隐形人呢？

杨天轮开始发烧，神志不清，被连夜送往医院急救。

在急救车的鸣叫声中，杨天轮看到梅边渡站在自己跟前。梅边渡让他看向车窗之外，弄清楚每一个往后倒下去的影子。暗夜之中，那些影子变成雪一样的白色：无数只流浪的猫，挣脱锁链的狗，会飞檐走壁的盗贼，贴窗而站的偷情者，让贪小便宜的人伸长舌头的商家，某个在街头传播病毒的舞蹈家，还有在闹市区大声演讲的某一个精神失常者。

城市，突然像一个血管淤堵的老年患者，意识混沌，口齿不清。

杨天轮说："我的病，再重也得治。"

梅边渡说："你是罪恶的帮凶，治不了。"

58. 城市主题词:你见过夏天的雪吗?

风从门缝里钻进来，起身，抖落身上的土。

风如同察看世界大势的主宰者，环视房间内的一切，黑暗而冰冷，抖了一下，快速逃离。

左岸虚看到风的狼狈姿态，忍不住想笑。

自从第一天的讯问之后，宿荣再没有被提审过。她静静地待在房间里，这里摸摸，那里摸摸。宿荣并没有看到左岸虚和风。当宿荣跳起来，想抓住三十厘米见方的窗户时，便听见墙角的喇叭传来严厉的呵斥："宿荣，老实点！"

宿荣便老实了，坐在床沿上发呆。透过小小的窗子，宿荣看到一棵杨树的树杈，上面有一个鸟窝。宿荣一直盼望着能看见一两只小鸟，从稚嫩的叫声开始，到可以高飞在天空。宿荣什么都看不到，看不到鸟儿飞走，也看不到它们归巢。

一切都是安静的。没有风，也没有雨。树叶是静止不动的。天空如此遥远，如同不是人间。

如果世间这样安静，该有多好。这安静，是干净的，一尘不染，没有一丝罪恶。

左岸虚悬飞在半空中，他想提醒宿荣，这个看起来空荡荡的房间，挤满了各种魂灵：被强占坟地的五个流浪者，被处死刑的强奸犯，突发脑溢血的贪污犯，还有被讯问时死去的无辜者……他们一次次试图强占宿荣的身体，让自己的魂灵独占她。这些魂灵之间开始爆发争斗，伤痕累累。左岸虚努力想做一个调停角色，可他们并不理会一个来历不明、资历太浅的闯入者。无奈之下，左岸虚只能以自己的瘦弱之躯，寸步不离地守着宿荣。

宿荣想起某一张纸条，那是很久以前她从左岸的桌子上拿走的。上面那句话，被宿荣当成了至理名言：一切都是苦的，所以忍着；一切都得忍着，所以都是苦的。当时她把纸条举起来，对左岸说："我喜欢这句话，这张纸我拿走了。"左岸扭过头看了看，点头同意。宿荣不知道左岸为什么会有这样的感慨，是在说他自己，还是在说别人。也有可能，这句话就是他小说中某个角色说的，被宿荣当成了契合自己真实生活状态的宝贝。她一遍遍地读着纸条上的两句话，泪流满面。苦与忍，时下的人们，都是这种样子？

那张纸条被搜身的警官拿走了。如今，它被存放于何处？是不是能体会到和自己一样的孤独与苦难？苦与忍，时下的人们，都是这种样子？

响亮而尖厉的训斥声、嚎叫声，时不时传进宿荣的耳朵，让她想象着进来那个人的身高、样貌、衣着，是不是散发着汗臭，有没有子女，又是因何而来。宿荣不敢相信，这个世界竟然有如此多的罪恶，要一个接一个地被禁锢，被惩罚，被折磨到身心俱疲。在这些透着期待和无奈的安静里，宿荣想象着还有三五个，或者七八个女性，成为自己未曾见面的邻人，与自己有着同样的苦恼和心境。

某一天夜里，宿荣突然听到一声尖叫："放开我！"那声音让宿荣浑身哆嗦，太像女儿娇娇的声音了。她一个激灵，起身再听，世界重又归于寂静。宿荣知道，自己想女儿了，像一根绳子一样的牵挂，让她的心一直揪着疼。自从裸贷风波之后，女儿一直小心翼翼地生活。谁也没想到，留在杭州工作的她，竟然无意间被她曾爱得死去活来的男友，带上吸毒的道路。被政府强制戒毒后，女儿幡然醒悟，与第二任男友一起，离开了那个让她伤心的城市，到男友贫穷遥远的贵州老家，做了一名人民教师。女儿本来就是坚强的。对于娇娇这样的结局，宿荣是欣慰的。娇娇远离城市的选择，比自己要坚定，也更清醒。回到山区的娇娇，回到了她的理想之国、太阳之国、月亮之国，回到了花与树的海洋。她站在宁静的山水之间，笑得开心，恬淡。一切都是美好的。美好，是一个多妙的词啊。这个世界，总有一些东西，是美好的。

城市啊，大大小小的城市，是多少人的伤心地，又是多少人的温柔乡。命运的轮盘缓缓转动，女儿也许不再重复自己的人生轨迹。对此，宿荣又是庆幸的。

宿荣不知道自己会在这里待多长时间，是不是还会有人来探视。虽然车乔路被她吐了满脸，可他竟然是第一个她见到的"局外人"。现实状态下，宿荣最想见到的人，是赵新城。她觉得他一定听说了自己的事，一定会想办法把她捞出去。宿荣再往深处想，如果赵新城听说的传言版本，是她以身体贿赂车相渚呢？他会怎么想？是不是还有心情帮自己一把？

不知多长时间之后，宿荣听见看守打开她监室的声音，猛地站起来，问："我是不是可以走了？"

"有人探视，出来。"

宿荣注意到，看守的脸上有一道深深的疤，便问："领导，你脸上的疤是不是与歹徒搏斗时受的伤？你是不是英雄？我特别佩服英雄。"

"怎么，你能给我评残啊，还是能给我发资金？"

宿荣偷偷地笑了："你这个领导有意思。"

会见室里，隔着铁窗，宿荣看到杨榴坐在那里。看见宿荣进门，她还站起了身。

宿荣一脸惊愕："怎么是你？"

杨榴摇着头，嘴巴张了张，没说出话，却伸出舌头，上下舔了舔嘴唇。

"我不知道该怎么开口。"杨榴吸了一下鼻子，"我呢，其实是想让你给我写个证明。"

"让我给你写证明？你是开玩笑吧？"宿荣想起前几天找杨榴模仿吴连的笔迹写证明的事，"是我在做梦，还是你在发烧？"

"你没做梦，我也没发烧。都是那个乌龟王八蛋吴连搞的鬼。你记得我曾经借过你一次身份证吧？说是要办个电话卡。其实，是那个王八蛋，在安徽开办了一家理财公司，你是那家公司的法人。"

"什么？公司？法人？我是法人？"宿荣的胸脯剧烈起伏，声音变得尖尖的，思维变得混乱，混乱之后便是努力弄清真相的飞速旋转。宿荣想起，赵新城曾经给她说过，县内好多无法经营的企业，吴连都让他的下属做法人，然后贷了大笔的钱。

杨榴点点头："那边公司办理业务的所有资料和手续，都是用的你的名字，我的头像。事情是我出面办的，可钱都进了那个王八蛋的口袋。他消失之前，那边的业务还零零碎碎地做一些，数额也不小。前一段时间，那个王八蛋躲起来之后，那边公安局的经侦大队介入了。我估计，这两天就会找到这里来。"

"找过来我也不怕啊，没有我一丁点的事。"

"既然你是公司的法人，就脱不开干系。你必须把事顶起来，承认所有的公司业务，都是你一手操办的。"

"凭什么？哼，做梦去吧。这么多年，他一句道歉的话都没有，像扔一堆垃圾，把我们娘俩扔到九霄云外。现在有事了，有难了，想起我来了。我再怎么着，也不能没有人格、没有尊严到这种地步吧？"

"即使你顶起来，也不会有多大罪过，判不了几年。那个王八蛋昨天给我打电话，说你人好，心软，一定会看在往日的情分上，替他的将来考虑，担起这个事。他给你出了个数，一百万。只要你担起来，他就把这一百万给你存起来。你从里边一出来，他就接你回家，给你磕头，把你当祖宗一样供着，把钱一分不少地送给你。"杨榴的右手压在左手上，没有一丝多余的动作，她目不转睛地看着宿荣，出奇地冷静。

宿荣的泪流下来，无声而湍急。

宿荣摇着头："这么多年，我不是等他回头，我是在等自己死心。闺女上大学需要钱，那次我去他公司，被他的保安当成狗一样地踹出来。从那天开始，我的心就死了。我与他，没有一毛钱的关系。"

"可你们还有女儿。"

"女儿是我一个人的。他没有给过娇娇一分钱，连面都没见过。我一直给女儿说，他爹遇车祸死了。如果我把真实的情况告诉她，说不定她会杀了他。"

杨榴又说："我知道他对你们娘俩亏欠太多。可你们俩毕竟爱过，最美的年纪，最浪漫的爱情。看在这些陈年旧事上，再加上我这张老脸，你给句明白话，能不能把这事担起来？"

"不能。"宿荣坚定地说。

"我再给你加一百万。"

宿荣嘿嘿笑了两声，那笑带着刀子："在你们嘴里，一百万，就是舌头一动，真是太轻松了。我这一辈子，想都没想过，一百万会是什么样子，更别说见过。我宿荣相信这个世界上，不是什么都可以用钱买得到的。"

杨榴也嘿嘿两声："即使你不承认也无所谓，公司的法人是你，你脱不开关系。他再死扛一下，死活都要把屎盆子扣在你身上，你有几张嘴能说得清？如果你不顶起来，你知道未来会是什么样子吗？他们吴家在永乐城，我们老杨家在永乐城，都是有头有脸的名门望族，随便一个人跺跺脚，半个城市都得抖一抖。拒绝这件事，你还能在永乐城混下去吗？"

"呵呵，名门望族，谁给你们封的？快让你把我吓死了。我在永乐城混不下去，大不了回老家，又能怎样？"宿荣流泪了，"你见过夏天的雪吗？我见过，我宿荣就是。"

"别把事情想得太简单了。吴连手下有多少人，你不知道。他们做过的事，你想都想不到，把人投到井里，投到河里，都是小菜。有人把自己的手剁下来，还得说尽好话，才能有一条活路。也有人苦苦哀求，只想留个全尸。"

杨定国突然出现，他径直走到宿荣跟前，替宿荣擦了擦脸上的泪，然后抱住宿荣的脸，盯着看了几分钟。

"与人方便，与己方便。"杨定国说完，拍了拍宿荣的肩膀，走出会见室。

"别把话说死，否则就会把路走死。这个事呢，我把话说到这里，你自己掂量掂量。老百姓有句俗话，求风得风，求雨得雨。我希望你求的，是远大前程。"杨榴说完，对看守努努嘴。

看守提着宿荣的领子，带她离开了会见室。

宿荣像一截朽木，安静地坐在床沿上，茫然若失。她感觉到全身上下的干涩，如同被火炭烧烤过一般。她开始怀念化妆台上的精华素，怀念一应俱全的防晒霜、隔离霜、粉底液、修容粉。她回想一年四季，怎样把硬币大小的防晒霜涂于掌心，以柔软的指腹涂于脸颊、额头、下巴、鼻子之上，然后再按压、拍打，让脸上的每个毛孔都生动鲜活起来。宿荣一直以为，自己并不是为谁而梳妆，也不怕容颜变老，她只是不想辜负岁月，辜负这座让她魂牵梦绕的城市。她想让一点一滴的美，成全生命，并融入生活。如今，当这一切都只能去回想的时候，宿荣心里的失落，让她变成了一枚鱼干。

一切都是干枯的，干枯得如同死亡一般。

杨榴所说的远大前程呢？扯淡！

左岸虚突然出现在窗台上，他发现只有三十厘米见方的窗子上，是一块被污垢遮盖、混沌模糊的玻璃，意图混淆各种是非，掩藏不同的罪恶。宿荣抬头看向窗子，并没有发现左岸虚的窥视，透过玻璃，她隐隐约约地看到杨树枝杈上的鸟窝不见了。心里想，是谁拆了它呢？她再也看不到鸟儿飞走，更不可能再看到它们归巢。鸟巢消失得莫名其妙，又毫无征兆，如同她以前看到的都是假象。

伴随着世界的渐次昏暗，窗外也变得更加安静。没有风。没有雨。树叶是静止不动的。如果世界只有这样的安静，该有多好。宿荣劝自己，必须相信这安静是干净的，一尘不染，如同没有一丝罪恶。

越是如此自我劝慰，宿荣越是真切地意识到，自己身上沾满了罪恶。宿荣想起聚拢在吴连公司门前那些白发苍苍的老人，想起左岸父母拿命换来的抚恤金，想起更多家庭养老的钱、救命的钱、供孩子上学的钱。在吴连的高楼大厦旁边，每天都有汪洋恣肆的咒骂和哭喊，简直比刺骨的寒风还伤人。宿荣不知道企业法人的具体内涵和实际意义，但她觉得自己就是那个有罪的人，卷走了永乐城数万人养老的钱、救命的钱、供孩子上学的钱。不仅仅是在永乐，还有企业的注册地安徽，那些经济并不宽裕的城里人，那些从僻远的山乡跋涉而来把钱交到吴连手上的山里人，似乎都在某一条遥远、曲折、狭窄的街巷，把手伸向天空，以世界上最恶毒的语言，诅咒着该下地狱的人。

他只是借用了我的身份证，宿荣如此安慰自己。即便如此，宿荣依然不能原谅自己。她觉得名字的每一个笔画里，都流满鲜血，如同恶贯满盈的刽子手，杀了那么多无辜的人。

宿荣突然想起梅边渡曾经说过的那句话，"这个世界上会有另一个自己，比现在的自己活得幸福快乐。受苦的人，是在为另一个自己赎罪。"那么，在安徽注册公司的那个法人，是不是就是另一个自己呢？她真的幸福吗？呵呵，我在赎罪，我凭什么要替别人赎罪?!

"我为另一个我活着。呵呵，只要你幸福，我就快乐。"宿荣对着污浊而窄小的窗子，说出这句话，放声痛哭。

此刻，左岸虚就站在宿荣的背后。

左岸虚有那么多不可丢弃的牵挂，比如宿荣，比如梅边渡，还有，呃……那个放荡女。他以无所不在又不被察觉的方式，并行于他们的身前身后。他喜欢躲在他们身后，在长短不一、明暗不分的背影里跳来跳去，像一只麻雀，像梅边渡当成爱侣的猫。

左岸虚拍了拍宿荣的肩膀，与宿荣耳语："你要相信这个世界的荒诞，远超《尘法》的想象。"

宿荣双手合十，对着上天祷告，她期盼着安徽警方的出现。那样，她便可以尽早地告诉他们真相，让自己解脱，也让所有的罪恶，撕下伪装，暴露在阳光之下。

即使六月有雪，也是天在喊冤。

59. 城市主题词：永乐花墟。

梅边渡做了一个奇怪的梦，左岸变成了左岸虚，梦中的一切亦真亦幻。

左岸虚相信自己的力量，足可以在城隍池的水面之上，掀起滔天巨浪。他让落地花虚站在身后，模仿自己的身体动作，左手托起右手手腕，口中吐气，由并拢的食指和中指指尖，发起身体内能够聚焦的无穷力量。

城隍池的水，纹丝不动。

池边的楝树摇动，几束败落的花叶，渐次落在水面上，毫无目的地飘。紫的、深紫的三五片，白的十几片。更多的花叶落下来。一会儿工夫，水面上似乎有了一条流动的彩带。白的、紫的、深紫的，相互夹杂。左岸虚看到那些花片，在水的暗流之下，慢慢旋转，聚集，在水面上越聚越高，竟神奇地堆成了别样的花簇，在水的中央缓缓盛开。

左岸虚突然兴起，他要把永乐城所有的楝花叶片，堆成凋落的花墟。左岸虚招呼落地花虚，让她唤起更多的魂灵，将树上树下的楝花叶片，全部旋转到城市的街道中央。只一支烟的工夫，树上的楝花叶片，像不知疲倦的雪花飘落，或在半空中摇荡，或在树荫下歇息。那些未曾完全绽放的花苞，也一并掉落下来。又是很短的时间，永乐城的四面八方，突然刮起了不大不小的风，将地上的楝花叶片旋转起来，渐渐旋成一捧、一团、一簇，最后成为坟头大小的一堆，几乎是等距离地堆放在城市大道之上。

无数路人拿出手机，拍下楝花落下时的缠绵悱恻，拍下一片片花叶从新鲜到干枯的衰败之殇，拍下那些大大小小的花片，被微风慢慢旋起，像扑火的飞蛾，堆成一个个花堆的过程。

各级电视台的记者们来了，拍树，拍花，拍无形的风，拍成排成列的鲜花堆起的坟墟。左岸虚听到一个记者在做现场报道，把这样一个奇异的花落现象，称为"永乐花墟"。为什么要叫花墟呢？花坟不是更准确、更直接吗？然后就有林业和气象部门的专家相继出镜，解释楝花突然全部掉落的原因，说是因为碰到了几十年不遇的干旱。在大道上堆起的花墟，则是风的螺旋转动效应，符合科学原理。至于为什么全部堆到了同一条大道之上，则是因为这条大道，是唯一畅通的风口。

完美的解释，左岸虚想。他在最大的一堆花坟前坐下去，痛哭流涕。没人看得见左岸虚的眼泪，他自己也看不到。他只能感觉到泪水如海，淹没了整条大道。左岸虚不允许永乐城的人，无视他的悲伤，便招呼所有的魂灵，把成堆的花墟全部吹起来，堆放到城隍池的水面上。一瞬间，一个个花堆被风旋起，铺天盖地刮向城隍池。

黑压压的人，无数的闪光灯，肩扛的摄影录像设备，再加上面容姣好、声音颤抖的主持人，全都追着花墟的影子在跑。

气喘吁吁的路人说，只有蝗灾，才如此铺天盖日。

另一位被绊倒的女人说，只有窦娥的冤情，才如此惊天动地。

城隍池上的花墟，堆满了整个水面。围着城隍池远远近近的人，惊奇地发现，那些花墟竟然是按花色排列的，白的、紫的、深紫的，一圈一圈，排成了巨大的圆形坟场。

电视台的记者再次采访林业和气象专家，问了一圈下来，没有一个人愿意接受采访了。

城隍池突然成了最热闹、最神奇的所在，吸引着更多的人蜂拥而至。

左岸虚坐在宿荣家房子的最高处，只见人声鼎沸之中，梅边渡像神一样地出现了："大家不要慌，别害怕。楝树开花是自然现象，花瓣落到地面上，被风刮到水中，同样都是自然现象。如果我们不懂天文地理，可能会有各种各样的猜测。关键是，现在的科学没有解释不了的事情。不管是什么原因引起的，大家都不要怕。有我梅边渡在，就有永乐城长盛不衰的安宁。"

左岸虚对落地花虚说："看看，梅二这头聪明的驴，哪里都少不了他。牛皮吹得够大啊，还长盛不衰呢！"

"他不是能与城隍爷直接对话吗？他能猜出是什么原因吗？"落地花虚问。

"活着的时候，我一直叫他聪明的驴。其实，他一点也不聪明。我昨天晚上托梦给他，他都不知道会发生什么事。这头驴白活了这么多年，他就是一个笑话，根本不懂什么是道，什么是佛。说白了，他就是一个偷走别人信仰的骗子。"

一只鸟突然飞过来，站在梅边渡的脑门上，从容不迫地拉下一堆稀屎，扬长而去。

梅边渡不得不去城隍池里，洗去从额头到鼻尖不断滑行的稀臭鸟屎。

左岸虚从房顶上下来，轻落在城隍池的水面中央。左岸虚将中间的花墟往岸边推开，露出中间开阔的水面。左岸虚挑拣出深紫色的花片，在水的中央，拼出"尘法"二字。

梅边渡大惊失色，因为只有他知道"尘法"二字隐藏的秘密。

"下一步，你觉得他会怎么做？"落地花虚问。

"他能怎么做？去拜城隍爷啊。然后便是一人一张黄符，让所有人都揣在身上，靠近心脏最近的位置。他那张符，不知骗了多少人。"左岸虚说，"他还会举办法事，超度我的亡灵。"

"人们会不会想到车相渚的死？"落地花虚问。

"会有人这么想。只是，宿荣太可怜，还被关在看守所里。"

"你这样摆，有用吗？"

"会有用的。永乐花墟会成为恒久的传说，就像左岸。也会有人问祖祭天，探究永乐城到底有多少冤情。"

果然不出左岸虚所料，第二天，梅边渡开始了他盛大的祭拜仪式。梅边渡摆出三牲之首，烧上五炷高香。左岸虚跟在梅边渡身后，几次拉他的衣角，梅边渡都没有丝毫反应。梅边渡把写有左岸名字的灵牌，摆在案几之上，跪下三拜之后，对天长啸："唯天为大，唯君为最尊。政教兆于人理，灾祥显于天文。行有玷缺则日象显示，天有妖孽则德宜日新。……文公谶语明示，左岸之岸，回头是岸。无论你魂归何处，请勿惊扰永乐城。永乐之乐，你我之乐；永乐之乐，天下之乐！"

"硕鼠硕鼠，无食我黍。天情地情，勿徇私情。"左岸虚学着梅边渡的口吻，在虚空的世界中喊。

左岸虚回头，见车相渚虚戴了重重的铁制枷锁，跪在城隍池边。在他面前，是一个只有七八个月大小的婴灵。

60. 城市主题词：城市有没有倒影？

赵新城徘徊在看守所之外，任夕阳淡淡的光，慵懒得像一位即将老去的妇人。

赵新城在等，等看守所的门打开，有一位干警过来，把他领进去。

赵新城通过关系，找了看守所所长，想去看一看宿荣。自从电话打过去，已经过去三个多小时了，看守所的门没有开，更没有人出来。

赵新城说不清心里的感觉。他渴望着能与宿荣说几句话，又害怕看见她无助的眼神。赵新城知道自己的能量，根本无力为宿荣做什么。赵新城咨询了几名律师，问他们有没有为宿荣做辩护的意愿。律师们听说此事的前因后果之后，都打起了退堂鼓。律师们说，如果接下这种案子，就会面临官场上上下下、各种各样的压力，说不定就得罪了谁。

赵新城清楚，此刻的宿荣，如同漂泊在大海之上的一只小船，没有方向，也失去了船桨。前面是茫茫无尽的雾，后面是变幻莫测的风，下面是湍急无比的暗流。赵新城无法揣测，一只小小的船，能经历几级的风浪。他不敢想象变幻无穷的海，到底是温情脉脉，还是狂厉如刀。再加上那些隐藏于海面之下的暗礁，会以沉默和无情，摧毁任何一只迷途的船。

而自己，又何尝不是一只迷失航向、失去动力的小船呢？

上午赵新城刚到住建局，局长郑江湖就把他叫到办公室，出示了一份纪委发过来的书面问询函。

郑江湖脸色非常难看："组织部马上就要来考察了，这么关键的时候，竟然弄出这档子事。现在我都不知道该怎么办了。推荐你吧，怕组织上说是带病提拔。不推荐你吧，你干了这么多年的科长，没功劳也有苦劳。同志们都承认，你在规划科长的职位上，还是做了许多事情的，也规划设计了不少精品工程。作为局长，从良心上讲，我不能亏待任何一个出力干活的。"

郑江湖点上一支烟，狠狠地抽了一口："现在需要弄清楚是谁写的告状信。还有，上面反映的这些问题，到底是不是真的。建设系统一直是个乱子窝，多少年提不起干部来。关键原因就是山头多，人心乱。每次班子需要调整的时候，告状信就来了。如果这次只是针对你的提拔，问题还不是很严重。如果是别有用心的人，非把你弄进去不可，事情就麻烦了。"

"给局长出难题了。"赵新城低下头，不自觉地抚着手里的笔记本，"关于提拔的事，上次我就汇报过，我不掺和了。把机会让给年轻人，给那些非常想提拔的人。如果知道是谁写的，就干脆给那个写信的人。"

"你这是在闹情绪。还是我批评你的那句话，有本事，能干事，不是闹情绪的资本。我看这样，你呢，根据纪委问询材料上的这些具体条目，写个书面的说明材料，交给我。我想想办法，去纪委认真汇报一次，也说明一下局里的情况和党组的意见。"郑江湖把烟头摁在烟灰缸里的动作，像是要绞死一条蛇。

"如果我不想提拔，是不是就不用写说明？"赵新城吸了一下鼻子，带着浓重的鼻音，问。

"你想啥呢？现在的情况是，不管你想不想提拔，都得把这些事说清楚。第一位的急迫任务，是要保饭碗。"郑江湖越发生气，"你现在看到的这些内容，是纪委的同志整理之后的。原信言辞激烈，义愤填膺，最后一个词是丧尽天良。"

赵新城从郑江湖办公室里出来，到了自己办公室，把门锁上，打开一瓶小酒，一口灌了下去。

函询，多么温和的称谓。赵新城的眼角涌出一股热流，他感觉到浑身上下的热，要将他烧焦的样子。赵新城斜靠在椅子背上，故意扭曲了身子，将头侧向窗子一侧。窗子之外，他什么都看不到，混浊而结实的外墙玻璃，阻隔了他与这个世界的所有交流。赵新城只能在玻璃的反光中，看到自己落寞而孤寂的身影。

赵新城仔细看着问询函的每一个条目，想着该如何用最准确的词语，进行认真的回复。比如，说他为外地的金地房地产公司争取城市核心地块，并且因此受贿二十万元，这一条他必须坚决予以驳斥。无中生有？这个词似乎用得生硬了些。那么，他该如何表述呢？或者只是简单地说不存在？说他强行通过不达标的建筑设计，违规收受企业三十万元，这一条与上一条可以有同样的答复：不存在。说他在酒桌上发表妄议中央的反动言论，这一条明显就是胡编乱造的，没人信。话说回来，信与不信，能有多大差别？写信人还拿自己和中央电视台的某位主持人比，简直是开国际玩笑。至于说他同宿荣保持长期的不正当男女关系，这一条怎么回复呢？还是简单地说一句不存在？赵新城犹豫着。多少年了，住建局的人似乎都知道，赵新城有一个红颜知己。赵新城听到过风言风语，也有人问到他脸上，是不是真有那么一腿。赵新城哈哈一笑，不否认，也从未承认。赵新城一直以为，这样的态度，可以为宿荣遮挡许多麻烦和风雨，尤其是她开店的那个时候，甚至可以给她带来不少客源。赵新城没有想到的是，这种暧昧的态度，恰恰成了别人眼中的事实。

如今，赵新城要回应所有的非议，写出白纸黑字的辩解书。他想起解放前国民党监狱里的共产党人，每天都要写告白书。而自己，是真正的共产党员吗？这份说明自己无罪的书面回复，到底能起什么作用？

赵新城想起纪委里的一位朋友，觉得应该向他打探一下底细。赵新城拨通电话，那端一听是打听事的，便压低了声音："凡是涉及案子的事，我们有纪律要求，不打听，不说情，不宣传。别管问你什么问题，你实事求是地回答就好。"

赵新城再次沉默了。上面的这些情况，相对来说还好回复。最后一条"市政公司刘姓负责人在赵新城儿子上大学的时候，给了十万块钱的礼金"，他该如何回答？赵新城和市政公司的刘姓负责人刘大海，是从参加工作开始就在一起喝酒打牌的好朋友。刘大海的儿子上大学时，赵新城给了他六万。那个时候，刘大海的老婆动手术，孩子上大学交学费，刘大海手头紧。作为朋友，赵新城只是借机帮他一把，如此而已。七八年过去了，赵新城的儿子上大学，刘大海回了十万，并没有多少过分之处。当然，此事往严重处说，因为彼此之间的上下级关系，定性成受贿或者利益输送，赵新城无可反驳。如果从前因后果去看，把人情往来当成问题，赵新城感觉就有点亏待自己。

还有那个"丧尽天良"的形容词，从何而来，又有何证明？是谁对他竟有如此深切的痛恨？他赵新城真的有那么不堪和下作吗？

如果真要回想自己对不住的人和事，最对不住的是自己的老婆。不管她怎样泼悍，毕竟是孩子的母亲，她把女人对婚姻和爱情的所有期待，都寄托在自己身上。是自己怠慢冷落了她，怨不得别人。再有一个人，便是宿荣。赵新城明白宿荣的心思，她对自己期待着，盼望着最浪漫和温暖的婚姻，像馅饼一样砸到她身上。可宿荣从来不说，她压抑着作为女人的所有渴望。她付出的一切，对自己的照顾和牵挂，赵新城都刻意忽略。赵新城害怕自己无力再经营一段婚姻，无法与吴连留给宿荣的伤痕和平共处。赵新城一次次地问自己，这么多年，真的爱宿荣吗？哪怕自己深爱着宿荣，曾经告诉过她吗？或者宿荣一直依靠着自己的帮扶，要在城市里扎根，生长，她又曾在什么时候，向自己明确地表达过？一切都在心照不宣的流水岁月中，变得淡而无痕。那么自己和宿荣之间，到底是一种什么样的关系呢？怎么就成了问询函中所说的情人关系？

赵新城没有吃午饭，再次把橱子里的两瓶小酒灌下去。空腹，高度酒，赵新城感觉到胃里火辣辣地烧。以前，他总是在办公室里备上一袋五香花生米。不知从什么时候开始，他觉得自己变懒了，对吃穿用，都做到极简。清醒的时候，他觉得应该心疼一下自己，买上一些干货放着。稍微喝一点酒，他就再也顾不上其他，只要有酒，便是最好的人生。

赵新城蜷缩在沙发上，睡着了。他听到了自己的鼾声，感觉自己的鼻腔或嗓子深处，有火药爆燃的气味，也有让人心悸的轰鸣。赵新城看到宿荣突然走过来，身上穿了一件全白的旗袍，旗袍的正中位置，滴上了淋漓不止的血。赵新城猛地惊醒，从沙发上坐起来，呆呆地看着墙，墙上所有的斑点，都像在流血。

赵新城摇摇晃晃地起身，走出办公楼，打了个车，赶往看守所。

没有预约，看守所根本不让进。赵新城给公安局的朋友打电话，对方说尽量协调一下，竟让他等了一整个下午。

他应该跟宿荣说什么呢？说有人写信告他们俩的事？赵新城下了出租车，坐在一棵低矮的树下，勾着头想着。

或者，他为什么要来这一趟呢？赵新城头上冒出汗来。此刻，他才意识到，自从宿荣出事之后，他第一次想到应该来看看她。匆忙之中，竟然忘记带点吃的东西，或者给她带几件换洗的衣服。

为什么要来这一趟？赵新城再次问自己。如此深究下去的时候，赵新城发现，自己来得毫无理由。

纪委的人会不会来找宿荣？这应该是赵新城最大的担忧了。如果纪委的人询问宿荣他们之间的关系，她会怎么说？

赵新城复盘整个问询函中的疑问，一次次给自己解释，如同面对书记局长或者党组织的严肃谈话。时间在疑问中流逝，在祥林嫂般的喃喃自语中，变得遥远，空洞，毫无踪迹。

夕阳像即将离乡的游子，留下最后的光影。

赵新城一直没有等到为他开门的人。

赵新城确信今天见不到宿荣了，心情沮丧。他绕着看守所走了一圈，看到铁丝网围绕着的一个个小小的窗子，窗玻璃黑乎乎的，像被黑暗涂抹过一般。他想象着在某一扇窗子的背后，宿荣像一只怕冷的猫，蜷缩在阴湿的角落里。宿荣怕冷，怕湿，赵新城想到这里，竟落下泪来。此刻，宿荣该是如何渴望阳光啊，一片奢侈而温暖的阳光。自己是宿荣心里最渴望的阳光吗？或者一直是，或者从来不是。自己带给她的，一直是温暖和希望吗？或者一直是，或者从来不是。

在赵新城绕着看守所，沉重而艰难地走过那一圈的时候，宿荣像一截朽木，安静地坐在床沿上。她突然想起抖音上听到的一首歌，便轻轻地哼起来："听影子说着拥抱过谁，听泡沫谎称不会破碎，是风不懂四季的喜悲，以为只要不远万里相随……"宿荣想不起歌手是谁，可她记住了那首歌的名字，叫《你全身而退》。

　　赵新城慢慢往回走，没有再打车。他看到城市轮廓里远近不同的建筑影像，在夕阳下渐渐模糊，直至消失。这座城市里的建筑，大都经过他的专业审核和严苛把关。此刻，那些建筑与自己，像完全陌生的路人，隔了十万八千里。赵新城多么希望，这些形态各异的建筑，能给自己留下略带温情的倒影，能让他在气息尚存的每一个日子，留恋这座城市的每一寸生长和死亡。可它们终究不是自己的孩子，纵然曾经竭尽全力，给它们设计一种最靓丽的颜色，最有创意的构造，最受赞美的诗意。它们与自己，是冷漠相视的对立物，无亲情，无交欢，更无希望和未来。

　　城市如果仅仅是城市，是鳞次栉比的高楼，是漠然相处的路人，是遥远的距离和隔膜，还会是让人向往的城市吗？赵新城曾经沉迷于这座城市里早早升起的炊烟，呆呆地看着满怀缱绻和留恋的燕子归巢，曲折巷子里老旧的古砖断石，青苔长满墙角，蜘蛛游走于飞檐，偶尔传来的三两声长短不同的小曲儿，抑或是季节深处悦耳动听的蟋蟀鸣叫……这些曾经暖如人间烟火的味道，是一座城市的气息。如今，这些味道变得淡漠而遥远，像钢筋水泥一样。赵新城努力地向远处张望，想要发现这座城市的倒影，他憧憬着倒影里会有他渴望的影像，像城隍池边的树，或者那些洗衣捣米的女人，像海市蜃楼，或者某一日梦中的相拥而泣。长久的伫立之后，最后换来的，只是赵新城轻轻的一个摇头。

　　所有人的恩怨悲欢，被淹没在城市的冷漠里，城市也仅仅成为某种标志物。

　　如果可能，赵新城真的想问一问裴县长，一座长满常春藤的城市，是不是就没有了罪恶，是不是就可以容得下所有的黑暗，同样，也可以让卑贱者生有可依，活有可恋。

　　赵新城想起曾经看到过的资料，说那些得了抑郁症死亡的人，大都喜欢从高处坠落。从冰冷的心理学上分析，这些抑郁症患者，喜欢飞翔的感觉。赵新城想，那些渴望死亡的人，在最后一刻，留给这个世界飞向自由的最美姿势。城市的高楼，在冷傲和无情之下，成为死亡的翅膀。

61. 城市主题词：被预示的未来。

梅边渡踱进左岸被烧成废墟的庭院。

满眼的黑色，依然散发出焦煳的气息。梅边渡不知道，这些气息里，是不是也有左岸被烧焦的味道。梅边渡想象着，左岸是不是能够以他的一条腿，像英雄一般站立起来，在烈火中高喊着什么。

死亡是另一条路，一条永生的道路。说不定，真的没有痛苦。

梅边渡抚摸着被烧焦的老槐树，树干上有些潮润，如同刚刚流过泪。梅边渡双手合十，嘴里念叨着："夏天到了，雨水足了，你可以重新活过来。"

只有几天的工夫，梅边渡的工作室，突然间热闹起来。那些熟悉的、不熟悉的人，似乎都走到了十字路口，需要梅边渡指点迷津，才能度过劫难和余生。

庄富贵是让水晶花陪着来的。

起初，水晶花百般推脱，不愿意来。当庄富贵告诉她，宿荣可能出了点小状况，水晶花便迅速下楼，开上车，来到梅边渡的工作室。

庄富贵早来几分钟，正遇到梅边渡送客人。

庄富贵进屋，梅边渡便说："看看，看看，刚才那个女的，不听我的，废了。名字叫泥中燕，泥中燕能飞得高吗？手机铃声是那首《败家娘们儿》，家能不败吗？去年请了财神，我给她开了光。觉得我开得不行，又请了不知哪里的大仙，重新开。这不，一年多的工夫，她老爹，她公公，都得了癌症。她自己去做美容，把一张国泰民安的富贵脸，硬生生削成尖下巴的灾星脸。家败光了，婚也离了。

这老话说得就是好，治病治不了命。命里有时终须有，命里无时莫强求。一进门我就告诉她，你家财神流泪了。她这才想起来，去年给她开光的那个人，在财神的眼皮底下，点了朱砂。啧啧，你说这是哪门子道行？"说完这话，梅边渡盯着庄富贵上衣黑一片紫一片的牡丹花看，"你衣服上的这些花，看着都跑题了。"

"跑题？你是语文老师让小学生写作文啊。"

庄富贵看见水晶花戴了大大的墨镜进来。

"今天怎么戴上墨镜了？你不是一直说这是黑驴罩吗？"

"什么黑驴白驴的，宿荣怎么了？"水晶花并没有摘下墨镜。她坐在离庄富贵很远的一个方凳上，将怀里略显破旧的黑色布包，抱得紧紧的。

梅边渡看着水晶花淡紫的上衣，有些细碎的暗花，与庄富贵的张扬，形成了鲜明的对比。

"来来来，我看看，有什么见不得人的事瞒着我。"庄富贵起身，走到水晶花跟前，一把摘下水晶花的眼镜。

血淤围着眼眶。

水晶花想挡，被庄富贵一把打开了手。

"乖乖，你这是怎么了？"

水晶花猛地扑到庄富贵怀里，低声哭泣起来。

庄富贵抚摸着水晶花的头，不说话。庄富贵知道，水晶花一定是遇到什么坎了。

"咱让梅大师算算？"庄富贵问。

水晶花摇头，泪从脸上甩下来，掉在地上，摔碎。

"我发现了他和一个老师的事，问他，不承认。再问，就打我。"水晶花的声音不高，满含委屈，"有些人的命，一算就破，像做梦。"

"这个王八蛋，走，我去找他算账，替你出口恶气。"

"找什么呀？"水晶花拉住庄富贵的手，摇着头，"谁让咱先有短处呢。唉，我快受不了啦。一次次被揭开的疤，长不出痂，只淌血。那血最初是鲜红的，慢慢就变成黑的了。"

"我让我家那口子，带几个兄弟，去吓唬他一下？"庄富贵试探着问。

"算了吧，现在我还能忍。实在忍不住的时候，咱再说。"水晶花擦了擦泪，"对了，宿荣是什么情况？"

梅边渡把大体的情况，向庄富贵和水晶花简单一说。

"富贵，你有什么特殊的关系，可以托一把？"水晶花揉着自己的胸口，问。

"我哪有什么关系啊？我们家那杂碎，胡吃海喝的酒肉朋友不少，都不顶事啊。吃喝嫖赌的本事天下第一，遇到真事就歇菜了。"庄富贵坐在梅边渡对面，"梅二，你不是和那些当官的熟吗？能不能托托人，把她弄出来？"

"现在的形势啊，和以前完全不一样。以前花点钱，送点礼，说不定还能管用。现在，送给谁都不敢收，送给谁那是害谁。上级更大的官还在永乐城明察暗访，这个节骨眼上，再搞那些歪门邪道，那不是拿头往擦方子上撞吗？"梅边渡把手里的三枚铜钱捏来捏去，"既然来了，就扔个铜钱看看吧。"

"那行，你给我算一算，这个扫黑除恶的事，什么时候结束？我那口子，能不能平安度过？"

庄富贵将三枚铜钱在手心里颠了颠，抓住后，往手心里吹了三口气，快速地把六次扔完。梅边渡认真记下每次的正反面，沉思片刻后说："嗯，你这卦象，应该说不错。你问的事，总起来说是平安的。但最近有一次车轮子上的小灾，只要三天内不出远门，应该不会有事。"

"那我就放心了。来，你也试试。"庄富贵把座位让给水晶花。

水晶花纤细的手指插进墨镜的镜片之后，揉了揉眼睛，然后把三枚铜钱在手心里搓，慢慢扔进眼前的木盒里。

梅边渡认真记下每次的结果。

"你这是一个困卦。上卦为兑，兑为阴，为泽；下卦为坎，坎为阳，为水。大泽漏水，水草鱼虾，陷穷困之境。卦象不是太好，需要你坚守初心，日久可转危为安。卦象还显出一些端倪，你也有摇动之心，与之前的一段露水缘，还有金钱上的牵连。其实这才是你的困厄之源。有些皮肉之伤，不碍大事。"梅边渡把三枚铜钱收好，宽慰水晶花。

"你是说我的婚姻没事？"水晶花的脸上，似乎露出苦苦的笑。

"应无大碍。"梅边渡坚定地说，"前提是你和那个人不再藕断丝连。"

水晶花点点头。

"别光说我们俩，不管怎么样，我们都还好好的。宿荣进去了，我们能有什么办法帮她吗？"庄富贵挠着头皮，"对了，那个赵新城怎么样？他能帮上忙吗？"

梅边渡摇摇头："县里正准备提拔一批干部，赵新城是考察对象。这个时候，他巴不得远离所有的女人，更不想惹任何一点是非。平时对宿荣再好都没事，现在是提拔的关键时刻，他怎么还会往自己身上揽骚呢？"

"就只能听天由命？"

"所谓的天命，就是听天由命。"梅边渡将一枚铜钱单独挑出来，"我单独看个吉凶吧。"

梅边渡将铜钱扔得老高，然后一下子按在桌子上。

"怎么样？"庄富贵急急地问。

"吉人自有天相。"

"你这不是等于没说吗？"

水晶花叹了口气："咱这些女人哪，就是城市街头旮旯里的草，没人管没人问。谁愿意割几刀就割几刀，谁愿意放把火烧了，也无关紧要。这世道。"

庄富贵搂了搂水晶花的肩膀："走，我陪你去逛街。搭救宿荣的事，咱再琢磨琢磨。真不行，咱俩去劫狱。哈哈。"

"慢点，两位，我还有话说。"梅边渡叫住庄富贵和水晶花。

"有屁快放。"庄富贵似乎不耐烦。

"我昨晚做了一个梦，很奇怪，似乎与你们所有人有关。"梅边渡手里捻着铜钱，眼睛盯着庄富贵看。

"还不快说。"庄富贵眉头拧成疙瘩。

"我梦见一段古老的城墙。我不知道是老城墙，还是新建的。青砖，白灰抹缝，每一条墙缝都往外长着草，枯掉的草。墙上有一个小小的木格子花窗，上面贴了一张窗花，图案已经模糊不清，无数只蚂蚁围着窗子在咬。城墙一端高立着城门，另一端是参差不齐的破砖烂瓦，总有些人想从这里偷偷溜进来。我不知道自己是在墙里还是在墙外，也努力想弄清楚你们几个，是不是被城墙困在里边。我当时唯一的渴望是，一定有一位梦游的神灵，能为我们透进一束光。"梅边渡的手指一直捻着铜钱，整个屋子里似乎散发出金属的味道。

"然后呢？"庄富贵问。

"然后我醒了。"梅边渡毫无表情地回答。

"醒了？哈哈。"庄富贵拍拍水晶花的后背，"别听他瞎扯啦，我们走。一段破城墙与我们有啥关系？还是梦里的。"

"唉，谁能知道，那或许是被预示的未来。"梅边渡眼见两个人迈出门槛，摇着头，喃喃自语，"要是我能梦里买到臭球，多好。"

庄富贵和水晶花边走边聊，越发高兴起来。说话间，两人看到一个熟悉的身影，异口同声地喊："马六——"

马六手里抓着一顶瓜皮小帽："我正想找你们两位姑奶奶。我听说宿荣出事了，真的假的？你们可别骗我。"

"你有什么办法，能把她捞出来？"水晶花把额头的长发往后一拨，手的影子落在地上。

马六擦擦汗："实话实说，我马六真没有那个本事。我只是想告诉你们两位，只要是给宿荣办事，不管谁办，花多少钱我都先替她拿。"

"非亲非故的，你这是出的哪个门派的绝招？"庄富贵有些不解。

"女人不懂男人，比男人不懂女人更厉害。我把话撂这儿了，门路你们去找，钱——我马六出。"马六拍着胸脯。

水晶花的眼角突然涌出泪来："马六，有你这份心，宿荣值了。"

"不是爱人，还是街坊，不占这头占那头。有难了，拉一把。谁一辈子没个难处？"

水晶花拉起庄富贵就走，头躲在她的腋窝下："再不走，我会被感动死的。"

"说好了——不怕花钱。"马六在身后喊，似乎在喊给整个永乐城的人听。

62. 城市主题词:暗渡。

那个车相渚呢？呵呵，像一头猪，没有发出一声哼叫，就猝死于泥泞满地的猪圈里，带着满身的臭气，离开美妙的人间。赵新城为自己突然想到的这个比喻，哂然一笑。

赵新城回家的同一时间，车乔路正和他的小婶子牛晶晶，通过外卖点了几个菜，准备吃晚饭。

祭奠烧过的草纸味，在房间里弥漫。车乔路使劲吸吸鼻子："还挺香呢。"

"你说的是菜吗？"牛晶晶问。

车乔路稍一迟疑，接着反应过来，嗯了一声。

车相渚的司机吕猛推门而入，手里提了一袋子菜。看到车乔路在，他脸上的笑容瞬间凝固："哟，车主任也在啊。我给嫂子送点饭菜，怕她吃不好。"

"那坐下一起吃吧。"牛晶晶指了指旁边的椅子，"乔路，你再去厨房里拿几个盘子来，把他买来的菜都摆上，咱也好好吃一顿。那个坑人鬼死了之后，我还没有好好吃过一顿饭呢。"

"婶子节哀。"车乔路点头哈腰之后，转身去了厨房。

吕猛迅速地低下头，亲了牛晶晶一口。牛晶晶反手向他的两腿之间一摸，准确而结实地抓了一个满手。

厨房和饭厅之间，只隔了一道门。车乔路返身之时，看到了牛晶晶伸出和收回的手。他使劲吸吸鼻子，感觉整栋房子里，充满腥臊的味道。

"烂货。"车乔路在心里骂。

牛晶晶扯下一根鸡腿，一边吃，一边往厨房走。她从上面的壁橱里，拿出一瓶茅台酒。抬手的瞬间，露出了白白的腹部肌肉，让车乔路看个正着。"上面的可能更好看。"车乔路暗暗笑了。

"今天没别人，咱娘仨儿喝一点。你们两个跑前跑后，这么多事，多亏了你们。"牛晶晶把鸡腿咬住，开始拆茅台酒的盒子。

"婶儿，我叔的牌位还在外面摆着呢。"车乔路的脸上，露出犹豫之色。

"那是牌位，又不是尸体，你怕啥？你没看见他那标准像，还朝着咱笑呢。死了都能笑，咱活着的人，更得笑。"牛晶晶熟练地把酒瓶子打开，每人倒上一大杯，"给你们说实话，我这几天一直失眠，睡不着。喝点酒，就能好好睡一大觉。"

"是该好好歇歇了。来，给我。"吕猛接过瓶子，开始倒酒。

车乔路无声地坐下去。他发现自己如此多余。车乔路想起老百姓口中经常提起的"驴圣"，那么"驴圣"一定非吕猛莫属。车乔路想走，看着眼前的茅台酒，又有点舍不得。车乔路突然心血来潮，想着要把这"猛驴"喝倒，便站起身："兄弟，这么多年，你跟着我叔起早贪黑，没黑没白，辛苦了。我敬你一杯。"

车乔路一口把酒干掉，眼睛直直地瞪着吕猛。

吕猛看看牛晶晶，牛晶晶不说话，只顾着啃鸡腿，还发出了陶醉的吸溜声。

吕猛无奈，也学着车乔路的样子，一口把酒干掉。

车乔路倒上第二杯的时候，吕猛双手合十，做出求饶的姿势："兄弟，说实话，我这酒量确实不行。今天就喝这一杯。一会儿还有事给你婶子说。"

"喝酒不耽误说事。"车乔路又是一口，把第二杯酒干掉，抹抹嘴，"不光不耽误说事，还会说得更清楚，还能助兴。"

"这样，我先说事，说完我再喝。今天呢，我琢磨着，跟了车县长这么多年，他给我解决了那么多家里的事、个人的事，我不能辜负他。我有个想法，县里不是不答应咱的条件吗？是不是可以再要挟他们一把，就说车县长留下过一本日记，里面记下了他给领导送钱送物的全部过程。如果不答应咱提的条件，就给他来个鱼死网破，让永乐县来一场官场大地震。我就不信他们能撑得住。"

车乔路点点头："是条妙计。关键中的关键，是不是真有那么一本日记。"

"你替我喝了这杯酒，我就告诉你有没有。"吕猛笑得像一只即将把母鸡抓到手的黄鼠狼。

牛晶晶朝车乔路努努嘴："喝了呗。"

车乔路喝完酒，也扯了一根鸡腿，大咬一口："真好吃。"

三个人笑得前仰后合。

"说实话，车县长确实没有那样一本日记。我就是一本活日记啊，我清楚地记得从镇党委书记到副县长，他都给谁送过多少钱。

还有县里的这次换届，他争取当副书记的整个过程，给谁送了多少，我一清二楚。有可能记不清楚具体是哪一天，可我能记得大体的时间，知道他送给了谁。有这些就够他们喝一壶的。来，给我倒上酒，我也放开喝。"吕猛对车乔路说，俨然他成了车相渚。

牛晶晶拿起瓶子，给吕猛倒酒："别喝多了，就这些吧。"

吕猛的眼睛盯着牛晶晶的手，目光迷离。吕猛想起陪着车相渚去洗浴中心销魂的美妙，如果他连这些也写下来，或者说给牛晶晶听，她会怎样呢？牛晶晶与那些小姐们相比，只差在身材和年龄上，功夫绝对不差，甚至要高出一筹。

看着牛晶晶深情款款地给吕猛倒酒，车乔路更觉得浑身不自在。

"婶儿，我还有事。要不，我再喝一杯，先撤？"

吕猛已经满脸通红，眼睛一瞪："你慌啥？我还有话没说完呢。我告诉你啊，县里呢，最近是屋漏偏逢连阴雨，破船又遇顶头风。我听说，扫黑除恶督导组已经准备抓人啦。公安局那个杨定国，非法集资的那个吴连，排在黑名单的最前面。只要他们一被抓，县里会有一大批干部受牵连。光我知道的，给吴连的公司拉业务、当掌柜的县级干部、局级干部，就得有三四十个。这些人都有问题。听领导的司机讲，县里多方做工作，想大事化小，小事化了，不想成为全国的反面典型。领导们都焦头烂额，哪还顾得上和咱讨价还价。"

"那你准备日记之类的玩意儿，还有用吗？"车乔路问。

"当然有用啊。你们局长不是代表县里做工作吗？我是这么寻思的，你琢磨琢磨是不是合适。你呢，可以先去他办公室探探口风，说你婶子这里有市级领导的把柄，想上网举报，看他怎么说。"

看着吕猛对自己发号施令，车乔路心里极不舒服。车乔路默默倒满酒，端起杯子，和牛晶晶碰了一下："婶儿，我敬你一杯。这几天你辛苦了。"

牛晶晶仰起脖子，一杯酒一口喝干。

"生活还得继续，我想得开。昨天晚上，我和你那妹妹视频，这个小妮子，更没法说，竟然和她的同学在搞派对，嫌我耽误了她的大事。她一个人在国外，我还怕她听说她爹死了，想不开，没想到人家竟是这副德行。美国啊，罪恶之国，去了就让人变坏。"

牛晶晶掉下泪来。

在车乔路看来，那几滴泪，更多的是装的成分，是鳄鱼的眼泪。

又喝下一杯酒之后，车乔路起身离开，吕猛和牛晶晶目送车乔路开门、关门。车乔路手拉着门把手，足足有一分钟的时间。他不知道该把憋在心里的气撒出来，还是像没事人一般，拍拍屁股走人。车乔路听到有人上楼，咳嗽声像得了哮喘，便放弃所有念头，摇摇摆摆地下楼。

站在楼下，车乔路往上看了好久，然后又坐在路沿石上，一个人发呆。他不知道自己在等什么，不安分的身体里，似乎有一团火在燃烧。车乔路把头抵在叠压着的两根胳膊上，沉沉睡去。

夜半时分，车乔路被浑身的痒弄醒。他本能地抬头往上看，发现叔叔车相渚家里的灯，已经熄灭了。车乔路想，那个吕猛，是不是已经走了？说不定，他义不容辞地像恩威俱在的男主人，毫无羞耻感地睡在了车相渚的床上，并以他的年轻和勇猛，安慰着饥渴难耐的牛晶晶。

那么自己，对风韵犹存的小婶婶所有的关怀和非分之想，就成了笑话。车乔路拍了一下自己的脸，起身离开。

按照头一天的密谋商量，第二天一大早，车乔路就到了郑江湖的办公室。车乔路头疼得厉害，知道头一天的酒还在起作用。可自己使命在肩，必须打起十二万分的精神。

"哟，什么风把大主任刮过来了？"郑江湖的话里，带着明显的讽刺。

"局长，没有风我也得来给您汇报工作啊。"车乔路低头哈腰，给郑江湖递上一根烟，然后打着火机。等郑江湖吐出第一口浓雾，车乔路才把自己的烟在盒子上摔了两下，点上，坐到郑江湖对面的沙发上。

"有话快说，我一会儿还要开会。"

"是我婶儿叫我来的。她告诉我，发现了一本我叔的日记，上面记了好多事。"

"好多事？什么事？不是你叔的风流事吧？"郑江湖弹了弹烟灰，哈哈一笑。

"看局长说的，我叔行不改名，坐不改姓，一身正气，两袖清风，正直着呢。"

"你说别的我不信，关于姓名这事，我还有点信。说吧，日记里都写了什么。"郑江湖并没有看车乔路，而是顺手拿起了文件夹。

车乔路发现，郑江湖并没有看文件，看似随意却尖锐无比的目光，从蓝色皮夹的边缘，偷偷溜了出来。

"我叔这个人呢，一路成长起来，少不了大大小小的领导帮助提携。我叔是个有心人，也懂得知恩图报。这些领导是谁，怎么结交的，怎么深化感情的，我叔都一一记了下来。我婶儿说，她一个妇道人家，啥都不怕，如果来个鱼死网破，倒霉的不一定是谁。"

郑江湖哈哈大笑起来："都说你车乔路是千里眼、顺风耳，看来这话不准啊。你的那些狐朋狗友，一定忘了告诉你，昨天晚上，县纪委专案组的同志，已经把你婶子从香水味呛鼻子的红床上，请到了他们的办案地点。一同带走的，还有那个叫什么吕猛的。纪委的同志讲，他们是一起被带走的。我就没弄明白，他们怎么会在一起？当时我还不信。"

"什么？"车乔路猛地站起来，"这事我怎么不知道？你不是骗我吧？"

"谁骗你谁是王八。"郑江湖用他标志性的摁灭烟头的动作，把烟掐死。

"他们犯了什么法？"烟几乎要烧到车乔路的手指，他又猛抽一口。

"牛夫人被人举报的是药品商业贿赂，吕猛是开车肇事逃逸。罪行嘛，都不重。不过也不好说，是不是还有其他问题，要看纪委办案的结果。"

"对付县委常委的家属，怎么还用上了对付老百姓的手段？这不是煽风点火、暗度陈仓吗？我叔尸骨未寒，事咋能这样办？"车乔路直接用手指攥灭了烟头。

"你对付老百姓，都是用这样的手段？我还真看不出来，你车乔路有能耐啊。自古就讲，王子犯法与庶民同罪。处理犯罪问题的手段，按你车乔路的理解，还要分常委还是百姓？我们党向来讲公平正义，更讲领导犯法罪加一等。"

"人死如灯灭，你们这是何苦呢？我叔再怎么着，并没有得罪你吧？"车乔路的目光暗淡下去，像将灭的蜡烛。

"咱可得把话说明白，这不是私仇啊，这是公愤。"郑江湖又点起一根烟，同时把另一根扔给车乔路。车乔路没接，任烟掉落到地上，滚到沙发底下。

"是啊，人死大如天，谁的命都不过如此。谁让你那位可亲、可敬、可爱的叔叔，只是其中的一环呢？向上向下，游荡着无数条鳄鱼。"郑江湖见车乔路没有说话，抬起头来，接着说，"鳄鱼，都吃人。"

郑江湖一边说话，一边在桌子上的便笺纸上，写下两个字：暗渡。

暗渡，这个词好。

郑江湖看向窗台之外，见一片巨大的云影飞过，如同要赶赴一处暴风雨的现场。

63. 城市主题词：生生不息的城隍池。

绿茶已经连续几天，将最后一朵玫瑰送来了。梅边渡起初并不想留下，绿茶便说："是给宿荣姐姐的。嗯，我想她了，盼着她快点回来。"

梅边渡对绿茶的了解，多半是听宿荣讲的。比如她的母亲在县城里的一家服装厂工作，父亲去了日本做海员，他们就是想趁年轻多挣点钱，好在县城买房子。及至后来，宿荣常常说起绿茶的种种可爱懂事，比如她从五岁开始，每天从花店里买三十束玫瑰花，沿街叫卖，挣来的钱一分不少地交给母亲，贴补家用。上了小学，每天放学之后，她同样要买三十束花，直至把所有的花都卖掉，她才回家写作业。小小年纪，她竟能挣够自己上学的各项花费。更重要的是，她从来都没有耽误过学习，成绩一直排在班里前三名。

"你爸爸妈妈好吗？"梅边渡有一搭无一搭地问。

绿茶的泪唰地掉下来，咬紧嘴唇。

梅边渡不再问，递给绿茶一罐可乐："这是你宿荣姐姐买的，说是每天送你一罐。"

绿茶接过来，并不急于打开。

"你为什么叫绿茶呢？"梅边渡岔开话题。

"有部电影叫《绿茶》，不知道你看过吗？妈妈喜欢里面的小姐姐——朗朗。"绿茶把可乐罐在手里拧来拧去。

"那为啥不叫朗朗呢？"梅边渡问。

绿茶笑了，笑得像一朵刚刚张开花瓣的山茶花。她用右手捂住嘴，笑声依然从指缝间流出来："女孩子，咋能叫狼呢？"

梅边渡呵呵笑着，看着绿茶有礼貌地告辞，略显破旧宽大的天蓝色校服，让她单薄的身体更显瘦弱。在走出院门之前，绿茶又转过身:"告诉你一个秘密,我想长得像宿荣姐姐一样漂亮。"

绿茶离开后,梅边渡坐在椅子上,想起宿荣因为绿茶,聊起城隍池中一枝孤独的水莲,问他为何不见水莲干枯,也不见水莲生长,花开得不合时令,总是匆匆开、匆匆落。梅边渡想不出答案,他还为此请教过许多养花人,他们也说不出个所以然。自此以后,水莲如同天外来客,让梅边渡魂牵梦绕。他坐在城隍池边,看着水莲出神,发现水面上有些跳来跳去的水扁担。梅边渡想,在城隍池深不可测、满是青绿的水面之下,一定隐藏着更多的水虫,大小不一,形态各异,它们有自己的喜怒哀乐和命运循环,周而复始,不竭不休。某一个漆黑如死的黑夜,梅边渡坐在城隍池边,想看清楚那些水虫夜色中的模样。一切都是徒劳。梅边渡看到,无边的黑暗慢慢扭曲,旋转,变成一条条纠缠不清的线,织成一张无法穿透的网。梅边渡看到黑网的中央,慢慢出现通向更远处的隧道,所有的水虫如同掉进漩涡之中,翻腾着,挣扎着,变成面目狰狞的尸体,被卷入城隍池的更深处。梅边渡头皮发麻,心里在想,这样的景象,又何尝不像人间?

自从楝花的无数落英在城隍池堆叠出奇异花墟,梅边渡发现,城隍池中的水,每天都散发出楝花的香,让永乐城不少人,在城隍池周边,沉醉徘徊,流连忘返。城市里的男女作家们,坐在城隍池边,一动不动,闭目闻香,寻找千古不遇的灵感。画家们支起画架,要把城隍池的奇异与瑰丽,记录在画纸之上。还有大小不一、长焦短焦的照相机,或远或近,从不同的视角,极力发现每天不一样的城隍池,如同要深挖出池底的惊天秘密。

梅边渡看到池中央的"尘法"二字,便试图与左岸建立起某种联系。没有异象不显灵,没有冤屈不作法,这是梅边渡对虚空世界的理解。梅边渡烧香,磕头,祭拜,甚至给自己催眠,极力追寻左岸魂灵的所思所想。令梅边渡不解的是,无论他做出多少努力,一直都无法感知左岸的存在。梅边渡想了想，把左岸生前送给自己的东西，整齐划一地摆在祭台之上，又拿出写有"秘籍"二字的一部旧书。梅边渡按照书上的提示，给每一件物品都贴上红色的符，在物品堆集的正中位置，摆上左岸的牌位，写上"作家左岸之神位"。梅边渡跪下去，喃喃自语，然后再凝神倾听，以他全部的神经和血脉，以张开每一个毛孔的肌肤，努力搜寻左岸魂灵的片语只言。

左岸虚飘浮在半空中，看着满头大汗的梅边渡，知道他的虔诚和无助。左岸虚帮不了他。左岸虚想告诉梅边渡，他一生努力寻找的所有通道，都是一种错误。他想要打通时间与空间、色彩与声音、过去与未来、地球与宇宙所有连接的努力，注定是风车与长矛的荒诞和悲情。左岸虚希望自己的善意提醒，能够到达梅边渡的认知和感应范畴之内。

梅边渡终于放弃所有的祭拜。他开始怀疑，自己眼中看到的"尘法"二字，难道是一瞬间的老眼昏花？那些堆叠出的花墟魔阵，是否也只是心灵期盼中的虚假幻影？永乐花墟到底是现实还是梦境？

梅边渡把由热变冷的香炉收起，小心地把香灰归拢到一个方盒里，那是他给别人作法的用品之一。

在烦琐复杂的法事之后，梅边渡感觉到极度的空虚，如同血液被抽干。他躺在床上，透过房顶的天窗，看着满天繁星。那些星星，像一只只狐疑的眼，一次次搅动他心底的谜团。梅边渡想与天上的众神交流，想与宇宙之外的外星来客交流，想与游走在阴暗角落里的魂灵交流，想知道永乐城最近发生的生死跌宕，有多少是上天的安排，不可回避，有多少是人作孽，不可活。梅边渡相信因果循环和生死交替，并努力寻找隐藏在万物表象背后的规律，探求每一个人的宿命和轮回。多少年来，梅边渡痴迷于此，那些新的旧的理论书籍，真的假的能量气场，曾经让他深信不疑。梅边渡坚信，自己一定能找到一个最恰当的入口，找到一种能在时间与空间、历史与未来、前世与今生自由游走的方式，然后以自己的聪慧和仁慈，给世人指出一条光明大道。如果需要自己为此付出一些代价，哪怕是生命，他都一百个、一千个、一万个愿意。梅边渡愿意成为永乐城唯一的受难者，即使有再多的皮肉之苦、灵魂之伤，他都愿意背负起来，然后让生活在这座城市里的人们，永远安康，永远快乐。这才是永乐城的意义，也是他梅边渡的使命和责任。

现在看来，自己失败了。梅边渡抱头痛哭，他觉得自己多年的坚持和付出，都已经付之东流，没有收到任何效果。甚至连城隍池边的一棵树、一朵花，都比自己更有存在的意义和价值。即便如此，梅边渡仍然相信一生苦求的别样世界，时间和空间、历史与未来、前世与今生并存的世界，一定存在于某时、某处、某种历史的器皿、某种未来的发现里。

混沌之中，梅边渡睡着了。他似乎看见左岸走进自己的梦里，搂着他的肩膀，与他说着话。梦里的梅边渡，按照左岸的要求，坐在城隍池边的楝树之下，披一层薄薄的雾，举一枝初开的荷花，高声朗读大悲咒：南无、喝啰怛那、哆啰夜耶，南无、阿唎耶，婆卢羯帝、烁钵啰耶，菩提萨埵婆耶，摩诃萨埵婆耶，摩诃、迦卢尼迦耶，唵，萨皤啰罚曳，数怛那怛写……梅边渡抬起头，看着左岸说，我并不想沉迷于哪一种宗教，我只是想寻找一种方式，让永乐城的人，摆脱生之难、死之苦，如此而已。我愿意打开窥天之眼，发现上天隐藏的所有秘密，昭示于普通生命和受苦的肉体，使他们不再抱怨与诅咒。哪怕自己遭受天火烧烤，烧成灰烬，都在所不惜。左岸并不答话，从背后抽出鞭子，使出浑身的力气，抽在他的后背上。梅边渡跳起来，嗷嗷乱叫。左岸的鞭子抽得越发猛烈，说，你还想着替众生背负灾难，可你连这点疼都承受不了。梅边渡不再说话，任背上的血，从血管中流出，淌进城隍池。

梅边渡身子一缩，醒了。他坐起来，感觉到后背的剧烈疼痛。

没有汩汩流淌的血，更没有左岸和城隍池。只有月光散散淡淡，从洞天的半空中，如水一样倾泻下来。

突然，梅边渡听到了哭声，时断时续、时大时小的哭声，像猫叫，也像儿啼。梅边渡起身穿衣，走出院子。哭声是从左岸家被烧毁的废墟上传来的，梅边渡不觉惊出一身冷汗。

天已微亮，梅边渡找遍左岸家的院子，并没有发现任何异样。他又沿着胡同，缓缓地往城隍池走。梅边渡时不时地停下脚步，再仔细分辨是不是还有哭声传来。什么都没有，只有安静。梅边渡并不死心，他觉得自己应该围着城隍池走一圈。梅边渡看见前面一个模糊的身影，大声问了一句："谁？""环卫工。"然后便是竹扫帚扫地的声音，唰——唰——

就在自己脚下，梅边渡清楚地听到了孩子的哭声。借着稀薄的月光，梅边渡低下头寻找，一个模糊的纸箱映入他的眼帘。

环卫工人也听到了声音，快速跑过来："我怎么听着像小孩子的哭声？"

两个人蹲在纸箱旁边，头几乎抵在一起："确实是一个孩子呢。"

"那你抱走吧，就当我没看见。"环卫工人站起来，说。

"你是说，这孩子你不要？"梅边渡的声音颤抖。

"我不要。家里快吃不上饭了，再养这么个小孩子，还不得去喝西北风啊。"环卫工人做出逃离的姿势，"你抱走吧。"

"那你也得给我做个证明啊。"梅边渡听到孩子的哭声再次响起，心变得抖抖颤颤。

"我给你出个主意，现在就打110报警，然后拍点视频和照片，留下证据。"环卫工人说完，一溜烟地跑了。

梅边渡按照环卫工人的提示，打了电话，说明情况之后，自报家门，然后把孩子抱回家。接警的公安干警几分钟之后就找到梅边渡，对着孩子前后左右地拍照之后，提醒梅边渡应该把孩子送到医院做些检查，然后再做决定。

"要是我想收养孩子呢？"梅边渡笑着问。

"那你得走正当的领养程序，做到合理合法。民政局负责这件事。"公安干警回答。

"不就是一个弃婴，还需要那么麻烦？"

"按我说的去办。公平、正义和程序，是当今世界最大的政治。"

此后的两天，梅边渡给孩子做了身体检查，确定孩子是因为左腿残疾，被父母遗弃。他还按照公安干警和民政部门的要求，发出寻人公告。公告期满，确认没人认领孩子，梅边渡悬着的心，才慢慢放下来。

梅边渡仔细检查孩子随身的所有东西，看到一张纸条，上面歪歪扭扭地写了两行字："生于 2022 年 5 月 22 日，名字让梅二爷算过，应该叫祈安。"

梅边渡努力地回想自己最近给谁测算过吉凶，给谁家的孩子起过名，却无论如何也想不起来。这张纸条，又让梅边渡感觉到某些神秘力量的不可预测，他迅速将这个孩子的状况，与左岸画起等号来。或许，这个名叫祈安的被遗弃的男孩，恰恰就是左岸再一次的生命轮回。同样的身体状况，同样的日期，同样带有神秘色彩的名字，难道仅仅是巧合吗？

这样一想，梅边渡豁然开朗起来。梅边渡确信，左岸的转世，是自己不能与他建立起某种关联的最好解释。那么这个祈安，就成为某种象征，左岸的象征，永乐城的象征。如此，他就要为永乐城，为祈安，举办一场盛大的法事。这场法事，既为前世的左岸，也为今世的祈安，为监狱中的宿荣，为心神不宁的庄富贵，为哭泣不止的水晶花，也为那个贪婪无度、猝死于声色的车相渚。

城隍池，一个神秘的处所，一个生生不息的传说。

想通事情的原委之后，梅边渡高兴地跳起来，将脱下来的衣服，扔到洞开的天窗之上。只在那一个瞬间，梅边渡感觉自己的血液沸腾，与所有的时间与空间、历史与未来、前世与今生融会贯通，具有了穿越宇宙时空的无穷力量。梅边渡也终于弄明白，他一生苦求的时间与空间、历史与未来、前世与今生并存的别样世界，并不存在于某时、某处、某种历史的器皿、某种未来的发现里，而是存在于每一个人的内心。

梅边渡想起，自己曾经问过左岸，小说中那个被包裹得严严实实的木头匣子，里面到底装了什么？那把生锈的锁，到底有没有钥匙？它为什么会被红色的布包着，而不是黄色的布？包裹木头匣子的为什么是布，而不是用来祭祀的草纸？梅边渡记得，左岸当时有些故弄玄虚，说什么就作家和读者的关系来讲，作家是最大的悬案制造者，读者能不能读懂，一看智力，二看造化。现在想来，全是左岸为自己的创作不力，寻找的某种借口罢了。

左岸虚哭了，哭声在城隍池的水面上，形成一层浓雾。左岸虚相信，梅边渡仍然没有看到。

一切的真实与假象，都在梅边渡的自我虚拟和想象中。

永乐城的平安和幸福，成为梅边渡为之奉献生命的重大选择。左岸虚依然想提醒梅边渡所有的错误，却无法表达。

人活一世，也只是草木一秋，哪有什么来生啊！

唯有城隍池，生生不息。

64.城市主题词：未济.cn。

梅边渡抱着厚厚的书，像怀揣祖传的宝贝。

梅边渡并不急于给赵新城讲解他的卦象，而是不停地往手指上吐涎沫，然后打开书，一页一页地翻。

"坎为水，离为火。火在水上，难以济物，为未济，有事未成之象。经书上讲，所谓阴阳刚柔相生相长，福祸变换相抵相依，未济亦有可济之理，充满发展变化的诸多可能性。"梅边渡终于说。

赵新城喝了一口酒："你别这样之乎者也地装，好吗？讲重点。"

"重点是，你求的事，不成。"梅边渡摇着头，说。

"什么事不成？"赵新城似乎有点急。

"时运不济，什么事都不成。"

梅边渡刚说完这话，赵新城的手机就刺破耳膜般响起来："赵科长，快，文化历史街区改造指挥部，马上开会。"

"什么内容？"赵新城对着电话问。

"别问了，快来吧。"

民生网突然爆出一篇署名文章《两起意外死亡，永乐县想隐瞒什么》。文章在各大网站迅速传播，成为热搜头条，始终占据霸屏的位置，瞬间引起了永乐城的民意爆炸。赵新城赶到指挥部的时候，与会者人手一份，都在看民生网上发表的署名文章。

县长裴波走进指挥部，把手中的笔记本往桌子上一摔，使劲地拍着桌面："从上次开会到今天，只有半个多月的时间。参会的人员，除了车相渚，也差不多还是那些人。上次我在会上讲，苦难是人生的磨刀石。我们要从左岸事件中吸取教训，做好舆论化解工作，做好守底线、防风险的工作。可我们的责任部门干什么去了？左岸被烧死，多么让人心痛的事。我们所有的部门，该做的工作落实到位了吗？左岸是弱势群体中的一员，我们党和政府应该予以重点关注。可在座的每一个人，重点关注了他什么？大家手里都拿着的这篇文章，里面提出的灵魂拷问，是在打我们的脸啊！同志们，我们平时的工作有那么多疏漏，在左岸事件中，一下子全部显露出来了。比如他的低保办下来没多长时间，他父母的死亡赔偿金被非法集资侵占，他的房子多年失修，他死后没有一个政府部门的人帮忙善后，这些问题确实存在啊。

"车相渚，上次开会的时候他就坐在我旁边。人死之后，家属要求比较高，提出要政府补偿五百万，宣布为烈士，追认为劳模。同样是死亡，一个无人问津，一个宾客盈门，一个灰飞烟灭，一个价值连城。不光是这位写手，连我都想问，凭什么？是谁出了问题？问题出在哪里？当然，这位写手有些观点，是夸大其词了，把他听说的当作既成事实，尤其是对车相渚的赔偿问题。这是失德、失真的一方面。但他对左岸事件的反思，还是很到位的。由这样一个突发的偶然事件，我们地方政府的基层治理、民生关切，应该反思些什么责任和问题，这才是我们应该有的正确态度和严肃立场。

"中央扫黑除恶督导组正在我县开展工作，对当前发生的几个大的事件，直接插手调查。对今天网上霸屏的这篇文章，督导组的负责同志做出明确指示，要一查到底，要追究直接责任人的责任。我们今天就是要深入研究一下，厘清各个单位在左岸事件中的职能定位，提报给工作组，形成处理意见后，对社会公开。同志们要本着实事求是的态度，进行客观分析。下面，还是按照上次的顺序，各个单位发言。"

民政局局长率先发言："左岸是我们一直关注的享受政府救济的残疾人。近几年来，我们一直把他当作重点关心关怀的对象，逢年过节都派几个工作人员，走一走，看一看。对他的安全提示、安全关照，也基本做到位了。民政局平时的工作中，既注重了关键的点，也注意到了日常的面。下一步，我们将对县城里的贫困救助对象，进行拉网式的排查，主动变阵，以实际行动暖民心，顺民意，把党和政府的温暖，送到每一个贫弱者手中。如果落实到左岸事件上，应当讲，民政局是尽到了责任的。"

住建局局长郑江湖清了清嗓子，接着民政局局长的话继续说："上次会上我就讲，民政局的领导主动担责，是我们住建局应该学习的。说实话，这几年，县里的重点工程、建设项目，一个接着一个，城市面貌有了翻天覆地的变化。有些城中村，一些破产企业的房子，同时也是我们的关注点。尤其是上次会议之后,我们把城市里仍然生活在贫困线以下的弱势群体,当成工作的重点,切实解决好低收入群众的急难愁盼问题。如果落实到左岸事件上,应当讲,住建局是尽到了责任的。"

安监局局长发言的时候,依然有些生气和激动:"上次我就讲,这是一起严重的安全责任事故。办事处的同志,要切实承担起责任,主动做好对市安监部门的汇报对接工作,要做好情况分析和问题说明,不能让上级追责打板子。对做好舆情工作,我也进行了提醒,不能让事故成为故事。看看这篇文章,这叫未雨绸缪?如果落实到左岸事件上,应当讲,安监局是尽到了责任的。"

"宣传部的同志来了吗?"裴县长问。

"来了。"宣传部的一位副部长,手里摆弄着手机,坐在角落里。裴县长点到名的时候,这位副部长竟然不敢抬头。

"你们讲一讲。"

"出现这样的情况,我们感到很痛心。现在最急迫的,应当是尽快形成一个通稿,解答社会疑虑,消解网络怨气,把情绪和思想统一起来,引导到政府处理这件事的坚决态度上来。"

······

赵新城没有发言。

车乔路没有发言。

"我们今天的会议,开成了推责会,不错嘛!同志们,大家都拍着胸口自问一句,如果左岸是我们的孩子,我们能说自己是无责无罪的吗?两起不同性质、不同身份、不同社会阶层的意外死亡事件,我们如何对待和处理,这不是小事情。我们不但要回答网络疑虑,更要对党、对人民做出回答。我们的城市叫永乐。永乐城的每一个人,永乐吗?当官的永乐,老百姓永乐吗?在座的各位永乐了,我们服务的群众永乐吗?网上的这篇文章问得非常好,这两起死亡事件，我们到底想隐瞒什么？车相渚事件，不能因为死亡隐藏罪恶；左岸事件，不能因为死亡推卸责任。这是文章的态度和观点，也应该是在座的各个部门、各位领导干部应有的态度，应该做的反思。我们党向来是具有自我革命精神的，我们的干部也要自我解剖，自清毒瘤，对不符合中央八项规定的身边人、身边事，更要拿起批判与斗争的武器。上次会议，我对文化历史街区的建设，有这么几句话：设计要成为千年工程，文化要体现永乐风骨，拆迁要拆出民心所向，建设要瞄准世界一流。不知道同志们是不是还记得。今天我再重复一遍，这是政府对待工程的态度，也是政府对待人民的态度。"

裴县长端起杯子，吞咽水的声音整个会场都能听得到。

"从来到永乐城的那天起，我就想建造一座亭子，名字叫善政亭。清代末年，永乐县主政的地方官员，看到城边麦田里有啃青的羊，下发告示，不准任何人到麦田里放羊。就因这一件事，县城的百姓为官府立了一块善政养民碑。难道我们共产党的干部，还没有那个时候的官员觉悟高？善政才能养民，养民才算得上善政。我们要把善政养民的碑再立起来，让各级干部天天能看得到，时时能想得到。要让每一名为政者，都能够和这一方的百姓融为一体，把他们当父母，当兄弟姐妹，当自己的家人。我心目中的永乐城，是理想之国，是没有罪恶的一方净土。我们每一个为官者，都要有公仆意识，要有悲悯情怀，始终把人民放在第一位。所以，我要求每一个单位、每一名负责同志，做好抄底的工作，从最基层、最贫困、最需要关怀的地方入手，切实解决老百姓的急难愁盼问题。不要等小问题积累成了大矛盾，等小火烧成大火之后，才回过神来。我们常讲要刀刃向内，可我们根本没有举起砍向自己的刀，所以工作出现了这样那样的被动。各单位的负责同志回去之后，马上起草文件，一把手要亲自起草，把各自在左岸事件中的责任承担起来，半个小时之后，送到我办公室。要责任到人，处理到人，两个小时之内，县里要拿出处理意见，上报中央扫黑除恶督导组，并向全社会公布公开。"

左岸虚在会议开始之前，独自来到会议室。他端坐在车相渚空出来的位置上，看向每个人的眼光带着温暖和柔情。左岸虚知道，眼前的这些人，都是永乐城的官员，自己得罪不起。如今，更是因为自己的意外死亡，他们受到了网络的批评。网上激愤不平的人甚至提出，要追杀每一名涉事的官员。左岸虚不想如此。左岸虚只想让一切回归平静，让永乐城只有平安和快乐。

听到每个官员推脱自己的责任，看到裴县长的义愤填膺，左岸虚不知如何是好。他起身离开，心里想，裴县长所说的善政亭应该建在何处呢？

左岸虚回到自己家的院子里。

依然是一片废墟，一片黑色的废墟。那棵曾经覆盖整座院子的老槐树，变成了只有树干的黑色木炭，几根树枝痛苦而艰难地伸展开去，像魔鬼受刑中的四肢。曾经与瓦片耳鬓厮磨的树枝，落得与粉身碎骨的瓦片同样的结局，黑，并慢慢板结。

人有生死，万物亦有起灭。

左岸虚坐在自己平时写作的位置，回想起灯光下自己的哭或者笑。想起某一次，他将一瓶酒洒向半空，向苍天祷告："告诉我人间的悲欢，告诉我左岸的去处。"

落地花虚来到左岸虚的旁边，声音穿透城隍池的水："给我讲一讲你的《尘法》吧。"

左岸虚点点头："不得不说，我写得非常艰难。我像一个对海况并不熟悉的船长，把生活在城市不同角落里的小人物，串联起来，搭建成一幕幕繁杂无序的人间烟火，让不同色彩的人生相互纠缠。我如同回到了一片荒凉的故土之上，看到我佝偻着身躯的爷爷和倒塌了一半的老房子。如果记忆没有偏差的话，我曾经在很小的时候，在老家的土炕上玩耍，捋着爷爷的花白胡须，唱'小老鼠，上灯台，偷油吃，下不来'的童谣。我闻到了土坯房的青草味，闻到了铺在身子底下厚厚的麦秸的香，还有爷爷像豆腐乳一样的脚臭，那才是人间最真实的味道。当我努力把现实遮蔽的城市样貌、庸常难料的生活细节呈现出来，全方位演绎生命个体的况味与底色，展现这个时代平凡追梦者的爱与梦、痛与变、苦与求、灵与肉的时候，我感觉自己竟然变成了一位站在河流之上的老者，看芦花飞旋，看雪落人间。我写下生不易、死更难，写下父辈苦渡，我辈蹉跎。我不止一次地想起，爷爷和父亲为置下这座老宅，先是卖掉了家里包括像生锈的铁钉一样所有值钱的家当，又借遍远远近近亲戚朋友的钱。常年的债务变成宇宙黑洞一样的巨大窟窿，吞噬掉几代人的笑声和快乐。后来，爷爷出了车祸，父亲用带血的赔偿款还清所有欠款。我不知道那时的父亲，是高兴还是沮丧，我眼见他走路的脚步，一下子变轻了。父亲与卖家讨价还价，对欠款利息一分一厘地算，像猥琐的街头小贩，如同知道我的祖爷爷因为一只蟋蟀，如何赌输掉这座老房子的所有细节。我的父母，面对深不见底的山谷，把最后的呼喊和绝望，密闭于大货车车头的狭小空间。我几乎吃掉了母亲的整个身体，比所有的不孝者可恨百倍万倍。是轮回与宿命吗？没有人给我一个回答。我如此热爱这座城市，并不想坦露我在这座城市里的孤苦无依。我愿意一个人，背负起这座城市的所有灾难，并在自己短暂的生命里，将极致的悲苦和泪水，稀释，隐藏，将所有未知的灾难，做成一个色彩斑斓、人情物欲和时空变幻多位一体的魔方。我没有勇气打开它，我把它装进木匣，用红色的布一次次扎紧，唯恐泄露出一丝气息。

　　"关于《尘法》，我只能给你讲这么多。我一次次提醒自己，必须尽快忘记这部小说，忘记所谓的《尘法》。有些不可言说的秘密，未曾实现的愿望，最后与我的肉体一起，变成了灰烬，像万事万物，我并不觉得可惜。终究是尘法，不是梅边渡所说的典。可有些东西，我永远都不能忘记，忘记就意味着背叛。这座城市，杀死我好多次，每一次都要把我从死亡中唤醒，然后告诉我，太阳照样升起。所以，我在小说的结尾处，这样写道：

　　我和我的《尘法》，像一座被魔法统治了千年的城市，自己被自己禁锢，找不到重生的路。
　　但我坚信，我无罪。
　　这座城市，同样无罪。"

2021 年 9 月 2 日，起笔于宁阳

2022 年 6 月 17 日，初稿毕于泰安市委党校学员公寓 B411 房间

2022 年 9 月，二稿修改于泰山脚下

2022 年 12 月，三稿修改于宁阳

2024 年 6 月，四稿修改于宁阳

2025 年 2 月，五稿修改于宁阳